BIANCA IOSIVONI & LAURA KNEIDL

Midnight Chronicles

Todeshauch

BIANCA IOSIVONI
LAURA KNEIDL

MIDNIGHT CHRONICLES

TODESHAUCH

ROMAN

LYX

LYX in der Bastei Lübbe AG
Dieser Titel ist auch als E-Book und Hörbuch erschienen.

Die Bastei Lübbe AG verfolgt eine nachhaltige Buchproduktion.
Wir verwenden Papiere aus nachhaltiger Forstwirtschaft und verzichten darauf, Bücher einzeln in Folie zu verpacken. Wir stellen unsere Bücher in Deutschland und Europa (EU) her und arbeiten mit den Druckereien kontinuierlich an einer positiven Ökobilanz.

MIX
Papier aus verantwortungsvollen Quellen
FSC® C014496

Originalausgabe

Dieses Werk wurde vermittelt durch die
AVA international GmbH Autoren- und Verlagsagentur, München.
www.ava-international.de
und die Langenbuch & Weiß Literaturagentur, Hamburg/Berlin.
www.langenbuch-weiss.de

Textredaktion: Kristina Langenbuch Gerez
Illustration: © Lorena Lammer
Covergestaltung: Sandra Taufer, München
Coverabbildung: © Shutterstock (Laura Crazy; Nik Merkulov; HS_PHOTOGRAPHY; Shebeko)
Satz: Greiner & Reichel, Köln
Gesetzt aus der Adobe Caslon
Druck und Einband: GGP Media GmbH, Pößneck
Printed in Germany
ISBN 978-3-7363-1350-7

1 3 5 7 6 4 2

Sie finden uns im Internet unter: lyx-verlag.de
Bitte beachten Sie auch: luebbe.de und lesejury.de

Für Nina, Tami und Laura G.

PLAYLIST

Royal Deluxe – I'm a Wanted Man
AC/DC – Hells Bells
Veigar Margeirsson – Gates of the Underworld
Barns Courtney – Hellfire
grandson – Blood // Water
The Phantoms – Rise
Royal Deluxe – Down So Low
Bon Jovi – Keep the Faith
Dorothy – Raise Hell
Ava Max – Kings & Queens
Skrizzly Adams – Dance with Darkness
Bon Jovi – Livin' on a Prayer
The Phantoms – Unstoppable Now
OneRepublic – All This Time
The Score – Glory
Zayde Wolf – Born Ready
Elle King – Good Girls
City Wolf – Dead Man Walking
Royal Deluxe – I'm Gonna Do My Thing
Imagine Dragons – Bad Liar
Alan Walker & Ava Max – Alone, Pt. II
Muse – Time Is Running Out
Wild Wild Horses – Demon Days (Do It All Again)
Colossal Trailer Music – Sentenced to Death
The Phantoms – Warrior

WAS BISHER GESCHAH ...

Die Zusammenfassungen von *Schattenblick*, *Blutmagie* und *Dunkelsplitter* findest du im *Was bisher geschah* ... der vorangegangenen Bücher.

Was mit Ella und Wayne in *Seelenband* geschehen ist, kannst du hier nachlesen:

Am Tag des Blutbades hat Ella ihren Vater und auch ihren Kampfpartner Owen verloren, der ihr mit seinem letzten Atemzug seine Liebe gestanden hat. Voller Schuldgefühle, weil er sich für sie geopfert hat, flüchtet die Soul Huntress mit Roxy und Shaw nach Prag. In der Stadt der Geister hat sie alle Hände voll zu tun, dennoch versucht sie während der Rauhnächte immer wieder den Schleier zur Geisterwelt zu überwinden, um ein letztes Mal mit Owen und ihrem Dad zu reden – und scheitert dabei.

Doch dann taucht plötzlich Wayne – halb Blood, halb Soul Hunter – im Prager Quartier auf, den Ella ohne ein Wort des Abschieds in Edinburgh zurückgelassen hat. Er ist Ella nachgereist, um sie zur Rede zu stellen, denn was keiner ihrer Freunde ahnt und was auch Owen nicht wusste, bevor er sein Leben für Ella gab: Wayne und sie hatten eine geheime Affäre, die über das rein Körperliche hinausging.

Das erste Wiedersehen wühlt die beiden sehr auf, denn auch Wayne ist nach dem Tag des Blutbades nicht mehr derselbe.

Für Wayne ist sein Körper ein Tempel. Er ernährt sich gesund, treibt viel Sport und der Kampf gegen die Vampire liegt ihm im Blut, doch eine schwere Verletzung am Bein beendete seine Blood-Hunter-Karriere. Er ist deswegen am Boden zerstört und lässt sich mehr und mehr gehen.

Obwohl Ella versucht sich von Wayne fernzuhalten, da in seiner Nähe ihre Schuldgefühle Owen gegenüber unerträglich werden, kann sie eines Tages nicht mehr wegsehen. Sie bittet Wayne darum, ihr beim Betreten der Geisterwelt zu helfen. Sie möchte ihm damit zeigen, dass er noch immer ein wertvoller Soul Hunter sein kann.

Zusammen gelingt es ihnen, den Schleier zu durchbrechen, doch in der Geisterwelt treffen sie nicht wie erhofft auf Owen und Ellas Vater, sondern auf eine Gruppe von verschollenen Huntern, Huntresses und Menschen mit den vier Blicken, darunter auch Dinah, Ripley und Niall – Roxys Bruder. Bevor Ella und Wayne sie befreien können, werden sie von den Wachen der Geisterkönigin Marjorie angegriffen und müssen fliehen.

In den kommenden Wochen suchen sie verzweifelt nach einem Weg, die Gefangenen zu befreien, aber die scheinbar unverwundbare Geisterkönigin stellt sich ihnen in den Weg. Und eine Flucht aus der Geisterwelt ist alles andere als leicht, denn zwischen Gefangenschaft und Freiheit liegt der Zeitfluss, dessen Wasser alles und jeden tötet, und der nicht leicht zu überwinden ist, weshalb die erste Rettungsmission der Hunter scheitert.

Schließlich finden sie jedoch eine Möglichkeit, Marjorie aufzuhalten: Bevor es die magischen Amulette gab, wurden mächtige Geister in Bronzefläschchen eingesperrt und darin festgehalten, allerdings werden diese nicht mehr hergestellt.

Ella und Wayne machen sich auf den Weg nach St. Petersburg, in dessen Umkreis sich ein Lager mit diesen Fläschchen befindet, und nehmen zwei davon an sich. Vor ihrer Abreise zurück nach Prag will sich Ella mit Jay treffen, einem Typen, der sie seit Wochen um Hilfe bei seinem Geisterproblem bittet. Aus Zeitmangel hat Ella versucht ihn an andere Hunter zu verweisen, aber Jay hat darauf bestanden, dass sie ihm hilft.

Bei einem Treffen stellt sich heraus, dass es sich bei Jay in Wirklichkeit um Jules handelt, der in *Blutmagie* auf grausame Art und Weise in einen künstlichen Vampir verwandelt wurde. Nun behauptet Jules, vom Geist des ehemaligen Vampirkönigs Isaac verfolgt zu werden, den er am Tag des Blutbades getötet hat.

Bevor Ella und Wayne ihm jedoch helfen können, werden sie in den Straßen von St. Petersburg überraschend von der Geisterkönigin und ihrem Gefolge angegriffen als Rache für ihr Eindringen in die Geisterwelt. Während Jules und Ella sie bekämpfen, rennt Wayne trotz seiner Verletzung und der anhaltenden Schmerzen zurück ins Hotel, um die Bronzefläschchen zu holen.

Mithilfe der russischen Hunter gelingt es Ella und Wayne, Marjorie in ein Bronzefläschchen einzusperren, und schließlich können sie die gefangenen Hunter, Huntresses und Menschen aus der Geisterwelt befreien. Während dieser Rettungsmission zeigen sich auch endlich Owen und Ellas Vater. Sie kann sich von den beiden verabschieden und Owen nimmt ihr ihre Schuldgefühle.

Ella und Wayne reisen mit Marjories Bronzefläschchen zurück nach Edinburgh. Von Jules fehlt erneut jede Spur, da er mitten im Kampf flüchten musste, um als Vampir nicht ebenfalls von den russischen Huntern angegriffen zu werden.

1. KAPITEL

Shaw

Noch 16 Tage …

»Ich brauche deine Hilfe, Warden.«

Das waren die Worte, die ich als Erstes zu Warden gesagt hatte, als ich ihn vor drei Tagen von einem neuen Handy mit neuer Nummer aus angerufen hatte. Dieselben Worte, die mir noch immer im Kopf herumspukten, als ich im Morgengrauen den vereinbarten Treffpunkt in Edinburgh erreichte. Genauso wie die Frage, ob das hier richtig war oder ob ich nicht einen gigantischen Fehler beging. Nicht mit meinem Plan an sich, sondern damit, Warden um seine Unterstützung zu bitten. Schließlich wusste ich nicht genau, wie er nach allem, was passiert war, zu mir stand. Wenn er so wie die meisten Hunter und Huntresses dachte, würde dieses Treffen kein gutes Ende nehmen. Für keinen von uns. Aber ich war bereit, dieses Risiko einzugehen.

Für sie.

Seit Roxys Tod waren mittlerweile zwei Monate vergangen. Zwei. Monate. Nachdem ich ihren Körper mit meiner Magie konserviert und ins Londoner Quartier gebracht hatte, war ich nach Italien an den Ort des Geschehens zurückgekehrt. Auf dem Boden der Ruine klebte noch immer ihr Blut und erinnerte mich an jede schreckliche Sekunde, die zu ihrem Tod geführt hatte. Daran, wie ich sie festgehalten und angefleht hatte, nicht aufzugeben, sondern bei mir zu bleiben. Daran, wie das Leben Stück für Stück aus ihren hellbraunen Augen gewichen war, bis es ganz verschwunden war. Wie sie leblos in meinen Armen gelegen hatte.

Nicht weit entfernt von der Ruine in der Toskana hatte ich mein Auto entdeckt. Die Tatsache, dass Roxy den dunkelblauen Chevrolet Camaro behalten hatte, obwohl ich sie einfach so zurückgelassen hatte und sie wusste, dass ich ein Hexenmeister war, schnürte mir die Kehle zu. Im Wageninneren hatte ich nicht nur Roxys und meine Sachen gefunden, darunter mein altes Handy und die vielen Schlüsselanhänger aus den Ländern, die wir auf unserer Tour durch Europa bereist hatten, sondern auch den Ghostvision. Das Gerät, das Wardens Vater entwickelt und das Warden für Roxys Jagd auf die entflohenen Seelen angepasst hatte. Und plötzlich war in meinem Kopf ein Plan aufgetaucht: Ich würde Roxy zurückholen. Irgendwie würde ich einen Weg finden, sie aus der Unterwelt zu befreien. Und bis dahin würde ich die entflohenen Seelen vernichten, um Roxys Mission fortzuführen.

Es war von Anfang an ein verrückter Plan mit kaum vorhandenen Erfolgschancen gewesen, aber ich hielt daran fest. Heute, zwei Monate später, mehr denn je.

Die St. Anthony's Chapel in Edinburgh war nur noch die Ruine einer ehemals prächtigen Kirche mitten im Holyrood Park. Wobei *Ruine* noch eine nett gemeinte Umschreibung war. Genau genommen war hier nur die Ecke eines Gebäudes aus dem für die schottische Hauptstadt so typischen Sandstein übrig geblieben.

Obwohl dieser Platz bei Weitem nicht so erhöht war wie der Arthur's Seat auf dem Gipfel, hatte man auch von hier aus einen fantastischen Ausblick auf den dunklen Loch und die

Stadt. Eine Stadt, in der ich sechs Wochen lang gelebt hatte. In einem Quartier, von dem ich mir ziemlich sicher war, es nach allem, was passiert war, nie wieder von innen sehen zu dürfen. Höchstens als Gefangener.

Ich ballte die Hände zu Fäusten, stemmte mich gegen den kalten Wind und versuchte gegen die Bitterkeit anzukommen, die mir die Kehle hochkroch. So lange hatte ich nach meiner Vergangenheit gesucht. Seit ich das erste Mal die Augen auf der Krankenstation des Londoner Quartiers aufgeschlagen hatte, hatten diese Fragen meine Gedanken beherrscht. Fragen nach meinem bisherigen Leben. Nach meinem früheren Ich. Nach den Menschen, die mir etwas bedeutet hatten und die mich jetzt vermissten. Aber dann hatte ich die Wahrheit erfahren, und hatte mir in den darauffolgenden Ereignissen nicht nur Baldur und seine Anhänger zum Feind gemacht, sondern auch die Jäger und Jägerinnen. Die Leute, die ich eine ganze Weile lang für meine Verbündeten, für meine Freunde gehalten hatte.

Ein Prickeln meldete sich in meinem Nacken. Da war kein Geräusch gewesen, nicht mal ein Luftzug, der nicht hierher gehörte, dennoch spürte ich mit einem Mal ganz deutlich, dass ich nicht mehr allein war. Langsam drehte ich mich um – und fand mich Warden gegenüber. Er stand nur wenige Schritte entfernt am Rande der Ruine. In der aufgehenden Sonne blitzte die Klinge seiner Machete auf, die er so lässig in der Hand hielt, als wäre er mit einem Kaffeebecher hierher spaziert, um die Aussicht zu genießen. Stattdessen hielt er eine tödliche Waffe in der Hand, mit der er schon unzählige Vampire getötet hatte. Wobei … Mein Blick fiel auf die vielen kleinen Striche, die er sich wie eine Manschette auf den linken Unterarm tätowiert hatte. Es waren nicht unzählige, denn Warden *hatte* sie gezählt. Und das machte ihn in meinen Augen noch gefährlicher, vor allem wenn man nicht auf derselben Seite stand wie er.

»Danke, dass du hergekommen bist.« Ich räusperte mich. Meine Stimme klang rau, da ich sie in letzter Zeit nur selten benutzt hatte. »Ich war nicht sicher, ob du es wirklich tun würdest.«

»Und ich bin nicht sicher, ob das so eine gute Idee war.« Warden ließ mich keine Sekunde aus den Augen. Sein Blick tastete mich ab, als würde er nach versteckten Waffen oder Anzeichen von Magie suchen. »Also bitte lass mich das hier nicht bereuen.«

»Ich will keinen Ärger machen, aber ich brauche deine Hilfe.«

»Ach ja?« Wardens Brauen wanderten in die Höhe. »Bist du deswegen vor knapp zwei Monaten in meine Werkstatt eingebrochen?«

Ich biss die Zähne zusammen, stritt die Anschuldigung jedoch nicht ab. »Du hattest dort noch etwas von Roxys Blut gelagert. Ich hab es gebraucht.«

»Wofür?«

Ja, wofür? Wofür könnte ein Hexenmeister, der in seinem früheren Leben nicht nur Jagd auf Hunter gemacht, sondern sie auch noch liebend gern getötet hatte, das Blut einer kürzlich verstorbenen freien Huntress gebrauchen?

»Um weiter nach den von ihr befreiten Seelen zu suchen und sie in die Unterwelt zurückzuschicken«, presste ich hervor.

Es war das erste Mal, dass ich diese Worte laut aussprach. In den vergangenen acht Wochen hatte ich kaum etwas anderes getan, als den Ghostvision zu nutzen, um die Spirits aufzuspüren und zu vernichten, vor Hexenmeistern zu fliehen, die mich aufgrund meiner Magie aufspüren konnten, und Huntern aus dem Weg zu gehen. In dieser Sache war ich auf mich allein gestellt gewesen. Glücklicherweise hatte ich Hilfe dabei gehabt, einen Plan aufzustellen, um Roxys Seele aus der Unterwelt zu befreien. Denn dort gehörte sie nicht hin. Erst recht nicht, bevor ihre Zeit abgelaufen war. Die Zeit, die ihr dieser verdammte Todesbote gegeben hatte, um *seine* Mission zu erfüllen.

»Und du hättest mich nicht einfach danach fragen können?«

Bildete ich mir das ein, oder wurde Wardens Miene eine Spur weicher? Allerdings hielt er die Machete noch immer angriffsbereit in der Hand, also war ich mir da nicht so sicher.

»Hättest du mir das Blut denn einfach so überlassen?«

Finn hatte mich gewarnt, damals, als ich Roxys leblosen Körper zurück ins Quartier gebracht hatte. Seither hatte ich mich von den Huntern ferngehalten, um keine Konfrontationen zu riskieren. Ich mochte zwar ein Hexenmeister und damit so etwas wie ihr natürlicher Feind sein, aber für mich waren diese Leute noch immer die Menschen, die mich aufgenommen, mir ein Dach über dem Kopf und ein Ziel im Leben gegeben hatten, als ich nichts mehr gehabt hatte. Keine Erinnerungen, nicht einmal mehr einen Namen. Ich wusste bereits, dass sie mich jetzt als ihren Feind ansahen und Jagd auf mich machten.

So beschissen es auch sein mochte, das war jetzt mein Leben.

»Ich weiß nicht, was ich getan hätte«, gestand Warden und musterte mich genau. »Wie lange weißt du schon, was du bist? Wusstest du es die ganze Zeit und hast uns alle nur verarscht?«

»Nein, verdammt.« Ich fuhr mir mit den Fingern durchs Haar und zwang mich dazu, ruhig zu bleiben. »Ich hab euch nie etwas vorgemacht. Als Roxy mich in London gefunden hat, wusste ich wirklich nicht, wer ich war und was mit mir passiert ist. Ich wusste auch nichts über diese Kräfte«, fügte ich hinzu, entschied mich jedoch dagegen, sie ihm zu demonstrieren.

Sicher war sicher. »Erst als wir in diesem Draculaschloss in Rumänien gekämpft und die Strigoi mich fast umgelegt und ausgesaugt hätten, ist meine Magie erwacht. Erst da habe ich erfahren, wer ich vorher war.«

»Ein Hexenmeister.« Er spie das Wort förmlich aus. Und sah noch immer nicht überzeugt aus – oder mir auch nur ein Fünkchen wohlgesonnener. »Was ist dann passiert? Hast du dich wieder an dein altes Leben erinnert?«

»Nein«, stieß ich mühsam beherrscht hervor und versuchte nicht an all das zu denken, was in jenen Tagen passiert war. Aber es war umsonst. Tarquins Gesicht erschien in meinen Gedanken, genauso wie die dunkle Burg und der Sarg mit dem gläsernen Deckel. Der leblose Körper des Mannes darin, der ich ihm zufolge gewesen sein sollte. Der Mann, der ich wieder werden sollte, wenn es nach Baldur und seinen Leuten ging.

Kane.

»Ich war früher ein Hexenmeister, einer von Baldurs engsten Vertrauten in seinem inneren Zirkel. Vor zwanzig Jahren bin ich im Kampf gefallen und meine Seele ist in der Unterwelt gelandet. Nicht sonderlich überraschend, wie ich mittlerweile weiß.«

Warden starrte mich mit unbewegter Miene an. Ich konnte ihm förmlich ansehen, wie es hinter seiner Stirn arbeitete und er die richtigen Schlüsse zog. »Roxy hat dich befreit«, stellte er fest. »Du bist eine von den Seelen, die sie wieder in die Unterwelt verbannen muss.«

Ich nickte nur. Mit diesem Schicksal hatte ich mich bereits abgefunden. Ich dürfte eigentlich gar nicht hier sein, sondern sollte für meine Taten als Kane in der Hölle schmoren. Und das würde ich. Aber erst, nachdem ich Roxy zurückgeholt hatte.

Warden fluchte leise. »Warst du es? Hast du Roxy getötet?«

Sekundenlang konnte ich ihn nur anstarren, fassungslos darüber, dass er diese Frage überhaupt stellte. »Glaubst du das wirklich?«

»Nein«, entschied er nach einem Moment und schüttelte den Kopf. »Du könntest ihr nie etwas antun.«

Erleichterung machte sich in mir breit, und das nur, weil Warden so überzeugt klang. Weil er daran glaubte. Nicht an mich, sondern an diese unumstößliche Tatsache. Völlig egal, wer oder was ich früher gewesen war, völlig egal, wer ich heute war – ich könnte Roxy niemals wehtun.

Wie um seine Worte zu unterstreichen, schob Warden die Machete zurück in ihre Halterung auf seinem Rücken.

Ich atmete langsam aus. Das war doch ein Fortschritt.

»Ich habe einen Weg gefunden, Roxys Seele aus der Unterwelt zurückzuholen«, gestand ich und kam damit zum eigentlichen Grund, aus dem ich um dieses Treffen gebeten hatte. Allerdings verschwieg ich, wer mir dabei geholfen hatte, da ich nicht wollte, dass sie Ärger bekamen. »Ihr Körper befindet sich noch im Quartier in London. Roxy könnte … sie könnte wieder leben. Sie wäre wieder ganz die Alte.«

Zumindest hoffte ich das. Und wenn sie zurück war, hatte sie nur noch eine Handvoll von entflohenen Geistern zu vernichten, weil ich den Rest für sie erledigt hatte.

Die Portale, mit denen ich mich innerhalb von Sekunden von einem Ort zum nächsten bewegen konnte, waren wirklich praktisch, allerdings konnten die mächtigsten unter den Hexenmeistern und Hexenmeisterinnen meine Magie spüren, wann immer ich sie einsetzte, genauso wie ich ihre spüren konnte. Also musste ich besonders vorsichtig sein und meine Spuren gründlich verwischen. Was auch der Grund dafür war, dass ich nicht per Portal nach Edinburgh gekommen war, sondern mit meinem Wagen, der auf einem Parkplatz am Fuße des Berges stand.

Leider bedeutete das auch, dass ich in den vergangenen zwei Monaten Mittel und Wege hatte finden müssen, um an Geld zu kommen, denn schließlich musste ich auch noch essen, schlafen und die normalen Transportmittel wie Züge und Flüge bezahlen. Ein bisschen hatte ich noch von unserer Tour durch Europa und den bezahlten Aufträgen gehabt, den Rest musste ich mir bei Gelegenheitsjobs als Automechaniker dazuverdienen.

»Wie willst du das anstellen?«, hakte Warden nach. »Wie willst du sie zurückholen?«

»Auf die gleiche Weise wie Roxy mich und die anderen Seelen befreit hat: Ich öffne ein Tor zur Unterwelt und gehe rein. Mit meiner Magie sollte ich es auch von innen wieder schließen können, ohne dass weitere Seelen entkommen.«

Zumindest in der Theorie. Aber in der gegenwärtigen Situation hatte ich nichts außer Theorien, jede Menge Recherchen und die Hoffnung, dass ich damit richtiglag. Oder wenigstens nicht völlig daneben.

»Sobald der Zugang frei ist, mache ich mich auf die Suche nach ihr und hole sie da raus«, beendete ich meine Erklärungen.

Tarquin zufolge konnte nur der Hexenmeister eine Seele zurück in den ursprünglichen Körper führen, der eben diesen Körper mit seiner Magie konserviert hatte. Ob dieser dafür in der Nähe sein musste oder das auch über größere Distanzen ging, hatte er leider vergessen zu erwähnen. Aber das würde ich noch früh genug herausfinden.

Ich hatte die Chance gehabt, mich an alles aus meiner Vergangenheit zu erinnern. Dafür hätte ich nur zulassen müssen, dass Baldur meine Seele aus diesem Körper befreite und sie zurück in meinen alten Körper schickte. Oder vielmehr: In *Kanes* Körper. Dann hätte ich nicht nur mein Gedächtnis zurückerhalten, sondern auch meine alte Macht. Aber das hätte auch bedeutet, alles zu vergessen, was ich erlebt hatte, seit Roxy mich in diesem Park in London aufgelesen hatte. Es hätte bedeutet, *sie* zu vergessen. Und diesen Preis würde ich niemals zahlen. Nicht, wenn es bedeutete, alles und jeden zu verlieren, der mir wichtig war – mich selbst, der Mann, der ich heute war, eingeschlossen. Auf keinen Fall. Der Preis, den ich für meinen alten Körper und mein früheres Leben bezahlen musste, war zu hoch.

Verständlicherweise hatten Baldur und seine Leute, die darauf gehofft hatten, den Hexenmeister Kane wieder in ihrer Mitte zu begrüßen, das nicht sonderlich gut aufgenommen. Genauso wenig wie die Tatsache, dass ich den Hexer getötet hatte, der Roxy ermordet hatte. Seither waren sie alle mehr als nur angepisst, was mich anging.

Warden sah skeptisch drein. »Glaubst du wirklich, dass das funktioniert?«

»Es muss«, erwiderte ich knapp. »Und das wird es auch.«

Nicht umsonst hatten wir die letzten zwei Monate an diesem Plan gearbeitet. Auf der ganzen Welt gab es nur eine begrenzte Anzahl an Toren zur Unterwelt. Anders als der Schleier, der die Geisterwelt von der Menschenwelt trennte und nur an wenigen Tagen im Jahr durchlässig wurde, konnte man die Unterwelt theoretisch zu jeder Tages- und Nachtzeit betreten. Allerdings musste man dafür ein solches Tor erst einmal aufspüren, es aufkriegen und an seinen Wächtern vorbeikommen: den Todesboten und ihren Höllenhunden.

»Okay.« Warden zog das Wort in die Länge und musterte mich argwöhnisch. »Ich glaube nicht, dass mir die Antwort gefallen wird, aber: Wie kann ich dir dabei helfen?«

»Du musst Kevin beschäftigen, damit ich mir eines der Tore vornehmen kann, die er bewacht.«

»Du verlangst allen Ernstes von mir, dass ich einen Todesboten ablenke, während du ein Tor zur Hölle öffnest?«

Herausfordernd zog ich die Brauen hoch. »Ist das ein Problem?«

Warden schnaubte, schüttelte dann jedoch den Kopf. »Nein. Das kriege ich hin.«

»Gut. Danke.« Ich wandte mich bereits ab, als Warden mich noch mal aufhielt.

»Hey.«

Langsam drehte ich mich wieder zu Warden um und zog fragend die Brauen hoch.

Er nickte mir zu. »Viel Glück. Ich hoffe, dein Plan funktioniert.«

Das hoffte ich auch.

2. KAPITEL

Shaw

Noch 15 Tage …

»Schön, dich zu sehen, Mann.« Finn nickte mir zur Begrüßung zu.

Nach dem Treffen mit Warden gestern war ich von Edinburgh nach London gefahren, hatte die letzten Vorbereitungen getroffen und meinen Chevrolet Camaro sicher in einem Parkhaus am Flughafen untergebracht. Von hier ging die Reise weiter Richtung Süden.

»Schön, noch am Leben zu sein«, erwiderte ich trocken.

Denn nach dem zwei Monate langen Versteckspiel mit Baldurs Leuten und allen Jägern und Jägerinnen auf der Welt war das keine Selbstverständlichkeit. Genauso wenig wie die Tatsache, dass Finn und Giselle mit gepackten Reisetaschen vor dem Londoner Flughafen auf mich warteten.

Nachdem ich mein Auto und meine Sachen in Italien wiedergefunden und die Jagd auf Roxys entflohene Wesen begonnen hatte, hatte ich ziemlich schnell gemerkt, dass ich nicht alles allein schaffen konnte. Also hatte ich Finn kontaktiert – mit neuer Nummer von einem Prepaid-Handy, das man hoffentlich nicht so leicht tracken konnte. Er hatte mir bei den Recherchen über die Unterwelt, Baldur und seine Anhänger und mein früheres Leben geholfen. Genauer gesagt hatte Linnea, die Archivarin in Ausbildung im Londoner Quartier, ein paar Fakten über Kane aufgedeckt, von denen ich mir wünschte, sie nie erfahren zu haben. Tarquin hatte nicht übertrieben, als er behauptet hatte, Kane hätte es genossen, Hunter und Huntresses zu jagen und sie zu töten.

Ich schluckte, doch das bittere Gefühl blieb, wie immer, wenn ich an mein früheres Leben zurückdachte.

»Wir sollten einchecken, non?« Giselle, die bei den Nachforschungen über die Unterwelt die größte Hilfe gewesen war und sich nicht davon hatte abbringen lassen, mitzukommen, band sich das lange rotbraune Haar zurück. Dann deutete sie hinter sich.

Ich wechselte einen Blick mit Finn, der sich mittlerweile vollständig von seinen Verletzungen vom Tag des Blutbades erholt hatte und genauso entschlossen war wie ich, diesen Plan durchzuziehen. Linnea hatte uns heimlich drei Flugtickets organisiert, und ich nutzte den gefälschten Ausweis, den ich mir vor zwei Monaten besorgt hatte, für eine weitere Reise.

Zunächst flogen wir von London über Rom nach Catania, einer Hafenstadt in Sizilien. Von dort aus ging es mit einem Mietwagen weiter.

Stunden später befanden wir uns mitten im Nationalpark Parco dell'Etna. Diverse Vulkanausbrüche hatten im Laufe der Zeit einige Täler und Krater verursacht, doch die waren nicht unser Ziel – sondern der Vulkan selbst. Ich war so weit gefahren wie möglich. Am Fuße des Ätnas mussten wir den Wagen zurücklassen und zu Fuß weitergehen. Natürlich wäre es einfacher gewesen, sich mittels eines Portals zum gewünschten Ort zu begeben, aber ich wollte nicht, dass Tarquin oder die anderen Hexenmeister und -meisterinnen auf mich aufmerksam wurden. Sie würden meine Magie schon noch früh genug wahrnehmen, wenn ich das Tor nach unserer Rückkehr wieder verschloss – nur wäre von uns dann keine Spur mehr zu finden, sobald sie hier aufkreuzten. Zumindest, wenn unser Plan aufging. Und das musste er.

Schweigend wanderten wir durch den Nationalpark und erklommen den Vulkan. Zu Beginn waren noch jede Menge Gräser, Sträucher und ein paar Bäume zu sehen gewesen, doch je höher wir kamen, desto graubrauner und kahler wurde es um uns herum. Irgendwann waren wir so weit oben, dass Nebel uns die Sicht nahm. Vielleicht waren es auch Wolken. Das würde zumindest erklären, warum mir das Atmen deutlich schwerer fiel als noch vor ein paar Metern. Könnte allerdings auch an dem schneidenden Wind gelegen haben und daran, dass es verflucht kalt war.

Kurz blieb ich stehen und sah mich um. Die Sonne ging gerade unter und tauchte alles in ein goldrotes Farbspektakel. Von hier oben konnte ich einige Gebäude am Fuße des Kraters und in der Ferne erkennen, der Rest der Insel und auch das Meer lagen jedoch unter einer dicken Wolkendecke begraben.

Als wir ganz oben ankamen, wurden wir bereits erwartet. Keine Ahnung, wie Birdie es vor uns hierher geschafft hatte … aber sie war da. Nur das zählte. Und sie hatte auch noch Unterstützung in Form von Trent mitgebracht. Bis eben war ich mir nicht sicher gewesen, ob die Magic Huntress wirklich kommen würde, nachdem ich sie um ihre Hilfe gebeten hatte, doch jetzt machte sich Erleichterung in mir breit.

Ich begrüßte die beiden mit einem Nicken, während sich Finn und Giselle vorstellten. »Danke, dass ihr alle so kurzfristig hergekommen seid.«

»Warum sind wir eigentlich hier?«, fragte Trent und ließ eine schwere schwarze Reisetasche fallen. Hoffentlich gefüllt mit Waffen aus einem der italienischen Quartiere.

»Weil sich hier ein Tor zur Unterwelt befindet.«

Birdie machte ein entsetztes Gesicht. »Mitten in einem Vulkan?!«

»Am Rande davon, aber ja.«

Die vier sahen sich um, als würde gleich ein gigantisches Tor aus dem Nichts neben uns auftauchen. So einfach war es leider nicht. Nach allem, was ich mit Giselles Hilfe in den letzten Monaten herausgefunden hatte, gab es vierundzwanzig Höllentore, die sich über die ganze Welt verteilten. Jedes davon wurde von Todesboten und ihren Höllenhunden bewacht. Da unser Vorhaben möglichst unbemerkt vonstatten gehen sollte, hatte ich eines der drei Tore finden müssen, das Kevin unterstand. Dem Todesboten, der Roxy damals verflucht hatte, nachdem sie aus Versehen ein solches Tor aufgesprengt hatte. Und ich hatte sie gefunden.

Wenn unsere Quellen korrekt waren, bewachte Kevin das Tor an der Westküste Irlands, das an der Teufelsbrücke im Osten Deutschlands und das auf dem Ätna in Sizilien. Ich hatte jeden einzelnen dieser Orte überprüft. In Irland war es zu gefährlich, da Kevin nach der Sache mit Roxy offenbar auf Nummer sicher gehen wollte und sich nun wesentlich mehr Höllenhunde dort herumtrieben als normalerweise in der Nähe eines Tores. Das wusste ich so genau, weil ich dort gewesen und um ein Haar von einem dieser verdammten Viecher erwischt worden wäre. In Deutschland befand sich das Tor direkt unter einer Brücke und damit mitten in einem See. Zu gefährlich. Also blieb nur noch das Tor auf dem Ätna. Wenigstens war ein Vulkanausbruch unwahrscheinlicher, als in einem See zu ertrinken.

Finn trat zu mir. »Ich hoffe wirklich, dass dieser Plan funktioniert.« Angespannt betrachtete er das graubraune Gestein, aus dem der ganze Boden bestand. Es war kein sonderlich schöner Anblick, und ich fragte mich, warum es tagsüber so viele Touristen hierher zog.

»Wir haben wochenlang daran gearbeitet und alles bedacht. Es wird klappen.«

»Wie genau sieht dieser Plan aus?«, fragte Trent und verschränkte die Arme vor der Brust. »Du hast gesagt, wir könnten Roxy zurückholen und dass du dabei Hilfe brauchst, mehr aber auch nicht.«

Ich konnte ihm sein Misstrauen nicht übel nehmen, genauso wenig wie die Zweifel in den Gesichtern der anderen. Alle, die ich gefragt hatte, waren hier: Finn, Birdie und Trent. Sogar Giselle war mitgekommen, auch wenn sie weder kämpfen noch Magie einsetzen konnte. Aber anders als alle anwesenden Hunter hier hatte sie bereits eine Begegnung mit einem Todesboten hinter sich – und überlebt. Seit sie im Londoner Quartier war, hatte sie unermüdlich alles über die Boten, ihre Flüche und die Unterwelt recherchiert, was sie finden konnte. Wahrscheinlich gab es nur wenige Archivare auf der Welt, die mehr über das Thema wussten. Außerdem wollte sie Roxy helfen, und das rechnete ich ihr hoch an. Ich rechnete es ihnen allen hoch an, dass sie den weiten Weg auf sich genommen hatten, obwohl es keine Garantie gab, dass wir es schaffen würden. Zumal sie sich ganz auf mich verlassen mussten. Den Hexenmeister.

»Birdie zerstört das Stufe-6-Amulett, das sie mitgebracht hat«, begann ich und deutete auf die zierliche Magic Huntress, deren Magie sich in Explosionen manifestierte. Genau dieses Talent brauchten wir hier.

Birdie betrachtete den tiefblauen Stein mit den goldenen Partikeln in ihrer Hand und zog die Schultern hoch. »Du traust mir ganz schön viel zu.«

Ich senkte den Blick auf die lange Halskette und deutete auf den Stein. »Als Magic Huntress hast du ein natürliches Talent für Magie«, erinnerte ich sie. »Außerdem trägst du ein Amulett der Stufe … 4?«

Sie schnaubte. »Ja. Seit zwei Tagen. Und auch nur, weil mein altes leer war und Krall darauf bestanden hat, dass ich so weit bin.«

»Hey.« Trent stupste sie von der Seite an. »Du packst das. Krall glaubt an dich. Wir glauben an dich. Und wenn du es nicht schaffst, sind wir wenigstens alle hier, um dein Versagen zu beobachten.«

»Vielen Dank auch.« Birdie funkelte ihn an. »An deinen motivierenden Reden musst du wirklich noch arbeiten.«

Er grinste nur.

»Wir werden das Tor aufsprengen, so wie Roxy es damals in Irland getan hat«, mischte ich mich wieder ein. »Entweder durch Birdies Amulettmagie oder mithilfe von meiner.«

Auch wenn ich wirklich hoffte, dass es nicht dazu kam. Wir konnten hier keine Hexen und Hexer gebrauchen, die mir nachjagten.

»Aber ohne dass dabei neue Seelen aus der Unterwelt entkommen, non?« Giselle sah sich wachsam um und rieb sich über die Arme, als wäre ihr kalt.

Ob sie an ihre eigene Erfahrung mit Todesboten denken musste? Sie konnte nur deshalb keinen anderen Menschen anfassen, weil ein Todesbote sie mit dem Todesblick verflucht hatte. Jedes Mal, wenn sie jemanden berührte – egal ob direkter Hautkontakt oder durch Kleidung –, sahen sie und ihr Gegenüber, wie besagte Person sterben würde. Es war eine grausame Strafe, genauso wie die Mission, mit der Kevin Roxy beauftragt hatte.

»Niemand wird entkommen«, beruhigte ich sie. »Sobald das Tor offen ist, gehen wir sofort rein und ich verschließe es hinter uns mit meiner Magie.«

Zugegeben, dieser Punkt war noch etwas vage. Aber wenn ich magische Energie in Form von Blitzen ebenso erzeugen konnte wie Illusionen und Portale, die mich an jeden Ort der Welt brachten, dann musste es auch möglich sein, eine Art magische Barriere zu errichten. Wie ein Energiefeld, zumindest aber eine Illusion, die die eingesperrten Seelen davon abhalten würde, durch das Tor zu fliehen. Spätestens wenn Kevin hierher zurückkehrte, würde er das Tor selbst wieder reparieren. Und hoffentlich nie herausfinden, wer es in die Luft gesprengt hatte.

Finn schnaubte. »Klar. Wir zerstören also direkt auf einem Vulkan, der noch immer aktiv ist und alle paar Jahre ausbricht, eines der mächtigsten Amulette, die es auf der Welt gibt. Was soll schon schiefgehen?«

Ich warf ihm einen schiefen Blick zu. »Hast du eine bessere Idee?«

Er öffnete den Mund, schloss ihn nach wenigen Sekunden jedoch wieder und presste die Lippen zu einer harten Linie zusammen.

»Mir gefällt das auch nicht«, gab ich zu. »Es ist ein verdammt großes Risiko und wir könnten uns enorme Schwierigkeiten einhandeln, aber ich bin bereit, dieses Risiko einzugehen. Für Roxy. Bist du es auch?«

Finn nickte sofort, genau wie alle anderen.

»Gut. Warden beschäftigt Kevin, damit der nichts hiervon mitkriegt. Das ist nämlich eines von seinen Toren«, fügte ich hinzu, als Birdie bereits den Mund öffnete. Vermutlich um genau diese Frage zu stellen. »Wir müssen uns also mit keinem Todesboten anlegen.«

Bei diesen Worten atmete Giselle hörbar auf.

»Was ist mit den Höllenhunden?«, warf Trent ein und zog einen Kampfstab aus der Reisetasche, den er mit einer einzigen schnellen Bewegung aufklappte.

»Überlass die mir«, erwiderte ich grimmig.

Nach der kurzen Begegnung mit den Mistviechern in Irland wusste ich, was mich erwartete. Und ich war mir ziemlich sicher, dass meine Magie stark genug war, um uns im Zweifelsfall den Weg freizukämpfen. Zum Teufel, mein früheres Ich, Kane, war sogar einer von Baldurs engsten Vertrauten gewesen. Theoretisch besaß ich also genug Macht, um es auch mit Höllenhunden aufzunehmen, aber ich wollte es nicht drauf ankommen lassen, wenn es nicht unbedingt sein musste.

»Leg das Amulett hier hin«, wies ich Birdie an und deutete auf eine Einkerbung im Boden, die zu rund wirkte, um natürlichen Ursprungs zu sein.

Sie zögerte kurz, platzierte den dunkelblauen Stein mit den goldenen Sprenkeln aber in die Einkerbung.

»Bereit?« Ich sah von einem zum anderen. Sie traten genau wie ich ein paar Schritte zurück und überließen der Magic Huntress das Feld. Die wirkte zwar nervös, nickte mir jedoch zu.

Der Wind zerzauste ihr hellbraunes Haar mit der grünen Strähne darin und presste ihre Kleidung gegen ihre zierliche Gestalt, aber sie stemmte sich dagegen. Das Amulett an ihrem Hals leuchtete auf. Nicht in dem hellllilafarbenen Schimmer, den ich aus meiner Zeit in Prag kannte, sondern im strahlenden Magenta der Stufe 4.

Aus irgendeinem Grund musste ich lächeln. Vielleicht, weil Birdie so verbissen mit Roxy und später auch mit Ella daran gearbeitet hatte, die Amulettmagie besser in den Griff zu kriegen. Vielleicht auch, weil sie das nicht nur geschafft zu haben schien, sondern mittlerweile sogar die nächste Stufe erreicht hatte. Roxy wäre verdammt stolz auf sie.

Meine Gedanken rasten, während ich Birdie beobachtete, wie sie sich konzentrierte und die Magie ihres Amuletts in ihren Händen sammelte. Meine Muskeln spannten sich an und ich spürte das Knistern meiner eigenen Magie tief in meinem Inneren.

Ab jetzt musste es verdammt schnell gehen. Amulett zerstören. Tor aufsprengen. Höllenhunde verjagen. Unterwelt betreten. Mit etwas Glück bekamen wir es gar nicht erst mit Höllenhunden zu tun, weil sie zu spät merkten, was Sache war. Und wenn sie es dann merkten, waren wir im Idealfall schon längst in den Tiefen der Unterwelt auf der Suche nach Roxy.

Es gab keine Vorwarnung. Keinen Countdown. Die Explosion war so gewaltig, dass die Druckwelle uns alle zurückwarf. In der einen Sekunde stand ich noch da und beobachtete Birdie bei ihrem Tun, in der nächsten fand ich mich auf dem Boden wieder. Hustend und mit einem Klingeln in den Ohren.

Was zur Hölle …?

Hastig rappelte ich mich auf und wischte mir Staub und Lavagestein von der Kleidung. Rauch hing in der Luft, löste sich durch den Wind aber schnell wieder auf, und was ich sah, war … Nichts. Das Amulett lag noch immer unberührt da. Obwohl Birdie ihre ganze geballte Amulettmagie eingesetzt hatte, hatte der tiefblaue Stein nicht mal einen Kratzer abbekommen. Wie war das möglich?

Birdie sank in sich zusammen und stützte sich mit den Händen auf den Oberschenkeln ab. Innerhalb von Sekunden war Trent an ihrer Seite, um sie zu stützen.

»Was ist passiert?«, rief Finn und stand ebenfalls auf.

»Es hat nicht funktioniert.« Meine Stimme klang selbst in meinen eigenen Ohren völlig fassungslos.

»Tut mir leid«, murmelte Birdie geknickt und richtete sich mit Trents Hilfe wieder auf. »Ich hab echt alles gegeben.«

»Ich weiß«, erwiderte ich automatisch. »Es ist nicht deine Schuld.«

Aber wieso hatte es nicht geklappt? Roxy hatte es vor über einem Jahr in Irland doch auch geschafft. Birdie war eine Magic Huntress mit einem Amulett der Stufe 4 und einer Affinität dafür, Dinge in die Luft zu jagen. Roxy war eine freie Huntress mit einem Amulett der Stufe 5 gewesen. Daran musste es liegen. Nicht an Birdie und ihren Fähigkeiten, sondern wie viel konzentrierte Magie ihr zur Verfügung stand.

Ich sah auf meine Hände hinab und ballte sie langsam zu Fäusten. Die ganze Zeit über war ich so vorsichtig gewesen und hatte alles daran gesetzt, meine Spuren zu verwischen, damit Tarquin und die anderen Hexenmeister mich nicht fanden. Oder erkannten, was ich vorhatte. Und jetzt würde ich sie im schlechtesten Fall geradewegs hierherlocken, wenn ich meine Magie einsetzte. Aber welche Wahl hatte ich? Aufgeben, so kurz vor dem Ziel? Nein, das kam nicht infrage.

Ich suchte Birdies Blick. »Lass es uns noch mal versuchen.«

»Aber –«

»Gemeinsam.«

Sie starrte mich einen Moment lang überrascht an, dann nickte sie aufgeregt. »Das könnte funktionieren.«

Das sollte es besser auch. Ich hatte nicht all das vorbereitet und in die Wege geleitet, nur um jetzt, so kurz vor dem Ziel zu scheitern.

»Sicher, dass du das schaffst?«, fragte Trent und drückte ihre Schulter. Seine Stirn war gerunzelt und sein Blick lag die ganze Zeit auf ihr.

Birdie verzog die Mundwinkel zu einem Lächeln. »Machst du dir etwa Sorgen um mich? Das ist neu.«

Er ließ sie sofort los und wich einen Schritt zurück. »Wir versuchen gerade, ein Höllentor aufzusprengen. Natürlich mache ich mir Sorgen. Um uns alle.«

Birdie grinste nur weiter.

»Es kann sein, dass hier gleich Hexenmeister aufkreuzen«, warnte ich, als ich neben ihr in Position ging. »Deshalb solltet ihr schleunigst verschwinden oder euch verstecken, sobald wir drin sind, okay?«

»Hexenmeister?« Trent kniff die Augen zusammen. »So wie du?«

Ich verzog das Gesicht. »Ja. Allerdings waren sie in letzter Zeit nicht gerade glücklich mit meinen Entscheidungen.«

»Sie machen Jagd auf dich«, kam es von Giselle, die sich bisher zurückgehalten hatte, jetzt aber nur noch entschlossener wirkte. »Du bist auf keiner Seite mehr zu Hause.«

Niemand sagte ein Wort. Offenbar war das neu für sie – und auch für Finn und Giselle, denen ich nie etwas davon erzählt hatte. Es betraf sie nicht und sie sollten sich ganz auf Roxy konzentrieren statt auf mich. Deshalb waren wir heute schließlich hier. Außerdem waren Baldur und meine ehemaligen Hexenkollegen ganz allein mein Problem.

»Na los«, beschwor ich Birdie, da ich mich nicht länger mit diesem Thema beschäftigen wollte. Außerdem drängte die Zeit. Wer wusste schon, wie lange Warden Kevin von hier fernhalten konnte? »Lass es uns zusammen versuchen.« Gleichzeitig warf ich Trent und Finn einen prüfenden Blick zu.

Die beiden nickten mir zu. Auf alles gefasst hielt Finn zwei Dolche in der Hand, während Trent den Kampfstab durch die Luft wirbeln ließ. Sie standen bereits wieder in Position, um uns im Zweifelsfall den Rücken zu decken. Ich hoffte nur, dass das ausreichte.

Ich atmete tief durch. Mittlerweile war es dunkel geworden. Die ersten Sterne funkelten am Himmel und der Mond tauchte den Vulkan in ein gespenstisches Licht. Vor sechs Tagen war Vollmond gewesen, also spendete er uns auch jetzt noch genug Licht, um zu erkennen, was wir hier taten.

»Bereit?«, fragte ich so leise, dass nur Birdie es hören konnte.

»Nicht wirklich.«

»Denk daran, was Roxy und Ella dir beigebracht haben. Du schaffst das.«

Ein kurzes Lächeln blitzte auf, verschwand aber genauso schnell wieder, wie es aufgetaucht war. An seine Stelle trat ein entschlossener Ausdruck.

Das war es. Das war der Moment. Jetzt gab es kein Zurück mehr. Selbst wenn es nicht funktionieren würde, hätte ich den anderen Hexenmeistern mit dieser Aktion praktisch ein GPS-Signal geschickt, mit dem sie mich orten konnten. Aber mir blieb keine andere Wahl. Außerdem würde es klappen. Es musste einfach klappen.

Birdie straffte die Schultern, dann ließ sie die geballte Macht ihres Amuletts ein weiteres Mal auf den Stein los. Im selben Moment stieß ich die Hände nach vorn und schleuderte so viel von den blauen Blitzen meiner eigenen Magie auf das Ziel, wie ich konnte. Ein tiefes Dröhnen erfüllte die Luft und der Boden unter unseren Füßen begann zu beben.

Unvermittelt leuchtete es grell auf – und eine geradezu unheimliche Stille breitete sich aus. Kein Knall. Keine markerschütternde Explosion. Keine Druckwelle, die uns wegschleuderte. Nur Stille, als würde alles um uns herum den Atem anhalten.

Und dann sah ich es. Das Amulett war zerstört, dafür war da auf einmal ein Loch in der Felswand direkt neben uns, das wie schwarz schimmerndes Wasser aussah. Groß genug, um hineinzuklettern – oder daraus auszubrechen. Ich wappnete mich innerlich dafür, das Tor genauso schnell wieder zu verschließen, wie wir es geöffnet hatten.

Splitter und Steinbrocken lagen um uns herum, aber wir hatten es geschafft. Scheiße, wir hatten es wirklich geschafft!

Neben mir fiel Birdie auf die Knie. Ihre Brust hob und senkte sich schnell. Schweißperlen rannen ihr über die Stirn und sie war geisterhaft blass.

Trent trat neben sie. »Ich kümmere mich um sie. Geht ihr und holt Roxy.«

Ich nickte den beiden dankbar zu. »Gleich werden Hexenmeister auftauchen. Ich kann euch durch ein Portal wegschicken, aber sie könnten euch folgen.«

Trent legte den Arm um Birdie und half ihr auf die Beine. »Bring uns nach Florenz. Dort haben wir Unterstützung von den Huntern, wenn wir die Hexen nicht abhängen können.«

»In Ordnung. Danke.« Noch während ich die Worte aussprach, erschuf ich ein Portal, das vom Ätna geradewegs in eine ruhige Seitengasse in Florenz führte.

Ein letzter Blick in unsere Richtung, dann gingen Birdie und Trent hindurch. Ich schloss das Portal nicht sofort, sondern wandte mich an Giselle. »Noch kannst du es dir anders überlegen. Das wird kein Spaziergang werden.«

Wir erstarrten, als ein schrilles Heulen die Luft erfüllte, das direkt aus dem Vulkan unter uns zu kommen schien. Höllenhunde. Verflucht.

Giselle schüttelte entschieden den Kopf. »Roxy hat mir geholfen. Also helfe ich ihr jetzt auch.«

Ich ließ das Portal verschwinden. »Dann los.« Ich atmete tief durch, dann kletterte ich als Erster durch das Tor und betrat die Unterwelt.

3. KAPITEL

Shaw

Die schwarze Masse, die wie Teer oder Pech aussah, war nicht wirklich flüssig und hinterließ auch keine Spuren, außer einer Kälte wie von Tausenden Eiszapfen auf meiner Haut. Nur mit Mühe unterdrückte ich ein Schaudern.

Ich stand in einem grellweißen Raum. Zumindest meinte ich, dass es ein Raum war, aber sicher war ich mir da nicht. Es gab keinerlei Anzeichen für Fenster oder Türen, Boden, Decke, oder Wände. Alles war so weiß, dass es in den Augen wehtat. Es gab keinen Anfang und kein Ende, als würden wir in einem luftleeren Raum fernab der Realität schweben.

Das sollte die Hölle sein? Ein weißer Raum?

»Sind wir hier richtig?« Finn kletterte als Nächster durch das Tor. Seine Stimme hallte durch die Unendlichkeit und warf ein unheimliches Echo.

»Es war definitiv ein Tor zur Unterwelt«, bestätigte ich ihm und schauderte, als meine eigenen Worte an irgendetwas abprallten und zu mir zurückkehrten.

Giselle kam als Letzte durch das Tor, hielt jedoch genügend Abstand, um keinen von uns aus Versehen zu berühren. Ich drehte mich um und konzentrierte mich auf die Öffnung hinter uns. Wie damals, als Roxy gestorben war, ließ ich mich ganz von meiner Magie leiten. Ich spürte sie in meinen Adern, fühlte das Kribbeln in meinen Fingern und ließ sie auf das Tor los.

Im ersten Moment schien nichts zu geschehen, dann hörte ich ein leises Surren, ein Zischen in der Luft. Jeder einzelne Splitter, jeder Stein von draußen raste auf das Tor zu und nahm seinen ursprünglichen Platz ein. Das halb durchsichtige schwarze Schimmern vermischte sich mit meiner Magie und verhärtete sich zu einer Barriere.

Ich atmete auf. Das Tor war geschlossen. Zumindest für den Moment. Keine Ahnung, wie lange dieses Konstrukt halten würde, also beeilten wir uns besser. Außerdem wollte ich wirklich nicht mehr Zeit als unbedingt nötig hier unten verbringen.

»Ich glaube, da ist ein Weg.« Giselle deutete nach vorn und ging voraus.

Wir folgten ihr schweigend. Der weiße Raum verwandelte sich in einen ebenso weißen Tunnel. Ich verstand nicht, woher das Licht kam, da ich keine Quelle dafür erkennen konnte, aber wenigstens hallten unsere Stimmen hier nicht mehr so wie im Eingangsbereich.

»Irgendwie hab ich mir die Unterwelt anders vorgestellt«, murmelte ich.

Finn schnaubte neben mir. »Ach ja? Wie denn?«

»Keine Ahnung.« Ich streckte die Finger aus und ballte die Hände wieder zu Fäusten. »Mehr Feuer und Dämonen? Brennende Lavaflüsse? Ascheregen und Sirenen? Schreie und Folterkammern?«

Finn warf mir einen Blick zu, mit dem er deutlich machte, dass er gerade an meinem Verstand zweifelte. Dabei hatte er überhaupt keinen Grund dazu. Ich hatte nur genug Filme und Serien geschaut, um eine ziemlich klare Vorstellung von der Hölle zu haben. Eine Vorstellung, die offenbar nichts mit der Wirklichkeit gemeinsam hatte, wie ich jetzt feststellen musste.

»Sicher, dass du dich an nichts hiervon erinnern kannst?«, hakte er nach.

»Ziemlich.«

Bis auf diesen einen wiederkehrenden Albtraum und die kurze Erinnerung, die mich durchzuckt hatte, als ich Tarquin das erste Mal gesehen hatte, war da noch immer diese endlose Leere in mir. Aber in seltenen Momenten, oder nachts in meinen Träumen, blitzte etwas aus meinem früheren Leben auf. Zu schnell, um es zu greifen. Allerdings kamen mir manche Dinge, manche Namen, Personen und Orte manchmal nicht ganz so fremd vor. Als würde sich ein Teil von mir daran erinnern können, auch wenn ich diese Erinnerungen nie ganz festhalten konnte.

Aber von meiner Zeit hier unten? Da war nichts. Nada. Und in diesem Moment spürte ich nicht mal den Hauch eines Déjà-vus. Wir mussten uns ganz auf Giselle verlassen – genauer gesagt auf das, was der Todesbote ihr über diesen Ort erzählt hatte.

Von der Unterwelt gab es keine Beschreibungen, denen man Glauben schenken konnte, weil niemand von hier zurückkehren sollte. Und die Menschen, die behaupteten, schon mal hier gewesen zu sein, konnten sich an nichts mehr erinnern. Mit Sicherheit war das auf die Magie von Ulysses, dem König der Unterwelt, zurückzuführen. Die Menschen hatten teils horrende Vorstellungen von der Hölle und den Qualen, die sie nach dem Tod erwarteten, aber sie wussten nichts davon mit absoluter Sicherheit. Und diese Unwissenheit war erschreckender als alles andere. Beinahe so, als wollte Ulysses mit den Ängsten der Menschen und Kreaturen spielen, als würde er es genießen, dass niemand so genau wusste, was sie oder ihn erwartete, wenn das eigene Leben zu Ende ging.

Allerdings hatte ich ein bisschen mehr als einen weißen Raum und ebenso weißen Gang erwartet, der ins Unendliche zu führen schien. War die Unterwelt nicht dazu da, böse Seelen für ihre Taten zu bestrafen und ewig zu quälen? Falls das durch pure Langeweile geschehen sollte, stand uns noch einiges bevor.

»Wenn wir Roxy wirklich finden«, begann Finn, während er neben mir den endlos wirkenden Gang hinunterschritt. »Wie genau schickst du ihre Seele wieder in ihren Körper?«

»So wie Baldur es mit mir machen wollte.« Ich warf ihm einen kurzen Blick zu und sah, dass er mich verwirrt musterte. Dieser Teil meiner Geschichte war ihm ebenfalls neu. Keiner der Hunter wusste, was im Schloss des Hexenkönigs passiert war. Oder vielmehr: Was *beinahe* passiert wäre. »Er hat Kanes ... meinen alten Körper mit Magie konserviert und wollte meine Seele dahin zurückschicken. Was ich nicht zulassen konnte, weil ich sonst alles aus diesem Leben vergessen hätte. Aber daher weiß ich überhaupt erst, dass es möglich ist.«

»Deshalb hast du Roxys Körper mit deiner Magie konserviert und sie zu uns zurückgebracht«, schlussfolgerte Finn.

Ich nickte knapp. »Hexen und Hexer leben nicht ewig, nur länger als normale Menschen. Aber Baldur wandelt seit Jahrtausenden auf der Welt. Alle hundert oder zweihundert Jahre oder wenn er tödlich verwundet wird, wechselt seine Seele den Körper. Er sucht sich einfach einen neuen.«

Dieser clevere Bastard. Anfangs hatte ich mich über die vielen unterschiedlichen Porträts im Schloss gewundert, schließlich gab es seit ewigen Zeiten nur den einen Hexenkönig ... Bis ich erkannt hatte, dass diese unnatürlich leuchtenden grünen Augen immer dieselben waren.

»Das ist –«

»Non ...« Giselle, die uns ein paar Schritte voraus war, blieb abrupt stehen. Die Worte waren nur ein Flüstern auf ihren Lippen gewesen, aber in der endlosen Stille um uns herum deutlich hörbar. Ihre Augen waren weit aufgerissen, ihr Gesicht leichenblass.

»Was ist los?« Finn machte einen Schritt auf sie zu.

Giselle wich vor ihm zurück. »Non! Tout, sauf ça!«

Finn und ich wechselten einen verwirrten Blick. Doch als wir uns ihr vorsichtig näherten, die Hände beschwichtigend gehoben, wich sie nur noch weiter zurück, bis sie mit dem Rücken gegen die Wand stieß. Sie grub die Finger in ihre Haare und rutschte langsam an der Wand hinab. Tränen liefen ihr über die Wangen, während sie immer wieder dasselbe Wort flüsterte: *Non.* Nein.

»Giselle?« Finn ging neben ihr in die Hocke.

Sie sah weder ihn noch mich an, sondern starrte durch uns hindurch. Aber es war klar, *dass* sie etwas sah. Etwas, das sie völlig fertigmachte. Plötzlich hechtete sie nach vorn, die Arme ausgestreckt, als wollte sie jemanden packen oder wegziehen, doch da war niemand.

Was zum Teufel ging hier vor sich?

Ich wollte gerade etwas sagen, wollte Giselle beruhigen, als sich der weiße Gang, in dem wir uns befanden, zu verändern begann. Die Wände verschwammen, lösten sich auf und machten kahlen Bäumen Platz. Einzelne Schneeflocken schwebten durch die plötzlich klirrend kalte Luft und schmolzen auf meiner Haut. Dunkelheit umfing mich und ich wusste, ich müsste nur den Kopf in den Nacken legen, um den Sternenhimmel über mir zu sehen. Mein Atem kondensierte und jeder Herzschlag schmerzte ein bisschen mehr in meiner Brust. In der Ferne ertönten Kampfgeräusche und die Magie hing so schwer in der Luft, dass ich sie beinahe auf meiner Zunge schmecken konnte.

Ohne mich zu bewegen, ohne mich umsehen zu müssen, wusste ich ganz genau, wo ich war: am letzten Ort, an dem ich sein wollte. Wobei es kein Ort war, sondern eine Erinnerung. Eine Erinnerung, die mich in den letzten Monaten immer wieder heimgesucht hatte, und die jedes Mal etwas detaillierter geworden war.

Ich war wieder in diesem Wald. In der Nähe der Schlacht, in der ich Seite an Seite mit Tarquin gekämpft hatte, und jagte die beiden Hunter durch den Wald. Obwohl ich mich dagegen wehrte, setzten sich meine Beine ganz von selbst in Bewegung. Ich rannte. Schneller, immer schneller. Schnee stob auf und knirschte unter jedem meiner Schritte. Entferntes Rufen drang an mein Ohr. Das Knistern von Magie. Verzweiflung. Angst. Panik.

Ruckartig blieb ich stehen. »Das ist nicht real«, stieß ich hervor. Wieder und wieder, obwohl ich die Kälte bis in die Knochen spüren und meinen eigenen Atem in der Nacht sehen konnte. »Es ist *nicht* real. Ich bin nicht wirklich hier.«

Ich sah auf meine Hand hinab. Blaue Blitze sprangen zwischen meinen Fingern hin und her. Als ich den Kopf hob, blickte ich geradewegs in die Gesichter der beiden Hunter. Sie standen nur wenige Meter von mir entfernt. Ein Mann und eine Frau. Er trug ein Amulett einer höheren Stufe. Sie umklammerte ein schmales Schwert.

Lauft!, wollte ich schreien. *Verschwindet! Ich kann es nicht aufhalten!* Doch keine dieser Warnungen kam mir über die Lippen. Stattdessen machten sich meine Mundwinkel selbstständig und verzogen sich zu einem Lächeln. Gegen meinen Willen hob ich die Hand, um zum vernichtenden Schlag auszuholen.

Das ist nicht real. Es durfte nicht real sein, obwohl es sich echter anfühlte als jeder Traum im vergangenen halben Jahr. Ich war wieder Kane. Ich jagte, ich mordete – und ich genoss es. Ich war zu meinem schlimmsten Albtraum geworden.

»Shaw!« Etwas Hartes traf mich mitten in der Brust.

Ich strauchelte, schüttelte den Kopf – und erstarrte. Der

Wald war verschwunden. Ich war wieder in dem endlos wirkenden weißen Gang.

Finn war direkt vor mir, deutlich blasser als vorher, und hatte sich schützend vor Giselle gestellt.

Langsam drehte ich den Kopf zur Seite. Ich hatte wirklich zum Angriff ausgeholt – und in meiner erhobenen Hand knisterte Magie.

»Shit!« Ich ließ das blaue Leuchten sofort verschwinden und stolperte ein paar Schritte zurück. »Was zur Hölle war das?«

»Ich glaube, du hast dir diese Frage gerade selbst beantwortet.«

Die Hölle. Kein Ort voller Feuer, Folter und grausamer Qualen, sondern ein Zustand. Eine persönliche Hölle für jede einzelne Seele, die sich durch ihre Taten selbst hierher verdammt hatte.

»Scheiße.« Ich schüttelte mich, doch das Erlebnis haftete an mir und drang mir durch die Kleidung, durch Haut und Muskeln bis in die Knochen, wie Nieselregen an einem grauen Londoner Tag. »Das war … heftig.«

Finn nickte knapp.

»Hat es dich nicht erwischt?«

»Doch.« Er biss die Zähne zusammen, führte das aber nicht weiter aus. Was auch immer er gesehen hatte, musste ihn genauso mitgenommen haben wie Giselle und mich.

»Ulysses spielt mit unseren Ängsten«, knurrte Finn und schaute sich um, als würde er damit rechnen, dass der König der Unterwelt sich jeden Moment zeigte.

»Non, nicht unsere Ängste«, widersprach Giselle leise und stand auf. Zitternd lehnte sie sich gegen die Wand. »Oder … nicht nur. Es ist schlimmer.«

Finn runzelte die Stirn. »Was könnte schlimmer sein als unsere größten Ängste?«

»Espérance …«, flüsterte sie. Ein trauriges Lächeln umspielte ihre Lippen. »Hoffnung. Die Hoffnung, etwas verändern, etwas anders machen zu können.«

»Und zu versagen«, murmelte ich und rieb mir mit der Hand über das Gesicht. Was für ein abgefucktes Spiel war das hier? »Wir sollten weitergehen, bevor das noch mal passiert.«

Keiner der beiden widersprach. Da es nur eine Richtung gab, setzten wir uns wieder in Bewegung und folgten dem Gang.

Ich war auf alles gefasst. Auf weitere Illusionen, weitere Ängste, die plötzlich zum Leben erwachten, während wir ewig einfach nur geradeaus gingen. Nichts davon passierte. Und mit jeder Minute, die verstrich, wuchs meine Anspannung.

Das hier war ein weiteres Spiel. Denn oftmals war die Angst vor dem, was passieren könnte, unerträglicher als das gefürchtete Ereignis selbst.

Irgendwann, ich wusste nicht, wie viel Zeit inzwischen vergangen war, erreichten wir eine Abzweigung. Es gab nur zwei Möglichkeiten: rechts oder links. Beide Gänge waren in demselben in den Augen schmerzenden grellen Weiß gehalten wie der, aus dem wir kamen.

»Gib mir dein Messer«, meldete sich Giselle auf einmal zu Wort.

Finn händigte ihr ohne zu zögern einen der beiden Dolche aus. »Was hast du vor?«

»Unseren Weg zurück markieren«, erklärte sie und ritzte ein Kreuz in den Boden, anschließend zwei weitere links und rechts in die Wände. »Das, was wir sehen, ändert sich. Aber nicht dieser Ort an sich. Nicht seine … seine Struktur. Seine Essenz. Sie bleibt dieselbe.«

Clever. Spätestens jetzt war ich heilfroh, dass sie mitgekommen war – und dafür sorgte, dass wir den Weg zurück zu dem Tor fanden, durch das wir hereingekommen waren. Allerdings hatten wir noch immer keine Ahnung, wo Roxy war. Ich hatte gehofft, es würde leichter werden, sobald wir erst einmal in der Unterwelt waren. Auch wenn ich nicht mit Schildern gerechnet hatte, die uns den Weg wiesen – na gut, insgeheim schon –, dann doch zumindest mit … etwas. Einer Spur von ihr oder einer Erinnerung an meine eigenen Erfahrungen in der Unterwelt. Schließlich hatte ich Tarquin zufolge rund zwanzig Jahre hier unten verbracht.

»Und wie entscheiden wir jetzt, wohin –«

Ich hob die Hand. Finn schwieg sofort.

Da war etwas gewesen. Ein leises Geräusch. Gleichmäßig. Schnell. Ich neigte den Kopf zur Seite und versuchte zu horchen, doch das Einzige, was ich wahrnahm, waren unsere gepressten Atemzüge.

Doch dann hörte ich es. Etwas kam aus dem Gang hinter uns – und es bewegte sich in rasender Geschwindigkeit auf uns zu.

»Wir sollten uns besser sofort entscheiden!«, rief ich.

Meine Worte gingen im Heulen eines Höllenhundes unter. *Oh Shit.*

Finn und ich wandten uns instinktiv nach links, Giselle nach rechts. Als wir unseren Fehler bemerkten, machten wir sofort kehrt und sprinteten in ihre Richtung. Die Geräusche hinter uns wurden immer lauter.

»Hat irgendjemand eine Ahnung, wo wir hinrennen?«, zischte Finn.

»Nope. Aber wenn du nicht als Hundefutter enden willst, solltest du besser nicht stehen bleiben!«

Wir rannten, was das Zeug hielt, doch der Höllenhund holte trotzdem auf. Lange würden wir das nicht mehr durchhalten, und ich hatte keine Ahnung, was meine Magie hier drinnen auf engstem Raum anrichten würde.

Plötzlich deutete Giselle nach vorn. Der Gang endete in einem großen bogenförmigen Durchgang, etwa hundert Meter vor uns. Dunkelheit war alles, was ich dahinter ausmachen konnte. »Ist das …?«

»Eine Klippe!«

Zumindest meinte ich, einen kleinen Vorsprung zu erkennen. Uns blieb keine Zeit für einen kreativen Plan und ich wollte einen Kampf möglichst vermeiden. Aber mir kam eine Idee.

»Finn, Giselle, nach links.«

»Was …?«

»Keine Fragen! Nach links!«

Wir erreichten den Durchgang mit dem Vorsprung. Aus dem Augenwinkel sah ich, wie die beiden nach links hechteten, während ich mich nach rechts warf und direkt neben dem Torbogen gegen die Mauer drückte.

Die Geräusche kamen näher, das Heulen wurde lauter. Nur Sekunden nach uns raste eine große struppige Gestalt mit Fell wie flüssiger Teer an uns vorbei – und geradewegs über die Klippe. Der Höllenhund jaulte und donnerte den Abhang hinunter.

Ich wagte es erst nach ein paar Sekunden, aufzuatmen. Erst als ich sicher sein konnte, dass kein zweiter Höllenhund hinter uns her war.

Verdammt, war das knapp gewesen.

Vorsichtig trat ich an den Rand des Vorsprungs, doch es ging so tief und steil hinunter, dass nichts mehr vom Höllenhund zu sehen war.

Finn trat neben mich, das Gesicht eine grimmige Maske. Sein Blick war wie gebannt geradeaus gerichtet. »Das sieht schon deutlich mehr wie eine Unterwelt aus …«

Vor uns breitete sich eine endlos wirkende Landschaft aus – ein Tableau der Verwüstung. Rote und violette Blitze zuckten über einen mit tiefdunklen Wolken verhangenen Himmel und tauchten alles für einen Sekundenbruchteil in gleißendes, unwirkliches Licht. Verfallene, modrige Häuser aller Größen, Formen und Strukturen. Ruinen. Zerstörte Straßen und Wege mit finsteren Gassen, die ins Nichts führten. Dazwischen kleinere Wälder, die so dunkel wirkten, als könnte nichts in dieser oder irgendeiner anderen Welt sie erhellen. Es dauerte einen Moment, aber dann nahm ich Bewegungen wahr … vereinzelte Menschen, die zwischen all der Zerstörung herumirrten, rannten oder reglos auf dem Boden lagen. Entfernte Schreie, Schluchzer, das Weinen von Kindern und Erwachsenen gleichermaßen erfüllten die Luft.

Doch die Landschaft blieb nicht dieselbe. Gebäude verschoben sich, tauchten auf und verschwanden wieder. Tiefe Gräben zogen sich durch Täler, die von Bergen und aktiven Vulkanen gesäumt wurden. In einem Moment waren sie da, im nächsten rückte etwas anderes an ihre Stelle. Es war ein stetiger Wandel, ein Kommen und Gehen wie das Meer, das links unter uns lag. So schwarz und schimmernd wie das Tor zur Unterwelt brandete es gegen die Klippe, an deren Fuß ich nun einen steinigen Strand ausmachen konnte. Und mit jeder weiteren Welle brachte es etwas Neues mit sich. Ertrunkene Menschen. Tote Tiere und Pflanzen. Manchmal auch nur einzelne Körperteile.

»Wenn das hier die Unterwelt ist, wo waren wir dann gerade?«, konterte ich, ohne den Blick von dem makabren Bild abwenden zu können.

»Im Wartezimmer? Oder Vorraum? Vielleicht auch in einer Art übernatürlichem Scanner, der unsere Seele bis ins Innerste durchleuchtet.«

»C'est vrai. Der messager de la mort, der Todesbote, der mich verflucht hat … Er hat mir davon berichtet«, wisperte Giselle kaum hörbar und trat neben uns an den Rand des Vorsprungs.

»Er wollte mich damit quälen. Dieser Ort ist aus Ängsten gemacht. Aus zerstörten Hoffnungen und … grausamen Taten. Alles verändert sich ständig.«

Ich sah zu ihr hinüber. »Wie sollen wir Roxy hier unten finden?«

»Durch ihre schlimmsten Ängste und Fehler.«

»Was hat der Todesbote dir noch erzählt?«, hakte Finn nach.

»Dass es kein … kein Entkommen gibt. Jeder muss für seine Taten büßen.«

Für seine Taten büßen … das war ein gängiges Konzept in vielen Religionen. Dennoch blieben diese Wort in meinem Kopf hängen. Wenn jeder für seine Taten büßen musste und diese Ebene vor uns aus den Ängsten ihrer Bewohner und Bewohnerinnen gemacht war, dann …

»Bilde ich mir das ein, oder sieht das dahinten aus wie ein Steinkreis?«, meldete sich Finn zu Wort und deutete auf eine Stelle links vor uns am Horizont.

Ich folgte seinem Blick und kniff die Augen zusammen, um mehr erkennen zu können. »Da ist auch eine Klippe«, ergänzte ich tonlos. »Könnte Irland sein.«

Roxy hatte Amelias Amulett in einem Steinkreis zerstört und damit unfreiwillig ein Tor zur Hölle gesprengt, was ihren Fluch nach sich gezogen hatte. Und ihr Bruder Niall war nachts an einer Klippe verschwunden. Ohne Zweifel die schlimmsten Momente in Roxys Leben. Das, was sie am meisten quälen musste.

»Sie ist dort. Roxy muss dort sein.« Ich wartete nicht auf die anderen, sondern eilte einen schmalen Pfad am Rande der Klippe hinunter.

4. KAPITEL

Shaw

Hatte die Unterwelt von oben schon bedrohlich und desorientierend ausgesehen, war sie von mittendrin aus betrachtet nicht viel besser. Ein schmaler Pfad hatte uns von der Klippe hinuntergeführt. Die Schreie, Schluchzer und das Weinen waren hier unten viel lauter und begleiteten jeden unserer Schritte. Angst, Verzweiflung und Hoffnungslosigkeit hingen so schwer in der Luft, dass man sie geradezu schmecken konnte. Jeder Atemzug hinterließ ein Brennen in der Kehle und einen staubigen, faden Nachgeschmack im Mund.

Ich warf einen kurzen Blick über meine Schulter. Finn und Giselle schien es nicht anders zu gehen. Beide waren blasser geworden. Sie hatten Schweißtropfen auf der Stirn, obwohl es nicht besonders heiß war. Keine Feuer und brennenden Lavaflüsse wie in meiner Vorstellung. Aber allein hier zu sein war anstrengend. Als würde jemand die Sorgen und Ängste der gesamten Menschheit auf unsere Schultern abladen. Es gab kein Entrinnen. Und mit jedem Schritt, den wir machten, wurde das Gewicht auf unseren Schultern nur noch schwerer.

Unsere Umgebung veränderte sich konstant und passte sich an die gefangenen Seelen an, die um uns herum wieder und wieder ihre ganz persönliche Hölle durchlebten. In dem seltsamen Vorraum waren unsere Ängste nur eine Illusion in unseren eigenen Köpfen gewesen. Hier konnte sie jeder sehen.

Ich sah Menschen, die glaubten eingesperrt zu sein und die von den umliegenden Wänden erdrückt wurden. Todessequenzen aus allen möglichen Jahrhunderten, die wieder und wieder erlebt wurden wie ein endloser Kreislauf aus Überraschung, Panik und Verzweiflung. Leute verloren ihre Kinder, andere wurden zum Opfer ihren eigenen schrecklichen Taten, die sie anderen angetan hatten.

Wir kamen an undurchdringlichen Wäldern, Hochhäusern, verlassenen Hütten, Schlachtfeldern voller Toter und Raben, die an ihnen pickten, vorbei. Zerbombte Gebiete wechselten sich mit luxuriösen Villen ab, die Stück für Stück zusammenfielen. Der König der Unterwelt bediente sich der Vorstellungskraft seiner Opfer – und deren Fantasie kannte keine Grenzen.

Ich hatte keine Ahnung, wie spät es war oder wie lange wir schon durch die Unterwelt marschierten. Wir konnten noch nicht allzu lange unterwegs sein, dennoch fühlte es sich wie eine Ewigkeit an. Immer wieder hielten wir kurz inne und Giselle markierte den Boden – und Wände, wenn es sie denn gab – für unseren Rückweg. Von hier aus konnte man kaum noch den Vorsprung mit dem Torbogen erkennen, durch den wir gekommen waren, aber zumindest reichte es, um uns daran zu orientieren, während wir weitergingen.

Was Kane wohl hier durchlebt hatte? Hatten ihn die Qualen zu einer besseren Person gemacht? Oder war es ihm auch nach zwanzig Jahren an diesem Ort gleichgültig gewesen, wie viele Leben er zerstört hatte?

Ich schüttelte den Kopf und schob diese Gedanken beiseite. Ich konnte und wollte nicht riskieren, dass meine eigenen Ängste zum Leben erwachten. Nicht schon wieder. Der Moment, in dem ich, ohne es zu wissen, beinahe Finn und Giselle angegriffen hätte … *Nein, verdammt.*

Mein Kiefer schmerzte, so sehr biss ich die Zähne zusammen, und ich lenkte meine Konzentration wieder auf den Weg vor uns. Wir mussten Roxy finden. Deshalb waren wir hier. Und wir waren so kurz davor … So kurz davor, sie wiederzusehen und zu befreien.

»Das ist nicht richtig«, meldete sich Finn unvermittelt zu Wort.

Ich blieb stehen und drehte mich zu ihm um. »Was meinst du? Was stimmt nicht?«

Er deutete geradeaus. Ich hätte schwören können, dass da eben noch eine Straße gewesen war, doch jetzt war da nur eine weite Ebene mit vertrocknetem Gras und den Ruinen einer alten Villa vor einem dunklen Wald. Die grellen roten und violetten Blitze verstärkten die unheimliche Wirkung nur noch, die davon ausging.

»Vorhin haben wir eine Klippe und einen Steinkreis gesehen. Dort muss Roxy sein. Nicht in einem Wald. In Irland gibt es kaum Wälder.«

»Nicht in Irland«, murmelte ich und kniff die Augen zusammen, um mehr Details erkennen zu können. Da war etwas an dieser halb zerfallenen Villa, das mir seltsam bekannt vorkam. Die hellbraunen und grauen Steine … das vertrocknete Gras, das an heiße Sommer erinnerte … Und der Wald wirkte auch nicht wie ein typischer Wald aus Laub- und Nadelbäumen, sondern schien eher aus … Zypressen und Pinien zu bestehen, wie man es aus wärmeren Gefilden kannte. Aus Mittelmeerländern zum Beispiel. Wie … Italien.

Ach du Scheiße.

»Das ist nicht Irland«, stieß ich hervor. »Das ist die Ruine in der Toskana, wo wir gegen Tarquin und die Hexer gekämpft haben.«

Die Ruine, in der Roxy gestorben war.

Mein Körper setzte sich in Bewegung, noch bevor ich darüber nachdenken konnte. Ich rannte vorbei an Bäumen, Sträuchern und verstreuten Steinbrocken, mitten in die Ruine hinein.

Mein Puls raste. Mein Magen krampfte sich zusammen. *Shit. Shitshitshit.* Alles sah genauso aus wie während des Kampfes. Wie in dem Moment, in dem Roxy in meinen Armen gestorben war.

Hinter mir hörte ich die Schritte der anderen, beachtete sie aber nicht, sondern rannte weiter durch die Ruine. Von einem Raum in den nächsten, arbeitete mich durch die Trümmer und lief an jenen Stellen vorbei, die so voller Erinnerungen waren, dass es mir die Luft abschnürte.

An dieser Stelle hatte Tarquin Roxy verletzt. Dort vorn war ich durch das Portal gekommen. Hier hatte ich gegen Tarquin gekämpft. Und dort hinten … ich hielt inne.

Da war sie. Zusammengekauert, die Augen zusammengekniffen, die Finger in den langen hellblonden Haaren vergraben. Sie trug dieselbe Kleidung wie am Tag ihres Todes, nur wirkte diese wesentlich mitgenommener. Genau wie ihre Trägerin. Staub haftete an ihr. Blutige Kratzer und Schürfwunden zeichneten ihre Haut und ihr Gesicht.

Der ganze Tumult in mir wurde plötzlich ganz leise, bis ich nur noch meinen eigenen hämmernden Herzschlag wahrnehmen konnte – und die unerträgliche Angst tief in meinem Inneren. Die Angst davor, dass das nur ein weiteres Trugbild der Unterwelt war und Roxy in Wahrheit gar nicht hier. Oder dass wir zu spät gekommen waren.

»Roxy …?« Vorsichtig näherte ich mich ihr.

»Nein!« Unvermittelt riss sie den Kopf hoch und sprang auf, um vor mir zurückzuweichen. »Ihr seid nicht wirklich da. Das ist nur eine Illusion. Das ist alles nur eine Illusion. Ulysses!«, schrie sie plötzlich und legte den Kopf in den Nacken. »Ulysses! Zeig dich endlich, du verdammter Feigling!«

»Roxy …« Auch Finn trat näher und hob beschwichtigend die Hände. »Das ist keine Illusion. Wir sind wirklich hier.«

»Nein.« Ein schrilles Lachen kam über ihre Lippen und sie wandte sich hastig von uns ab. »Darauf bin ich schon so oft reingefallen. Verschwindet! Verschwindet endlich aus meinem Kopf!«

»Hey!« Mit einem Satz war ich bei ihr, packte ihren Arm und drehte sie zu mir herum. Ich hatte keine Ahnung, was ich eigentlich vorhatte, bis ich die Hände an ihre Wangen legte und meine Stirn gegen ihre lehnte. Ich sah nur sie, sah nur ihre weit aufgerissenen Augen, spürte ihren Atem auf meinem Gesicht und ihre weiche Haut unter meinen Fingern, während der Rest der Welt in den Hintergrund trat. »Fühlt sich das hier wie eine Illusion an?«

Roxy hielt meinen Blick fest und schloss die Finger um meine Handgelenke. Ganz langsam schüttelte sie den Kopf.

»Wir sind hier«, beschwor ich sie.

»Ist das wirklich wahr?« Ihre Stimme brach und Tränen traten ihr in die Augen.

Ich nickte und hielt ihren verzweifelten Blick weiterhin fest.

»Es ist wahr«, flüsterte ich. »Wir sind gekommen, um dich zurück nach Hause zu bringen.« Dann verzogen sich meine Lippen zu einem schiefen Grinsen. »Und ich meine, in welcher Version dieser Geschichte würde Giselle mit uns hier auftauchen? Das kannst du dir überhaupt nicht ausdenken.«

Sie sog scharf die Luft ein, und ich erkannte den Moment, in dem sie beschloss, mir zu glauben. Als sie mich wirklich als den sah, der ich war. Und als sie verstand, dass wir gekommen waren, um sie zurückzuholen.

Langsam machte sich Roxy von mir los und sah von mir zu Finn, zu Giselle und wieder zurück. »Ihr seid tatsächlich hier.«

Alle nickten.

»Gut.« Roxy atmete tief durch und damit kehrte ein klein wenig Farbe in ihr Gesicht zurück. »Sonst müsste ich Ulysses wirklich in den Hintern treten.«

Finn grinste. »So unterhaltsam das auch wäre – wir sollten besser schnell wieder von hier verschwinden.«

Ich hielt Roxy die Hand hin. Sie zögerte einen winzigen Moment, als würde ein kleiner Teil von ihr noch immer nicht fassen können, dass das hier wirklich geschah, doch dann legte sie ihre Hand in meine und wir verließen gemeinsam die Ruine.

»Hier entlang!« Giselle winkte uns heran.

»Woher …?«, begann Roxy.

Bevor ich antworten konnte, deutete Giselle auf die unscheinbare Markierung am Boden und lief los. Finn folgte ihr und ich schickte Roxy voraus, um ihr und den anderen Rückendeckung zu geben.

Wir waren keine zwanzig Schritte weit gekommen, als ein wütendes Grollen ertönte. Es war nicht laut, aber so intensiv, dass es im Boden unter uns ebenso vibrierte wie in meinen Knochen.

Ich blieb abrupt stehen und drehte mich um. Die Härchen in meinem Nacken stellten sich auf, als ich die Kreatur entdeckte.

Fast so riesig wie die Ruine, die wir zurückgelassen hatten, erhob sich der Höllenhund dunkel gegen den rotvioletten Wolkenhimmel ab. Wo Augen sein sollten, leuchtete es nur gelb aus tief liegenden Höhlen heraus. Statt mit Fell schien er vollständig mit flüssigem Teer bedeckt zu sein, schwärzer als alles, was ich je zuvor gesehen hatte. Der Teer war ständig in

Bewegung, zog sich wie eine flüssige Masse über den gewaltigen Körper und erinnerte mich an das Höllentor, durch das wir hereingekommen waren.

Wenn das derselbe Höllenhund war, der uns bei unserer Ankunft durch diesen Tunnel gejagt hatte und der unseretwegen die Klippe hinuntergestürzt war, dann war er mit Sicherheit nicht besonders gut auf uns zu sprechen.

Unvermittelt senkte der Höllenhund Kopf und Oberkörper, aber es war keine unterwürfige Haltung und erst recht keine Spielaufforderung wie bei normalen Hunden. Oh nein. Dieses Monster setzte zum Sprung an.

»Achtung!«, brüllte ich.

Im nächsten Moment machte der Höllenhund einen Satz auf uns zu. Ich warf mich zur Seite und sah aus dem Augenwinkel, dass die anderen dasselbe taten. Roxy stellte sich schützend vor Giselle, die Hand an ihrem Amulett, doch das Leuchten blieb aus. In der Unterwelt schien Amulettmagie nicht zu funktionieren. Und selbst wenn – Roxys Körper und das richtige Amulett waren noch in London.

Finn zückte seine beiden Dolche, während ich die Magie tief in meinem Inneren beschwor. Sofort rauschte ein Kribbeln durch meine Adern bis in meine Fingerspitzen hinein.

Doch der Höllenhund schien kein Interesse an uns zu haben, seine Aufmerksamkeit galt Roxy – als würde er spüren, dass sie vorhatte, aus der Unterwelt zu fliehen.

»Blake!« Finn warf ihr einen seiner Dolche zu, dann stürzte er sich selbst auf die Kreatur.

Ich zwang die Magie in meine Hände. Es war schwerer als sonst, die Energie zu kanalisieren, doch dann sprangen die blauen Blitze zwischen meinen Fingern hin und her. Ich holte aus und feuerte sie auf das Monster ab.

Der Höllenhund wurde von der Wucht zur Seite geschleudert. Ein schrilles Jaulen erfüllte die Luft und klingelte in meinen Ohren. Ich zuckte zusammen. Sah mich hektisch um. Das Letzte, was wir gebrauchen konnten, war, dass er seine Kumpel rief.

»Wir müssen verschwinden!«, rief ich. Es brauchte all meine Konzentration, um eine erneute Attacke aufzubauen.

Der Höllenhund war inzwischen wieder auf den Beinen und nahm mich ins Visier. Mit einem Satz stürzte er sich auf mich. In letzter Sekunde schoss ich die Blitze auf ihn und rollte über den Boden, der gleich darauf vom Aufprall bebte.

»Los!« Ich hievte mich wieder hoch und holte zur nächsten Attacke aus. Immer wieder schleuderte ich die Blitze auf den Höllenhund, der mit jedem Treffer nur noch aggressiver knurrte.

Schweißtropfen traten mir auf die Stirn, während ich die blaue Magie kontinuierlich aus mir heraus und auf den Höllenhund lenkte. War das reines Wunschdenken, oder wirkte er auf einmal wackelig auf den Beinen? Ich machte einen Schritt nach vorn, mobilisierte ein letztes Mal meine Kräfte – und der Höllenhund krachte mit einem schmerzerfüllten Jaulen zur Seite weg.

Sekundenlang stand ich schwer atmend da, ohne das Biest aus den Augen zu lassen, aber es rührte sich nicht mehr. Zumindest fürs Erste. Ich würde einen Teufel tun und näher herangehen, um nachzusehen, ob er noch lebte. Aber falls ich gerade seinen Höllenhund getötet hatte, war ein Fluch von Kevin wahrscheinlich mein geringstes Problem.

»Wie hast du das gemacht?«, rief Roxy, als ich zu ihnen aufschloss, und musterte mich so intensiv, als würde sie jeden Zentimeter meines Körpers nach Verletzungen absuchen.

Ich warf ihr ein kurzes Lächeln zu, während wir an zerstörten Gebäuden und verbrannten Wäldern vorbeirannten.

»Hexenmagie ist nicht an einen Körper gebunden, sondern an die Seele. Aus diesem Grund habe ich auch als Shaw noch meine Kräfte und deshalb funktionieren sie hier auch noch.«

»Aber nicht genug, um einfach auszubrechen«, kam es von Finn.

»Nein«, stimmte ich ihm zu. »Weil die Magie der Todesboten oder vielmehr die des Königs der Unterwelt hier so viel stärker sein muss.«

Weshalb wir schleunigst von hier verschwinden sollten, bevor wir Ulysses noch aus Versehen über den Weg liefen. Denn dann würde es kein Entrinnen mehr geben.

Wir sprinteten durch die sich ständig verändernden Landschaften, über Straßen und durch dunkle Grotten, vorbei an zerfallenen Gebäuden, die sich im selben Moment vor unseren Augen veränderten und an die Ängste der in ihnen gefangenen Seelen anpassten.

»Vorsicht!« Ich stoppte am Rande einer gewaltigen Klippe, die sich urplötzlich vor uns auftat, und streckte den Arm aus, um auch Roxy aufzuhalten.

Dicht hinter uns kamen auch Finn und Giselle zum Stehen.

»Das ist doch jetzt ein Witz«, keuchte er und sah sich nach allen Seiten um.

»Die Grundstruktur bleibt gleich«, erinnerte Giselle uns. »Dort!«

Ich folgte ihrem Fingerzeig und erkannte das unscheinbare Kreuz am Rande der Klippe, das sie bei unserem Hinweg in den Stein geritzt hatte. Direkt daneben führte ein schmaler Weg nach unten und durch die zerklüftete Ebene, die plötzlich entstanden war. Ohne die Markierung wäre mir der Pfad vermutlich nicht mal aufgefallen.

Ich legte den Kopf in den Nacken. Der Vorsprung und das bogenförmige Tor, durch das wir gekommen waren, waren noch immer zu sehen und zu meiner Erleichterung deutlich näher als zuvor.

Wir hatten es bis hierher geschafft und hatten Roxy unter all den Seelen der Unterwelt gefunden, also würden wir es verdammt noch mal auch nach draußen schaffen. Zurück in unsere Welt.

»Kommt schon!« Finn übernahm die Führung und ging mit gezogenem Dolch voraus.

Ich ließ Roxy und Giselle den Vortritt und bildete das Schlusslicht für den Fall, dass uns weitere Höllenhunde oder womöglich auch ganz andere Kreaturen von hinten anfielen.

Wir eilten den verschlungenen Pfad hinab, hasteten durch das Gebirge, in dem sich zuerst ein wilder Ozean bildete und dann eine völlig zerbombte Stadt, in der es Asche vom Himmel regnete.

Nach einer schieren Ewigkeit erreichten wir den Weg am Fuße des Berges und endlich das bogenförmige Tor. Wir hatten es fast geschafft. Nur noch ein kleines Stückchen und wir waren frei. Und Roxy … Roxy wäre dann endlich wieder am Leben.

Dieser Gedanke spornte mich mehr an als alles andere. Ich ignorierte meinen schweren Atem und das Brennen in meinen Muskeln vor Anstrengung. Ich wusste nicht mal, wie lange wir insgesamt unterwegs gewesen waren – Zeit schien kein Konzept zu sein, das in der Unterwelt eine Rolle spielte. Womöglich waren es nur ein paar Stunden, oder auch tagelang. Wir würden es herausfinden, sobald wir wieder auf der anderen Seite des Tors waren.

Ich hielt Roxy die Hand hin und half ihr das letzte Stück hinauf zum Durchgang, dann betraten wir den unheimlichen endlosen Gang. Ab hier übernahm wieder Giselle die Führung. Sie brachte uns geradewegs zurück in den weißen Raum, in dem wir angekommen waren. Nur wenige Meter entfernt konnte ich das Tor sehen und blieb stehen. Erleichterung machte sich in mir breit. Es war noch immer verschlossen. Meine Magie hatte gehalten.

Ich drehte mich zu Roxy um, nahm ihr Gesicht in meine Hände und sah sie eindringlich an. »Sobald wir draußen sind, machst du dich sofort auf den Weg zurück nach London, verstanden? Im Quartier liegt dein Körper.«

»Was ist mit dir?«, fragte sie.

Ich würde mich ebenfalls auf den Weg machen, falls sie mich brauchte, falls etwas schiefging oder ich doch in der Nähe sein musste, um Roxys Seele dabei zu helfen, in ihren eigenen Körper zurückzufinden. Als Baldur das mit mir und Kanes Überresten hatte machen wollen, war ich nicht lange genug geblieben, um herauszufinden, ob das auch über größere Entfernungen hinweg möglich war. Und es war ja nicht so, als könnte ich den Hexenkönig danach fragen. Ich konnte nur hoffen, dass es auch so funktionierte – und mich sicherheitshalber in die Nähe des Londoner Quartiers begeben. Doch für all diese Erklärungen und Hoffnungen blieb jetzt keine Zeit.

»Mach dir keine Gedanken um mich.« Mit dem Daumen strich ich vorsichtig über ihre Wange. »Versprich mir nur, dass du sofort nach London zurückkehrst. Meine Magie wird dich begleiten und dir helfen, in deinen Körper zurückzukehren, aber du musst umgehend dorthin.«

Sie löste den Blick keine Sekunde lang von mir. »Versprochen.«

»Gut.« Meine Mundwinkel hoben sich. »Lauf sofort los, sobald das Tor offen ist.«

»Leute …?« Aus dem Augenwinkel sah ich, wie Finn die beiden Dolche zog. »Ich will diesen Moment ja echt nicht stören, aber ich glaube, wir kriegen gleich Gesellschaft.«

Das schrille Heulen gleich mehrerer Höllenhunde unterstrich seine Worte. Giselle wich instinktiv zurück.

Ich suchte Roxys Blick und machte einen Schritt zurück. In meinen Händen leuchtete Magie auf. »Vertraust du mir?«

Roxy nickte sofort. »Immer.«

Eine wilde Entschlossenheit erfüllte mich. Wir waren so weit gekommen – wir würden auch den Rest schaffen. Wir mussten einfach.

Ich konzentrierte mich auf die Magie tief in meinem Inneren, holte tief Luft – und schleuderte meine geballte Macht auf das Höllentor.

5. KAPITEL

Shaw

Noch 14 Tage …

Ich ließ Roxy vorausgehen. Finn folgte ihr dicht auf, und mit etwas Abstand trat auch Giselle durch das Tor. Ich … zögerte. Das Einfachste für alle wäre es, wenn ich einfach hierbleiben würde. In der Unterwelt, wo meine Seele nach allem, was Kane getan hatte, hingehörte – und wohin Roxy mich über kurz oder lang wieder zurückschicken musste. Ich sollte es tun … aber was, wenn etwas schiefging? Wenn Roxys Seele den Weg zurück in ihren Körper nicht fand? Oder meine Magie von hier aus nicht ausreichte? Was, wenn ich in der Unterwelt blieb, in dem Glauben, das Richtige zu tun, und Roxy damit zu einer Existenz als ruheloser Geist verdammte?

Nein, das konnte ich nicht zulassen. Solange es auch nur den Hauch einer Chance gab, dass das passierte, konnte ich nicht guten Gewissens zurückbleiben. Selbst wenn ich es verdient hätte, bis in alle Ewigkeit von meinen schlimmsten Ängsten und Hoffnungen gequält zu werden.

Wir waren schon so weit gekommen … Ich würde nicht zulassen, dass wir so kurz vor dem Ziel scheiterten. Ich würde sicherstellen, dass Roxys Seele den Weg zurück in ihren Körper fand.

Also atmete ich tief durch und folgte den anderen durch das

Tor. Ein kalter Wind begrüßte mich, zerrte an meiner Kleidung und peitschte durch mein Haar. Von Roxy war nichts zu sehen oder zu spüren, aber das wunderte mich nicht. Sie war im besten Fall schon längst auf dem Weg zurück nach London.

Als wir die Unterwelt betreten hatten, war es gerade mal dunkel geworden. Jetzt leuchteten die ersten Sonnenstrahlen im Osten und tauchten den Ätna genauso wie die Wolken über Sizilien in ein goldenes Licht. Waren wir etwa die ganze Nacht fort gewesen? So lange war mir das nicht vorgekommen, allerdings hatte ich in der Unterwelt auch keinerlei Zeitgefühl gehabt.

Ich drehte mich zum Tor in der Felswand um, zu der schwarz schimmernden Masse, die sich stetig bewegte. Meine Hände zitterten, und da war eine Leere in mir, die ich in den letzten Wochen nur ein paar wenige Male erlebt hatte, nachdem ich enorm viel Magie innerhalb kürzester Zeit eingesetzt hatte. Aber ich trug noch genug davon in mir, um das Tor ein weiteres Mal auf dieselbe Weise zu versiegeln wie zuvor. Ich schloss die Augen und konzentrierte mich auf die Magie in meinem Inneren, kanalisierte sie und ließ sie auf das Tor los. Innerhalb von Sekunden sausten erneut Steine, Splitter und Geröll durch die Luft, um ihren ursprünglichen Platz einzunehmen.

Als ich fertig war, sah das Tor beinahe so aus wie zuvor. Na gut, Kevin würde sofort merken, dass etwas nicht stimmte, aber wenn es so weit war, wären wir schon längst weg.

»Sind alle okay? Noch am Leben?« Finn sah von einem zum anderen.

Giselle lächelte erschöpft. »Oui.«

Ich nickte, doch dann begann sich ein ungutes Gefühl in mir auszubreiten. Ich schaute zu Finn und Giselle, die erst verwirrt und dann ebenfalls alarmiert wirkten.

Mit einem Mal spürte ich ein vertrautes Vibrieren in der Luft und wirbelte herum. In diesem Moment begann die Luft zu leuchten und ein Portal bildete sich nur wenige Schritte von uns entfernt. *Shit.* Ich hatte zwar schon damit gerechnet, dass sie meine Magie gespürt hatten, wenn ich so viel davon einsetzte wie hier, um das Tor wieder zu verschließen, aber ich hatte nicht damit gerechnet, dass sie so verflucht schnell hier sein würden. Das hatte uns gerade noch gefehlt.

Durch das Portal traten eine Frau und drei Männer.

»Freunde von dir?«, fragte Finn trocken und hielt die beiden Dolche kampfbereit vor sich.

Ich schnaubte. »Entgegen der allgemeinen Meinung bin ich nicht mit jedem Hexer, jeder Hexe, jedem Meister und jeder Meisterin per Du. Ich hab gerade mal einen Bruchteil davon persönlich getroffen.«

Den blonden Kerl, der wie ein moderner Wikinger aussah, glaubte ich zwar bei meinem allerersten Treffen mit Baldur in der gigantischen Halle gesehen zu haben, die beiden braunhaarigen Typen daneben waren mir jedoch völlig fremd, genau wie die Frau. Zumindest sollte sie das sein. Irgendetwas an der Hexe mit der bleichen Haut, dem nachtschwarzen Haar, mit den noch dunkleren Augen und den scharfen Gesichtszügen kam mir jedoch seltsam bekannt vor. Nicht so bekannt wie Tarquin, aber ich war mir ziemlich sicher, dass mein früheres Ich, dass Kane sie gekannt hatte. Und das bedeutete wahrscheinlich, dass sie nicht nur eine gewöhnliche Hexe war. Oh nein. Viel schlimmer. Sie musste die Hexenmeisterin sein, die dieses Portal erschaffen hatte. Womöglich gehörte sie sogar zu Baldurs innerem Zirkel, was sie verflucht mächtig machte. Wahrscheinlich sogar *zu* mächtig für mich – vor allem nach der ganzen Aktion mit dem Höllentor und dem Kampf gegen den Höllenhund.

Schnell bewegte ich die Finger, um ein Portal für uns zu erschaffen. Die Luft begann neben mir zu flimmern – dann schoss ein blauer Blitz hindurch und zerstörte das Portal, bevor es sich richtig aufbauen konnte.

»Netter Versuch.« Die Hexenmeisterin ließ die Hand sinken. »Aber du willst uns doch nicht jetzt schon verlassen, oder?«

»Verschwindet!«, rief ich Finn und Giselle zu. Entschieden stellte ich mich zwischen die Hunter und die Hexer, deren Aufmerksamkeit sich jetzt ganz allein auf mich konzentrierte. »Ich kümmere mich um sie.«

Ich hörte keine Schritte hinter mir, hoffte aber, dass die beiden meinen Rat befolgten und abhauten, solange sie noch konnten. Als Grim Hunter mochte Finn sich zwar gut verteidigen können, aber er konnte die Illusionen der Hexen nicht durchschauen. Giselle dagegen war weder eine Huntress noch bewaffnet. Sie hätte einem Angriff nichts entgegenzusetzen.

»Faszinierend. Ich habe schon gehört, dass du dich an fast nichts mehr erinnerst.« Die Hexenmeisterin lächelte kühl. »Lass mich dein Gedächtnis auffrischen. Mein Name ist Sunniva. Ich bin eines der sieben Mitglieder des inneren Zirkels. Genauer gesagt habe ich vor zwanzig Jahren *deinen* Platz im Zirkel eingenommen, also sollte ich mich wohl dafür bei dir bedanken.«

Allem Anschein nach lag ich mit meiner ersten Vermutung richtig. Sie war eine Hexenmeisterin und noch dazu verflucht mächtig, wenn sie zu Baldurs innerem Zirkel gehörte, der erlesenen Gruppe von Hexenmeistern und -meisterinnen, die mächtig genug waren, an seiner Seite zu kämpfen und in seine Pläne eingeweiht zu werden.

»Du sagst das so, als müsste ich dich kennen. Sorry. Ich hab nicht den blassesten Schimmer, wer du bist. Wenn du mich jetzt also entschuldigst …« Mit dem Daumen deutete ich hinter mich. »Ich muss dringend diesen Ring hier in den Vulkan werfen, bevor jemand auf dumme Gedanken kommt.«

Ihre Miene zeigte keinerlei Regung. Nicht das geringste Anzeichen von Emotionen – von Humor ganz zu schweigen. Stattdessen machte sie einen Schritt auf mich zu und senkte die Stimme zu einem gefährlichen Raunen. »Was treibst du hier? So weit weg von allem und in der Nähe eines Höllentors?«

»Keine Ahnung, was du meinst.« Ich gab alles, um mir nichts anmerken zu lassen und zuckte mit den Schultern. »Ich hab gehört, die Sonnenaufgänge sollen hier oben echt schön sein. Außerdem *muss* man die Pasta und Süßspeisen in Sizilien probiert haben.«

»Willst du mich auf den Arm nehmen?«

»Was? Ich? Niemals. Das habe ich wirklich gehört.«

Sie kniff die Augen zusammen. Ein kaum hörbares Knistern erfüllte die Luft und blaue Blitze leuchteten in ihren Händen auf. Rechts und links von ihr machten sich die drei Hexer ebenfalls zum Angriff bereit. *Shit.* Ich hoffte, dass ich den anderen beiden genug Zeit erkauft hatte, um von hier zu verschwinden.

»Es wird mir ein Vergnügen sein, unserem König den Verräter persönlich auszuliefern.«

»Nein, danke. Vielleicht ein andermal.«

Statt einer Antwort lächelte sie nur.

Aus den Augenwinkeln bemerkte ich, wie sich Finn mit gezogenen Dolchen näherte. Scheiße! Waren er und Giselle etwa immer noch da?

»Verschwindet endlich!«, rief ich, ohne die Hexer und Sunniva aus den Augen zu lassen.

Denn wenn sie das nicht taten, würde das hier kein gutes

Ende nehmen. Für keinen von uns. Viel länger würde ich die vier nicht hinhalten können.

Diesmal hörte ich die schnellen Schritte hinter mir ganz deutlich. Finn und Giselle traten den Rückzug an. Der blonde Hexer, der wie ein Wikinger aussah, wollte ihnen folgen, aber ich stellte mich ihm blitzschnell in den Weg.

»Versuch es gar nicht erst«, knurrte ich.

»Lass sie gehen.« Sunniva machte eine wegwerfende Handbewegung. »Die beiden sind unwichtig. Der wahre Preis steht vor uns.«

Ehe ich auch nur ein Wort sagen konnte, holte Sunniva aus und feuerte blaue Blitze auf mich ab. Ruckartig riss ich die Hände in die Höhe. Was wie eine Abwehrhaltung aussah, erschuf in Wahrheit ein Portal direkt hinter mir. Ich sprang zurück, bevor mich die Attacke erwischte und trat keine Sekunde später hinter einem der beiden dunkelhaarigen Hexer wieder aus dem Portal. Ich packte ihn und drückte den Arm so fest gegen seinen Hals, dass er innerhalb von Sekunden röchelnd um Sauerstoff kämpfte. Mit ihm als Schutzschild machte ich ein paar Schritte zurück, sorgsam darauf bedacht, auf dem mit Geröll übersäten Boden nicht auszurutschen.

Mittlerweile war die Sonne ganz aufgegangen und ich konnte die Gegner vor mir bestens erkennen. Die beiden Hexer wirkten überrascht, dass ich einen von ihnen gefangen genommen hatte. Sunniva zeigte nach wie vor keine Reaktion, sie schien beinahe gelangweilt zu sein.

Zwar hatte sie Finn und Giselle gehen lassen, aber irgendetwas sagte mir, dass sie mir diesen Gefallen nicht erweisen würde. Nein, wenn es nach Sunniva ging, würde sie mich direkt vor Baldurs Füße werfen. Vorzugsweise nicht in einem Stück.

Im Gegensatz zu ihnen hatte ich nicht vor, sie zu töten. An meinen Händen klebte bereits das Blut des Hexers, der Roxy ermordet hatte. Aber wenn sie mir keine Wahl ließen, wenn es um mein Überleben ging, dann würde ich es tun. Vor allem, weil es hierbei nicht nur um mein eigenes Leben ging, sondern auch um das von Roxy. Ich musste nach London und sicherstellen, dass ihre Seele es zurück in ihren Körper geschafft hatte, also würde ich ganz bestimmt nicht vorher draufgehen.

»Sieht so aus, als wären wir in einer Sackgasse gelandet«, stellte ich fest, ohne Sunniva und die beiden Hexer aus den Augen zu lassen. Ich hatte einen von ihren Leuten und sie konnten mich nicht angreifen, ohne sein Leben zu gefährden. Mit etwas Konzentration konnte ich unbemerkt ein neues Portal erschaffen und ver–

Gleißende Blitze schossen durch die Luft und bohrten sich in den Hexer vor mir. In der einen Sekunde hielt ich ihn noch fest umklammert, in der anderen zerfiel er in meinen Händen zu Staub.

Fassungslos starrte ich Sunniva an. Hatte sie gerade allen Ernstes einen ihrer eigenen Leute getötet, um an mich ranzukommen? Fuck. Ich hatte sie unterschätzt. Tarquin mochte vielleicht etwas nachsichtig mit mir sein, weil Kane sein bester Freund gewesen war, aber auf Sunniva traf das eindeutig nicht zu. Sie würde mich Baldur ausliefern – selbst wenn es nur noch meine Überreste waren.

Ich musste hier weg. Und zwar sofort.

»Du kannst nicht ewig weglaufen, Kane!« Ihr kaltes Lächeln jagt einen Schauder über meinen Rücken.

Die Magie kribbelte zwischen meinen Fingern, obwohl ich sie kaum bewegte. »Das habe ich auch nicht vor.«

Nur bis ich mich davon überzeugt hatte, dass es Roxy gut ging – und bis ich mir sicher sein konnte, dass sie die Mission des Todesboten auch wirklich erfüllen und weiterleben konnte. Denn ich hatte sie heute nicht aus der Unterwelt zurückgeholt, nur um sie zwei Wochen später, wenn ihre Zeit ganz offiziell ablief, wieder zu verlieren.

Sunniva machte einen drohenden Schritt auf mich zu. Hass schimmerte in ihren schwarzen Augen, als die blauen Blitze in ihren Händen aufleuchteten. »Ich werde dich vernichten.«

Ich lenkte all meine Magie hinter mich und erschuf ein neues Portal. »Dazu musst du mich erst mal erwischen.«

Mit diesen Worten ließ ich mich nach hinten fallen.

6. KAPITEL

Roxy

Noch 14 Tage …

Ich schlug die Augen auf und schnappte heftig nach Luft. Mein Körper zitterte unkontrolliert, als hätte jemand einen Kübel Eiswasser über mir ausgeschüttet. Ich konnte keinen einzigen klaren Gedanken fassen. Sie waren wie Glassplitter in meinem dröhnenden Kopf, und jeder Versuch, danach zu greifen und sie mir näher anzusehen, tat nur noch mehr weh.

Ein erstickter Laut drang an meine Ohren, eine Mischung aus Stöhnen und Ächzen. War ich das gewesen?

Panik begann sich in mir auszubreiten. Ich wusste nicht, wo ich war, und konnte mich nicht bewegen.

Plötzlich waren da Stimmen. Schnelle Schritte, die immer näher kamen.

Jemand berührte meinen Arm und das Gesicht einer älteren Frau mit grauen Haaren und klaren blaugrauen Augen tauchte über mir auf. Sie sagte etwas zu mir, aber in meinen Ohren rauschte es so sehr, dass ich kein einziges Wort verstand.

Ich konnte mich nicht erinnern, wie ich hierher gelangt war, oder was überhaupt passier–

Mein Körper erstarrte. Und dann kehrte alles auf einen Schlag zurück und brach wie eine gigantische Flutwelle über mich herein.

Der Kampf gegen die Hexer.

Die Klinge in meinem Rücken.

Die Höllenhunde, die mich in die Unterwelt zerrten …

Ich kniff die Augen zusammen, dennoch zuckten die Bilder und Gefühle wie Blitzschläge durch mein Bewusstsein. Schreie. Schmerz. Trauer. Schuld. Hoffnung. Und …

»Shaw …«, krächzte ich und setzte mich so abrupt auf, dass mir schwindelig wurde. Ich kniff die Augen zusammen, als sich alles um mich herum zu drehen begann. »Wo ist Shaw?«

»Shhh, ganz ruhig, Roxy«, sagte die Frau. Es dauerte einen Moment, dann fiel mir ihr Name wieder ein: Ingrid. Dr. Ingrid Abrahamsson. Sie half mir dabei, mich richtig hinzusetzen, wobei mir das vertraute geblümte Kleid unter dem weißen Arztkittel auffiel. »Wie fühlst du dich?«

»Wie durch die Hölle und zurück«, murmelte ich und erschrak darüber, wie krächzend meine Stimme klang. Mein Herz raste noch immer und die Panik in mir ließ nur langsam nach. Was um alles in der Welt war seit dem Kampf in Italien passiert?

Ingrid entfernte sich kurz, dann war sie wieder an meinem Bett und hielt mir einen Becher mit Wasser hin.

Ich griff zittrig danach. »Wo ist Shaw?«, wiederholte ich, als der Raum aufgehört hatte, sich zu drehen, und trank ein paar vorsichtige Schlucke.

»Ich weiß es nicht.« Ingrid musterte mich besorgt und nahm mir den Becher wieder ab. Sie schien noch etwas sagen zu wollen, als erneut Schritte laut wurden.

Nur Sekunden später wurde die Tür aufgestoßen und eine weitere Person betrat den Raum. Kurze schwarze Haare, hellbraune Haut, warme braune Augen, umrahmt von langen Wimpern. Praktische Kleidung, die so gar nicht zu den vielen Armbändern an ihren Handgelenken passen wollte. Nala

Madaki. Die Leiterin des Hunterquartiers in London. Ich atmete tief durch. Auf einmal wusste ich genau, wo ich war.

Ich war im Londoner Quartier. Ich war … zu Hause.

Aber wie konnte das sein? Das Letzte, woran ich mich erinnerte, war, wie ich Shaw zur Seite gestoßen hatte. Dann der heiße Schmerz in meinem Rücken und Bauch und der steinige Boden, der auf mich zuraste. Shaw hatte mich aufgefangen, mich festgehalten, bevor ich … bevor da nichts mehr gewesen war.

Ich war gestorben, da war ich mir ziemlich sicher. In meinem Kopf hallte noch immer das Heulen der Höllenhunde nach, was mir einen kalten Schauder den Rücken hinunterjagte und eine Gänsehaut bescherte. Aber wenn ich wirklich gestorben war, wie konnte ich dann jetzt hier sein? Und wo war Shaw? Was hatten die Hexer mit ihm gemacht?

Nala trat auf die andere Seite des Krankenbettes. Sorge stand ihr deutlich ins Gesicht geschrieben, aber auch so etwas wie Misstrauen und … Angst? »Erinnerst du dich, was mit dir passiert ist? Hat Shaw dir das angetan?«

»Was?!« Ich starrte sie an und blinzelte heftig.

Ihr Gesichtsausdruck wurde etwas weicher, doch die Fragen blieben schwer in der Luft hängen. »Du warst tot, Roxy«, erklärte sie leise und räusperte sich, als ihre Stimme ein klein wenig brach. »Shaw hat dich hierhergebracht, aber wir wissen nicht, was passiert ist und was es mit der Magie auf sich hat, die dich … erhalten hat. Im Moment haben wir weder eine Ahnung, wo Shaw ist, noch was er vorhat und ob er in Kontakt mit dem Hexenkönig steht. Darum muss ich dich das fragen: Hat Shaw dich getötet, Roxy? Wenn er dir etwas angetan hat, dann musst du es mir jetzt sofort sagen«, beharrte sie. »Es ist wichtig.«

»Was? Nein. *Nein!*«, rief ich und schüttelte so vehement den Kopf, dass mir wieder schwindlig wurde. Ich fasste mir an die

Stirn, als könnte ich den Raum so dazu bringen, aufzuhören zu schwanken wie ein verdammtes Schiff. »Wir waren in einen Kampf verwickelt. Irgendwo in … Italien. In der Toskana. Da war eine Gruppe Hexer … und Shaw hat mir geholfen. Er hat mir geholfen! Dann war da dieser Dolch, und ich habe Shaw zur Seite gestoßen und die Attacke hat mich getroffen.« Ich sah an mir hinunter, als müsste noch immer die Wunde zu sehen sein, die der Dolch in meinem Körper hinterlassen hatte, aber da war nichts. Kein Blut, nicht mal ein Verband. Lediglich eine dünne, ein paar Zentimeter lange Narbe, die sich jedoch kaum ertasten ließ, als ich vorsichtig mit den Fingern darüberfuhr. Selbst mein von Tarquins Attacke verbrannter Arm war unversehrt. Ich trug ein sauberes Krankenhaushemd, das mir irgendjemand angezogen haben musste. »Ein Hexer hat mich getötet«, erinnerte ich mich und suchte Nalas Blick. »Aber es war nicht Shaw.«

»Bist du sicher?«

Ich runzelte die Stirn. Was sollten diese Fragen? Was war hier los?

»Ganz sicher. Er ist nicht derjenige, der mich getötet hat. Aber kann mir jemand erklären, was los ist? Wie ich überhaupt hier sein kann? Wach und am … am Leben?«

Nala und Ingrid wechselten einen Blick, dann hörte ich Nala tief durchatmen. »Ingrid wird sich um dich kümmern. Wenn es dir etwas besser geht, reden wir noch mal ganz in Ruhe und du erzählst mir alles. *Alles*, verstanden?«

»Ja, aber …« Ich nickte langsam, dennoch ließ mich eine Frage nicht los. »Wo ist er?«

Wieder ein kurzer Blickaustausch. Diesmal war Ingrid diejenige, die antwortete. »Er hat dich vor zwei Monaten hergebracht. Das muss kurz nach diesem Kampf gewesen sein, von dem du erzählt hast. Seither ist er verschwunden.«

Vor zwei Monaten?! Moment mal. Hieß das etwa, ich war zwei Monate lang … *tot* gewesen?

Behutsam drückte Nala meinen Arm. »Ruh dich erst mal aus. Das hat alles Zeit.« Sie zögerte kurz, dann trat ein zittriges Lächeln auf ihre Lippen, was mich mehr bestürzte als alles andere. Ich hatte Nala nie zuvor so gesehen. »Es ist gut, dich zurückzuhaben, Roxy.« Sie wandte sich ab und verließ das Krankenzimmer, bevor ich auch nur ein einziges Wort sagen konnte, doch der Kloß in meinem Hals blieb.

Ich war wirklich tot gewesen. Der Kampf … der Moment in Shaws Armen … Kevin und die Höllenhunde. All das hatte ich mir nicht bloß eingebildet. Giselles Vision hatte sich erfüllt. Aber wie um alles in der Welt konnte ich dann jetzt hier sein?

In der Zwischenzeit hatte Ingrid ein kleines Tischchen mit diversen Gerätschaften ans Bett gerollt, darunter auch eine Spritze und mehrere Kanülen zum Blutabnehmen. »Ich muss dich untersuchen«, erklärte sie, als sie meinen wenig begeisterten Gesichtsausdruck bemerkte.

»Mir geht's gut«, widersprach ich automatisch, auch wenn ich es hätte besser wissen müssen. Niemand legte sich mit der Oberärztin des Londoner Quartiers an.

»Roxy.« Ihre blaugrauen Augen musterten mich ernst. »Du warst klinisch tot und dein Körper wurde zwei Monate lang nur durch Magie am Leben erhalten. Ich *muss* sichergehen, dass dir nichts fehlt.«

Da ich wusste, dass es zwecklos war, mit ihr zu diskutieren, und ich auch nicht die Kraft dazu hatte, nickte ich nur.

»Wie ist das passiert?«, fragte ich leise. »Wieso bin ich zurück?«

»Ich weiß es wirklich nicht.« Ingrid hörte mich ab und ließ mich dabei mehrmals tief durchatmen. »Aber wenn ich raten müsste, würde ich sagen, dass Shaw etwas damit zu tun hat –

und nicht nur er. Finn und Giselle sind gestern zusammen weggefahren und haben sich seitdem nicht mehr gemeldet. Als würden im Moment nicht schon genug seltsame Dinge passieren …«

Bevor ich nachhaken konnte, was sie damit meinte, leuchtete sie mir erst in die Augen, dann in den Mund und tastete mich weiter ab. All das, während sie mich mit Fragen überhäufte. Hatte ich Schmerzen, Empfindungs- oder Sehstörungen? Konnte ich alle Finger und Zehen bewegen? War mir übel? Schwindlig?

Als sie hinter mich trat, atmete sie plötzlich scharf ein.

Ich verkrampfte mich automatisch und warf einen Blick über die Schulter. »Was ist?«

»Deine Narbe. Halt kurz still.« Ein leises Klicken ertönte, dann gab Ingrid mir ihr Handy.

Ich starrte auf das Foto von meiner Schulter und meinem Schulterblatt und schnappte unwillkürlich nach Luft. Denn dort, wo der Biss des Höllenhundes hätte sein müssen, war kaum noch etwas zu sehen. Die Narbe war bis auf wenige Zentimeter verschwunden, ganz so, als hätte jemand einen Großteil der Seelen, die ich vor über einem Jahr unwissentlich aus der Unterwelt befreit hatte, dorthin zurückgeschickt. Aber … wie? Und warum?

Mein Herz hämmerte wie verrückt, als mir plötzlich etwas klar wurde. Wenn ich tatsächlich zwei Monate tot gewesen war, blieben mir nur noch ungefähr zwei Wochen, um Kevins Auftrag zu Ende zu bringen. Und da noch immer etwas von der Narbe auf meiner Haut zu sehen war, war dieser Auftrag sehr wohl noch aktuell, wenn auch nicht auf dem Stand, an den ich mich als Letztes erinnerte. Aber das würde ja bedeuten … Hatte Shaw etwa …? Oder Finn …?

Ich schüttelte den Kopf, noch immer fassungslos über das,

was ich da auf dem Handydisplay sah, während Ingrid mit ihren Untersuchungen fortfuhr. Als sie mich von oben bis unten durchgecheckt hatte, nahm sie mir Blut ab und legte mich anschließend sicherheitshalber an einen Tropf. Anscheinend hatte Shaws Hexermagie meinen Körper die ganze Zeit über in Stasis gehalten, während die tödliche Wunde in meinem Bauch verheilt war.

Während der Untersuchung hatte ich kaum Zeit, um darüber nachzudenken, was passiert war. Erst als ich mich völlig erschöpft wieder hinlegen konnte, erlaubte ich es auch meinen Gedanken, zu wandern.

Versprich mir, dass du sofort nach London zurückkehrst.

Shaws Stimme geisterte durch meinen Kopf, aber ich konnte keine Zeit und keinen Ort festmachen, an dem er das zu mir gesagt hatte. War das überhaupt eine Erinnerung oder nur ein Produkt meiner Fantasie? Eine Nebenwirkung davon, tatsächlich gestorben zu sein? War ich in der Unterwelt gewesen? Ich konnte mich an nichts mehr erinnern, aber ich wusste noch genau, wie die Höllenhunde in dieser Ruine aufgetaucht waren. Wie sie mich fortgezerrt hatten ... Je länger und angestrengter ich nachdachte, desto verschwommener wurden meine Gedanken. Ich merkte nicht einmal, wie ich einschlief, bis ich mit einem Zucken wieder aufwachte und die Augen aufriss.

Diesmal stand nicht Ingrid neben meinem Bett, sondern eine junge Frau mit knallblauen Haaren, die sie zu zwei Knoten oben auf ihrem Kopf gebunden hatte. Ich blinzelte mehrmals, konnte es aber selbst dann nicht glauben, als die Erkenntnis langsam einsickerte.

»Dee ...?«, wisperte ich. »Bin ich wieder tot oder halluziniere ich gerade?«

Dinahs Lippen verzogen sich zu einem kleinen Lächeln. »Weder noch. Du bist am Leben, genau wie ich.«

Aber wie? Was war in den vergangenen acht Wochen passiert?

Doch das Einzige, was ich herausbrachte, war: »Du und Ripley … wir dachten, ihr wärt tot.«

Schließlich waren sie noch vor unserem Trip nach Paris und dem finalen Kampf mit Amelia verschwunden gewesen, und wir wussten alle, was das für jemanden mit unserem Job bedeutete: Er oder sie war so gut wie tot. Trotzdem stand Dinah jetzt neben meinem Bett, gekleidet wie immer in Jeans und ein ärmelloses, bauchfreies schwarzes Top, als wäre sie nie fort gewesen. Aber sie wirkte … anders als sonst. Da war nichts mehr von der lässigen, unbekümmerten Haltung, die so typisch für Dinah war. Sie wirkte ruhiger, ernster und in sich gekehrter.

Ächzend setzte ich mich auf und verfluchte dabei die Nadel in meiner Ellenbeuge. Dinah schüttelte mir die Kissen auf und schob sie mir in den Rücken.

»Wir waren nicht tot, also zumindest nicht so wie du. Ich habe vorhin mit Finn telefoniert. Er und Giselle sollten bald wieder in London sein – spätestens morgen, meinte er. Sie haben dich zurückgeholt.«

»Finn und Giselle?«

Dinah nickte. »Zusammen mit Shaw. Ich schätze mal, der Plan war seine Idee. Aber ganz egal, was passiert ist, das Wichtigste ist, dass wir alle zurück sind.«

Fragend zog ich die Brauen hoch. »Wir alle?«

Wie auf Kommando tauchte eine weitere Person in der Tür zum Krankenzimmer auf.

»Ripley …?«, stieß ich hervor.

Er war es wirklich. Der große Magic Hunter mit den hellbraunen Haaren und den dunklen Augen, der an einen heißen Piraten erinnerte und alles und jeden um sich herum mit seinem Charme um den Finger wickeln konnte.

»Willkommen zurück, Roxy.« Er betrat den Raum und zog die Tür leise hinter sich zu.

Blinzelnd sah ich zwischen den beiden hin und her. Sie sahen noch genauso aus wie an jenem Abend, als sie sich wie Finn und ich auf die Jagd vorbereitet hatten, nur dass Dinahs Haare inzwischen nicht mehr grün, sondern blau waren und frisch gefärbt aussahen. Wobei, als ich genauer hinschaute, konnte ich weitere Veränderungen erkennen. Beide wirkten hagerer, härter, als hätten sie abgenommen oder eine besonders schwierige Zeit hinter sich. Und das Leuchten in ihren Augen wirkte gedämpft, fast ein wenig abgestumpft. Außerdem sagten sie kein Wort, statt wie sonst immer miteinander zu flirten oder sich gegenseitig zu necken. Was war nur passiert?

»Wie … wie ist das möglich?«, fragte ich und sah zwischen den beiden hin und her.

»Das ist eine wirklich lange Geschichte.« Ripley blieb am Bettende stehen und stützte sich mit den Unterarmen auf das Gestell. »Aber du kannst dich bei Ella und Wayne dafür bedanken. Und bei Krall und den anderen Huntern in Prag.«

Dunkel erinnerte ich mich daran, dass Ella mich während meiner Reise durch Südosteuropa angerufen hatte, allerdings war ich zu sehr auf die Jagd und die Tatsache fokussiert gewesen, dass Shaw sich als Hexenmeister herausgestellt hatte. Wir hatten uns ständig verpasst, und nach Reden war mir nicht gerade zumute gewesen. Hatte sie mir etwa erzählen wollen, dass sie Dinah und Ripley gefunden hatte?

»Wir sind vor ein paar Wochen zurückgekommen«, erzählte Ripley.

»Zurück woher?«

Diesmal war Dinah diejenige, die antwortete. »Aus der Geisterwelt.«

Der *Geisterwelt* …

»Moment mal. Was?!«

Mehr und mehr Erinnerungen prasselten auf mich ein, darunter der Moment kurz vor Amelias Tod, als sie behauptet hatte, nicht nur für Nialls Verschwinden verantwortlich zu sein, sondern auch für das der Hunter in Großbritannien.

»Wie gesagt: Wir waren nicht tot«, sprach Dinah weiter und spielte an dem Ständer herum, an dem mein Infusionsbeutel hing und der gefährlich zu wackeln begann. »Diese Amelia und ein paar Hexer haben uns überwältigt und an die Geisterkönigin ausgeliefert.«

Ich schloss für einen kurzen Moment die Augen. Also hatte Amelia damals tatsächlich die Wahrheit gesagt.

»Wir waren in der Geisterwelt gefangen. Es gab keine Fluchtmöglichkeit. Diejenigen, die es versucht haben, sind im Zeitfluss gestorben. Irgendwann sind Ella und Wayne aufgetaucht und haben sich mit Königin Marjorie angelegt, aber das ist nicht gut ausgegangen. Mit Ellas und Waynes Hilfe konnten wir entkommen, mussten aber viele andere zurücklassen …« Sie sah zu Ripley hinüber, der ihren Blick stumm erwiderte und dabei ungewöhnlich ernst aussah. Offenbar war diese Zeit an keinem der beiden spurlos vorbeigegangen. »Letzten Endes haben sie es geschafft und uns und alle anderen da rausgeholt.«

Das war … ich wusste nicht mal, was ich dazu sagen sollte. Während meiner Ausbildung in meiner Zeit als freie Huntress hatte ich schon so einiges erlebt, hatte schließlich selbst den Zorn eines Todesboten auf mich gezogen und war allem Anschein nach in der Unterwelt gelandet, aber das? Lebendig in der Geisterwelt gefangen zu sein und daraus zu entkommen? Das war neu. Und echt heftig.

»Was ist mit den anderen?«, fragte ich langsam und dachte an die anderen verschollenen Hunter aus dem Quartier. »Mit Hamish? Und André?«

Ripley räusperte sich. »Hamish geht es gut. Er ist schon wieder bei seiner Familie in Brixton. Die Wiedersehensfreude war riesig.«

Mein beginnendes Lächeln erstarrte, als ich den Ausdruck in den Gesichtern der beiden bemerkte. »Und André?«, hakte ich nach, obwohl ich die Antwort darauf bereits zu kennen glaubte.

Dinah presste kurz die Lippen aufeinander. »André lebt, aber er will nichts mehr mit uns zu tun haben. Das Ganze hat ihn sehr mitgenommen.«

»Wir haben nichts mehr von ihm gehört, seit er wieder zurück in London ist«, ergänzte Ripley. »Und ich glaube auch nicht, dass wir ihn noch mal wiedersehen.«

»Immerhin lebt er noch«, murmelte ich und erntete dafür einvernehmliches Nicken.

»Ach, übrigens!«, rief Dinah plötzlich und hob den Kopf, als hätte sie etwas gehört. Sie zwinkerte ihrem Kampfpartner zu und marschierte zur Tür.

»Was denn?« Ich sah ihr verwirrt nach und dann zu Ripley, als sie ohne eine Antwort verschwand.

Zum ersten Mal, seit er das Zimmer betraten hatte, zeichnete sich ein Lächeln auf seinem Gesicht ab. Ein richtiges Lächeln, wie ich es von früher kannte. »Erträgst du noch eine Überraschung?«

Aus irgendeinem Grund begann mein Herz heftig zu hämmern, trotzdem nickte ich. Ich hatte keine Ahnung, was mich als Nächstes erwarten würde, hoffte aber, dass es mit Shaw zu tun hatte. Dass er ebenfalls wieder hier war. Dass es ihm gut ging.

»Sehr schön.« Ripley richtete sich auf. »Da gibt es nämlich jemanden, der dich wirklich gern sehen würde. Also, wach, und nicht nur in deiner Schneewittchen-Version.«

Wie auf Kommando ging die Tür erneut auf und Dinah kam herein. Als sie zur Seite trat, gab sie den Blick auf die einzelne Gestalt frei, die in der Tür stand.

Er war groß, größer als ich, und etwas schlaksig. Sein Haar war nicht ganz so hell wie meines, sondern eher von einem warmen Honigblond, und relativ kurz, als hätte er es sich gerade erst schneiden lassen. Seine Augen waren noch genauso grün, wie ich sie in Erinnerung hatte, nur dass jede kindliche Unschuld daraus verschwunden war. Seine Haut war geisterhaft blass, so als hätte sie seit Ewigkeiten keine Sonne mehr gesehen. Aber sein Lächeln … sein Lächeln war noch genau dasselbe wie früher.

Ich hatte das Gefühl, als würde mein Herz stehen bleiben. Als würde es einfach aufhören zu schlagen, nur um dann in Millionen Teile zu zerbersten.

Meine Stimme war nicht mehr als ein gebrochenes Flüstern. »Niall …«

7. KAPITEL

Roxy

»Niall?«, wisperte ich, als hätte allein sein laut ausgesprochener Name die Macht, ihn sofort wieder verschwinden zu lassen. Ich wagte es nicht zu blinzeln und krallte die Finger in die Bettdecke, um mich an irgendetwas festzuhalten, da ich das Gefühl hatte, plötzlich den Boden unter den Füßen zu verlieren. »Bist du wirklich hier? Träume ich nicht nur?«

Lächelnd trat er ans Bett. »Was denkst du, hm?«

Diese Stimme. Obwohl ich ihn nur als den kleinen Jungen von früher kannte und seine Stimme im Laufe der Jahre tiefer und rauer geworden war, kam sie mir noch immer so schrecklich vertraut vor. Genau wie sein Anblick. Auch wenn ich nie die erwachsene Version meines Zwillingsbruders gesehen hatte, erkannte ich dennoch den kleinen Jungen in ihm.

Und auf einmal lag ich in seinen Armen. Ich könnte nicht mal sagen, ob ich ihm um den Hals gefallen war oder er mich an sich gezogen hatte, aber es spielte auch keine Rolle. Er war da. Niall war am Leben. Ich hatte es die ganze Zeit tief in meinem Inneren gewusst, dennoch waren immer wieder leise Zweifel in mir aufgekeimt. Doch jetzt war er hier. Er war wirklich hier und drückte mich fest an sich.

Diesmal war es nicht der Schattenblick, der uns verband, und wir sahen auch nicht durch die Augen des anderen, sondern saßen einander direkt gegenüber. Nach all der Zeit, nach all den Jahren sah ich meinen Zwillingsbruder zum ersten Mal wieder – und es war, als wäre ein Teil von mir selbst, den ich vor einer Ewigkeit verloren hatte, endlich wieder zu mir zurückgekehrt.

Ich konnte gar nicht in Worte fassen, was das in mir auslöste. Pure Erleichterung, als würde mir ein ganzes Gebirge vom Herzen fallen. Aber da waren auch so viele Schuldgefühle und eine Empfindung, die ich nicht ganz zuordnen konnte. Wehmut vielleicht? Ich hatte so viel verpasst, hatte nie mit ansehen können, wie aus dem Jungen dieser Mann geworden war. Uns waren so viele gemeinsame Jahre gestohlen worden. Amelia hatte sie uns gestohlen, und es gab absolut nichts auf der Welt, was das je wiedergutmachen würde. Diese Zeit war für immer verloren.

Allerdings hätte ich mich ohne Nialls Verschwinden nie an Amelia gewandt, wäre nie zu den Huntern gegangen, um mich ausbilden zu lassen, und hätte die Menschen, die zu meiner Familie geworden waren, niemals kennengelernt, wenn nicht alles genau so gekommen wäre, wie es heute war. Und ich hätte auch Shaw nie kennengelernt. Doch wenn ich es rückgängig machen könnte, wenn ich Niall all die gestohlenen Jahre zurückgeben könnte, würde ich nicht eine Sekunde zögern, sondern es sofort tun. Er war schließlich mein Zwillingsbruder. Meine zweite Hälfte.

Ich merkte nicht mal, dass ich weinte, bis ich schniefen musste und die heißen Tränen auf meinen Wangen spürte.

Niall lehnte sich etwas zurück und suchte meinen Blick. Eine Falte erschien zwischen seinen Brauen. »Hey, hey, nicht weinen. Du weißt genau, dass ich es nicht aushalte, wenn du weinst.«

Seine fast schon verzweifelt klingenden Worte entlockten mir ein ersticktes Lachen. »Das sind gute Tränen«, murmelte ich und wischte mir mit dem Handrücken über die Wangen.

Dinah reichte mir ein Taschentuch. Ich bedankte mich leise und sah ihr kurz nach, als sie und Ripley sich diskret zurückzogen und das Krankenzimmer verließen.

Noch immer schniefend wandte ich mich wieder an Niall. »Ich bin nur so … Ich kann nicht glauben, dass du wirklich hier bist.«

»Tja, du glaubst es besser, denn ich bin hier und ich gehe so schnell nirgendwohin.«

Ich wischte mir die Tränen weg, schnäuzte ins Taschentuch und atmete erst mal tief durch. Niall saß immer noch neben mir auf dem Bett. Er war nicht plötzlich verschwunden. Er war wirklich da.

Ich konnte nur ungläubig den Kopf schütteln. Dann schlug ich ihm gegen den Arm.

»Aua!«, rief er empört. »Wofür war das denn?«

»Dafür, dass du so lange weg warst. Was fällt dir ein!?«

Er grummelte. »Ist ja nicht so, als hätte ich mir freiwillig ausgesucht, ein Jahrzehnt Urlaub in der Geisterwelt zu machen.«

»Ich weiß … Moment. Das bedeutet, du warst die ganze Zeit über in der Geisterwelt?«

Er nickte. »Ich bin erst vor ein paar Tagen zurückgekommen. Das, was du durch meine Augen gesehen hast, als uns der Schattenblick verbunden hat, war die Geisterwelt.«

Diese seltsame Höhle mit den funkelnden Lichtern und den unbekannten Pflanzen. Ich hatte jeden Archivar gefragt, hatte jedes Buch und jeden Blogartikel gelesen, die mir hätten weiterhelfen können, aber ich hatte nie herausgefunden, was das für ein Ort war.

Die Geisterwelt. Das erklärte auch, wieso mir alles so seltsam fremd und magisch vorgekommen war: weil es nichts davon in unserer Welt gab.

»Es tut mir so leid, dass du das durchmachen musstest.«

Als er mich musterte, waren seine grünen Augen völlig klar, und ich wusste instinktiv, dass er so viel mehr sah als nur mein Äußeres. Mehr als das, was auf den ersten Blick ersichtlich war.

»Mir tut es auch leid, dass du all das erleiden musstest«, sagte er leise. »Die anderen ... deine Freunde haben mir eine Menge erzählt. Du bist jetzt also eine Huntress und jagst übernatürliche Wesen.«

Ich presste die Lippen aufeinander, erwiderte jedoch nichts darauf. Das Letzte, worüber ich jetzt sprechen oder woran ich denken wollte, waren die letzten Jahre und Monate meines Lebens.

»Warst du schon bei Mom und Dad?«, fragte ich stattdessen.

Niall schüttelte den Kopf. »Ich ... ich wusste nicht, was du ihnen erzählt hast und was sie denken. Ob sie mich für tot halten und schon längst vergessen haben oder –«

»Niall«, unterbrach ich ihn leise. »Mom und Dad lieben dich über alles. Sie haben dich nie vergessen.«

Ein zögerliches Lächeln schlich sich auf sein Gesicht.

»Aber sie glauben wirklich, dass du tot bist«, fuhr ich fort und verzog das Gesicht. »Tut mir leid.«

Er atmete tief durch. »Schon gut. Das ... das klären wir schon irgendwie. Ich will unbedingt nach Hause und die beiden sehen, aber zuerst musste ich zu dir kommen, auch wenn ...« Er griff nach meiner Hand, als wolle er sich vergewissern, dass ich wirklich da war. »Ella hat gesagt, dass du tot bist, aber ich konnte es schon vorher spüren. Unsere Verbindung war ... einfach weg.«

»Ich war auch tot«, flüsterte ich.

»Deine Seele ist aber nicht in die Geisterwelt übergegangen.« Es war mehr eine Feststellung als eine Frage, dennoch nickte ich.

»Ich war in der Unterwelt. Shaw, Finn und die anderen haben mich zurückgeholt.«

Ich biss mir auf die Unterlippe bei dem Gedanken an Shaw. Dinah hatte gesagt, dass Finn und Giselle bereits auf dem Rückweg waren. Warum war Shaw nicht bei ihnen? Was war geschehen, nachdem sie die Unterwelt verlassen hatten? Ich musste herausfinden, was mit ihm passiert war oder wo er steckte. Meine Erinnerung endete mit dem Moment meines Todes und ging ab der Sekunde weiter, in der ich hier auf der Krankenstation meinen ersten Atemzug getan hatte. Aber ich zweifelte nicht an dem, was Dinah mir erzählt hatte.

»Ich habe es gespürt, als du wieder am Leben warst«, sagte Niall leise. Dann schüttelte er bedächtig den Kopf und fuhr sich durch das kurz geschnittene Haar. »Sieht so aus, als hätten wir beide ein paar ungeplante Ausflüge gemacht. Und trotzdem haben wir nie herausgefunden, ob in der Höhle bei den Klippen wirklich ein Piratenschatz versteckt war.«

Seine Worte entlockten mir ein ersticktes Lachen. In der Nacht seines Verschwindens hatten Niall und ich uns rausgeschlichen, um dem geheimen Pfad zu folgen, den wir am Tag zuvor entdeckt hatten. Wir waren uns absolut sicher gewesen, dass er uns zu einer alten Schmugglerhöhle führen würde, wo wir einen Piratenschatz finden könnten. Dazu war es jedoch nie gekommen, denn in dem Nebel und der Dunkelheit jener Nacht war Niall verschwunden. Und ich hatte nie wieder an diesen Schatz gedacht.

»Das damals … Es war meine Schuld«, gab ich leise zu. »Wir sind nur rausgegangen, weil ich unbedingt diesen blöden Schatz suchen wollte. Hätte ich nicht darauf bestanden, wären wir niemals …«

»Hey«, unterbrach er mich und griff nach meinen Händen. Seine waren genauso blass wie der Rest von ihm, als hätte er seit einer Ewigkeit kein Sonnenlicht mehr gesehen. Und das hatte er wohl auch nicht. Zumindest bezweifelte ich, dass in der Geisterwelt die Sonne schien, so wie ich sie durch seine Augen gesehen hatte. »Das war nicht deine Schuld, okay? Hast du dir das etwa die ganze Zeit vorgeworfen?«

Ich blickte zur Seite. Konnte ihm nicht ins Gesicht sehen.

»Roxy ...« Er drückte meine Finger und wartete, bis ich ihn wieder ansah. »Ich wollte genauso sehr nach dem Schatz suchen wie du. Glaubst du wirklich, du hättest mich dazu zwingen oder überreden müssen? Echt jetzt?«

»Aber es war mein Vorschlag ...«

»Na und?« Er schüttelte den Kopf. »Wir können nicht ändern, was passiert ist, und ich mache dir keine Vorwürfe. Also hör endlich auf, dir selbst die Schuld daran zu geben. Das ist ein Befehl.«

Ich stieß ein ersticktes Lachen aus und verlor schon wieder den Kampf gegen die Tränen. »Du bist jünger als ich. Du kannst mir gar nichts befehlen.«

»Pah, das glaubst auch nur du.«

Ich erwiderte sein Lächeln, spürte jedoch, wie es brach, als mich die Realität einholte und diesen Moment zu zerstören drohte.

Meine Narbe war noch da, nur ein kleiner Teil zwar, aber immer noch vorhanden. Auch wenn all meine anderen Wunden geheilt waren, prangte der Biss des Höllenhundes noch an meiner Schulter und erinnerte mich unmissverständlich an meine Mission. Wie viele von den 449 Wesen wohl noch übrig waren? Vielleicht zwanzig? Dreißig? Weniger? Mehr? Und mir blieben noch zwei Wochen, um sie aufzuspüren und zu erledigen. Erst dann, erst wenn ich wieder vor Kevin stand und mir der Todesbote sein Urteil verkündete, wusste ich, ob ich überhaupt eine Chance hatte, weiterzuleben. Oder ob Shaw, Finn und Giselle mich völlig umsonst aus der Unterwelt zurückgeholt hatten.

Entschieden schob ich diese Gedanken beiseite und konzentrierte mich wieder ganz auf meinen Bruder.

»Was ist mit dir passiert?«, fragte ich leise. »Hat Amelia dir wehgetan? Was hast du die ganze Zeit gemacht? Wie hast du es so lange in der Geisterwelt ausgehalten?«

Niall ließ meine Hände los, stand aber nicht auf, wie ich für einen Moment befürchtete, sondern machte es sich auf meinem Bett gemütlich. Ich rutschte etwas zur Seite, um ihm Platz zu machen, und er schnappte sich eines meiner Kissen und lehnte es ans Fußende, sodass wir einander gegenübersaßen. Wie früher, wenn wir an Regentagen gemeinsam lesend in meinem Bett gesessen hatten. »Ich erzähle dir alles, was du wissen willst, Schwesterherz. Wenn du mir alles erzählst, was ich verpasst habe. Deal?«

Ich nickte sofort. »Deal.«

»Gut. Wir haben Zeit.«

Wie auf Kommando spürte ich ein Ziehen in meiner Schulter. Nicht das vertraute Brennen der Narbe, wenn eine entflohene Seele in der Nähe war, die ich zurück in die Unterwelt senden musste, sondern eher wie eine Erinnerung daran, dass meine Mission noch nicht zu Ende war.

Dennoch hatte Niall recht: Zum ersten Mal seit seinem Verschwinden vor zehn Jahren hatten wir Zeit. Zeit, um uns alles zu erzählen, um zu lachen, zu weinen, zu trauern und uns zu freuen. Um aufzuholen, was wir verpasst hatten und uns neu kennenzulernen.

Wir hatten Zeit.

Die Frage war nur, wie viel.

8. KAPITEL

Roxy

Noch 13 Tage …

Nichts. Keine Nachricht von Shaw. Kein Anruf. Gar nichts.

Ich starrte auf das Smartphone in meiner Hand in der Hoffnung, eine Antwort oder einen Anruf zu bekommen. Irgendein Lebenszeichen von Shaw, aber es kam nichts. Seine alte Nummer war tot, wie ich heute Morgen durch einen Anruf erfahren hatte. Wo auch immer er gerade war, was auch immer ihm zugestoßen war, er war unerreichbar für mich. Genau wie Finn, den ich im Moment genauso wenig erreichen konnte.

Frustriert ließ ich das Handy sinken und den Blick durch mein Zimmer wandern. Wenigstens hatten Nala und die anderen es in der Zwischenzeit nicht ausgeräumt und neu vergeben. Trotz meiner langen Abwesenheit war alles noch genau so, wie ich es vor Monaten zurückgelassen hatte.

Weiße Wände, ein einziges Fenster mit Blick über die Stadt. Das schmale Bett war gemacht. Neben dem Schrank stand meine Sammlung an Stiefeln und High Heels und auf dem Schreibtisch vor dem Fenster, das einen großartigen Ausblick auf die Stadt bot, wartete mein heiß geliebter Barry's Tea schon auf mich. Eine Packung Peanut Butter Cups lag daneben – leer, natürlich –, ebenso wie ein kleiner Stapel Graphic Novels, die ich zwar angefangen, aber nie zu Ende gelesen hatte.

Das Erste, was ich tat, war lange zu duschen, mir saubere Sachen anzuziehen und meine heißgeliebten Ringe wieder überzustreifen. Die Kleidung, die ich während der Reise durch Europa dabeigehabt hatte, lag in einer Tasche auf dem Boden neben dem Bett. Vor zwei Monaten hatte ich sie im Quartier in Florenz zurückgelassen … und wie es aussah, hatten die dortigen Hunter sie nach London geschickt.

Doch die wirklich wichtigen Dinge hatte ich am Tag meines Todes ohnehin bei mir getragen: mein rotes Cape, mein Amulett und die Pistolenarmbrust samt den speziell präparierten Bolzen aus Prag. Ich konnte nur hoffen, dass sich meine Pistolenarmbrust in der sicheren Verwahrung der Waffenkammer befand.

Das Cape hing über der Stuhllehne und mein Amulett hatte jemand – Finn? – daneben auf den Schreibtisch gelegt. Als ich gestorben war, war es abgefallen. Jetzt wartete der nachtblaue Stein mit den goldenen Sprenkeln nur darauf, dass ich ihn zusammen mit der Halskette wieder anlegte.

Lediglich der Ghostvision war ein Verlust, der mich schmerzte. Ich hatte ihn an jenem schicksalhaften Nachmittag nicht bei mir getragen, sondern sicherheitshalber in Shaws Wagen zurückgelassen. Allein dafür hatte ich bereits Kontakt mit dem Quartier in Florenz aufgenommen und sie gebeten, jemanden zu der alten Ruine zu schicken, um meine Sachen aus dem Auto zu bergen – und den Wagen gleich mit. Trotz allem, was zwischen Shaw und mir vorgefallen war, hätte ich seinen geliebten Chevrolet Camaro nie unterwegs irgendwo zurückgelassen.

Der Sportwagen lenkte meine Gedanken unweigerlich wieder zu Shaw. Ich hatte mein Smartphone erneut in der Hand und starrte so eindringlich darauf, als könnte ich dadurch einen Anruf herbeizaubern. Doch das Display blieb dunkel.

Verdammt, wo steckst du? Warum meldest du dich nicht?

Ich versuchte die drückende Sorge ebenso beiseitezuschieben wie all die anderen Emotionen, die mich zu überwältigen drohten. Es funktionierte nicht. Natürlich nicht.

Ich öffnete meine Nachrichten und begann zu tippen:

Danke, dass du mir meinen Bruder zurückgebracht hast. Und Dinah. Ripley. Einfach alle. Danke!

Ich drückte auf *Senden* und schickte die Nachricht an Ella ab. Dann schob ich das Handy in meine Hosentasche und straffte die Schultern. Fürs Training war ich laut Ingrid noch nicht wieder fit genug, aber das bedeutete nicht, dass ich nur herumsitzen und nichts tun würde.

Einen Moment lang strich ich mit den Fingerspitzen über das Amulett auf dem Tisch, dann legte ich es mir um und machte den Verschluss in meinem Nacken zu. Ich warf meinem Spiegelbild einen langen Blick zu. Es war noch immer das Amulett der Stufe 6, das Warden mir mit Wayne als Kurier aus Edinburgh bis nach Prag geschickt hatte. Auf meiner Haut fühlte sich der dunkelblaue Stein warm an, aber er pulsierte nicht, und die darin enthaltene Magie kroch auch nicht durch meine Adern, um mir meine Energie auszusaugen, wie es der Dunkelsplitter getan hatte. Mein Spiegelbild runzelte die Stirn. Der Dunkelsplitter, der mich in die Arme einer Rusalka getrieben und beinahe umgebracht hatte, war aus den Überresten eines Vampirs hergestellt worden, was eigentlich unmöglich sein sollte. Kein Vampir, abgesehen von Isaac, war so mächtig, um aus seinen Überresten ein Amulett der höchsten Stufe herzustellen, das wussten wir alle. Dennoch war es gelungen – und zwar aus einem künstlich erschaffenen Vampir.

In diesem Moment klingelte das Smartphone in meiner Hosentasche. Ich zuckte zusammen, entspannte mich jedoch etwas, als ich den Namen des Anrufers las. Es war das Quartier in Florenz. Erleichterung mischte sich mit einer leisen Enttäuschung, als ich abnahm. »Ja?«

»Ciao, Roxy!«, begrüßte mich die Stimme eines Hunters, den ich nach einem Moment als Cosimo wiedererkannte. Er war auch derjenige gewesen, der mich damals in Florenz willkommen geheißen und mir das Quartier dort gezeigt hatte. Es fühlte sich an, als wäre das nur wenige Tage her, dabei wusste ich, dass inzwischen Monate vergangen waren. »Wie geht es dir?«

»Ich bin zumindest nicht mehr tot«, erwiderte ich trocken und begann hin und her zu laufen.

Er lachte herzlich. »Bravo! Das höre ich gern. Was deine Bitte angeht …« Ein italienischer Akzent untermalte seine Worte und verlieh seiner Stimme einen melodischen Klang.

»Ja …?«

»Wir waren bei der Ruine – und ich bin absolut sicher, dass es der richtige Ort war –, aber da stand kein Auto.«

Ich blieb stehen. »Wie kann das sein?«

»Ich weiß es nicht. Es war ein schicker Sportwagen, hast du gesagt? Vielleicht hat ihn jemand mitgenommen.«

Durchaus möglich, schließlich war das Ganze schon über acht Wochen her. Dennoch zog sich mein Magen bei der Vorstellung zusammen, dass sowohl Shaws Wagen als auch der Ghostvision verloren sein könnten.

Ich bat Cosimo, sich trotzdem weiter nach dem Wagen umzusehen, dann verabschiedete ich mich von ihm, schickte eine Nachricht an Warden und verließ mein Zimmer. Vielleicht fiel Warden irgendeine Möglichkeit ein, um den Ghostvision zu orten. Die Narbe auf meiner Schulter war zwar deutlich kleiner geworden, dennoch gab es da draußen noch genug Wesen, die ich aufspüren und in die Unterwelt verbannen musste. Aber ohne dieses Gerät war das praktisch unmöglich. Erst recht in der wenigen Zeit, die mir noch blieb, wenn Kevins Countdown noch derselbe war.

Ich war diese Treppen und Gänge schon so oft entlanggelaufen, dass ich sie auswendig kannte. Ohne bewusst darüber nachzudenken, hatte ich den Weg hinunter in die 37. Etage zur Waffenkammer eingeschlagen. Davor hatte sich eine Gruppe Hunter und Huntresses versammelt, was nicht weiter verwunderlich war. Zumindest nicht an einem typischen Abend, wenn die Teams auf Patrouille durch die Straßen Londons gingen und sich vorher hier ausrüsteten. Jetzt hingegen? Am frühen Nachmittag? Das war ungewöhnlich.

Neugierig trat ich näher – und blieb abrupt stehen, als ich die vertrauten Stimmen hörte. Irgendjemand schien mich bemerkt zu haben, denn die Menge teilte sich und gab den Blick frei auf Finn und Giselle.

Finn, der mich einen Herzschlag später einfach nur fest umarmte, während Giselle mit einem erleichterten Lächeln danebenstand.

»Es hat wirklich geklappt«, murmelte er. »Ich hatte schon befürchtet, mir eine neue Kampfpartnerin suchen zu müssen.«

Ich gluckste und genoss es für einen Moment einfach nur, in seiner starken Umarmung zu versinken. Auch wenn er mich dabei fast zerquetschte. »Als ob du das nicht schon längst getan hast.«

Er schob mich auf Armeslänge von sich und schüttelte vehement den Kopf. »Hab ich nicht. Zuerst war ich noch krankgeschrieben und dann wollte ich niemand anderen.«

»Du alter Charmeur.«

»Stimmt.« Er grinste und ein freches Funkeln trat in seine Augen. »Aber wen soll ich sonst bei ihren Dates stören und ihren Hintern vor irgendwelchen Monstern retten, weil sie eine totale Niete im Nahkampf ist?«

Und da war er auch schon wieder vorbei, der kurze Moment der Zuneigung für diesen Kerl.

Wider Willen musste ich lachen und verpasste ihm einen Klaps gegen den Arm. »Du Arsch.«

Sein Grinsen wurde noch breiter. »Schön, dich zurückzuhaben, Blake.«

»Gleichfalls, MacLeod. Lass dich ja nie wieder so von Vampiren vermöbeln, dass du kampfunfähig bist.«

Er schnitt eine Grimasse. »Werde ich nicht, wenn du nicht wieder stirbst.«

Da war ein kurzes Ziehen in meiner Brust, als ich daran dachte, dass ich Kevins Mission noch immer nicht erfüllt hatte und meine Zeit kurz davor war, abzulaufen. Diesmal wirklich. Entschlossen schob ich den Gedanken daran ganz schnell beiseite.

»Einverstanden.« Ich hielt Finn die Hand hin und er schlug ein. Dann wurde ich jedoch schnell wieder ernst und senkte die Stimme. »Was ist mit Shaw?«

Ich sah zwischen ihm und Giselle hin und her. Sie war etwas näher getreten, hielt jedoch noch genügend Abstand zu mir und allen anderen, um nicht aus Versehen jemanden zu berühren. Die Menge hatte sich inzwischen aufgelöst, sodass sie nicht Gefahr lief, jeden Moment mit jemandem zusammenzuprallen.

Der Hoffnungsschimmer, der für einen kurzen Moment in meiner Brust aufgeglommen war, erlosch wieder, als ich Finns Gesichtsausdruck sah.

Er presste die Lippen zu einer schmalen Linie zusammen und zog mich ein Stück zur Seite, damit niemand unser Gespräch mit anhören konnte. »Gleich nachdem wir durch das

Tor kamen, wurden wir von einer Hexenmeisterin und drei Hexern angegriffen. Shaw hat uns weggeschickt und ist zurückgeblieben.«

Erinnerungen flackerten vor meinem inneren Auge auf. Schloss Bran. Der Kampf gegen die Strigoi. Tarquin. Der Blick, den Shaw mir zugeworfen hatte, bevor er mit Tarquin durch das Portal verschwunden war.

Ich zwang mich, die Frage auszusprechen, auch wenn ich nicht wusste, ob ich bereit war, die Antwort zu hören. »Hat er gegen sie gekämpft? Oder ist er mit ihnen gegangen?«

Finn hob die Schultern. »Kann ich nicht sagen, aber sie wirkten alles andere als freundschaftlich und haben ihn angegriffen.«

War ein Kampf gegen Hexer und eine Hexenmeisterin beruhigender, als wenn Shaw freiwillig mit ihnen gegangen wäre? Ich wusste es nicht. Ich wusste überhaupt nichts mehr. Als ich ihn das letzte Mal gesehen hatte, war er mir zu Hilfe gekommen und hatte sich gegen Tarquin und die anderen gestellt. Gegen seine eigenen Leute, um mich zu beschützen. Davor hatte er mich jedoch zurückgelassen und war Tarquin bereitwillig zu den Hexern gefolgt. Und wer wusste, was in den vergangenen zwei Monaten passiert war? Dennoch konnte ich mich nicht dazu bringen, Angst vor Shaw zu haben.

Ja, er war ein mächtiger Hexenmeister. Aber er war auch … er war da gewesen. Hatte mich festgehalten, mich angefleht, bei ihm zu bleiben, als ich schon das Heulen der Höllenhunde vernommen hatte. Und wenn es stimmte, was die anderen erzählten, dann war er es gewesen, der meine Seele aus der Unterwelt zurückgeholt hatte.

»Ich bin sicher, dass es ihm gut geht«, fügte Finn hinzu, als ich nicht reagierte. »Er hatte in letzter Zeit eine Menge Übung, was das Vermeiden von Hexen angeht.«

Wenn das stimmte, warum war Shaw dann nicht hier wie alle anderen?

Finn tippte kurz auf seinem Handy herum. »Ich hab dir seine neue Nummer geschickt.«

»Danke. Euch beiden. Für alles, was ihr getan habt«, fügte ich hinzu und meinte es von ganzem Herzen. Ohne ihre Hilfe würde ich heute nicht hier stehen. »Du hast etwas gut bei mir«, sagte ich zu Giselle und wandte mich dann an Finn. »Du nicht.«

Er grinste nur und legte mir kameradschaftlich den Arm um die Schultern.

Giselle hingegen lächelte zurückhaltend, schüttelte aber auch den Kopf. »Du hast mir in Paris geholfen, jetzt habe ich dir geholfen, non? Du schuldest mir nichts.«

Am liebsten hätte ich sie in den Arm genommen, dabei war ich wirklich kein Paradebeispiel für jemanden, der besonders kuschelbedürftig war. Außerdem wäre Giselle sicher nicht davon begeistert, wenn ich dadurch eine neue Todesvision auslösen würde.

»Ich bin am Verhungern.« Finns Worte rissen mich aus meinem Gedankenstrudel. »Lasst uns was essen.« Er wandte sich bereits Richtung Treppe, doch dann bemerkte er Giselles Zögern. »Kommst du nicht mit?«

»Oh. Mais non.« Sie schüttelte den Kopf. »Ein anderes Mal vielleicht. Danke.« Sie nickte uns beiden noch einmal zu, dann machte sie hastig kehrt und verschwand den Flur hinunter.

Finn sah ihr stirnrunzelnd nach, dann folgte er mir in die Kantine.

Trotz Ingrids Warnung, es auch beim Essen nicht zu übertreiben, hatte ich zwei Burger mit Pommes verdrückt, und jetzt war mir etwas schlecht. Obwohl ich mich am liebsten hingelegt hätte, zwang ich mich dazu, auf den Beinen zu bleiben, und wanderte durch das Quartier. Ich redete kurz mit Huntern und Huntresses, die ich seit Monaten nicht mehr gesehen hatte, schaute bei den Archivaren in der Bibliothek vorbei, ließ mich von Linnea auf den neuesten Stand bringen und fand mich am frühen Abend vor Giselles Zimmertür wieder.

Ich hob die Hand und klopfte. Nach wenigen Sekunden ertönte ihre Stimme gedämpft aus dem Inneren und ich öffnete die Tür.

Als Giselle aus Paris mit uns nach London gekommen war, hatte Nala ihr ein Zimmer im Quartier gegeben. Ein Zimmer, das ich jetzt zum ersten Mal von innen sah. Es hatte den üblichen Schnitt und die gleiche Ausstattung wie alle Räume, in denen die Jäger hier übernachteten: ein schmales Bett, ein noch schmalerer Kleiderschrank, ein Fenster, ein Schreibtisch und ein Stuhl. Es war vor allem zweckmäßig, aber Giselle hatte es irgendwie geschafft, dass es bei ihr gemütlich aussah.

Rosa Plüschkissen lagen auf dem Bett, das von einer zarten Tagesdecke in derselben Farbe bedeckt war. An den Wänden hingen gerahmte Bilder und Schwarz-Weiß-Fotografien von London und Paris. Zwei Regalbretter schwebten an der Wand neben der Tür, voll mit Büchern auf Französisch und Englisch. Ein flauschiger Teppich bedeckte den Boden.

»Hi«, sagte ich, als mein Blick wieder auf Giselle landete, die mit einem Buch auf dem Schoß und der Wand im Rücken auf dem Bett saß. »Darf ich reinkommen?«

Sie nickte. Ich schloss die Tür hinter mir und setzte mich mit etwas Abstand neben sie aufs Bett. Die Wand fühlte sich kühl unter meinem dünnen Oberteil an und ich schob eines der Kissen dazwischen.

»Ist alles in Ordnung?« Ich musterte Giselle von der Seite.

»Oui«, antwortete sie sofort, jedoch ohne mich anzusehen.

»Ich dachte nur ... wegen der Unterwelt. Ich kann mir nicht mal vorstellen, wie viel Überwindung es dich gekostet haben muss, in die Unterwelt zu gehen und das Risiko einzugehen, einem Todesbo–«

»Es geht mir gut«, unterbrach sie mich schnell.

Ich nickte, obwohl mir noch mehr auf der Zunge lag.

Schweigen breitete sich zwischen uns aus, aber es war keines von der angespannten, unangenehmen Sorte. Zumindest nicht allzu sehr. Und während wir hier so saßen, überkam mich ein seltsames Gefühl von Déjà-vu. In Paris hatte ich mich auch zu Giselle gesetzt, allerdings hatte sie damals in einer Zelle im Keller des Pariser Quartiers gewohnt. Nicht, weil die Hunter sie dort festgehalten hätten, sondern aus ihrem eigenen Wunsch heraus, damit sie niemandem versehentlich zu nahe kam und mit einer simplen Berührung eine Todesvision bei sich und der Person auslöste. Zu jener Zeit war Amelia hinter ihr her gewesen – um genau das herauszufinden, was ich jetzt wissen wollte. Was für eine Ironie. Im Gegensatz zu meiner ehemaligen Mentorin würde ich mir jedoch nie mit Gewalt nehmen, was ich wollte.

Giselle musterte mich aufmerksam von der Seite. »Ich weiß, warum du hergekommen bist.«

Ich verzog das Gesicht. »So offensichtlich, hm?«

Ein sanftes Lächeln umspielte ihre Lippen. »Damals in Prag ... da habe ich dich angerufen. Wegen Shaw und der fehlenden Vision. Du willst herausfinden, ob es stimmt, non?«

»Wenn es stimmt, dann sehen wir beide nichts, wenn du mich berührst.«

Sie nickte langsam, wirkte aber genauso zögerlich wie ich, denn es gab keine Garantie. Giselles Vision von meinem Tod war genau so eingetroffen, wie wir beide es vorhergesehen hatten, auch wenn ich nicht damit gerechnet hatte, dass es schon so früh geschehen würde – und lange bevor Kevins Countdown endgültig ablief. Aber ich erinnerte mich auch noch gut an unser nächtliches Telefonat in Prag, als sie mir davon berichtet hatte, dass sie Shaw versehentlich berührt – und nichts gesehen hatte. Keine Vision. Keinen Tod. Gar nichts. Als würde der Fluch, mit dem der Todesbote sie belegt hatte, bei ihm nicht funktionieren. Damals hatten wir die Vermutung aufgestellt, dass es daran liegen könnte, dass er bereits einmal gestorben war.

Jetzt war es an der Zeit, diese Vermutung zu bestätigen.

»Darf ich?«

Giselle zögerte kurz, als würde sie sich innerlich wappnen, dann nickte sie stumm und hielt mir die Hand hin.

Ich sah auf ihre schmalgliedrigen Finger hinunter. Sie zitterten ganz leicht, und mich überkam das schlechte Gewissen. Rasch suchte ich ihren Blick. »Wir müssen das nicht machen, weißt du? Ich will dich nicht unnötig quälen.«

Genauso wenig wie mich selbst, denn wenn unsere Theorie falsch war, würde ich erneut meinen eigenen Tod nicht nur vorhersehen, sondern auch spüren, als wäre ich live dabei. Das war das Risiko bei der Sache. Vielleicht würden wir beide nichts sehen, vielleicht erfuhr ich aber auch nur, dass mich die Höllenhunde in zwei Wochen erneut holen kamen, weil ich Kevins Auftrag nicht zu Ende geführt hatte, was ohne den Ghostvision praktisch unmöglich war. Oder ich sah, wie ich in zehn, zwanzig oder auch fünfzig Jahren sterben würde, was sich sehr wahrscheinlich aber auch nicht viel angenehmer anfühlen würde. Trotzdem musste ich es wissen. Nicht nur für mich, sondern auch für Giselle. Wenn es nämlich keine Vision gab, bedeutete das, dass sie bestimmte Menschen berühren konnte, ohne Angst haben zu müssen, den Fluch auszulösen. Nämlich Menschen, die schon mal gestorben waren. Das war vielleicht nicht viel, aber es war wenigstens … etwas. Ein Hauch von menschlichem Kontakt, wo vorher gar keiner gewesen war.

»Ich möchte es auch wissen.« Giselle sah mich fest an. »Und wenn wir etwas sehen, dann stehen wir das zusammen durch. So wie letztes Mal.«

Ich lächelte matt. Wie sie trotz allem so unglaublich stark sein konnte, war mir schleierhaft. Aber sie hatte recht. Keine von uns war allein, ganz egal, was gleich geschehen würde.

Ein letztes Mal atmete ich tief durch, dann war ich bereit, mich allem zu stellen, was gleich passieren würde. Ich legte meine Hand in ihre – und hielt den Atem an.

Nichts geschah.

Ich blinzelte leicht, starrte erst auf unsere Hände hinab, dann Giselle an. Sie war etwas blasser geworden. Sekunden tickten vorbei, während wir beide uns stumm ansahen.

Aber da war nichts. Kein Bild vor meinen Augen. Nicht einmal ein kurzes Flackern. Keine Vision, die mich packte und an den Ort meines Todes schleuderte, um ihn live und in Farbe mitzuerleben. Ich saß noch immer in Giselles Zimmer, umgeben von rosa Plüschkissen und Kunst an den Wänden, ohne auch nur den Hauch einer Vision wahrzunehmen.

Ich begegnete Giselles Blick. Ihre Augen waren geweitet – und schwammen in Tränen. Langsam schüttelte sie den Kopf und zog ihre Hand zurück, um erst diese, dann mich zu mustern, als wäre all das hier ein Wunder.

»Du hast auch nichts gesehen, oder?«, erkundigte ich mich sicherheitshalber.

»Non.« Sie räusperte sich und blinzelte gegen die Tränen an. Der Schock stand ihr noch immer ins Gesicht geschrieben. »Nichts«, stieß sie hervor – und fiel mir um den Hals.

Im ersten Moment war ich zu überrumpelt, um zu reagieren, doch dann legte ich behutsam erst den einen, dann den anderen Arm um sie und hielt sie fest. Ihre Schultern bebten, als würde sie schluchzen, allerdings kam ihr kein Ton über die Lippen. Ich wusste nicht, wie lange wir so saßen, während sie sich an mich klammerte und ich ihr beruhigend über den Rücken strich. Ich konnte mir nicht einmal ansatzweise vorstellen, wie sie sich gerade fühlen musste. Seit Jahren hatte sie niemanden mehr berühren können, ohne von der Vision des Todes dieser Person gequält zu werden. Sie hatte sich von allen Menschen zurückgezogen und ein einsames Leben geführt. Erst als Amelia Jagd auf sie gemacht hatte, war sie den Huntern begegnet und mit ihnen gegangen, um ihr Leben zu schützen. Seither hatte sie zwar wieder Kontakt zu anderen Menschen, war aber noch immer nicht dazu imstande, jemanden zu berühren. Selbst das kleinste bisschen Körperkontakt, wie ein zufälliges Streifen oder Anrempeln, konnte den Fluch aktivieren, den ihr ein rachsüchtiger Todesbote aufgebürdet hatte.

Nach einer Weile löste sie sich langsam aus meinen Armen und richtete sich wieder auf. Ihr Gesicht war noch immer blass, ihre Augen gerötet.

»Excuse-moi«, murmelte sie betreten. »Es kam so … so über mich.«

»Schon okay. Ich konnte das gerade auch gut gebrauchen.«

Mit zittrigen Fingern wischte sie sich die Tränenspuren von den Wangen. »Ich … ich kann nicht glauben, dass …« Sie deutete zwischen uns hin und her.

Ich lächelte. »Weißt du, was das bedeutet?«, fragte ich, wartete ihre Antwort aber nicht ab. »Du kannst mich berühren. Und Shaw. Du … du bist nicht mehr allein, Giselle.«

Meine Worte förderten nur noch mehr Tränen zutage, und auf einmal konnte ich nachempfinden, wie Niall sich bei unserem Wiedersehen gefühlt haben musste: irgendwie hilflos, aber auch unendlich froh.

Ich fand eine Packung Taschentücher und brachte sie Giselle. Dann blieb ich noch eine Weile bei ihr. Sie erzählte mir von den letzten Monaten, was sie gemeinsam mit Finn und Linnea erlebt und getan hatte. Und sie berichtete mir auch von der Unterwelt und von den Dingen, die ich vergessen hatte. Als sie all die Ängste und zerstörten Hoffnungen erwähnte, war ich insgeheim dankbar, mich an nichts davon erinnern zu können.

Wir redeten über alles Mögliche, außer einer Sache: dass wir keine Vision meines Todes gesehen hatten.

Bedeutete das, dass ich nicht sterben würde? Nein, ganz gewiss nicht. Es hieß nur, dass ich bereits gestorben war und mein Schicksal, das vor langer Zeit besiegelt worden war, sich bereits erfüllt hatte.

Und tief in meinem Inneren wusste ich, was das bedeutete:

Ab jetzt war alles offen.

9. KAPITEL

Roxy

Noch 12 Tage …

Am nächsten Tag war ich es leid, die ganze Zeit nur herumzuliegen, mich zu erholen und darauf zu warten, dass andere sich bei mir meldeten – Shaw, der noch immer verschollen war, Warden, der offenbar auf einer Mission und deshalb genauso unerreichbar war, Cosimo aus Florenz, der noch immer nach Shaws Wagen suchte.

Also schnappte ich mir Niall, sobald ich Ingrid davon überzeugt hatte, dass ich mich fit genug fühlte – was erstaunlich schnell ging, wenn man bedachte, dass ich *tot* gewesen war –, und verließ das Quartier. Da er vorher nie in London gewesen war und sich nur langsam wieder an das Leben außerhalb der Geisterwelt gewöhnte, wollte ich ihn anfangs nicht überfordern. Aber ich hatte Nialls Neugier unterschätzt. Er wollte alles sehen – und alles essen. Jepp. Wir waren eindeutig Geschwister.

Außerdem war die Zeit mit meinem Bruder eine willkommene Ablenkung von meiner Sorge um Shaw. Denn auch auf seiner neuen Nummer hatte ich ihn nicht erreichen können, und er hatte auch auf keine meiner Nachrichten geantwortet. Ich hasste es, so machtlos zu sein, aber ich konnte nichts tun, um ihn zu finden. Er war ein verdammter Hexenmeister. Dank seiner Portale könnte er überall auf der Welt sein. Also lenkte ich mich lieber ab.

Zunächst besorgte ich Niall ein Handy, auch wenn er nicht so recht verstand, warum er eines brauchte. Anschließend besuchten wir die St Paul's Cathedral, Tower Bridge und Westminster Abbey, besorgten uns zwischendurch etwas zu essen in einem meiner Lieblingsrestaurants, sahen uns die Wachablösung vor dem Buckingham Palace an und fuhren mit dem London Eye. Am Russell Square erzählte ich ihm, dass ich mich früher immer unter die Studierenden gemischt und so getan hatte, als wäre ich eine von ihnen. Niall machte sofort mit. Wir holten uns Kaffee und Tee und spazierten am späten Nachmittag zwischen den Bibliotheken und altehrwürdigen Universitätsgebäuden herum, als würden wir dazugehören.

Dieser Teil meines Lebens kam mir ewig her vor. Damals war Niall noch verschwunden gewesen, ich war bei den Huntern in London stationiert und ging zusammen mit Finn auf Geisterjagd, wenn ich nicht gerade in Nalas Bar *The Bloody Vampire* jobbte oder mich mit belanglosen Dates vergnügte. Abgesehen von Kevins Mission war mein Leben damals fast schon normal gewesen. Zumindest so normal es für eine freie Huntress ging.

Eine leise Wehmut meldete sich tief in mir. Statt das Gefühl zu verdrängen, akzeptierte ich es mit einem tiefen Durchatmen. Selbst wenn ich einfach so weitermachen könnte wie damals, würde ich es nicht tun. Dieser Teil meines Lebens gehörte zur alten Roxy, nicht zu der Person, die ich heute war. Also genoss ich es einfach, zusammen mit meinem Bruder durch die Stadt zu schlendern, mich an früher zu erinnern, aber auch neue Erinnerungen zu erschaffen.

»Was würdest du studieren, wenn du könntest?«

»Studieren?« Niall schnitt eine Grimasse. »Ich hab nicht mal einen Schulabschluss«, murmelte er in seinen Teebecher.

»Ich bin sicher, den kannst du nachholen, wenn du willst. Es gibt Online-Kurse.«

Er gab ein undefinierbares Geräusch von sich. »Ich glaube, ich muss erst mal herausfinden, was ich überhaupt will. Und wer ich bin. Und dann überlege ich mir das mit dem Studium.«

Ich lächelte, doch als sich mein Handy mit einer neuen Nachricht meldete, verging es mir.

»Was ist los?«, fragte Niall alarmiert.

»Nichts Schlimmes. Also … niemand ist gestorben. Aber wir müssen unsere Sightseeingtour unterbrechen.«

»Was?«, rief er und klang dabei für einen winzigen Moment so sehr wie der Bruder, den ich von früher in Erinnerung hatte, dass ich einen Stich in der Brust spürte. »Warum?«

»Weil du deinen Termin mit Ingrid vergessen hast. Sie will dich in der Krankenstation sehen. Nachuntersuchung.«

Seine Mundwinkel bogen sich nach unten. »Aber mir geht's gut.«

»Das musst du mir nicht sagen. Du hättest niemals das ganze Fast Food und die Chips und Scones futtern können, wenn du nicht gesund wärst.«

»Oder? Sag ich doch!«

Mit einem Schmunzeln auf den Lippen lenkte ich uns weg vom Russell Square und in Richtung der nächsten U-Bahn-Station. »Aber wenn du nicht in der nächsten halben Stunde in der Krankenstation erscheinst, wird Ingrid dich finden und zu sich holen.«

Ich traute es der Ärztin durchaus zu, uns anhand meines Handys zu orten und jemanden vorbeizuschicken, der uns zurück ins Quartier eskortierte. Und das wäre noch die freundliche Variante gewesen. Nein, mit Dr. Abrahamsson wollte man sich wirklich nicht anlegen. Außerdem … solange sie Niall untersuchte, konnte sie sich wenigstens nicht mit mir beschäftigen. Denn am liebsten hätte sie uns beide noch länger in der Krankenstation behalten und ewig untersucht. Schließlich war ich von den Toten zurückgekehrt und Niall hatte die Hälfte seines Lebens in der Geisterwelt verbracht. Für sie als Wissenschaftlerin war das offenbar wie Geburtstag und Weihnachten auf einmal.

Rund zwanzig Minuten später lieferte ich meinen grummelnden Zwillingsbruder im Quartier ab. Kurz überlegte ich, mit nach oben zu fahren, entschied mich jedoch dagegen. Es war noch nicht spät, gerade mal früher Abend, und ich hatte es vermisst, durch London zu streifen. Also ignorierte ich, dass mir bereits die Füße und Beine wehtaten, und machte mich wieder auf den Weg.

Ich hatte keine Ahnung, warum ich mich einige Zeit später ausgerechnet im Ravenscourt Park wiederfand. Seit jenem schicksalhaften Abend im Juni letzten Jahres war ich nicht mehr dort gewesen, dennoch hatte mich meine ziellose Wanderung über Umwege ausgerechnet hierher geführt.

Das Herz klopfte mir bis zum Hals, als ich den Park durch denselben Eingang betrat wie damals. Anders als an jenem späten Abend im Juni war es heute nicht völlig menschenleer, auch wenn die Sonne bereits unterging. Ich kam an ein paar vereinzelten Spaziergängern vorbei, doch je weiter ich in den Park hineinlief, umso weniger Menschen begegneten mir, bis ich ganz allein war. Die Tennisanlage war noch oder schon geschlossen und lag genauso geisterhaft da wie der verlassene Spielplatz. Meine Schritte beschleunigten sich. Es zog mich Richtung Norden, Richtung See. Ich lief an Bänken und Mülleimern und an den akribisch im gleichen Abstand gepflanzten Bäumen vorbei, die höher waren als in meiner Erinnerung. Was genauso war wie damals, war der Nebel, der langsam über den Boden kroch und dichter wurde, je näher ich dem kleinen See kam.

Mein Puls hämmerte wie verrückt. Meine Gedanken rasten. Aber da war kein Brennen in meiner Schulter, als ich das Ufer erreichte. Kein Prickeln auf meiner Haut. Nichts.

Ich atmete erstickt aus. Verdammt. Was hatte ich denn erhofft? Dass ausgerechnet hier ein weiterer Spirit auf mich wartete, einer der Sorte, die ich selbst aus der Unterwelt befreit hatte und wieder dorthin zurückschicken musste? Blödsinn. So einfach war es nicht. So einfach würde Kevin es mir nicht machen.

Dann kam mir ein Gedanke. Wenn mir jemand sagen konnte, wie es um meine Mission stand, dann doch der Todesbote, der mich damit beauftragt hatte, oder nicht?

»Kevin?«, fragte ich in die Stille hinein – und wartete. Ließ meinen Blick durch die nähere Umgebung schweifen.

Ich war allein, abgesehen von ein paar Enten, die auf dem See herumpaddelten, und einem Eichhörnchen, das einen Baumstamm hinaufflitzte. Der leichte Nebel dämpfte die Stimmen und Geräusche der ohnehin weit entfernten Parkbesucher, bis ich das Gefühl hatte, von allem abgeschnitten zu sein.

»Komm schon«, murmelte ich. »Ich weiß, dass du mit mir reden willst.«

Nichts. Keine Gestalt mit BTS-Merch, die zuvor nicht da gewesen war. Wenn der Todesbote mich hören konnte, dann wollte er offensichtlich nicht mit mir sprechen. Ich wusste nicht, was ich davon halten sollte. Aber vermutlich war Kevin gerade damit beschäftigt, Verstorbene in die Geister- oder Unterwelt zu geleiten, Höllentore zu bewachen oder unschuldige Leute zu verfluchen. Dennoch blieb ein ungutes Gefühl zurück, weil ich den Todesboten seit meiner Rückkehr noch kein einziges Mal gesehen hatte. Ob das etwas zu bedeuten hatte? War es ein gutes oder ein schlechtes Zeichen? Ich hatte nicht die geringste Ahnung. Ich wusste nur, dass ein kleiner Teil der Narbe noch an meiner Schulter haftete, was bedeuten musste, dass meine Mission nicht abgeschlossen war. Noch nicht. Aber warum ließ sich Kevin dann nicht blicken, um mir genau das zu sagen?

Ob er Ärger von Ulysses bekommen hatte, weil ich gestorben war, bevor ich seinen Auftrag erfüllen konnte, und sich dadurch noch immer zu viele Seelen hier befanden, die eigentlich in die Unterwelt gehörten? Möglich, aber genau würde ich es erst wissen, wenn der Todesbote sich mir endlich wieder zeigte. Zum ersten Mal, seit sich unsere Wege gekreuzt hatten, wünschte ich ihn mir wirklich herbei, doch nichts geschah.

Mit einem Seufzen schob ich die Hände in die Taschen meiner Lederjacke und setzte mich wieder in Bewegung.

Ich hatte noch so viele Fragen und jeder schien mir nur einen kleinen Teil beantworten zu können. Obwohl ich meinen Bruder zurückhatte und inzwischen begriff, wo er gewesen war und weshalb ich ihn nie hatte finden können, stand die Frage nach dem Warum noch immer im Raum. Warum hatte Amelia mit Tarquin und Baldur zusammengearbeitet? Für die Macht, die der Hexenkönig ihr verliehen hatte? Reichte das tatsächlich aus, mich und alle Hunter und Huntresses, die sie je gekannt hatte, zu verraten? Und was war der große Plan hinter diesen Entführungen? Wie Niall mir erzählt hatte, nutzte die Geisterkönigin die entführten Jäger und Menschen mit Blicken, um auch außerhalb der Rauh- und Vollmondnächte in unsere Welt zu kommen. Aber wofür? Und was hatte Baldur von dem ganzen Deal?

Und wo, verdammt noch mal, war Shaw? Selbst wenn er es

auf Sizilien mit den Hexern aufgenommen hatte, oder auch wenn er mit seinen eigenen Leuten mitgegangen war, war das inzwischen zwei Tage her. Wo steckte er? Warum meldete er sich nicht, weder bei Finn noch bei mir? Weil er nicht wollte oder weil er … nicht konnte?

Als ich das Vibrieren meines Handys in der Hosentasche spürte, machte mein Magen einen kleinen Sprung. Hastig holte ich es heraus – aber es war nicht Shaw, der mich anrief.

»Hallo, Warden.«

»Hallo, Totgeglaubte.«

Ich schnaubte. »Nur zu deiner Info, ich war wirklich tot und bin zurückgekommen.«

»Ich weiß.« Ein kurzes Schweigen, als würde er über etwas nachdenken. »Dann bist du jetzt also ein Zombie?«

Wider Willen musste ich lachen. »Ich freue mich auch, dich zu hören. Rufst du nur an, um mir komische Namen zu verpassen?«

»Nein. Nach deinen ganzen verpassten Anrufen wollte ich mich nur selbst davon überzeugen, dass du am Leben bist. Außerdem haben Ella und Finn uns beide schon Bescheid gegeben.«

Natürlich hatten sie das. Ella gehörte zum Quartier in Edinburgh, und obwohl Finn in London lebte und mein Kampfpartner war, war er in Schottland aufgewachsen und hatte seine Ausbildung dort gemacht. Warden, Cain und alle anderen dort waren wie Familie für ihn.

»Wie geht's dir?«, fragte Warden.

»Gut. Sehr gut sogar. Du wärst überrascht, wie fit man sich fühlt, wenn sich der Körper zwei Monate lang ausruhen konnte.«

»Kann ich mir vorstellen. Hör mal … Bevor er in die Unterwelt gegangen ist, war Shaw bei mir.«

Ich erstarrte bei der Erwähnung seines Namens. Mein Herz hämmerte los. »Du hast mit ihm gesprochen?«

»Ja. Er wollte meine Hilfe bei seinem Plan. Ich hatte eine sehr … interessante Zeit mit Kevin, während sie in der Unterwelt waren und dich zurückgeholt haben«, fügte er hinzu.

»Danke«, murmelte ich, weil ich nicht wusste, was ich sonst sagen sollte.

»Kein Ding.«

»Du hast seither auch nichts mehr von Shaw gehört, oder?«

»Nein. Ich dachte, er wäre wieder bei euch in London.«

War er nicht. Wo zur Hölle steckte er also?

Da fiel mir etwas ein. Etwas, das so dringend war, dass ich Warden deswegen seit zwei Tagen zu erreichen versuchte. »Hast du eine Ahnung, wo der Ghostvision ist?«

»Shaw hat ihn. Er hat die entflohenen Seelen zurückgeschickt, während du … weg warst.«

Ich umklammerte das Handy fester. »Aber … wie?«

»Er muss den Ghostvision in deinen Sachen gefunden haben. Das Blut hat er vor knapp zwei Monaten aus meiner Werkstatt gestohlen.«

»Du hattest noch Blut von mir in deiner Werkstatt?«

»Ja, von den Testläufen.«

»Ich will gar nicht wissen, warum du es auch danach noch aufgehoben hast, aber … danke.«

Ohne mein Blut hätte Shaw selbst mit dem Ghostvision keine Chance gehabt, all die entflohenen Seelen aufzuspüren. Ich konnte immer noch nicht fassen, dass er das wirklich auf sich genommen hatte. Für mich. Und jetzt war er nicht mal hier, damit ich mich bei ihm bedanken konnte.

»Wo ist er, Warden?« Meine Worte waren nur ein Flüstern und ich hasste mich dafür, wie erstickt meine Stimme auf einmal klang.

»Ich weiß es nicht«, gestand er leise. »Shaw hat mich darum gebeten, Kevin abzulenken, damit er in die Unterwelt gehen und dich zurückholen kann. Das war alles. Seitdem habe ich nichts mehr von ihm gehört.«

»Er ist nicht dort unten geblieben«, murmelte ich, denn das hätten mir Finn und Giselle gesagt. Aber wenn er weder in der Unterwelt noch in einem der Quartiere in London oder Edinburgh war … wo war er dann? Und warum hatte er keinen Versuch unternommen, mit mir oder irgendjemand sonst in Kontakt zu treten?

Es fiel mir schwer, die nächsten Worte auszusprechen. »Denkst du, ihm ist etwas zugestoßen?«

»Ich weiß es nicht. Ich weiß nur, dass Baldur und seine Leute nicht gerade gut auf Shaw zu sprechen sind, genauso wenig wie die anderen Hunter. Und ich glaube, Kevin ist auch nicht sonderlich begeistert über diese Aktion.«

Verdammt. Darüber hatte ich noch gar nicht nachgedacht. Den Zorn eines Todesboten sollte man wirklich nicht auf sich ziehen. Gut möglich, dass diese Sache Konsequenzen haben würde, nicht nur für Shaw, sondern auch für Birdie, Trent, Giselle, Finn und mich. Womöglich sogar für Warden. Andererseits konnte ich mich noch genau an Kevins Gesichtsausdruck erinnern, als mir in der Ruine in der Toskana klar geworden war, dass es sich dabei um den Ort aus Giselles Todesvision handelte – und dass ich diesen Ort nicht lebend verlassen würde. Kevin hatte betrübt gewirkt, fast schon verärgert, ganz so, als wäre es nicht in seinem Sinne gewesen, dass ich schon starb. Vielleicht hatte ich mir das damals nur eingebildet, vielleicht aber auch nicht. Und wenn ich es jetzt doch noch schaffte, die verbliebenen Spirits zu vernichten, tat ich im Grunde genommen nur, was er mir aufgetragen hatte. Ich erfüllte seine Mission. Ich machte meinen Fehler wieder gut.

Aber dazu brauchte ich erst mal den Ghostvision, denn ohne das Gerät war ich völlig aufgeschmissen. Die letzten Geister, die ich in die Unterwelt zurückschicken musste, könnten sonst wo auf der Welt sein. Dass ich nicht so viel Glück haben würde, zufällig in London über sie zu stolpern, war mir im Grunde schon klar gewesen.

»Ich muss los«, verkündete Warden unvermittelt und ich hörte ein kurzes Rascheln.

»Warte!«

»Was ist?«

»Weißt du, wo Ella ist? Ich hab ihr getextet, aber keine Antwort bekommen.«

»Sie ist mit Wayne in den Highlands Urlaub machen, da die Sache mit der Geisterwelt sie ziemlich ausgebrannt hat. Der Empfang dort ist manchmal echt mies. Ich muss jetzt wirklich los, aber ich soll dich von Cain grüßen.«

Das entlockte mir ein Lächeln. »Grüß sie zurück, und die anderen beiden auch, wenn du mit ihnen sprichst. Und … Warden?«

»Ja?«

»Danke. Für alles.«

»Kein Problem. Versuch diesmal am Leben zu bleiben, ja? Noch so einen K-Drama-Marathon stehe ich nämlich nicht durch.«

Ich schnaubte leise. »Ich geb mein Bestes.«

Damit beendete ich das Gespräch und gab Finn Bescheid, dass ich hier war, nachdem er mir eine Nachricht mit der Frage geschickt hatte, wo ich mich herumtrieb. Seit ich wieder unter den Lebenden weilte, war er besonders aufmerksam, was mich anging. Um nicht zu sagen besorgt. Das war süß, aber auch unnötig. Nur weil ich *ein Mal* gestorben war, hieß das nicht, dass ich nicht mehr auf mich selbst aufpassen konnte.

Ich steckte das Handy ein und setzte mich wieder in Bewegung. Mittlerweile war es Abend geworden. Der Himmel hatte sich noch nicht gänzlich verdunkelt, aber das war nur noch eine Frage von wenigen Minuten. Und dank der dicken Wolken über London waren weder Sterne noch der Mond zu sehen.

Sicherheitshalber blieb ich auf dem vorgegebenen Pfad, da ich im dichter werdenden Nebel wirklich nicht viel erkennen konnte. Links von mir plätscherte und quakte es leise, also machte ich auf dem Absatz kehrt, um zurück zum Ausgang zu gehen.

Ich kam gerade mal vier Schritte weit, als ich ein Kribbeln im Nacken wahrnahm. Die Sorte, die man spürte, wenn man von jemandem beobachtet wurde. Meine Finger zuckten, als wollten sie nach der Pistolenarmbrust und den Bolzen oder nach einem Dolch greifen … aber ich hatte nichts davon mitgenommen, weil das hier keine Jagd war. Dumm von mir. Dabei sollte ich doch am besten wissen, wie wichtig es war, stets auf alle Eventualitäten vorbereitet zu sein. Und dass sich in London, sobald die Nacht hereinbrach, alle möglichen Kreaturen auf den Straßen herumtrieben. Geister waren mein geringstes Problem.

Das Kribbeln in meinem Nacken verstärkte sich und ich meinte, ein Knirschen hinter mir zu hören. Ganz langsam drehte ich mich um.

Insgeheim hatte ich gehofft, eine der entflohenen Seelen hier zu finden. Womit ich nicht gerechnet hatte, war, einem ganz anderen übernatürlichen Wesen zu begegnen.

»Das ist doch ein Witz«, stieß ich hervor, auch wenn mir gleichzeitig ein kalter Schauder das Rückgrat hinunterkroch.

Denn nur wenige Meter von mir entfernt stand nichts Geringeres als ein Black Shuck. Einer der legendären dämonischen schwarzen Hunde, die es in Gruselgeschichten und

Legenden geschafft hatten. Eines der Wesen, nach denen Kinder nachts unter ihren Betten und in ihren Schränken suchten.

Eines der Wesen, das Amelia getötet hatte.

Jeder Muskel in meinem Körper spannte sich an. Ich versuchte die Flut an Erinnerungen zu verdrängen, aber sie brach dennoch über mich herein. Die Nacht, in der ich mit Amelia unterwegs gewesen war. Das plötzliche Knurren in der Dunkelheit. Alles war so schnell gegangen, dass ich kaum reagieren konnte. Aber Amelia hatte reagiert. Sie hatte gegen den Black Shuck gekämpft – und verloren. Das war die Nacht, in der sie in meinen Armen gestorben war. Letzten Endes hatte ich die Kreatur vernichtet, aber auch nur, weil Amelia sie bereits schwer verletzt hatte – und es war verdammt knapp gewesen. Bei jenem Kampf hatte der riesige Hund es mit einer erfahrenen Magic Huntress mit Amulettstufe 6 und mit mir, einer freien Huntress und ihrer Auszubildenden mit Amulettstufe 5 aufnehmen können. Damals hatte ich Verstärkung gehabt.

Heute war ich ganz allein.

Ohne die Kreatur mit dem struppigen schwarzen Fell, ebenso schwarzen Augen und dem Gebiss eines riesigen Wolfs zu lange aus den Augen zu lassen, sah ich mich kurz um. Dann tasteten meine Finger wie von selbst nach dem Amulett an meinem Hals und erschufen die Illusion, die die Kreatur ebenso wie mich für alle unsichtbar machte.

Sicher, ich könnte auch versuchen, die Flucht zu ergreifen, doch der Black Shuck hatte meine Fährte bereits aufgenommen. Seine Nasenlöcher blähten sich bei jedem Atemzug auf. Wenn ich jetzt wegrannte, würde er mir folgen – und im Lauf hatte ich keine Chance gegen dieses Mistvieh.

Ein tiefes Knurren erfüllte die Luft. Der Black Shuck senkte Kopf und Oberkörper, setzte zum Sprung an. Sofort packte ich mein Amulett und lenkte all meine Konzentration darauf. Der Stein leuchtete dunkelblau zwischen meinen Fingern auf, doch das Licht drang kaum durch den Nebel. Egal. Ich spürte die pulsierende Wärme der Magie in meiner Hand und zwang mich dazu, stehen zu bleiben, obwohl alles in mir darauf drängte auszuweichen. Vor der Gefahr wegzulaufen. Aber ich hielt die Stellung.

Der Black Shuck machte einen Satz in meine Richtung. Im selben Moment riss ich die Hände hoch und schleuderte die Magie auf die Kreatur. Ich traf sie an der Schulter, aber sie wich so schnell aus, dass ich kaum reagieren konnte. Sofort sprang sie erneut auf mich zu und mir blieb nichts anderes übrig, als zur Seite zu hechten und über den harten Boden zu rollen.

Auf einmal wünschte ich mir, Finns Besorgnis wäre so groß gewesen, dass er wie durch ein Wunder hier auftauchte, aber so viel Glück hatte ich natürlich nicht. Dabei hätte ich einen Grim Hunter gerade wirklich gut gebrauchen können.

Das Knurren hinter mir war die einzige Warnung. Ich spürte schon den heißen Atem in meinem Nacken, als ich mich erneut zur Seite warf. Meine Lederjacke fing den größten Teil des Aufpralls ab und ich hatte genug Übungsstunden mit Finn hinter mir, um zu wissen, wie ich mich fallen lassen musste, ohne mir Knochen zu brechen oder Prellungen zu holen. Angenehm war es trotzdem nicht. Meine Schulter und meine Hüfte pochten schmerzhaft, aber mir blieb keine Zeit, um etwas dagegen zu unternehmen. Mir blieb ja noch nicht mal Zeit zum Nachdenken.

Ich bündelte die Magie und lenkte sie erneut auf den Black Shuck. Zu langsam. Er wich dem Energiestrahl problemlos aus. Verflucht. So hatte ich mir meine Rückkehr in die Welt der Lebenden wirklich nicht vorgestellt.

Höchste Zeit, die Taktik zu ändern.

Der riesige Hund fletschte die Zähne, dann sprang er mich erneut an. Diesmal ignorierte ich jeden Überlebensinstinkt genauso wie meinen gesunden Menschenverstand. Statt auszuweichen, stürmte ich auf den Black Shuck zu und warf mich unter ihm zu Boden. Noch im Fall hob ich die Arme und jagte erst mit der einen Hand eine Kugel aus gebündelter Magie in seinen Leib, dann mit der anderen.

Er jaulte auf und landete schlitternd hinter mir auf allen vieren. Hastig sprang ich auf. Trotz des Nebels erkannte ich das Blut, das aus dem schwarzen Fell tropfte und den Boden benetzte. Ich hatte das Mistvieh verwundet, aber es war noch nicht genug. Und inzwischen schien der Black Shuck nicht mehr nur Appetit auf mich zu haben, sondern so richtig angepisst zu sein.

Ein Gröhlen drang durch die Nacht, das mich bis in die Knochen erzittern ließ. Einzig der Amulettillusion war es zu verdanken, dass man diesen schrecklichen Laut nicht in halb London gehört hatte. Allerdings wäre mir das gerade lieber gewesen, denn dann wüsste ich, dass Verstärkung auf dem Weg war.

Ich bohrte die Fingernägel in meine Handflächen und ignorierte das beginnende Schwächegefühl, das sich in mir meldete. Es war der erste Kampf, seit ich von den Toten zurückgekehrt war, das erste Mal, dass ich wieder Magie einsetzte, und langsam bekam ich die Auswirkungen davon zu spüren. Dabei brauchte ich nur noch einen Moment. Noch ein oder zwei zielgerichtete Attacken … Ich wappnete mich innerlich und holte erneut aus, das dunkelblaue Leuchten einsatzbereit in meinen Händen.

Plötzlich durchbrach ein Schuss die Stille des Parks und der Black Shuck jaulte auf. Dann noch ein Schuss. Und noch einer. Zähnefletschend wandte sich die Kreatur nach dem zweiten

Angreifer um, bereit, sich auf ihn zu stürzen. Das war meine Chance.

Ich lenkte all meine Konzentration auf das Amulett um meinen Hals, sammelte mehr und mehr magische Energie zwischen meinen Fingern, bis ich das Gefühl hatte, gleich unter der Macht zusammenbrechen zu müssen, wenn ich sie nicht losließ. Dann schleuderte ich die Arme nach vorn und schoss sie geradewegs auf das Monster.

Der dunkelblaue Strahl mit dem goldenen Funkeln raste durch die Luft, durchschnitt Nebel und beginnende Dunkelheit gleichermaßen und fand sein Ziel. Der Black Shuck heulte auf – und kippte zur Seite weg.

Sekundenlang wartete ich, lauschte nur der Stille und dem Rauschen meines eigenen Bluts in den Ohren. Doch die Kreatur rührte sich nicht mehr. Sie war besiegt. Na endlich.

Erleichtert ließ ich die Arme sinken und sah mich um. Nur ein paar Schritte entfernt stand jemand zwischen zwei Bäumen.

Jemand, der mir schmerzhaft vertraut war.

10. KAPITEL

Roxy

Ich rührte mich nicht, war wie festgefroren, obwohl mein Herz plötzlich wie wild zu pochen begann. Das Einzige, was ich tun konnte, war, ihn anzustarren.

Shaw sah … anders aus. Anders als früher. Anders und doch gleich. Er war noch immer groß, aber seine Schultern wirkten breiter, seine Muskeln definierter, seine ganze Haltung aufrechter. Angespannter. Sein lockiges braunes Haar war etwas kürzer, als ich es in Erinnerung hatte, aber es fiel ihm noch immer in die Stirn und beinahe in die Augen. Doch das unbekümmerte, neugierige Funkeln war aus seinen goldbraunen Augen verschwunden. Da war eine Härte an ihm, die zuvor nicht da gewesen war und mit dem zu tun haben musste, was er mit den Hexern erlebt hatte. Und in der Unterwelt.

Ohne den Blick auch nur eine Sekunde von mir zu lösen, steckte er die Pistole, mit der er auf den Black Shuck geschossen hatte, in das Holster unter seiner Lederjacke. Seine Stimme, die ich nach meinem Erwachen in der Krankenstation wahrgenommen hatte, obwohl ich nichts mehr von unserer Flucht aus der Unterwelt wusste, klang rau. »Hey, Darling.«

Er war es wirklich. Er war zurückgekehrt. Nach London. Zu mir.

Ich lächelte langsam. »Hey …«

Diesmal hielt mich nichts zurück. Ich rannte los und fiel Shaw nur Sekunden später um den Hals. Er stolperte einen halben Schritt zurück, schlang jedoch im selben Moment die Arme um mich und drückte mich so fest an sich, als könnte er genauso wenig glauben wie ich, dass das hier tatsächlich geschah. Durch sein Shirt konnte ich das gleichmäßige Hämmern in seiner Brust spüren. Sein Herz raste genauso sehr wie meines.

Der vertraute Duft nach Zitrone und Tanne drang mir in die Nase. Ich vergrub das Gesicht an seinem Hals, wo der Duft noch intensiver war, und schloss die Augen.

Shaw war hier. Er war am Leben. Wir waren beide am Leben – und nach allem, was passiert war, war das keine Selbstverständlichkeit.

Ich wusste nicht, wie lange wir so standen. Völlig reglos, abgesehen von dem schnellen Pochen unserer Herzen. Die magische Illusion, die ich erschaffen hatte, schützte uns noch immer, aber um diese Uhrzeit waren ohnehin keine Menschen mehr im Park unterwegs. Wir waren allein.

Nach einer Weile löste Shaw sich ein winziges Stück von mir und suchte meinen Blick. Mit den Fingern strich er mir ein paar Haarsträhnen hinters Ohr. Der Blick aus den mir so vertrauten goldbraunen Augen war konzentriert, kleine Falten hatten sich in seine Stirn gegraben und er hatte die Lippen geöffnet, als wollte er etwas sagen, brachte jedoch kein Wort hervor.

»Geht es dir gut?«, platzte ich schließlich mit der erstbesten Frage heraus, die mir einfiel.

»Ob es *mir* gut geht?« Seine Brauen und seine Mundwinkel hoben sich. »Du … du warst … und fragst mich …? Himmel, Roxy!«

Ich konnte nicht anders, als zu lächeln. »Okay, dann: Woher wusstest du, dass ich hier bin?«

Noch immer etwas neben der Spur zuckte er mit den Schultern. »Ich wusste es einfach.«

Ich kniff die Augen zusammen. »Finn?«

»Ich hab ihn gefragt, wo ich dich finden kann.«

Deshalb also Finns Nachricht mit der Frage vorhin, wo ich mich gerade herumtrieb. Von wegen Sorge.

»Wärst du lieber allein geblieben?«, fragte Shaw leise.

Allein mit dem gruseligen schwarzen Hund? Nein, danke. Ich schüttelte den Kopf. Nie im Leben wäre ich lieber allein, wenn ich stattdessen … das hier haben konnte. Wenn ich *ihn* an meiner Seite haben konnte. Aber ich durfte auch nicht meine Pflicht als Huntress vergessen.

Nur widerwillig machte ich mich von ihm los, um eine schnelle Nachricht ans Quartier zu schicken und sie über die Überreste des Black Shucks zu informieren. Dann steckte ich das Handy wieder ein, griff nach Shaws Hand und steuerte die nächste Parkbank an, auf die wir uns setzten. Mein Puls raste noch immer wie verrückt und ich zitterte am ganzen Körper. Ob vor Erleichterung, Freude, Angst, Adrenalin vom Kampf oder etwas ganz anderem, wusste ich nicht.

»Wir haben fünfzehn Minuten. Dann wird das Aufräumteam hier sein«, informierte ich ihn.

Shaw nickte und betrachtete mich eindringlich, beinahe so, als würde er mich zum ersten Mal sehen. Ich versuchte ihm die Zeit zu geben, die er anscheinend brauchte, aber ich platzte fast vor lauter Fragen. Fragen, die in den letzten Tagen nur noch mehr geworden waren – und auf die meisten davon hatte nur Shaw eine Antwort.

»Wo warst du die ganze Zeit?«, stieß ich schließlich hervor. »Finn und Giselle sind seit gestern zurück. Sie wussten nicht, was mit dir passiert ist und –«

»Ich musste ein paar Hexer und eine sehr aufdringliche

Hexenmeisterin abhängen. Danach bin ich auf die altmodische Weise hergekommen.« Als ich irritiert die Brauen hochzog, schmunzelte er und griff nach meiner Hand. »Mit dem Zug. Mein Wagen steht noch hier in London am Flughafen.«

»Du hättest anrufen oder schreiben können. Ich hab immer wieder versucht, dich zu erreichen.«

»Tut mir leid …« Er räusperte sich und sah auf unsere verschränkten Finger hinunter. »Zuerst war ich mit den Hexern und der Hexenmeisterin beschäftigt und es hat echt lange gedauert, sie loszuwerden. Dann war mein Akku leer.«

»Shaw!« Ich haute ihm gegen den Arm, was ihm ein kurzes Lachen entlockte.

»Ich weiß, ich weiß! Sorry. Aber ich war so auf den Plan, dich zurückzuholen, konzentriert, dass ich es einfach vergessen habe. Fakt ist: Wenn ich Magie einsetze, können mich Tarquin und die anderen Hexenmeister spüren. Ich konnte nicht riskieren, dass sie meine Spur verfolgen. Direkt zu dir. Deshalb hat es so lange gedauert hierherzukommen.«

Und trotzdem hatte er das Risiko auf sich genommen. Mehr noch. Er hatte diesen ganzen wahnwitzigen Plan aufgestellt und mich tatsächlich zurückgebracht. Nur seinetwegen saß ich jetzt hier und hatte den Tag mit meinem Bruder verbringen können. Ohne Shaw wäre meine Seele noch immer in der Unterwelt gefangen.

Als würde er etwas von meinen Gedanken ahnen, suchte er meinen Blick. »Du erinnerst dich an nichts mehr, was in der Unterwelt passiert ist, oder?«

»Woher …?«, begann ich, als mir etwas Wichtiges klar wurde. »Du erinnerst dich auch nicht, oder? Von deiner Zeit als Kane dort unten.«

»Nein«, gab er zu. »Wie es aussieht, hat Ulysses nicht vorgesehen, dass sich irgendjemand an seinen Aufenthalt in seinem Reich erinnert.«

Ulysses. Allein bei der Erwähnung des Königs der Unterwelt schauderte ich und war froh, dass wir ihm nicht begegnet waren. Denn irgendetwas sagte mir, dass wir es dann nicht lebend rausgeschafft hätten.

»Ich glaube nicht, dass es überhaupt vorgesehen ist, dass Seelen von diesem Ort entkommen«, warf ich trocken ein.

Shaws Mundwinkel zuckten. »Touché.«

Ich lächelte und ließ den Blick nach unten wandern. Meine Hand lag warm in seiner, aber das war nicht genug. Nach all der Zeit, nach allem, was wir erlebt hatten, konnte das gar nicht genug sein. Ohne auch nur eine Sekunde darüber nachzudenken oder zu zögern, stand ich von der Parkbank auf, nur um mich einen Herzschlag später auf Shaws Schoß zu setzen. Meine Knie drückten gegen seine Hüften und ich legte die Arme um seinen Hals. Er rutschte etwas tiefer und verschränkte die Finger in meinem unteren Rücken miteinander. Wenn er überrascht war, ließ er es sich nicht anmerken. Stattdessen musterte er mich, als würde er nach Veränderungen suchen, so wie ich vorhin, als ich ihn gesehen hatte.

»Damals in Italien …«, begann er. »Du hast mir das Leben gerettet.«

Ich erinnerte mich. Aber ich wollte nicht, dass die Stimmung ins Negative oder auch nur Nachdenkliche umschlug. »Sorry, dir das jetzt so sagen zu müssen, aber das hätte ich auch für jeden anderen Hunter getan.«

»Ach ja?« Ein amüsiertes Schmunzeln umspielte seine Lippen. »Ich bin also keine besondere Schneeflocke?«, fragte er und spielte damit auf ein Gespräch an, das wir vor langer Zeit in seinem Zimmer im Londoner Quartier geführt hatten. Das musste kurz nach der Begegnung mit dem Pontianak gewesen sein, wenn ich mich richtig erinnerte. Wow. Das war tatsächlich in einem anderen Leben gewesen.

Shaws Miene wurde langsam wieder ernst. Ganz sachte strichen seine Daumen über meine Hüfte, unter dem Saum der Lederjacke, genau dort, wo der Stoff meines Oberteils den der Jeans traf und ein winziger Streifen nackte Haut aufblitzte. Die Berührung allein genügte, um mir eine prickelnde Gänsehaut zu bescheren. »Du wusstest, was passieren würde, wenn du mich zur Seite stößt, oder?«, hakte er leise nach. »Du wusstest, dass du sterben würdest.«

Es war keine Frage, sondern eine Feststellung.

Ich schluckte hart, nickte jedoch. »Damit fing die Todesvision an. Als ich sie durch Giselle das erste Mal gesehen habe, wusste ich nicht, dass du derjenige sein würdest, den ich wegstoße, aber in dem Moment wurde es mir klar.«

»Und du hast es trotzdem getan. Obwohl du wusstest, was passieren würde, hast du mich trotzdem zur Seite gestoßen und mir damit das Leben gerettet. Schon wieder.«

»Anscheinend kann ich einfach nicht anders.« Meine Mundwinkel zuckten. »Und das ist etwas, das ich nicht für jeden anderen Hunter getan hätte«, gab ich nach einem Moment leise zu, da es der Wahrheit entsprach. Ich hätte zwar versucht, jeden zu retten, aber ich wäre nicht freiwillig für jeden anderen gestorben.

»Ich weiß.« Wieder strich er mit den Daumen über meine Seiten, und ich war mir nicht sicher, ob er überhaupt merkte, was er da tat. Oder welche Wirkung das auf mich hatte.

Die kleine Berührung brannte auf meiner Haut, aber ich wollte nicht, dass er jemals damit aufhörte. Genauso wenig wie ich aufstehen oder irgendetwas an unserer Position ändern wollte. Ein Kribbeln breitete sich von all den Stellen aus, an denen wir uns berührten. Obwohl wir mitten in einem öffentlichen Park saßen und es jede Menge Kleidung zwischen uns gab, spürte ich ein Prickeln auf meiner Haut und ein Ziehen tief in meinem Bauch.

Ich hatte ihn vermisst. Seine Berührung, seine Stimme, sein Lachen … Trotz allem, was geschehen war und was ich erfahren hatte, hatte ich Shaw so sehr vermisst.

»Tut mir leid, dass ich damals mit Tarquin gegangen bin und dich zurückgelassen habe«, wisperte er. »Wenn ich gewusst hätte, was passieren würde … Wenn ich auch nur geahnt hätte, was die Hexer dir antun wollten …«

Ich schüttelte den Kopf und legte ihm die Finger auf die Lippen, um ihn zum Schweigen zu bringen.

»Es ist okay. Du weißt ebenso gut wie ich, dass es genau so hat kommen müssen, wie Giselle es vorhergesehen hat.«

Ein Muskel zuckte in seinem Kiefer, so angespannt war er, dennoch hauchte er einen sanften Kuss auf meine Fingerspitzen. Langsam, fast schon behutsam löste er die Hände von meiner Taille und legte sie an meine Wangen.

Mit einem Mal schlug mir das Herz bis zum Hals und ich vergaß, wo wir waren und wer gleich hier anrücken würde. Ich vergaß alles, was nicht Shaw und dieser Moment war. Instinktiv kam ich ihm entgegen, bis ich seinen warmen Atem auf meinen Lippen spüren konnte, ihn aber noch nicht berührte. Er schien zu warten, also nahm ich ihm die Entscheidung ab und küsste ihn.

Langsam zuerst, vorsichtig und auskostend, dann jedoch inniger. Ich küsste ihn, als hätte ich nie damit gerechnet, ihn wiederzusehen. Weil genau das die Wahrheit war. Ich mochte mich nicht an meine Zeit in der Unterwelt erinnern, aber ich wusste genau, dass es einen Moment wie diesen eigentlich nie wieder hätte geben dürfen. Ich war gestorben. Ich hatte es Shaw und meinen Freunden zu verdanken, dass ich heute überhaupt hier war. Finn, Warden, Giselle, Birdie, Trent, Linnea … sie alle hatten ihren Beitrag dazu geleistet, aber ohne Shaw hätte es diesen Plan nie gegeben. Ohne ihn wäre ich jetzt nicht wieder am Leben.

Aber es war nicht nur Dankbarkeit, die diesen Kuss beherrschte, sondern so viel mehr. All die Gefühle, die ich nach seinem Verschwinden weggesperrt hatte, um mich ganz auf meine Mission konzentrieren zu können. Sehnsucht mischte sich mit Wut, Verlangen mit Angst und all das mit etwas anderem, etwas, das so viel tiefer ging.

Wir unterbrachen den Kuss erst, als wir beide dringend nach Luft schnappen mussten. Und selbst dann blieben wir einander ganz nahe.

»Roxy.« Seine Stimme war so rau, wie ich sie nie zuvor gehört hatte. Sein Blick intensiver denn je. Offen. Eindringlich. Verletzlich. »Ich …«

»Ich weiß«, unterbrach ich ihn, bevor er die Worte aussprechen konnte, und lächelte mit heftig hämmerndem Herzen. »Ich auch.«

Seine Mundwinkel hoben sich. Erleichterung zeichnete sich in seinem Gesicht ab. »Wirklich?«

Ich nickte.

Statt einer Antwort presste er seinen Mund für einen weiteren Kuss auf meinen. Ich schmiegte mich an ihn, strich durch sein Haar und über die Bartstoppeln an seinen Wangen, während ich mich ganz diesem Moment, ganz diesem Kuss hingab. Als er endete, konnte ich nicht mal mehr sagen, welches Datum heute war.

»Ich hab da etwas für dich.« Noch während er sprach, zog er ein kleines Gerät aus der Tasche seiner Lederjacke hervor, gerade mal so groß wie meine Handfläche, und hielt es mir hin.

»Der Ghostvision!« Mein Blick wanderte von dem Gerät zurück zu Shaw und ich musste daran denken, was Warden mir erzählt hatte. »Also ist es wirklich wahr. Du hattest ihn die ganze Zeit bei dir und hast die entflohenen Seelen vernichtet.«

Er nickte stumm.

Das war … *wow.* Nicht nur, dass er mich aus der Unterwelt zurückgeholt hatte, er hatte in der Zwischenzeit auch noch so viele meiner Wesen vernichtet, wie ich es nie geschafft hätte.

»Hat es funktioniert?«, fragte er leise.

»Ja, es …« Ich musste mich räuspern, um die Sprachlosigkeit und das Zittern in meiner Stimme loszuwerden. »Die Narbe ist so viel kleiner geworden und …« Ein Vibrieren in meiner Tasche unterbrach mich.

Ich zog mein Handy heraus und überflog die neue Nachricht.

»Alles in Ordnung?«, fragte Shaw, dem mein Stirnrunzeln nicht entgangen war.

»Bestens.« Ich schob das Handy zurück in meine hintere Hosentasche. »Das war Niall.«

»Niall?«, wiederholte er irritiert. »Dein Bruder Niall?«

»Genau.« Ich konnte nicht anders als zu lächeln. »Er ist am Leben und zurück. Ich erzähle dir alles ganz in Ruhe, aber jetzt hat er mir geschrieben, dass Ingrid mich wieder untersuchen will.« Ich verzog das Gesicht. »Heute war der erste Tag, an dem ich rauskonnte, und ich hatte gehofft …«

»Dass sie mit dir fertig ist?«

»Ja!«

Er gluckste leise. »Ich glaube nicht, dass Dr. Abrahamsson dich so schnell von der Angel lässt.«

Wahrscheinlich hatte er damit recht – oder sprach vielmehr aus Erfahrung, schließlich war er unter ganz anderen Umständen nach einer Geisteraustreibung kurz tot gewesen und gründlich im Quartier untersucht worden, noch bevor Ingrid von ihrem Besuch in Edinburgh zurückkehrte. Und danach durfte er das ganze Prozedere noch mal mit der Oberärztin durchlaufen.

»Du zitterst«, stellte er unvermittelt fest und strich mit den Fingern über meine Arme, was zur Folge hatte, dass sich dort erst recht eine Gänsehaut ausbreitete.

»Schon gut«, sagte ich, obwohl es mit der beginnenden Nacht deutlich kühler geworden war. »Trotzdem sollten wir besser zurück ins Quartier gehen.«

Zum ersten Mal merkte ich, wie Shaw zögerte. Ein mattes Lächeln umspielte seine Mundwinkel. »Ich glaube nicht, dass das im Moment der richtige Ort für mich ist.«

»Du bist einer von uns. Außerdem hast du mir das Leben gerettet. Mehr als einmal.«

»Und das würde ich jederzeit wieder tun, aber das hatte nichts mit den Huntern zu tun. Ich bin …« Er sah zur Seite.

»Ich weiß, was du bist«, unterbrach ich ihn leise und suchte seinen Blick. »Ein Hexenmeister. Und es ist mir egal. Es spielt keine Rolle. Auch nicht, wer du früher warst. Das Einzige, was wichtig ist, ist, wer du heute bist.«

Und dieser Mann hatte Himmel und Hölle in Bewegung gesetzt, um das Unmögliche zu schaffen: meine Seele aus der Unterwelt zu befreien. Ich war gestorben – aber Shaw hatte mich zurückgebracht.

»Du hast keine Ahnung, was ich früher getan habe«, raunte er.

»Erinnerst du dich etwa wieder …?«

Er schüttelte den Kopf. »Nein, aber als ich dort war … bei Tarquin und den Hexen … habe ich schon ein paar Dinge gehört. Und Linnea konnte bei ihren Recherchen auch noch einiges aufdecken. Ich bin keine gute Person. Ganz und gar nicht.« Er stieß ein hartes Lachen aus.

Ohne nachzudenken, legte ich ihm die Hände an die Wangen und zwang ihn sanft dazu, mich anzusehen. »Das war dein früheres Ich. Das war Kane. Ganz egal, was du mir erzählst, ich kenne dich, okay? Ich kenne den Mann, den ich damals genau hier von einem Geist befreit habe und mit dem ich mich herumschlagen musste, seit er in der Krankenstation aufgewacht ist und mich mit *Hallo, Schönheit* begrüßt hat.«

Seine Mundwinkel zuckten. »Ich meine, ich habe auch irgendwas über Fesselspielchen gesagt.«

Hitze kroch in meine Wangen, aber ich musste auch schmunzeln. »Hast du. Und kurz darauf hast du mich *Rosa* genannt und dir jede Chance auf irgendwelche Fesselspielchen vermasselt.«

Interesse leuchtete in seinen goldbraunen Augen auf. »Also gab es eine Chance?«

Ich lachte leise. »Jetzt nicht mehr.«

»Verdammt.«

»Aber was ich eigentlich sagen wollte«, begann ich und kam damit wieder auf das ursprüngliche Thema zu sprechen. »Ich kenne dich. Du bist ein guter Kerl, Shaw. Du bist wissbegierig und loyal, hilfsbereit und scheust dich nicht davor, dir die Hände schmutzig zu machen, wenn es die Situation erfordert. Du bist für die Menschen da, die dich brauchen. Immer.«

Seine Hände waren wie von selbst wieder an meinen Seiten gelandet, unter meinem Shirt, und er strich mit den Fingern über meine Haut. Eine prickelnde Hitze begann sich von der Stelle auszubreiten und ich hatte Mühe, mich weiterhin auf unser Gespräch zu konzentrieren.

»Du hast vergessen, zu erwähnen, wie nervtötend ich sein kann«, erinnerte er mich leise.

»Ich dachte, das wäre klar.«

Er zwickte mich in die Seite und ich quietschte auf. Sofort lag meine Hand auf seiner und ich drückte sie warnend.

»Mach das ja nie wieder!«

»Sonst was …?«

»Das wirst du schon sehen«, murmelte ich und brachte meinen Mund ganz dicht vor seinen. So dicht, dass ich seinen warmen Atem erneut auf meinen Lippen fühlen konnte. »Übrigens weiß ich, was du hier tust.«

»Was denn?« Seine Stimme war nicht mehr als ein kehliges Raunen. Ganz sachte strichen seine Lippen über meine und lösten ein sehnsüchtiges Ziehen tief in meiner Mitte aus.

»Du versuchst vom Quartier abzulenken«, erwiderte ich genauso leise.

»Funktioniert es?« Seine Lippen streiften meine bei jedem Wort.

Ich lächelte. »Nein.«

»Mist.«

Ohne ihn zu küssen, hob ich den Kopf und suchte seinen Blick. »Machst du dir wirklich Sorgen wegen den anderen?«, hakte ich nach. »Finn hat allen erzählt, was du getan hast. Ich bin sicher, dass Nala kein Problem damit hat, wenn du ins Quartier zurückkehrst. Und wenn jemand einen blöden Spruch macht, kriegt er es mit mir zu tun.«

Die Worte entlockten ihm einen amüsierten Laut. »Ich bezweifle, dass sich irgendjemand mit dir anlegen möchte.«

»Das will ich auch hoffen. Ich bin eine von den Toten auferstandene freie Huntress mit der höchsten Amulettstufe. Jeder, der sich mit mir anlegt, hat schon verloren.«

Das brachte ihn zum Lachen – und mein Herz geriet für einen Moment ins Stolpern. Ich hätte nicht gedacht, dieses tiefe, von Herzen kommende Lachen je wieder zu hören. Genauso wenig wie mir klar gewesen war, wie sehr ich es vermissen würde, wenn dieser Mann einmal nicht mehr da war.

Ich räusperte mich. »Außerdem wird Ingrid nicht aufhören, mich zu nerven, bis ich zurückkomme. Im Zweifelsfall schickt sie einen Huntertrupp los, um mich zu holen, und das will ich wirklich nicht erleben.«

»Also gut«, gab er nach und atmete tief durch. »Lass uns ins Quartier gehen.«

11. KAPITEL

Shaw

Ich war nervös. Shit, nein, das war die Untertreibung des Jahrhunderts. Ich war nervöser, ins Londoner Quartier zurückzukehren, als damals mit Tarquin bei den Hexen aufzuschlagen. Wenigstens hatte ich die nicht gekannt und keine Ahnung gehabt, was mich erwartete, aber die Hunter … die kannte ich. Ich hatte schließlich einige Monate an diesem Ort gelebt. Jetzt zurückzukehren, mit allem, was ich über mich und meine Vergangenheit wusste, und nach allem, was passiert war und was ich getan hatte, fühlte sich irgendwie nicht richtig an. Dennoch verstand ich Roxys Wunsch zurückzukommen und konnte ihr ihn nicht abschlagen. Wahrscheinlich, weil ich ihr überhaupt nichts hätte abschlagen können.

Trotzdem zögerte ich vor dem Eingang des Wolkenkratzers, in dem die Londoner Hunter zehn Stockwerke belegten.

Roxy, die mein Innehalten bemerkte, blieb stehen und drehte sich zu mir um. Fragend zog sie die Brauen hoch.

Ich gab mir einen Ruck. »Hältst du das wirklich für eine gute Idee?«

»Warum nicht?«

»Na ja«, murmelte ich und rieb mir über den Nacken. »Als ich das letzte Mal dort war, habe ich deinen leblosen Körper zurückgebracht, dabei Ingrid fast zu Tode erschreckt und irgendeinen stillen Alarm ausgelöst.«

Keine besonders schönen Erinnerungen, auch wenn sie verschwommen waren, genauso wie die letzten zwei Monate. In dieser Zeit hatte ich nur ein Ziel vor Augen gehabt – alles andere war nebensächlich gewesen.

»Wenn es unangenehm wird oder eskaliert, gehen wir beide. Okay?« Roxy griff nach meiner Hand und verschränkte unsere Finger miteinander.

Ich zwang mich zu einem Nicken. Es war nicht so, dass ich Angst vor den Reaktionen der anderen hatte. Oder vor einem Angriff. Es war vielmehr so, dass ich wusste, dass ich es verdient hätte, und damit rechnete. Die Hunter hatten jedes Recht, mich zu hassen, anzugreifen, einzusperren oder zu vernichten. Trotzdem wollte ich Roxy nicht allein lassen und vertraute ihr genug, um das hier durchzuziehen.

Wie ich es schon einige Male zuvor gesehen hatte, gab Roxy den Sicherheitscode ein und identifizierte sich mit ihrem Huntertattoo, erst dann konnten wir das Gebäude betreten. Auf dem Weg zum Fahrstuhl informierte sie mich darüber, dass sie bereits Nala Bescheid gegeben hatte. Wenigstens würde ich diesmal also nicht ohne jede Vorwarnung hier auftauchen und unschuldige Leute in Angst und Schrecken versetzen.

Als wir den Aufzug betraten und dieser sich mit einem kleinen Ruck in Bewegung setzte, stand Roxy breitbeinig da, die Arme um sich geschlungen, und starrte auf die Anzeige, als würde sie sie mit bloßer Willenskraft dazu bringen wollen, sich schneller vorwärtszubewegen. Das war mir früher schon aufgefallen, aber ich hatte nie so genau darüber nachgedacht, bis es mir jetzt klar wurde: Sie fühlte sich unwohl, hatte vielleicht sogar wirklich Angst hier drinnen. Dennoch nutzte sie den Fahrstuhl tagein, tagaus und stellte sich dieser Angst ganz bewusst.

Ohne darüber nachzudenken, griff ich nach ihren Fingern und befreite so ihre vor der Brust verschränkten Arme. Roxy warf mir einen teils fragenden, teils dankbaren Blick zu und drückte meine Hand. Dann sahen wir beide geradeaus und warteten, dass wir in der 37. Etage ankamen.

Eines wurde mir in diesem Augenblick klar: Wenn Roxy sich ihrer Angst vor engen Räumen stellen konnte, dann konnte ich es auch mit meiner Angst vor der Reaktion der anderen Hunter aufnehmen. Im schlimmsten Fall warfen sie mich aus dem Quartier oder gingen auf mich los. Oh ja, klar. Was sollte da schon schiefgehen?

Mit einem kurzen Ruckeln kam der Aufzug zum Stehen und die Türen glitten, begleitet von einem sanften *Pling*, vor uns auf. Roxy verließ die Kabine als Erste, und sobald sie nicht mehr im Fahrstuhl steckte, entspannten sich ihre Schultern. Ich folgte ihr etwas langsamer, ihre Hand noch immer in meiner.

Auf den ersten Blick sah alles noch genauso aus wie früher. Schon seltsam, wie fremd und gleichzeitig vertraut sich ein Ort anfühlen konnte. Hier hatte ich monatelang Seite an Seite mit den anderen Huntern gelebt und trainiert, ohne auch nur das Geringste davon zu ahnen, wer oder was ich wirklich war. Die Gesichter der einzelnen Hunter und Huntresses waren mir ebenso bekannt wie die einzelnen Räume, dennoch wurde mir nun umso deutlicher bewusst, dass ich nicht länger dazugehörte. Ich war keiner von ihnen mehr. War es vielleicht nie gewesen.

Ich blieb im Flur vor der Waffenkammer stehen. Es war nicht so, dass ich mit einem Empfangskomitee rechnete. Genau genommen hoffte ich, dass es *kein* Empfangskomitee gab, denn das würde die ganze Sache nur noch unangenehmer machen.

Allerdings waren wir zu einer Zeit hier aufgekreuzt, in der sich die meisten Hunter auf die Jagd vorbereiteten. Shit. Daran hätte ich denken müssen, aber jetzt war es zu spät dafür.

Nala entdeckte ich sofort. Sie stand neben der Tür zur Waffenkammer, die Arme vor der Brust verschränkt, und sprach mit einem Zweierteam, das bereits komplett ausgerüstet wirkte. Die beiden Frauen nickten ihr zu und machten sich dann auf den Weg zum Aufzug. Als sie an uns vorbeikamen, konnte ich ihre fragenden Blicke fast körperlich spüren. Und auch die anderen Teams, die noch vor der Waffenkammer standen oder gerade herauskamen, musterten uns jetzt mit einer Mischung aus Neugier und Verwirrung.

Als Nala mich bemerkte, wurde ihre Miene vollkommen ausdruckslos. Sie betrachtete mich kühl von oben bis unten, und ich konnte mich nicht daran erinnern, sie jemals so gesehen zu haben. Sie könnte sich jeden Augenblick mit gezückten Waffen auf mich stürzen – oder mir einen Drink in ihrer Bar anbieten. Zugegeben, Letzteres war unwahrscheinlich, aber wenn ich es mir aussuchen dürfte …

Auf einmal tauchte Finn hinter ihr auf. Wahrscheinlich hatte er bereits auf uns gewartet, denn jetzt kam er mit großen Schritten auf uns zu und … zog mich in eine Umarmung? Ich blinzelte irritiert. Bevor ich reagieren konnte, war der Moment auch schon wieder vorbei und Finn klopfte mir kameradschaftlich auf die Schulter.

»Gut, dich zu sehen, Mann«, sagte er.

»Gleichfalls«, murmelte ich noch immer verdutzt.

Nala trat näher. »Ich hätte nicht gedacht, dich hier je wiederzusehen.«

»Ich auch nicht«, gab ich zu und lächelte matt.

Statt mich wie Finn zu umarmen, hielt sie mir vor allen Anwesenden die Hand hin. Ich starrte von ihrem Gesicht auf ihre Hand hinunter und wieder zurück – dann machte es Klick. Ich begriff, was sie da tat. Sie hieß mich nicht nur willkommen, sondern zeigte den Londoner Huntern und Huntresses mit dieser Geste, dass sie mir vertraute. Dass ich nicht der Feind war. Nach den letzten beiden Monaten, in denen ich mich nicht nur vor meinen Hexerkollegen und -kolleginnen versteckt gehalten hatte, sondern auch den Jägern so gut wie möglich aus dem Weg gegangen war, war das hier eine unglaubliche Erleichterung.

Ich schlug in ihre ausgestreckte Hand ein und schüttelte sie.

Nalas Mundwinkel wanderten nach oben. »Gut, dich zurückzuhaben, Shaw.«

Ich nickte dankbar. »Gut, wieder hier zu sein.«

Roxy, die sich bisher im Hintergrund gehalten hatte, beobachtete das Ganze mit einem stillen Lächeln, während sich Nala wieder an die Arbeit machte und den Teams für die heutige Nacht letzte Anweisungen gab.

Nicht alle der anwesenden Hunter und Huntresses wirkten überzeugt. Manche von ihnen, die ich bereits während meiner Zeit hier hatte kennenlernen dürfen, mit denen ich trainiert und gemeinsam in der Kantine gegessen hatte, nickten mir zwar freundlich zu. Andere wichen meinem Blick jedoch aus, ganz so, als wüssten sie nicht so recht, was sie von dieser ganzen Sache halten sollten. Und wieder andere begegneten mir offen feindselig. Für sie war ich nur ein weiterer Hexenmeister. Ein Feind. Nicht mehr und nicht weniger.

»Mach dir nichts draus«, murmelte Finn, dem die misstrauischen Gesichter nicht entgangen waren. »Das sind Engländer. Du hättest mal sehen müssen, wie sie reagiert haben, als ich frisch aus Schottland hier aufgekreuzt bin.«

Ich schnaubte leise. »Wahrscheinlich genauso wie jetzt, huh?«

Scheinbar bedauernd schüttelte Finn den Kopf. »Schlimmer. Viel schlimmer.«

Ich grinste und klopfte ihm dankbar auf die Schulter. Auch

wenn ich das nicht für möglich gehalten hätte, tat es verdammt gut, wieder hier zu sein.

»Hey Roxy!«, ertönte eine fremde Stimme hinter uns.

Ein junger Mann tauchte auf, ungefähr in Roxys Alter, aber größer als sie, mit blondem Haar, das etwas dunkler war als ihres, blasser Haut und grünen Augen. Ein Blick zwischen den beiden genügte, um zu wissen, wer er war. Und wenn das nicht ausgereicht hätte, dann hätte mir Roxys Gesichtsausdruck alles verraten, was ich wissen musste. In ihren Augen lag eine Wärme genauso wie eine stille Freude und eine gewisse Ungläubigkeit, als sie dem Fremden entgegenblickte. Nur dass er kein Fremder für sie war. Im Gegenteil.

»Niall.« Sie sah von ihrem Zwillingsbruder zu mir und wieder zurück. »Das ist Shaw. Shaw, das ist mein Bruder Niall.«

Ich machte einen Schritt auf ihn zu und hielt ihm die Hand hin. »Freut mich.«

»Danke«, sagte Niall und schüttelte meine Hand. »Mir ist es völlig egal, wer oder was du bist oder was passiert ist. Danke, dass du sie zurückgebracht hast.« Seine Stimme begann zu zittern und er räusperte sich mehrmals. Ohne mir die Gelegenheit zu geben, etwas darauf zu erwidern, wandte er sich sofort wieder an seine Schwester. »Ingrid wartet schon ganz sehnsüchtig auf dich.«

Meine Mundwinkel zuckten. Offenbar sprach er genauso gern über seine Gefühle wie Roxy. Nämlich gar nicht.

Roxy legte den Kopf in den Nacken und seufzte abgrundtief. Dann drückte sie noch einmal meine Hand, bevor sie mich losließ und sich ihrem Bruder zuwandte. »Ich hatte gehofft, dass sie noch länger mit dir beschäftigt sein würde.«

»Ja, aber ich hab mich extra beeilt, damit du schneller drankommen kannst«, konterte Niall mit einem breiten Lächeln. »Außerdem bin ich kerngesund.«

»Das bin ich auch.«

»Aber du warst tot und in der Unterwelt.«

»Und du warst in der Geisterwelt!«, feuerte sie zurück. »Und zwar in den letzten zehn Jahren *und* mit deinem Körper, während *mein* Körper nur ein paar Wochen hier herumgelegen hat und ich …« Sie sprach weiter, aber ich hörte den Rest nicht mehr, weil sie zusammen mit Niall den Korridor hinunter zum Treppenhaus lief. Bevor sie ganz aus meinem Sichtfeld verschwand, drehte sie sich zu mir um und warf mir ein Lächeln über die Schulter zu, dann war sie fort.

»Geht das etwa schon die ganze Zeit so?«, fragte ich.

»Du hast ja keine Ahnung.« Finn rollte mit den Augen. »Niemand hier wird jemals anzweifeln, dass die zwei Geschwister sind. Niemand.«

Zum ersten Mal, seit ich das Quartier betreten hatte, musste ich lachen.

»Komm.« Finn führte mich in einen der kleineren Aufenthaltsräume, ging zum Minikühlschrank hinüber und holte zwei Flaschen Bier heraus. »Du siehst aus, als könntest du das gebrauchen.«

Ich nahm die Flasche nach kurzem Zögern und ließ mich ächzend auf eines der Sofas fallen. Wir waren allein. Fast alle Hunter und Huntresses, die heute auf Patrouille durch die Stadt streifen würden, hatten sich bereits auf den Weg gemacht, und die Teams der Tagschicht waren noch nicht wieder ins Quartier zurückgekehrt.

»Was hast du jetzt vor?«, fragte Finn und setzte sich mit seinem Bier auf das Sofa rechts von mir.

Ich trank einen großen Schluck. Und dann noch einen, weil ich nicht mal gemerkt hatte, dass mir so kleine Dinge wie ein Bier mit einem Kumpel nach einem langen Tag gefehlt hatten. Das Erste, das ich seit meiner Amnesie getrunken hatte, war hier in London gewesen, im *Bloody Vampire*, zusammen mit Roxy, Finn, Warden und den anderen. »Warten.«

»Worauf?«, hakte er nach, runzelte dann jedoch die Stirn, als ich nichts darauf erwiderte und es ihm dämmerte. Natürlich. Er musste mittlerweile wissen, was ich – abgesehen von einem Hexenmeister – noch war. Entweder hatte Roxy ihm davon erzählt oder er war von selbst darauf gekommen. »Moment mal. Du willst, dass sie dich zurückschickt? In die Unterwelt? Wo wir gerade erst waren? Hast du sie noch alle?!«

Ich schnaubte nur und wandte den Blick ab. Der Raum, in dem wir saßen, war relativ schmucklos und die Sofas waren schon etwas durchgesessen. Fenster oder Bilder an den Wänden gab es keine, aber in der Ecke stand eine Palme, für die sich jemand verantwortlich fühlen musste, da sie noch immer lebte. Neben der Tür standen noch ein Wasserspender und ein kleiner Kühlschrank, das war's.

»Von *wollen* kann nicht die Rede sein«, murmelte ich und lenkte meine Aufmerksamkeit zurück auf Finn, der mich noch immer ungläubig anstarrte. »Aber wir wissen beide, dass ich nicht hierhergehöre. Ohne Roxy wäre ich ja nicht mal am Leben.« Und das in mehrfacher Hinsicht. Hätte sie meine Seele nicht aus Versehen aus der Unterwelt befreit, hätte sie nicht die falsche Seele aus dem Körper dieses Mannes vertrieben und mich anschließend nicht wiederbelebt, dann würde ich heute nicht hier stehen. Oder sitzen. Wie auch immer. Das Mindeste, was ich tun konnte, war, dafür zu sorgen, dass sie ihre Aufgabe erfüllte und alle entflohenen Seelen in die Unterwelt zurückschickte. Mich selbst eingeschlossen.

»Das ist echt hart, Mann.« Finn schüttelte den Kopf, als könnte er es noch immer nicht fassen – oder als wollte er es einfach nicht wahrhaben.

Obwohl ich mich als Hexenmeister herausgestellt hatte und

damit zu den Wesen gehörte, die er als Hunter eigentlich jagen und vernichten müsste, war er immer auf meiner Seite gewesen. Sogar als ich Roxys leblosen Körper ins Quartier zurückgebracht hatte, hatte Finn – vermutlich als Einziger – an meine Unschuld geglaubt. Und als ich ihn bei dem Plan, Roxy zurückzuholen, um seine Hilfe gebeten hatte, hatte er sich mir sofort angeschlossen. Seit ich ihn kannte, war er nicht nur Roxy ein guter Freund gewesen, sondern auch mir.

»Warum bist du nicht gleich in der Hölle geblieben, als wir dort waren? Das hätte es Roxy wenigstens erspart, dich selbst wieder dorthin verbannen zu müssen.« Er richtete den Blick aus seinen klaren blauen Augen anklagend auf mich.

»Glaub mir, der Gedanke ist mir gekommen«, gab ich zu und drehte die Flasche in meinen Händen hin und her. »Aber ich musste sichergehen, dass ihre Seele es auch wirklich zurück in ihren Körper schafft. Diese Magie in mir … da gibt es noch so vieles, was ich nicht weiß. So viele Dinge, die hätten schiefgehen oder zumindest anders laufen können. Nur deshalb bin ich nicht gleich dort unten geblieben, sondern so schnell ich konnte nach London zurückgekommen. Um sicherzugehen, dass sie in Ordnung ist.«

Aber das hier war nur ein kurzer Aufenthalt in der Menschenwelt. Wenn sich nicht plötzlich etwas Grundlegendes an Kevins Auftrag geändert hatte, von dem ich nichts wusste, lief Roxys Zeit weiterhin unaufhörlich ab.

Und damit auch meine.

Finn stellte sein Bier auf den Boden neben sich und lehnte sich kopfschüttelnd zurück. »Das wird sie niemals tun. Sie wird dich nicht genauso in die Unterwelt zurückschicken wie all die anderen Seelen.«

»Sie hat es bei Amelia getan«, erinnerte ich ihn. Wir waren beide dabei gewesen, als sie in den Straßen von Paris gegen ihre ehemalige Mentorin gekämpft, sie besiegt und schließlich vernichtet hatte.

»Das war etwas anderes«, widersprach Finn vehement. »Amelia war ein machthungriges, verlogenes Miststück, das noch dazu verantwortlich für das Verschwinden von Niall, Dinah, Ripley und so vielen anderen war. Verdammt, sie hat Maxwell und Dominique getötet.«

Ich habe auch Hunter getötet.

Der Gedanke schoss wie ein frostiger Pfeil durch mein Bewusstsein und bohrte sich schmerzhaft in meine Brust. Selbst wenn das vor meiner Wiederkehr aus der Unterwelt passiert war, selbst wenn Kane das getan hatte, war er dennoch ein Teil von mir. Und ich … ich erinnerte mich daran. Bruchstückhaft verfolgte mich jene Winternacht in Russland noch bis heute in meine Träume.

Ich spülte den bitteren Geschmack in meinem Mund mit etwas Bier hinunter und starrte dann wieder auf die Flasche in meinen Händen. »Ich werde nicht noch mal dabei zusehen, wie sie stirbt. Schon gar nicht meinetwegen.«

Ich würde nicht zulassen, dass Kevins Höllenhunde sie erneut holen kamen. Roxy hatte es verdient zu leben. Ganz besonders jetzt, wo sie endlich ihren Zwillingsbruder wiedergefunden hatte. Sie hatte noch ihr ganzes Leben vor sich. Und ich … ich war nur ein kleiner Teil davon. Ein kurzes Kapitel in einem Buch, das noch viele Seiten übrig hatte.

Eigentlich könnte man meinen, ich hätte genug Zeit gehabt, mich damit abzufinden, aber … weit gefehlt. In den letzten zwei Monaten hatte ich mich nicht nur aus selbstlosen Gründen auf die Aufgabe gestürzt, einen Plan zu entwickeln, um Roxy aus der Unterwelt zu befreien. Wenn ich ganz ehrlich mit mir war, dann musste ich mir eingestehen, dass ich auch weggelaufen war. Nicht nur vor den anderen Hexern und Hexen oder vor den Jägern, sondern vor mir selbst. Vor meiner Vergangenheit – und vor meiner Zukunft. Mein Schicksal war an das von Roxy gebunden, und ihr Überleben hing davon ab, dass sie meine Seele genauso wie alle anderen in die Unterwelt verbannte. Ihr mochte das vielleicht noch nicht klar sein, dafür wusste ich es umso genauer. Unsere Zeit miteinander war von Anfang an begrenzt gewesen – und jetzt war sie kurz davor, abzulaufen. Diesmal endgültig.

»Du und ich, wir wollen beide dasselbe: Wir wollen, dass Roxy am Leben bleibt. Und dass sie diesen verfluchten Auftrag des Todesboten erledigt. Mittlerweile sind es nur noch eine kleine Handvoll Seelen, die sie vernichten muss. Das kann sie schaffen. Sie hat eine echte Chance, es zu schaffen, Finn.«

»Nicht, wenn du sie zwingst, dich ebenfalls in die Unterwelt zu verbannen«, knurrte er und wirkte alles andere als glücklich.

Ich schüttelte langsam den Kopf. »Das muss sie auch nicht. Die letzten zwei Monate haben bewiesen, dass auch andere die entflohenen Seelen zurückschicken können. Ich kann es selbst tun.«

Und das würde ich auch, sobald ich sicher war, dass Roxys Auftrag erfüllt war und sie leben würde. Sie musste einfach am Leben bleiben. Für sich selbst. Für Niall. Für Finn. Und für mich.

12. KAPITEL

Roxy

Sobald ich aus der Krankenstation in den Korridor trat, war die Luft nicht mehr erfüllt vom Geruch nach Seife und Desinfektionsmitteln, und ich atmete erleichtert auf. Da ich keine Ahnung hatte, wo Shaw sich herumtrieb und ob er sein Handy mittlerweile aufgeladen hatte, textete ich Finn und erhielt innerhalb von Sekunden eine Antwort.

Erleichterung machte sich in mir breit. Nicht, weil ich damit gerechnet hatte, dass jemand Shaw etwas angetan haben könnte – hier drinnen hielt sich jeder an Nalas Vorschriften. Nein, ein Teil von mir hatte die leise Befürchtung gehabt, Shaw könnte wieder verschwunden sein. Dass er mich nur hergebracht hatte, um für meine Sicherheit zu sorgen, und dann wieder gegangen war.

Finn hatte geschrieben, dass er Shaw zu meinem Zimmer schicken würde, und er wartete bereits auf mich, als ich in der 44. Etage aus dem Aufzug kam. So spät am Abend war es im ganzen Quartier ruhig, weil sich die meisten Teams auf der Jagd befanden, aber hier oben, in einem der beiden Stockwerke, in denen sich die Zimmer der Hunter und Huntresses befanden, war es geradezu geisterhaft still.

»Wie fühlst du dich?« Shaws Blick tastete mich von oben bis unten ab, ehe wir uns in Bewegung setzten.

»Etwas müde«, gab ich zu. »Aber insgesamt gut.«

Zum Glück hatte Niall mir dabei geholfen, aus der Krankenstation zu verschwinden, sonst würde ich wahrscheinlich noch die halbe Nacht dort sitzen und mit Ingrid herumdiskutieren. Und das, obwohl sie mir bestätigt hatte, vollkommen gesund zu sein.

Unvermittelt blieb Shaw stehen. Ich folgte seinem Blick zu der verschlossenen Tür, vor der er angehalten hatte. Dahinter befand sich sein Zimmer. Oder zumindest war es das für ein paar Monate gewesen. Ich wusste nicht, ob es mittlerweile leer stand oder jemand Neues es bezogen hatte, aber im Grunde spielte das auch keine Rolle.

Wortlos griff ich nach Shaws Hand und zog sachte daran. Nach einem Moment gab er nach und folgte mir den Gang hinunter bis zu meinem Zimmer. Dort angekommen schaltete ich das Licht ein, ließ meine Jacke zu Boden fallen, drückte die Tür hinter uns zu und lehnte mich mit dem Rücken dagegen.

Obwohl ich diesen ganzen Tag bis in die Knochen spürte – die Wanderung durch London und den Kampf gegen den Black Shuck ebenso wie den Einsatz der Magie –, war ich nicht total erledigt. Im Gegenteil: Eine nervöse Energie durchströmte meinen ganzen Körper. Meine Gedanken rasten, sprangen von einem Thema zum nächsten und beruhigten sich erst ein wenig, als Shaw sich zu mir umdrehte und ich seinen Blick auffing. Wir waren allein. Und sosehr ich mir das gewünscht hatte, so ungewohnt war es jetzt. Ich war rastlos, und die Stimmung zwischen uns war seltsam angespannt. Vielleicht, weil wir noch nicht richtig über das hatten reden können, was passiert war. Über Tarquins Auftauchen im Schloss Bran in Rumänien und dass Shaw mit ihm gegangen war und mich zurückgelassen hatte. Über den Kampf in der Ruine in der Toskana und alles, was dazwischen passiert war. Darüber, dass er in die verdammte Unterwelt gegangen war, um mich zurückzuholen, und welche Konsequenzen das haben könnte, für ihn und für uns beide. Darüber, dass sich alles und nichts zwischen uns geändert hatte.

»Roxy …« Shaw machte einen Schritt auf mich zu, hielt dann jedoch inne. Etwas flackerte in seinen Augen auf. War das … Sorge? Schuldgefühl? Nein, stellte ich nach einem Moment fest und verkrampfte mich unwillkürlich. Ihm ging es um ein ganz anderes Thema, das konnte ich ihm ansehen. Und ich wusste genau, was er sagen wollte.

Zwölf Tage. So lange hatte ich Kevins Countdown zufolge noch Zeit, um alle Seelen, die ich befreit hatte, in die Unterwelt zurückzusenden. Alle. Auch Shaw.

»Wir können über alles reden – nur nicht darüber«, stieß ich hervor, überrascht davon, wie zittrig meine Stimme klang.

»Eines nicht allzu fernen Tages müssen wir darüber reden. Das weißt du genauso gut wie ich.«

»Ja.« Ich stieß mich von der Tür ab und begann in dem plötzlich viel zu kleinen Raum hin und her zu laufen. »Aber nicht heute Nacht.«

»Roxy …«

Ich wirbelte zu ihm herum. Das Herz schlug mir bis zum Hals. »Du bist nicht mehr der, der du mal warst. Du bist nicht mehr Kane. Du hast eine zweite Chance bekommen und –«

»Diese Chance habe ich durch dich bekommen.« Mit zwei Schritten war er bei mir und nahm mein Gesicht zwischen die Hände. Sein Blick brannte sich in mich hinein. »Verstehst du das nicht? Durch dich. *Du* hast mir diese zweite Chance gegeben, obwohl ich sie nicht verdient habe.«

»Shaw …« Ich schloss die Finger um seine Handgelenke, bis ich seinen hämmernden Puls unter meinen Fingerspitzen spüren konnte. »Du bist hier …«, erinnerte ich ihn leise. »Ich bin hier. Wir sind beide am Leben und ich … ich will nur diesen

Moment haben. Ich will mir keine Gedanken um die Vergangenheit oder die Zukunft machen müssen. Nicht heute Nacht. Nicht schon wieder. Ich will einfach nur …«

Shaw

Die Nähe zueinander spüren. Den Moment auskosten, so kurz er auch anhalten mochte, weil uns die Realität spätestens morgen früh wieder einholen würde. Wir machten uns beide etwas vor, wenn wir glaubten, vor unserem Schicksal weglaufen zu können, denn das konnten wir nicht. Aber wir konnten es ausblenden und für ein paar Stunden vergessen. Wenigstens das hatten wir verdient.

»Ich weiß …«, gab ich mit einem leisen Seufzen zu und lehnte meine Stirn an ihre, bis wir uns so nahe waren, dass wir dieselbe Luft atmeten. »Geht mir genauso.«

In diesem Augenblick gab es nichts und niemanden, nach dem ich mich mehr sehnte als nach dieser Frau. Allein sie wieder berühren und mit ihr reden zu können … das Leuchten ebenso wie die Müdigkeit in ihren hellbraunen Augen zu sehen, die wieder von Leben erfüllt waren. *Shit.* Ich hatte nicht die geringste Ahnung, wie ich sie je wieder gehen lassen konnte. Aber das musste ich auch nicht. Zumindest nicht heute Nacht.

Vermutlich sollten wir die wenige Zeit, die uns noch blieb, dafür nutzen, Pläne zu schmieden und einen Weg zu finden, wie wir beide lebend aus dieser Sache rauskamen. Aber ich wusste, dass es nur einen Weg gab – und dass nur einer von uns überleben würde: Roxy. Dafür würde ich sorgen. Allerdings wollte ich die kostbare Zeit, die wir noch hatten, nicht damit verschwenden, mit ihr darüber zu diskutieren oder mich mit ihr zu streiten. Nicht wenn ich sie stattdessen ansehen und im Arm halten, wenn ich sie berühren und mir immer wieder versichern konnte, dass sie lebte, atmete und es ihr gut ging.

Roxy strich meine Arme hinauf bis zu meinen Schultern und von dort aus meinen Oberkörper bis zu meinem Bauch hinab. Sofort schoss flüssige Hitze durch meine Adern geradewegs nach Süden. Dafür reichte eine einzige verdammte Berührung von ihr.

Ich hielt den Atem an, als Roxy sich auf die Zehenspitzen stellte und sich mir entgegenstreckte. Keinen Moment lang ließ sie meinen Blick los, und mit jeder weiteren Sekunde, die verging, schlug mein Herz schneller. Ich beugte mich zu ihr hinunter, bis sich unsere Lippen streiften. Die erste Berührung war hauchzart, kaum einen Kuss zu nennen, dennoch jagte sie mir eine Gänsehaut über den gesamten Körper. Ich legte die Hände an Roxys Taille, zog sie mit einem Ruck an mich und presste meinen Mund auf ihren.

Sie reagierte sofort, öffnete die Lippen unter meinen und kam meiner Zunge mit ihrer entgegen. Der erste Kontakt entlockte uns beiden ein gedämpftes Stöhnen. Und als Roxy ihre Finger in meinem Haar vergrub und fest zupackte, kroch mir ein heißer Schauer nach dem anderen über den Rücken.

Obwohl ich in den letzten Monaten kaum etwas anderes getan hatte, als nach einem Weg zu suchen, sie zurückzuholen, war ich mir nicht sicher gewesen, ob ich es schaffen würde. Es hatte keine Belege, keine Richtlinien, überhaupt nichts gegeben, das mir hätte versichern können, dass mein Plan aufgehen würde. Das Einzige, was mich angetrieben hatte, waren meine Schuldgefühle und die Sehnsucht nach Roxy gewesen. Ich hätte alles dafür getan, um sie zurückzubekommen. Und jetzt war sie hier, am Leben und schmiegte sich so eng an mich, als würde dieselbe Verzweiflung in ihr toben wie in mir. Als wäre jeder weitere Kuss, jedes Streicheln und jede Berührung nicht genug. Als könnte es niemals genug sein.

Ohne den Kuss auch nur eine Sekunde lang zu unterbrechen, schob ich die Hände über Roxys Hüften, verharrte einen Moment lang an ihrem Hintern und packte dann zu. Mit einer schnellen Bewegung hob ich sie hoch und sie schlang die Beine um mich. Gleich darauf drückte sich ihr warmer, weicher Körper an all den richtigen Stellen gegen meinen. Ein tiefes Grollen drang aus meiner Brust, als ich sie langsam zum Bett trug. Zumindest war das mein Ziel, allerdings war ich abgelenkt. Statt auf dem Bett setzte ich Roxy auf dem Schreibtisch am Fenster ab.

Schwer atmend richtete ich mich auf und sah sie an. Ihre Brust hob und senkte sich genauso schnell wie meine. Ihre Lippen glänzten und waren leicht geschwollen, ihre Wangen gerötet und ihre Augen voller Verlangen. Der Anblick ging mir durch und durch. Ich war wie erstarrt, zu hingerissen, um noch etwas zu sagen oder zu tun. Erst als ich Roxys Finger am Saum meines Shirts spürte, kam wieder Leben in mich.

In einer fließenden Bewegung streifte ich mir erst die Jacke und das Holster mit den Waffen ab, dann mein Shirt und griff gleich darauf nach ihrem Oberteil. Sekunden später landete es neben meinem auf dem Boden und ich presste meinen Mund wieder auf ihren. Roxy stöhnte gedämpft in den Kuss hinein und schlang die Beine fester um mich, als wollte sie mich noch näher ziehen, als müsste sie genauso dringend mehr von mir spüren wie ich von ihr. Mehr Nähe. Mehr Hitze. Mehr von uns beiden zusammen.

Monate. Wochen. Tage- und nächtelang hatte ich auf das hier verzichten und mit der viel zu realen Möglichkeit umgehen müssen, es nie wieder zu erleben. Roxy nie wieder so nahe zu kommen, dass ich jeden ihrer Atemzüge ebenso spürte wie das Beben ihres Körpers an meinem, und das Gefühl, wenn sich ihre kurzen Fingernägel in meine Schultern bohrten wie jetzt gerade.

Mein Verstand setzte aus. Verzweiflung, Verlangen und Sehnsucht übernahmen die Kontrolle.

Hastig tastete ich nach ihrer Hose, öffnete Knopf und Reißverschluss, während sich Roxy mit meinem Gürtel abmühte. Die einzigen Geräusche waren unsere schweren, abgehackten Atemzüge und das Rascheln von Stoff, als ich Roxy Hose und Slip über die Hüften zerrte. Sie ließ kurz von mir ab und lehnte sich zur Seite, um in einer Schreibtischschublade herumzukramen. Währenddessen setzte ich heiße, feuchte Küsse auf ihren Hals und schob die Finger zwischen ihre gespreizten Schenkel, um sie zu streicheln und genauso verrückt zu machen wie sie mich. Ihr helles Stöhnen erfüllte die Luft. Kurz hielt sie inne, kramte dann jedoch weiter und förderte schließlich ein kleines quadratisches Plastikpäckchen zutage. Dann presste sie ihre Lippen wieder auf meine.

»Shaw …«, keuchte sie in den Kuss hinein.

Ich schob ihre Hände beiseite, öffnete meinen Gürtel und die Jeans und griff nach der Kondompackung. All das, ohne den Kuss länger als ein, zwei Sekunden zu unterbrechen.

Später konnten wir uns Zeit lassen. Später konnten wir einander in aller Ruhe in ihrem Bett erkunden. Aber hier und jetzt reichte es nicht aus, einander bloß zu sehen und miteinander zu reden, sondern wir mussten uns beide versichern, dass das hier nicht nur ein schöner Traum war, sondern die Wirklichkeit. Dass wir beide hier waren. Zusammen. Am Leben.

Meine Hände zitterten, als ich mir das Kondom überstreifte. Gleich darauf schob ich ihre Beine weiter auseinander und nahm meinen Platz zwischen ihren Schenkeln ein. Ein kurzer Kuss, ein atemloser Blick, dann drang ich langsam in sie ein und entlockte uns beiden ein Stöhnen.

Sie wieder so zu spüren und von ihrer Hitze umfangen zu werden, wieder mitzuerleben, wie sich ihre Augen vor Lust verschleierten, löschte jeden klaren Gedanken in meinem Kopf aus. Es gab nur noch sie und mich und das unbeschreibliche Gefühl, mit ihr verbunden zu sein. Ein Gefühl, das nur noch besser wurde, als ich mich in ihr zu bewegen begann.

Roxy keuchte auf, grub die Fingernägel in meine Arme und meinen Rücken und stöhnte meinen Namen. Wir waren nicht mal all unsere Klamotten losgeworden, aber hätten keine Sekunde länger warten können.

Ich hielt ihren Blick fest, während ich in sie stieß. Unsere Lippen trafen sich immer wieder zu atemlosen Küssen. Meine Finger waren ruhelos, glitten über ihren Rücken, ihre Taille, ihre Brüste, die noch von ihrem BH verdeckt waren, und schließlich zwischen unsere Körper, um Roxy noch mehr Lust zu bereiten. Mehr, immer mehr, bis ich es keine Sekunde länger aushielt und der Höhepunkt mich übermannte. Trotzdem bewegte ich mich weiter, bewegte die Finger zwischen uns weiter, bis Roxy sich um mich verkrampfte und auch sie mit einem erlösten Stöhnen kam.

Ich hielt sie fest, bis auch die letzten Wellen ihres Höhepunkts über sie hinweggebrandet waren, und dann noch ein bisschen länger. Ich wusste nicht, wie lange wir so blieben. Sie auf dem Tisch sitzend, ich zwischen ihren Beinen vor ihr stehend, während unsere Herzen im gleichen Rhythmus schlugen und unsere Körper noch immer vereint waren. Zeit spielte plötzlich keine Rolle mehr. Wir sahen uns an, küssten und streichelten uns. Langsamer diesmal. Auskostend. Genießend.

Irgendwie schafften wir es ins Bett, das viel zu schmal für zwei Personen war, aber das war egal, denn ich wollte sie keine Sekunde mehr loslassen.

In dieser Nacht sprachen wir kein Wort mehr. Unsere Berührungen, unsere Küsse und Bewegungen, unser Keuchen und Stöhnen waren mehr als genug.

13. KAPITEL

Roxy

Noch 11 Tage …

Sonnenstrahlen wärmten mein Gesicht und warmer Atem kitzelte meinen Nacken. Ich blinzelte träge, während ich mich mit allen Sinnen auf das konzentrierte, was ich wahrnahm. Ich lag im Bett in meinem Zimmer in London. Ich war nackt. Und ich war nicht allein.

Shaw war bei mir, dessen vertrauter Geruch mich einhüllte und der im Laufe der Nacht seinen Arm um mich gelegt hatte, als wollte er sichergehen, dass ich nicht plötzlich verschwand.

Mit einem Mal war ich hellwach und drehte mich vorsichtig um. Shaw lag auf der Seite und schlief noch.

Minutenlang betrachtete ich ihn nur, musterte den entspannten und dennoch ruhelosen Ausdruck in seinem Gesicht. Seine Wimpern flatterten, aber er schlug die Augen nicht auf. Wahrscheinlich träumte er. Mein Blick fiel auf die kleine Narbe unter seinem linken Auge. Sie war nur knapp zwei Zentimeter lang und so dünn, dass sie im ersten Moment gar nicht auffiel, doch bei genauerem Hinsehen hob sich die Haut an dieser Stelle etwas heller ab.

Mein Magen zog sich zusammen. Ich erinnerte mich genau daran, woher diese Narbe stammte. Es war im Kampf gegen Tarquin und die anderen Hexer passiert, in der Ruine mitten in der Toskana, als Baldurs Leute versucht hatten, mich auszuschalten. Ich wusste zwar nicht genau, wie Shaw zu dieser Verletzung gekommen war – vermutlich durch die Klinge eines Gegners –, aber ich erinnerte mich noch daran, wie ich in seinen Armen gelegen und daran gedacht hatte, dass dieser Schnitt eine Narbe in seinem attraktiven Gesicht hinterlassen würde. Eine Narbe, von der ich nie geglaubt hatte, sie eines Tages tatsächlich zu sehen zu bekommen. Aber ich hätte auch nie damit gerechnet, jemals aus der Unterwelt zurückzukehren. Ich hätte nie damit gerechnet, dass das hier je möglich sein würde.

Eine Weile beobachtete ich Shaw beim Schlafen, wurde jedoch zunehmend rastloser, je mehr Zeit meine Gedanken hatten, in alle möglichen Richtungen zu wandern. Vor allem in jene, mit denen ich mich nicht beschäftigen wollte, auch wenn ich ganz genau wusste, dass ich nicht länger vor ihnen davonlaufen konnte.

Letzte Nacht hatten wir nicht darüber gesprochen, aber wir wussten beide, dass Shaw eine der Seelen war, die ich in Kevins Auftrag zurück in die Unterwelt verbannen musste. Seit all das angefangen hatte, hatte ich ein Geheimnis daraus gemacht und so wenigen Leuten wie möglich davon erzählt. Zunächst aus falschem Stolz – weil ich nicht in den Augen aller nur die Huntress sein wollte, die Hunderte von Seelen aus der Unterwelt befreit hatte. Und später, als ich verstand, was Amelia mir angetan hatte, wollte ich nicht die Huntress sein, die von ihrer Mentorin hintergangen worden war. Ich wollte kein Mitleid, und ich brauchte keine Hilfe. Es war immer nur darum gegangen, meine Mission rechtzeitig zu erfüllen. Vielleicht war das ein Fehler gewesen. Vielleicht war es ein Fehler gewesen, es allein und nur mit so wenig Hilfe zu versuchen. Und vielleicht war ich das Ganze völlig falsch angegangen.

Vorsichtig, um Shaw nicht zu wecken, schob ich die Decke beiseite, entwand mich seiner Umarmung und stand auf. Ich zog meine Sportsachen und darüber meine normalen Klamotten an und schlüpfte in die Laufschuhe. Nach einem letzten Blick zurück aufs Bett zog ich die Tür leise hinter mir zu.

Im Quartier war es noch immer ruhig. Draußen war es bereits hell, also waren die meisten Trupps inzwischen mit Sicherheit zurückgekehrt und schliefen den Schlaf der Gerechten. Auf dem Weg zum Fahrstuhl band ich mir das lange Haar zu einem hohen Pferdeschwanz zusammen, dann machte ich mich auf den Weg in die 38. Etage. Ins Zentrum der Archivare.

Ich drückte die Doppeltür mit beiden Händen auf und betrat die Bibliothek, die den größten Teil des gesamten Stockwerks einnahm.

Dunkle Holzregale voller Bücher standen in Reih und Glied, während breite Säulen die Galerie trugen, auf der sich weitere Regale befanden. Dazwischen gab es vereinzelte Tische mit Stühlen und Nischen mit Lesesesseln für diejenigen, die sich mit einem Buch zurückziehen wollten – um diese Uhrzeit waren sie jedoch allesamt ungenutzt.

Bei meinem allerersten Besuch im Londoner Quartier, als ich noch in der Ausbildung gewesen war und Amelia mich fürs Kampftraining hergeschickt hatte, hatte die Bibliothek mich sofort an die Trinity College Library in Dublin erinnert. Und das tat sie auch heute noch jedes Mal.

Ein bittersüßes Gefühl von Heimweh begleitete jeden meiner Schritte an den Regalreihen vorbei, bis ich in den hinteren Bereich gelangte. Dort nahm ein langer Schreibtisch die Hälfte der Wand ein. Direkt darüber hingen mehrere Monitore, über die ständig die Programme der Archivare liefen. Damit überprüften sie das Internet und Social Media nach ungewöhnlichen Sichtungen, übernatürlichen Kreaturen und anderen

Gefahren, um die sich die Jägergruppen kümmern sollten. Auf diese Weise hatten Weston und Linnea kurz nach Amelias Tod auch die ersten meiner Geister gefunden. Das war zu einer Zeit gewesen, als sie vom Höllentor in Irland aus noch nicht allzu weit gekommen waren. Diese Methode funktionierte leider schon lange nicht mehr – aber dafür hatte ich jetzt den Ghostvision.

Auch heute saßen bereits mehrere Archivare bei der Arbeit. Linnea war eine von ihnen. Sie bemerkte mich zunächst gar nicht, so sehr war sie auf das konzentriert, was sich vor ihr auf dem Monitor abspielte, während ihre Finger über die Tasten flogen und ihr blonder Pferdeschwanz sanft auf und ab wippte.

»Roxy«, begrüßte mich Weston mit einem warmen Lächeln. Er schien seinem Großonkel Maxwell, dem ehemaligen Leiter des Londoner Quartiers, mit jedem Tag ein kleines bisschen ähnlicher zu werden. »Was können wir für dich tun?«

Ich sah von einem zum anderen. Von Weston zu Linnea, die inzwischen das Tippen eingestellt und sich mit ihrem Rollstuhl zu uns umgewandt hatte, weiter zu den drei anderen Archivaren – einer Frau und zwei Männern –, mit denen ich bisher kaum etwas zu tun gehabt hatte, bis hin zu Donatius mit seinem langen grauen Bart und der Brille, die seine Augen riesig wirken ließ. Er war einer der Ältesten hier und hatte in seiner Zeit als Archivar schon einiges erlebt … wahrscheinlich mehr als wir alle zusammen.

Ich holte tief Luft und sagte dann die Worte, die ich mich immer geweigert hatte auszusprechen. »Ich brauche eure Hilfe.«

Ich hatte mit vielem gerechnet. Mit Überraschung im besten und Ablehnung im schlechtesten Fall. Aber nicht mit diesem erwartungsvollen Schweigen, das mir jetzt entgegenschlug.

Und erst recht nicht mit der Erleichterung, die ich in Westons Miene wahrnahm.

Er wechselte einen kurzen Blick mit Linnea, dann wandte er sich wieder an mich. »Willst du es ihnen selbst erzählen?«

Ich nickte, holte tief Luft – und berichtete dann von den Ereignissen in Irland vor über einem Jahr. Von Amelia und ihrem Tod, dem Tor zur Unterwelt und Kevins Fluch. Von meiner monatelangen Suche, der Jagd und dass mir die Zeit davonlief. Ich ließ nichts aus – bis auf die Tatsache, dass Shaw eine der entflohenen Seelen war, die ich zurückschicken sollte. Die Worte lagen mir auf der Zunge, aber dann beließ ich es dabei, meine Erzählung damit zu beenden, dass ich einen Weg finden musste, den Fluch des Todesboten auf andere Weise aufzuheben.

Ich hatte immer geglaubt, ich müsste es allein oder mit so wenig Unterstützung wie möglich schaffen. Ich war davon überzeugt gewesen, dass das nur mein Problem war. Mein Problem allein, das ich mir selbst eingebrockt hatte durch meine Naivität, und das ich entsprechend auch selbst würde lösen müssen. Aber vielleicht musste das nicht so sein. Vielleicht musste ich mich nicht für etwas bestrafen, an dem ich keine Schuld trug. Ich konnte um Hilfe bitten, wenn ich sie brauchte. Das machte mich nicht schwach – und, um ehrlich zu sein, war es tatsächlich nicht so schlimm, wie ich immer befürchtet hatte.

In den Augen der Archivare las ich nichts als Sorge, Mitgefühl – und wilde Entschlossenheit.

»Giselle hat seit ihrer Ankunft schon viel über Todesboten und Flüche zusammengetragen«, überlegte Donatius laut. »Darauf können wir aufbauen. Ich werde mich mit ein paar Kollegen in Verbindung setzen.«

»Und ich schaue, ob ich nicht doch noch was in unseren Datenbanken finde«, schaltete sich Linnea ein und nickte den anderen Archivaren am Tisch zu. Sie alle ließen die Finger sofort wieder über die Tasten gleiten, während sie sich leise und mit für mich völlig kryptisch klingenden Bemerkungen austauschten.

»Danke. Wirklich.« Vor Erleichterung wurden mir beinahe die Knie weich. Aber ich wusste auch, dass es damit nicht getan war. Ich hatte um Hilfe gebeten – aber ich musste auch selbst aktiv werden. Mit einem letzten Nicken in Westons und Donatius' Richtung wandte ich mich ab.

»Roxy?«, rief Weston.

Ich blieb zwischen den Regalen stehen und drehte mich zu ihm um. »Ja?«

Ein sanftes Lächeln trat auf sein Gesicht. »Maxwell wäre stolz auf dich.«

Seine Worte schnürten mir die Kehle zu, entfachten aber auch eine Wärme in meiner Brust. Eine Wärme, die ich lange vermisst hatte, weil ich jeden Gedanken an Maxwell seit dessen Tod verdrängt hatte. Dabei war er der Erste gewesen, dem ich von meinem Fluch erzählt hatte. Der mich trotz allem bei den Londoner Huntern aufgenommen und alle Hebel in Bewegung gesetzt hatte, um mir zu helfen, ohne mein Geheimnis dabei zu verraten. Er hatte sich vom ersten Moment an für mich eingesetzt. Dafür würde ich ihm immer dankbar sein.

Und Weston hatte recht. Wenn Maxwell heute hier wäre und mich sehen könnte, wäre er verdammt stolz.

Ich lächelte. »Danke. Sagt mir Bescheid, wenn ihr etwas findet, ja? Egal wie winzig es ist.«

Weston nickt. »Aber natürlich. Was hast du jetzt vor?«

»Ich werde mich direkt an die Quelle wenden.«

Der Morgen war kühl und frisch, als ich das Quartier verließ und loslief. Jeder meiner Atemzüge kondensierte in der Luft. Früher war ich ab und zu gejoggt, um den Kopf freizukriegen. Nicht, um mich sportlich zu betätigen oder um etwas für meine Fitness und Ausdauer zu tun wie die anderen Hunter, sondern weil Laufen mich von meinen eigenen Gedanken ablenkte. Während wir quer durch Europa gefahren waren, hatte ich das vernachlässigt, aber jetzt war ich froh um den spontanen Impuls, auch wenn die Morgenluft schon jetzt in meiner Brust brannte.

Zunächst lenkte mich die erwachende Stadt ab und ich musste auf andere Fußgänger, Radfahrer und Autos achten, während meine Beine von der ungewohnten Anstrengung schmerzten. Doch schon bald erreichte ich einen kleinen Park und zog das Tempo an.

Ganz egal, was uns die Zukunft brachte – ich bereute die letzte Nacht nicht. Keine Sekunde davon. Nicht einmal, obwohl ich heute jeden Muskel in meinem Körper überdeutlich spüren konnte – an ein paar Stellen mehr als an anderen. Wenn es etwas gab, das ich bereute, dann die Umstände, in denen Shaw und ich uns befanden. Die Umstände, über die er gestern mit mir hatte reden wollen, bevor ich ihn abgeblockt hatte.

Aber was, wenn sich die Umstände ändern ließen? Wenn Weston und die anderen Archivare mit ihrem Wissen und ihren weltweiten Verbindungen einen Weg, eine Lösung fanden? Und während die Archivare ihr Ding taten, würde ich nicht untätig bleiben. Denn wenn jemand eine zweite Chance verdient hatte, dann eindeutig Shaw. Er war nicht mehr der Hexenmeister, der für seine Taten in der Unterwelt gelandet war. Er erinnerte sich ja nicht mal mehr an diesen Teil seines Lebens, also hatte er es auch nicht verdient, dafür bestraft zu werden. Er hatte nichts Falsches getan. Wäre es da wirklich so verkehrt, sich für ihn einzusetzen?

Mit einem Mal breitete sich ein aufgeregtes Prickeln auf meiner Haut aus. Keuchend blieb ich mitten im Park stehen und wischte mir mit dem Unterarm den Schweiß von der Stirn. Himmel, ich war wirklich nicht gut in Form, aber das könnte mir im Moment gar nicht gleichgültiger sein. Sicherheitshalber ließ ich den Blick über meine Umgebung wandern. In einiger Entfernung gingen zwei Mütter mit ihren Kinderwagen spazieren, um die nächste Ecke verschwand ein Jogger mit eindeutig mehr Ausdauer als ich. Abgesehen davon war ich allein.

Das war meine Chance.

»Komm schon, Kevin«, murmelte ich und drehte mich langsam um die eigene Achse. »Ich weiß, dass du mich beobachtest. Und ich weiß auch, dass du nicht sonderlich glücklich mit mir bist.«

»Das ist noch untertrieben«, ertönte eine fremde Stimme hinter mir.

Ich wirbelte herum – und da stand er. Im ersten Moment erkannte ich ihn kaum, weil er die Gestalt einer attraktiven Frau in den Dreißigern angenommen hatte. Schwarze Haare, geisterhaft weiße Haut, roter Lippenstift und ein schwarzes Cape mit Kapuze, das meinem ähnelte. Nur war da … jepp. Auf der rechten Seite, direkt über dem Herzen, hob sich das BTS-Logo hell vom Stoff ab. Natürlich. Dennoch wirkte Kevin zum ersten Mal tatsächlich so, wie man sich einen Todesboten vorstellte. Fehlte eigentlich nur noch die Sense und er beziehungsweise sie würde als Grim Reaper durchgehen.

Ich unterdrückte jeden gesunden Instinkt in mir, der mich vor der Gestalt zurückweichen lassen wollte. Stattdessen blieb ich unbeweglich stehen. Selbst dann, als sie sich in Bewegung setzte und auf mich zukam.

»Kevin«, begrüßte ich den Todesboten nach einem Moment der Stille.

»Roxy.« Langsam ging er um mich herum. Auf der Rückseite seines Capes zeichnete sich – natürlich! – ebenfalls das

BTS-Logo ab, diesmal jedoch überdimensional und pastellfarben. Was hatte er nur mit dieser Band? »Sie machen die beste Musik der Welt«, sagte Kevin unvermittelt.

Misstrauisch kniff ich die Augen zusammen. »Kannst du plötzlich Gedanken lesen?«

»Nein.« Seine Mundwinkel zuckten, mehr sagte er jedoch nicht dazu. Etwa zwei Schritte von mir entfernt blieb er stehen und musterte mich mit schief gelegtem Kopf. »Lange nicht gesehen. Du siehst gut aus. Gesund und munter. Die Unterwelt scheint dir gut bekommen zu sein.«

»Wirst du mich dorthin zurückschicken?« Die Frage kam mir über die Lippen, obwohl sie nicht der eigentliche Grund für dieses Treffen war. Dennoch schwang ein leiser Argwohn darin mit, den ich nicht ganz unterdrücken konnte. Auch wenn Kevin mir in der Vergangenheit geholfen hatte – oder es zumindest versucht hatte, was ich ihm hoch anrechnete –, war er letzten Endes noch immer ein Todesbote mit Befehlen, die er befolgen und Regeln, an die er sich halten musste. Zumindest wenn er keinen Ärger mit Ulysses, dem König der Unterwelt, bekommen wollte.

Kevin erwiderte meinen Blick starr. »Ich sollte dich an den Haaren dorthin zurückschleifen und dich bestrafen lassen für das, was du getan hast.«

Ich schluckte hart. »Zu meiner Verteidigung … Ich hatte keine Ahnung, was die anderen vorhatten und dass sie mich aus der Unterwelt befreien würden. Das sollten du und Ulysses wissen.«

Er blinzelte nicht mal. »Denkst du wirklich, das macht einen Unterschied?«

»Vermutlich nicht.«

Aber es war immerhin etwas, oder nicht?

»Deswegen hast du mich nicht gerufen«, stellte er nach

einem Moment fest und begann wieder, um mich herumzuspazieren. Mein Blick folgte ihm, während er seine Gestalt innerhalb eines Wimpernschlags von der attraktiven Frau zu der des kleinen Jungen wechselte, in der ich ihn schon einige Male gesehen hatte.

»Stimmt«, bestätigte ich und fasste all meinen Mut zusammen. »Ich will mit dir über Shaw sprechen.«

»Ahh. Die Seele des Hexenmeisters.« Ein Lächeln umspielte seine Lippen, das ich nicht recht deuten konnte. Vor allem nicht in dieser kindlichen Gestalt, denn da wirkte alles an ihm einfach nur unheimlich. »Sie gehört genauso in die Unterwelt wie deine.«

Darüber ließ sich streiten.

Ich straffte die Schultern. »Ich möchte einen neuen Deal aushandeln.«

»Ach wirklich? Möchtest du das?« Spott troff aus jeder einzelnen Silbe.

»Ja.«

»Na dann los. Ich bin ganz Ohr.«

»Ich liefere dir all die entflohenen Seelen, die noch fehlen, bevor meine Zeit abläuft. Alle bis auf Shaw. Du lässt ihn am Leben – dafür bekommst du mich.«

Sekunden tickten vorbei und zogen sich endlos in die Länge. Sekunden, in denen Kevin nicht die geringste Reaktion zeigte, sondern so still dastand wie eine Statue. Und dann … warf er den Kopf in den Nacken und lachte. Die kleine Ratte lachte!

Ich biss die Zähne zusammen. Okay, vielleicht war es nicht meine klügste Idee gewesen, mit einem Todesboten verhandeln zu wollen, aber es war einen Versuch wert. Was hatte ich schon zu verlieren, abgesehen von meinem Leben, das spätestens am 30. März sowieso verwirkt war? Allerdings hatte ich nicht damit gerechnet, dass Kevin … na ja, dass er *so* reagieren würde.

»Bist du jetzt fertig?«, fragte ich trocken, als er eine geschlagene Minute später noch immer herzhaft lachte.

»Warum sollte ich auf diesen Deal eingehen, wenn ich die Seele des Hexenmeisters früher oder später sowieso bekomme? Eher früher als später«, fügte er amüsiert hinzu und wischte sich die Lachtränen aus den kindlichen Augen. »Also: Selbst wenn ich auf dein Angebot eingehen würde, was hätte ich von diesem neuen Deal?«

Verflucht. Da hatte er nicht ganz unrecht. Leider. Aber es musste doch irgendetwas geben …

»Was willst du dann?«

»Den Weltfrieden.«

Ich blinzelte.

»Keine Hungersnöte mehr. Keine Krankheiten, keine Kriege. Ein Privatkonzert meiner Lieblingsband … Du weißt schon, das Übliche.« Er machte eine wegwerfende Handbewegung.

Obwohl ich ihn anstarrte, als hätte er den Verstand verloren, sah ich die Veränderung nicht kommen. In der einen Millisekunde war er noch der kleine Junge, in der nächsten stand wieder die Gestalt der attraktiven Frau mit dem Lippenstift und dem schwarzen Cape vor mir. Nur sah sie jetzt nicht mehr so gelassen aus wie zuvor. Kein bisschen. Und als sie plötzlich einen Schritt auf mich zu machte, wich ich unwillkürlich vor ihr zurück.

»Um es ganz deutlich zu machen, Roxy: Die Antwort lautet Nein. Ich werde keinen neuen Deal mit dir eingehen. Du kannst froh sein, dass ich es überhaupt dulde, dass du wieder am Leben bist, statt dich zurück in die Unterwelt zu senden, wo du hingehörst.«

»Was ist mit Shaw?«, stieß ich hervor, obwohl mir das Herz bis zum Hals klopfte.

»Bisher war ich sehr nachsichtig mit dir und habe ein Auge zugedrückt, wenn jemand anderes eine der entflohenen Seelen vernichtet. Und das werde ich auch weiterhin sein – aber nicht bei ihm. Es ist deine Aufgabe und du wirst seine Seele in die Unterwelt zurückschicken. Das macht nicht er selbst und auch niemand anderes. Andernfalls bist du bei deiner Mission gescheitert.«

Ich starrte ihn an, fassungslos darüber, was er da von mir verlangte. »Das war bisher nicht Teil des Deals.«

»Jetzt schon. Strafe muss sein – und für den Raub einer Seele aus der Unterwelt ist das nicht mal das Kreativste, was mir einfallen könnte. Du musst es selbst tun. Du musst seine Seele in die Unterwelt zurückschicken. Die ganze Sache ist dein Fehler gewesen, also ist sie auch *deine* Verantwortung. Der Countdown läuft in elf Tagen ab und ich komme dich um exakt vier Uhr siebenundfünfzig nachmittags am dreißigsten März holen.«

Ich blinzelte. »Warum ausgerechnet vier Uhr siebenundfünfzig?«

»Weil ich die Uhrzeit mag. Es ist weder Mittag noch richtig Abend, sondern irgendetwas dazwischen. Ich rate dir, dich bis dahin nützlich zu machen und die von dir befreiten Seelen aufzuspüren.«

Hitze und Kälte wechselten sich in mir ab, doch letzten Endes gewann der kalte Zorn tief in meinem Inneren.

»Und wenn nicht?« Provozierend hob ich das Kinn. »Wenn ich die letzten Tage meines Lebens einfach an einem schönen Strand verbringe und keinen Finger rühre, um deine Seelen zurückzuholen?«

Mit einem Mal stand Kevin direkt vor mir und senkte die Stimme zu einem bedrohlichen Raunen. »Dann sorge ich dafür, dass nicht nur der Hexenmeister, an dem dir ach so viel liegt, ewige Qualen leidet, sondern auch du. Du findest und schickst alle Seelen zurück. Alle. Jede einzelne. Und wenn du das rechtzeitig geschafft hast und ich zufällig einen guten Tag habe, dann lasse ich dich *vielleicht* noch eine kleine Weile länger leben.«

Er löste sich auf, bevor ich auch nur nach Luft schnappen konnte. In der einen Sekunde war er noch da gewesen, direkt vor mir, in der nächsten war er fort.

Das letzte – und bisher einzige – Mal, dass ich Kevin so wütend erlebt hatte, war bei unserer ersten Begegnung damals im Steinkreis in Irland gewesen. Und genau deshalb war ich jetzt nicht so dumm, auch nur einen Moment lang an seinen Worten zu zweifeln. Ich war hergekommen, um einen neuen Deal auszuhandeln, aber ich hatte versagt. Wenn überhaupt hatte ich es noch schlimmer für Shaw und mich gemacht.

Das Einzige, was mir jetzt noch blieb, war, einen anderen Weg zu finden. Einen Weg, bei dem weder Shaw noch ich in elf Tagen sterben mussten. Allerdings hatte ich das schon vor meinem ungeplanten Ausflug in die Unterwelt nicht geschafft. Wie um alles in der Welt sollte ich es also jetzt hinkriegen?

Das Herz schlug mir noch immer bis zum Hals. Kevin mochte fort sein, aber auf einmal waren da flackernde Schatten am Rand meines Blickfelds, die immer größer wurden – und es auf schmerzhaft vertraute Weise immer weiter einengten. Plötzlich sah ich nicht mehr den Park vor mir, sondern durch die Augen meines Zwillingsbruders.

»Oh, verdammt«, murmelte ich und ließ mich auf eine Sitzbank in der Nähe sinken.

14. KAPITEL

Shaw

Ich erwachte mit einem kleinen Zucken und schlug die Augen auf. Im ersten Moment war ich mir sicher, dass irgendetwas passiert sein musste, dass Gefahr lauerte, doch dann gewöhnten sich meine Augen an die Helligkeit und die Erinnerungen an den gestrigen Abend und vergangene Nacht kehrten zurück.

Ich tastete neben mich, doch das Bett war leer. Von Roxy keine Spur, lediglich zerwühlte Laken. Noch immer etwas verschlafen richtete ich mich auf den Ellbogen auf und sah mich um. Nope. Keine Roxy. Dafür stand der eintürige Schrank einen Spalt offen und ihr Handy lag nicht mehr auf dem Nachttisch. Da ihr dunkelrotes Cape noch über der Lehne des Schreibtischstuhls hing, ging ich davon aus, dass sie nicht plötzlich auf die Jagd gegangen war. Wahrscheinlich war sie irgendwo im Quartier – vermutlich in der Kantine, wenn sie auch nur halb so viel Hunger hatte wie ich.

Ächzend ließ ich mich ins Kissen zurückfallen und rieb mir mit den Händen übers Gesicht, dann zwang ich mich dazu, aufzustehen.

Ich bückte mich nach meinen auf dem Boden verteilten Klamotten und zog sie wieder an. Dann schnappte ich mir eines von Roxys Handtüchern und verließ ihr Zimmer, um im Gemeinschaftsbad zu duschen. Das abwechselnd heiße und kalte Wasser half mir dabei, einigermaßen wach zu werden. Kurz hörte ich Geräusche von anderen Leuten, doch sie verklangen schnell und ich war wieder allein im Bad. Als ich fertig war, schaltete ich das Wasser aus und trocknete mich ab. Da ich nur die Klamotten dabeihatte, in denen ich hier aufgetaucht war, zog ich sie wieder an und erhaschte dabei einen unfreiwilligen Blick in den Spiegel über dem Waschbecken.

Ich sah eindeutig schlechter aus, als ich mich nach dieser Nacht fühlte. Meine Haut war blasser als sonst, meine Haare noch wilder, und ich hatte Ringe unter den Augen, was mich aber nicht wirklich überraschte. Die letzten Monate hatten ihre Spuren hinterlassen. Ich brauchte dringend einen Kaffee und etwas zu essen. Ein paar neue Klamotten wären auch nicht verkehrt – oder wenigstens die Tasche mit meinen Sachen aus meinem Wagen. Doch der Camaro stand noch immer in dem Parkhaus am Londoner Flughafen, wo ich ihn zurückgelassen hatte. Ich war noch nicht dazugekommen, hinzufahren und ihn zu holen, aber Roxy und ich hatten auch noch nicht darüber gesprochen, wie es jetzt weitergehen würde, und das hatte definitiv höhere Priorität.

Ich verließ das Bad und nahm die Treppe nach unten. Vielleicht war es nicht gerade klug, als Hexenmeister allein durch das Hunterquartier zu streifen, aber für irgendwelche Bedenken war es jetzt zu spät. Und es war ja nicht so, als könnte ich mich nicht zur Wehr setzen, sollte jemand tatsächlich so lebensmüde sein, Nalas Anweisungen zu ignorieren und mich anzugreifen. Das Problem war eher, dass ich gar nicht erst in eine solche Situation kommen wollte. Ich hasste es, dass die Jäger und Jägerinnen – oder zumindest manche von ihnen – mich als ihren natürlichen Feind betrachteten. Noch mehr hasste ich hingegen, was ich als Kane getan hatte. Wenn es danach ging, hatten die Hunter also doch allen Grund, mich zu fürchten. Zumindest diesen Teil von mir.

Meine Müdigkeit und der knurrende Magen trieben mich zielsicher in die Kantine, aber zu meiner Überraschung konnte ich Roxy nirgendwo entdecken. Ich warf einen Blick auf mein Handy. Keine Nachricht von ihr. Okay. Das war seltsam.

Ich sah mich genauer um. Zwar hatte ich keine Ahnung, wie spät es war, aber an den Tischen saßen nur wenige Leute. Eine Gruppe von etwa zehn Huntern und Huntresses hatte sich an einem der größeren Tische versammelt und spielte neben dem Frühstück ein Kartenspiel, bei dem es immer wieder zu empörten Rufen und lautem Lachen kam. Zwei weitere Tische auf der gegenüberliegenden Seite waren mit kleineren Gruppen belegt.

Nach einem kurzen Zögern wandte ich mich der Kaffeemaschine zu – und entdeckte Niall, der bereits davorstand und mit tief gerunzelter Stirn auf die ganzen Tasten und Symbole starrte.

»Alles klar?«, fragte ich ihn.

»Ja. Nein.« Er warf mir einen etwas verzweifelten Blick zu. »Ich habe keine Ahnung, wie dieses Ding funktioniert. Es gibt tausend Optionen … und ich weiß ja nicht mal, ob ich Kaffee überhaupt mag …«, fügte er murmelnd hinzu.

Meine Mundwinkel zuckten und ich griff an ihm vorbei nach einem zweiten Becher. »Ich zeige es dir.« Ich stellte den Becher in die Kaffeemaschine und deutete auf die einzelnen Tasten. »Vielleicht solltest du nicht direkt mit einem doppelten Espresso anfangen. Trinkst du Milch? Dann versuch es mal mit einem Cappuccino oder Flat White.«

Niall hatte die Augen konzentriert zusammengekniffen und nickte bedächtig, aber ich war mir nicht sicher, ob er die Unterschiede überhaupt kannte. Woher auch? Ich bezweifelte, dass es in der Geisterwelt einen Kaffee-Lieferservice gegeben hatte.

Die Maschine begann zu mahlen und gab gurgelnde Geräusche von sich. Gleich darauf schossen Kaffee und geschäumte Milch in den Becher und der Duft von frisch gemahlenen Bohnen erfüllte die Luft.

»Hier sind Zucker und Süßstoffe. Roxy mag es ziemlich süß, aber teste dich auch hier am besten durch.«

Niall atmete tief durch. »Danke.«

»Kein Problem.« Ich lächelte knapp. »Sag mal, hast du Roxy heute schon gesehen?«

Niall wirkte überrascht. »Nein, wieso?«

»Nur so.« Ich füllte meinen eigenen Becher, dann schaufelte ich mir ein paar Pancakes und etwas Obst auf einen Teller. Als ich mich umdrehte, war Niall bereits verschwunden, aber dafür fiel mein Blick auf Nala. Sie saß allein an einem der Tische vor den Fenstern, eine Kaffeetasse und ein Tablet vor sich, das sie mit konzentrierter Miene studierte.

Ich sah mich kurz um, dann ging ich zu ihr hinüber. »Darf ich?«

Es dauerte einen Moment, bis sie aufsah, und dann blinzelte sie kurz, als müsste sie sich erst von dem losreißen, was sie soeben gelesen hatte. Doch dann nickte sie. Zwar verfolgte sie jede meiner Bewegungen genau, aber ich konnte keine Furcht in ihren braunen Augen lesen, genauso wenig wie Misstrauen oder Skepsis.

»Schlaflose Nacht?«, fragte sie und trank einen Schluck von ihrem Kaffee.

Konnte man so sagen. Aber nicht aus den Gründen, an die sie vermutlich gerade dachte.

»Es ist … irgendwie seltsam, wieder hier zu sein«, gab ich zu und sah mich um. Von Niall war nichts mehr zu sehen. Dafür begegnete ich sofort den Blicken der größeren Huntergruppe. Ihre Stimmen waren leiser geworden und sie beobachteten mich wachsam. Nicht so, als könnten sie es kaum erwarten, sich mit gezogenen Waffen auf mich zu stürzen, dafür jedoch so misstrauisch, als würden sie sich innerlich bereit machen, mich anzugreifen, wenn ich Nala auch nur einen schiefen Blick zuwarf.

Nala folgte meinem Blick. »Mach dir nichts draus«, murmelte sie.

Ich zuckte mit den Schultern. »Sie sind Hunter.«

»Und du bist ein Hexenmeister«, ergänzte sie gedehnt.

Richtig. Als ob ich das vergessen könnte. Wobei ich es eine ganze Weile tatsächlich vergessen hatte, doch seit die Magie in Rumänien in mir erwacht war, bestand diese Gefahr nicht mehr. Dafür spürte ich sie zu deutlich: das Summen tief in meinem Inneren und unter meiner Haut, als wartete die Magie nur darauf, von mir gerufen und eingesetzt zu werden. Aber ich hielt sie zurück. Ich wollte weder die anwesenden Jäger und Jägerinnen gegen mich aufbringen, noch Baldurs Leute wieder auf meine Spur führen. Es war schwer genug gewesen, diese Sunniva und die Hexer loszuwerden, die sich in Sizilien an meine Fersen geheftet hatten.

»Alles klar?«, fragte ich kauend und deutete mit der Gabel auf das Tablet, in das sich Nala schon wieder vertieft hatte.

Sie sah konzentriert, aber nicht sonderlich glücklich aus. »Bestens«, behauptete sie dennoch.

»Sicher? Ich weiß, dass ich hier eigentlich gar nicht willkommen sein sollte. Du lässt mich trotzdem hier sein und dafür bin ich dir etwas schuldig. Wenn ich also irgendwie helfen ka–«

»Nicht nötig«, unterbrach sie mich. Dann zögerte sie einen Moment, als würde sie überlegen, wie weit sie mir vertrauen konnte.

Und ganz ehrlich? Ich wäre nicht sauer, wenn sie es nicht tun würde. Nach allem, was passiert war, könnte ich das gut verstehen. Trotzdem war ich irgendwie erleichtert, als sie weitersprach.

»Seit dem Tag des Blutbades stehe ich in engem Kontakt zu einigen anderen Quartiersleitern. Zusammen arbeiten wir an einem umfassenden Sicherheitssystem für alle Quartiere in Europa. Es funktioniert noch nicht einwandfrei, aber wir haben alles unter Kontrolle.« Sie sagte das in einer ruhigen, vernünftigen Tonlage, die keinen Widerspruch, ja, nicht einmal den geringsten Zweifel duldete. »Ich muss mich jetzt wieder an die Arbeit machen.« Sie stand auf und warf mir ein halbes Lächeln zu. »Wir sehen uns später, Shaw.«

»Bis dann«, murmelte ich und sah ihr nach, bis sie durch die Tür verschwunden war.

Wahrscheinlich sollte ich es ihr gleichtun und mich um meinen eigenen Kram kümmern und herausfinden, wo Roxy abgeblieben war … dennoch wurde ich das Gefühl nicht los, etwas Wichtiges verpasst zu haben. Aber wenn Nala behauptete, alles unter Kontrolle zu haben, dann war es auch so. Maxwell hatte sie schließlich nicht ohne Grund zur neuen Leiterin des Quartiers bestimmt.

»Morgen.« Ein etwas zerzauster, aber ansonsten völlig munter wirkender Ripley setzte sich zu mir an den Tisch. Ich blinzelte perplex, weil es so lange her war, dass ich ihn das letzte Mal gesehen und gesprochen hatte, doch dann fiel mir ein, was Roxy erzählt hatte. Von Niall und den anderen Leuten, die in der Geisterwelt gefangen gewesen waren. Davon, dass Ella, Wayne und die Prager Hunter sie befreit hatten. Neben Ripley und Dinah waren auch ein paar weitere Londoner Hunter dabei gewesen, die schon vor meiner Zeit hier verschwunden waren.

»Morgen«, erwiderte ich langsam.

Ripley ließ mir keine Zeit zum Grübeln, sondern kam sofort

zur Sache. »Schön, dich zurückzuhaben. Wie ich höre, du bist du jetzt also ein Hexenmeister?«

Und das ausgerechnet von einem Magic Hunter, der von Natur aus Jagd auf Leute wie mich machte. Dennoch nickte ich, ohne ihn dabei aus den Augen zu lassen. Wenn ich eines in den letzten Monaten gelernt hatte, dann war es, auf alles gefasst zu sein. Selbst darauf, dass Leute, die sich deine Freunde nannten, sich plötzlich gegen dich stellten.

»Cool«, sagte Ripley nur und trank einen Schluck von seinem Schwarztee. »Versuch einfach, nichts und niemanden hier drinnen zu grillen, dann ist alles gut.«

Ich schnaubte leise, aber irgendwie auch amüsiert. »Hatte ich nicht vor.«

Dennoch zögerte ich, als ich nach meinem Kaffeebecher griff. Ich fühlte mich von allen Seiten beobachtet, ja, aber das war zu erwarten gewesen. Was ich nicht erwartet hatte, war, dass ausgerechnet ein Magic Hunter wie Ripley York mich so behandelte, als würde ich hierhergehören. Als wäre ich noch immer ein Teil des Teams – und nicht der Feind.

»Weißt du, was das war?«, fragte ich und deutete mit dem Kinn Richtung Tür, durch die Nala so schnell verschwunden war.

»Ich bin nicht ganz sicher«, gestand Ripley. »Nala wirkt schon seit einigen Tagen alles andere als entspannt … Aber sie ist eine eher verschlossene Quartiersleiterin, ehrlich gesagt.«

Noch mehr Blicke wanderten in unsere Richtung, als sich eine dritte Person näherte.

»Bonjour.« Ohne das geringste Zögern setzte sich Giselle mit etwas Abstand zu uns an den Tisch und griff nach dem Schokocroissant auf ihrem Teller. Sie hatte sich zwar schon unserem Trip in die Unterwelt angeschlossen, aber damals war es darum gegangen, Roxy zu helfen. Von Roxy war jedoch weit und breit nichts zu sehen. Hier waren nur Ripley und ich. Dennoch hatte sich Giselle einfach zu uns gesellt. »Alle sind nervös, seit wir aus Sizilien zurück sind. Ich habe sie reden gehört …«

»Worüber?«, hakte Ripley sofort nach. Irgendwie erwartete ich, dass er einen lockeren Spruch folgen lassen oder ihr ein charmantes Lächeln zuwerfen würde, wie er es früher mit Sicherheit getan hätte, doch nichts davon geschah. Huh. Nicht nur in meinem Leben hatte sich in den letzten Monaten offenbar einiges verändert.

Giselle sah auf, als Finn sich mit einem vollgepackten Teller zu uns setzte.

»Morgen«, murmelte er und schob sich sofort eine Gabel voll mit Baked Beans, Ei und Speck in den Mund.

Ich nickte ihm zu. »Hast du Roxy heute schon gesehen?«

»Nope. Aber ich hab mit Linnea gesprochen. Sie war in der Bibliothek und ist dann joggen gegangen.«

Roxy und Joggen? Musste ich mir Sorgen machen?

»Ich glaube …«, begann Giselle und schob ihr Schokocroissant auf dem Teller hin und her. »Es wurde ein Quartier angegriffen. Das habe ich in der Bibliothek gehört.«

»Wie bitte? Ein Hunterquartier?«, wiederholte ich ungläubig. Gleichzeitig breitete sich ein ganz schlechtes Gefühl in meinem Bauch aus.

Finn nickte ernst. »Mittlerweile sind es sogar zwei, hat Linnea mir vorhin erzählt.« Er suchte meinen Blick. »Sie meinte, es waren Hexen.«

Shit. Das erklärte zumindest Nalas Stress und die sichtbare Erschöpfung, denn wenn plötzlich Hunterquartiere auf der Abschussliste des Hexenkönigs standen, kamen die Quartiersleiter sicherlich keine Sekunde zur Ruhe.

Aber das ergab überhaupt keinen Sinn. Bisher hatten sich Baldurs Leute auf der Suche nach mir nicht um die Quartiere der Hunter gekümmert – warum auch, schließlich jagten mich die Hunter ebenso wie die Hexer. Und selbst wenn ihnen die Standorte der Hunterquartiere bekannt waren – wovon auszugehen war, schließlich wussten wir, dass Amelia mit Baldur zusammengearbeitet hatte –, selbst dann war es Wahnsinn, ein Hunterquartier direkt anzugreifen. Bisher waren seine Leute meiner Magie gefolgt, wann immer ich besonders viel davon eingesetzt hatte, was es echt schwierig gemacht hatte, unter dem Radar zu bleiben und gleichzeitig Roxys entflohene Seelen aufzuspüren. Trotzdem hatte ich es irgendwie geschafft und meine Verfolger immer wieder abhängen können, bis ... ja, bis Sizilien. Dort hatten diese Sunniva und ihre Hexerfreunde mich nicht nur fast erwischt, sie hatten mich auch zusammen mit Huntern gesehen.

War es das? War ich der Grund dafür, dass Baldur riskierte, einen Krieg mit den Huntern anzuzetteln?

»Welche Quartiere?« Ripley sprach die Frage aus, bevor ich es tun konnte.

Giselle war diejenige, die antwortete. »Wenn ich es richtig verstanden habe, dann hat es in la Russie begonnen. In St. Petersburg.«

St. Petersburg. Der Name der Stadt hallte wie ein Echo in meinem Inneren nach und kratzte an Erinnerungen, die lange vergessen waren. Aber es waren nicht Kanes Erinnerungen, die mir plötzlich durch den Kopf schossen, sondern etwas, das Tarquin mir erzählt hatte. Die große Schlacht der Hexen gegen die Hunter hatte vor rund zwanzig Jahren in der Nähe von St. Petersburg stattgefunden. Die Schlacht, bei der Kane ums Leben gekommen war.

Hatte Baldurs Attacke etwas damit zu tun? Und wenn ja, warum? Wozu ließ er jetzt das dortige Quartier angreifen, wenn dieser Kampf Jahrzehnte in der Vergangenheit lag?

»Weißt du, wann der erste Angriff stattgefunden hat?«, hakte ich nach, während sich mein ungutes Bauchgefühl von Sekunde zu Sekunde verstärkte.

Finn nickte. »Am Abend, an dem wir in die Unterwelt gegangen sind, um Roxy zu holen.«

Am selben Abend? Konnte dieser Angriff dann wirklich mit mir in Verbindung stehen? Zu der Zeit war ich über zweitausend Meilen entfernt gewesen. Außerdem mochte ich zwar als Kane im Umkreis der russischen Großstadt gestorben sein, aber als Shaw war ich nie dort gewesen. Nicht einmal in der Nähe. Die einzigen Hunter im Osten, die ich kannte, waren die aus Prag. Und wie ich erfahren hatte, waren Birdie und Trent mittlerweile wieder sicher im Prager Quartier angekommen.

»Irgendwas passt da nicht zusammen«, murmelte ich und starrte auf mein Essen, schob den Teller jedoch von mir weg. »Wenn Baldur noch immer nach mir suchen lässt, warum sollte er dann das Quartier in St. Petersburg angreifen lassen? Das ist Wahnsinn.«

Selbst für den König der Hexen. Warum sollte er auf einmal die direkte Konfrontation mit den Huntern suchen? Seit der Schlacht von St. Petersburg vor rund zwanzig Jahren hatte es keine größeren Kämpfe mehr zwischen den Hexen und Huntern gegeben.

Finn deutete mit der Gabel auf mich. »Warst du in letzter Zeit mal in Lettland?«

»Nein. Warum?«

»Weil vergangene Nacht das Quartier in Riga angegriffen wurde.«

Was? Das ergab erst recht keinen Sinn. Weder mit St. Petersburg noch mit Riga hatte ich bisher etwas zu tun gehabt. Ich wusste nicht mal, wo sich die Quartiere befanden.

Ein anderer Gedanke tauchte in meinen Überlegungen auf: Nala hatte mir erlaubt, im Londoner Quartier zu bleiben. Entweder hielt sie mich tatsächlich für keine Bedrohung – oder sie wollte mich genau im Auge behalten.

»Vielleicht sucht Baldur gar nicht nach dir«, warf Ripley nachdenklich ein.

»Nach wem dann?«

Ich erhielt keine Antwort, nur ratlose Blicke und Schulterzucken. Keiner von uns wusste wirklich, was genau passiert war, oder hatte weitere Theorien dazu, also aßen wir schweigend unser Frühstück. Ripley und Finn verabschiedeten sich, als sie fertig waren, und verließen die Kantine, was mich allein mit Giselle zurückließ.

Ich schob mir gerade den letzten Bissen Pancake in den Mund und spülte ihn mit Kaffee runter, als ich ihren nachdenklichen Blick bemerkte. »Was ist los?«

Sie zögerte ein paar Herzschläge lang. »Du … ich … ich glaube, du hast es nicht gemerkt, aber ich … ich habe dich schon mal aus Versehen berührt. Und … da …«

»Hast du nichts gesehen«, beendete ich den Satz für sie und dachte an das nächtliche Telefonat zwischen ihr und Roxy zurück, das ich damals in Prag belauscht hatte.

Sie nickte. Bildete ich mir das ein oder war sie ein bisschen blasser um die Nase geworden?

»Darf ich?«, fragte sie leise und hielt mir die Hand über den Tisch hin.

Womöglich wäre es klüger, es nicht zu tun. Dass nichts Gutes dabei herauskam oder es in irgendeiner Weise half, den eigenen Tod zu kennen, hatte ich bei Roxy miterlebt. Aber was, wenn Giselle tatsächlich nichts sah, weil ich schon mal gestorben war? Was würde das für sie und für mich bedeuten?

Allen Gedanken und Zweifeln zum Trotz nickte ich und legte meine Hand flach auf den Tisch. Ihre Finger zitterten, so als rechnete sie fest damit, diesmal meinen Tod zu sehen. Doch als sie ihre Hand auf meine legte, geschah … nichts. Keine schrecklichen Todesvisionen. Kein Aufblitzen von Bildern vor meinem inneren Auge. Gar nichts. Da war nur das Gefühl ihrer kühlen Finger auf meiner Haut.

Ihre Augen weiteten sich. Sie zog die Hand ruckartig zurück und starrte erst darauf, dann mich an. Dabei murmelte sie etwas, das wie *Mon Dieu* klang.

»Alles in Ordnung?«, fragte ich sie schließlich.

»Pardon. Oui. Es ist nur … du und Roxy, ihr seid die Einzigen, die …«

»Die Einzigen, die du ohne Todesvision berühren kannst?«

Sie nickte heftig.

Also stimmte es. Wenn man schon mal gestorben war, gab es keine neue Todesvision. Alles war offen.

»Ich möchte dich um einen Gefallen bitten«, sprach Giselle hastig weiter.

»Mich?« Fragend zog ich die Brauen hoch und schaute mich um, als ob sie jemand anderen meinen könnte. »Worum geht's?«

Ihr Gesicht nahm einen entschlossenen Ausdruck an. »Trainiere mich.«

Ich blinzelte perplex. »Ich soll dich … trainieren? In was? Im Nahkampf?«

»Oui. Ich möchte keine … Belastung oder Pflicht für die Hunter sein. Ich möchte auf mich selbst aufpassen können. Und ihr beide seid die Einzigen, die mir dabei helfen können.«

Oh. Wow. Daran hatte ich überhaupt nicht gedacht. Natürlich wollte Giselle für sich selbst einstehen und sich im

Zweifelsfall auch verteidigen können. Bisher hatte es zwar nur Amelia auf sie abgesehen gehabt, allerdings wusste auch kaum jemand, dass es in London eine Frau gab, die den Tod vorhersagen konnte. Wenn sich das herumsprach, noch dazu unter den übernatürlichen Wesen oder bei Baldur und seinen Leuten, könnte Giselle in große Schwierigkeiten geraten.

Ich würde zwar nicht mehr allzu lange hier sein, aber diese Zeit konnte und wollte ich nutzen. Außerdem war Giselle bei den Recherchen und in der Unterwelt eine große Hilfe gewesen – etwas, das ich ihr vermutlich niemals zurückzahlen konnte. Also nickte ich. »In Ordnung.«

Überraschung und Ungläubigkeit zeichneten sich in ihrem Gesicht ab, dann trat ein Leuchten in ihre braunen Augen. »Wirklich?«

»Wirklich.«

Mit einem Satz war sie bei mir und schlang mir die Arme um den Hals. Es dauerte keine Sekunde, da löste sie sich schon wieder von mir, als ihr bewusst wurde, was sie da getan hatte. »Oh! Das … entschuldige bitte«, murmelte sie und eine feine Röte breitete sich auf ihrem Gesicht aus.

Mir war klar, dass sie kein Mitleid wollte, dennoch konnte ich nicht anders, als Mitgefühl mit ihr zu verspüren. Auch ohne zu wissen, wie lange Giselle schon mit dem Todesblick verflucht war, konnte ich ihr ansehen, wie sehr ihr menschliche Nähe und der Kontakt zu anderen fehlte. Körperlicher Kontakt. Eine Umarmung. Ein freundschaftlicher Klaps gegen den Arm. Ein Streifen im Vorbeigehen. Sie hatte jahrelang nichts davon spüren können. Ich konnte mir nicht mal ausmalen, wie das für sie gewesen sein musste. Und welche Erleichterung es war, jetzt zumindest Roxy und mich berühren zu können, ohne dabei von schrecklichen Visionen unserer Tode heimgesucht zu werden.

»Schon gut«, sagte ich mit einem kleinen Lächeln und warf einen kurzen Blick auf mein Handy. Keine neue Nachricht von Roxy. Also wandte ich mich wieder Giselle zu und deutete mit dem Kopf Richtung Tür. »Wenn du willst, können wir gleich loslegen.«

15. KAPITEL

Roxy

Ich wusste nicht, wie viel Zeit vergangen war, seit ich mit Kevin gesprochen hatte. Ich saß noch immer auf einer der Bänke und starrte auf den Boden.

Ein Luftzug strich mir durch das Haar und löste eine Strähne aus meinem Pferdeschwanz. Der Kies knirschte, dann fiel ein Schatten über mich. Gleich darauf spürte ich, wie sich jemand neben mich setzte, und atmete zittrig durch.

»Wie hast du mich gefunden?« Meine Stimme hörte sich seltsam kratzig an.

»Ich habe Weston den Ort beschrieben, den ich durch deine Augen gesehen habe, und er hat mir erklärt, wie ich da hinkomme«, ertönte die vertraute und dennoch schmerzhaft fremde Stimme neben mir. »Praktisch, dass das wieder funktioniert, oder? Ich hab … ich hab das vermisst. Als es … nicht mehr da war.«

Ich wandte den Kopf und musterte Nialls Profil. Für Außenstehende mochte er völlig entspannt wirken, wie er hier neben mir auf der Bank saß, einen Arm lässig auf der Rückenlehne, das Bein angezogen und den linken Knöchel auf dem Knie abgestützt, aber ich registrierte die Anspannung in seinen Muskeln. Seinen ruhelosen Blick, als würde hinter jeder Ecke eine potenzielle Gefahr lauern. Als würde er fest damit rechnen.

»Mann, London ist echt groß. Und laut«, fügte er hinzu, die Nase leicht gekräuselt.

Ich lächelte, da er auf unserem Ausflug gestern erst einen winzigen Teil der Stadt gesehen hatte. »Nicht zu vergleichen mit den paar Besuchen in Dublin und Belfast mit Mom und Dad, was?«

Er schüttelte den Kopf. »Ich vermisse sie«, gab er nach einem Moment des Schweigens zu. »Mom und Dad, meine ich.«

Ich spürte ein Ziehen in meiner Brust und senkte den Kopf. »Ich auch«, gestand ich. »Ich habe sie nicht mehr gesehen seit ... na ja, seit ich vor über einem Jahr nach London gekommen bin.«

»Willst du demnächst noch mal hinfliegen?« Eine leise Hoffnung schwang in seiner Frage mit.

Vielleicht sollte ich das tun, bevor meine Zeit ablief. Allerdings wusste ich nicht mal, ob ich Zeit dafür haben würde. Mir blieben schließlich nur noch elf Tage, und Kevin hatte meine Mission nicht gerade vereinfacht.

»Ich weiß es nicht. Aber du solltest hinfliegen. Sie werden sich unglaublich freuen, dich zu sehen.«

»Erst mal muss ich mir überlegen, was ich ihnen sagen will – darüber, wo ich war und warum ich noch am Leben bin.« Er schnitt eine Grimasse und wechselte dann das Thema. »Hey, auf dem Weg hierher bin ich an einem Irish Pub vorbeigekommen. Drinnen haben sie irgendwas gespielt, das ich nicht kenne, aber es klang trotzdem irgendwie ... vertraut. Wie zu Hause.«

Zu Hause. Obwohl ich Irland erst vor über einem Jahr verlassen hatte, um mich den Londoner Huntern anzuschließen, kam es mir viel länger vor. Wie eine Ewigkeit. Als wäre das einer anderen Roxy in einem anderen Leben passiert. Und wenn man es genau nahm, stimmte das sogar, denn das war vor meinem Tod und dem Ausflug in die Unterwelt gewesen.

Dass ich mich an nichts mehr aus der Unterwelt erinnerte, war womöglich ein Segen. Niall hingegen …

Ich warf meinem Zwillingsbruder einen nachdenklichen Seitenblick zu. »Wie war es für dich dort? In der Geisterwelt. Du hast bisher nur sehr wenig erzählt.«

Bei unserem ersten Wiedersehen in der Krankenstation hatte er mir zwar bereits eine Zusammenfassung seiner Zeit dort gegeben, aber mir war nicht entgangen, dass er viele Details dabei ausgelassen hatte.

»Einsam«, antwortete er, ohne zu zögern. »Ich war einer der Ersten, die Amelia entführt hat, aber es gab noch andere. Es hat lange gedauert, bis ich verstanden habe, wozu man uns überhaupt dorthin gebracht hatte, und noch länger, um zu begreifen, dass es wirklich keinen Ausweg gab. Keine Fluchtmöglichkeit. Einige haben es trotzdem probiert … und sind bei dem Versuch gestorben. Oder kurz darauf.«

Er erzählte mir von einem kleinen Jungen namens Cody, kaum älter als er damals, übermütig und voller Lebensfreude, der wieder und wieder versucht hatte, zu entkommen. Erst wollte er sich an den Wachen vorbeischleichen und ihr Boot stehlen, später hatte er versucht, selbst ein Floß zu bauen, und als er älter wurde, hatte er sich direkt mit den Wachen angelegt. Es hatte nie funktioniert, bis er es schließlich aufgegeben hatte. Bis er alles aufgegeben hatte und sich freiwillig im Zeitfluss ertränkt hatte.

»Was darin stirbt, hört auf zu existieren.« Niall atmete tief durch.

Mir schmerzte das Herz für diesen Jungen und für Niall, der es hatte miterleben und mit ansehen müssen.

»Was ist mit dir?«, fragte ich leise. Ich hatte nicht mal gemerkt, dass ich nach seiner Hand gegriffen hatte, doch jetzt drückte ich sie leicht. »Wolltest du je …?«

Er verzog das Gesicht und starrte auf einen Punkt in der Ferne. »Ich will dir nichts vormachen. Es gab Zeiten, in denen ich darüber nachgedacht habe. Aber es gab andere dort, Erwachsene und Kinder, die noch nicht so lange da waren wie ich und meine Hilfe gebraucht haben. Außerdem hast du mir neuen Mut gegeben.«

»Ich?«

»Ja.« Er wandte sich mir mit einem kleinen Lächeln zu. »Ich wusste, dass du nach mir suchst, und mir die Hölle heißmachen würdest, wenn ich etwas Dummes tue.«

Aus irgendeinem Grund füllten Tränen meine Augen. Ich musste mehrmals schlucken und blinzelte sie hastig weg. Es war beruhigend zu wissen, dass ich Niall die Kraft gegeben hatte, weiterzumachen, aber …

»Du hast so viel verpasst«, flüsterte ich. So viel, was er nie hatte erleben können. Wir waren nicht zusammen aufgewachsen, hatten nicht zusammen unseren Schulabschluss gemacht. All die Dinge, die man bis zum Erwachsenenalter ausprobieren und erfahren durfte, hatte man ihm weggenommen. Das erste Konzert. Den ersten Schluck Alkohol. Den ersten richtigen Streit mit Mom und Dad. Sogar so selbstverständliche Dinge wie Auto fahren, Bücher lesen, im Internet surfen oder die nächste Stadt besuchen.

»Es war nicht so schlimm«, murmelte er und stieß mich mit dem Ellbogen an. »Ein paar Sachen konnte ich durch deine Augen sehen, andere Dinge haben mir die anderen erzählt. Ein Mädchen namens Anabelle, die wegen ihres Schicksalsblicks dort war, hat mir verraten, was das Geheimnis eines richtig guten Caipirinhas ist. Ich könnte dir den perfekten Cocktail mixen – auch wenn ich noch nie einen getrunken habe.«

Diese Geschichte entlockte mir ein Lächeln. »Hat sie … hat sie überlebt?«

Er nickte. »Ja, sie wurde zusammen mit mir und den anderen befreit und ist jetzt wieder bei ihrer Familie in Frankreich.«

Ich atmete auf. Zum Glück. Was Ella, Wayne, Krall und das Team in Prag geschafft hatten, war unglaublich. Sie hatten so viele Leben gerettet.

»Weißt du was?«, fragte Niall unvermittelt.

»Was?«

Ein Grinsen erschien auf seinen Lippen. »Ich würde wirklich gern einen echten Caipirinha probieren.«

Ich gluckste leise. »Das kriegen wir hin. Du kannst alles austesten und erleben, was du willst, Niall. Du hast alle Zeit der Welt.« *Im Gegensatz zu mir.*

Und mit einem Schlag hatte mich die Realität wieder eingeholt.

»Was ist los?« Niall beobachtete mich mit gerunzelter Stirn. »Und sag nicht *nichts*, nachdem ich dir gerade mein Herz ausgeschüttet habe. Ich merke doch, dass da etwas ist.«

»Und woran merkst du das?«

»Zwillingsverbindung«, antwortete er wie aus der Pistole geschossen.

Wider Willen musste ich lächeln. Das hatten wir früher immer gesagt, wenn wir zufällig denselben Gedanken oder vielmehr dieselbe dumme Idee gehabt hatten, aber auch wenn einer von uns instinktiv gespürt hatte, wie es dem anderen ging. Dass diese Verbindung auch heute noch da war und nach all der Zeit getrennt voneinander immer noch funktionierte, machte mich einen Moment lang sprachlos. Und dann erfüllte es mich mit so viel Dankbarkeit, dass es mir die Kehle zuschnürte.

»Jetzt sag schon.« Niall stupste mich an. »Gedanken lesen kann ich nämlich nicht. Und das wäre bei meiner eigenen Schwester auch irgendwie gruselig.«

Ich lachte erstickt auf, was erschreckenderweise fast wie ein Schluchzen klang. Sofort presste ich mir die Finger gegen die Lippen.

»Roxy …?«

»Du hast alle Zeit der Welt«, wiederholte ich meine Worte von vorhin langsam, »aber ich nicht. Ich werde in elf Tagen sterben.«

Und dann erzählte ich ihm alles, was ich ihm bisher vorenthalten hatte. Vielleicht hatte er Teile davon schon von den anderen erfahren, aber das spielte keine Rolle. Ich erzählte ihm meine Version. Meine Geschichte. Angefangen mit der Nacht, an der wir zu den Klippen gelaufen waren und in der er verschwunden war, über meine Ausbildung bei Amelia und den Huntern in London bis hin zu Amelias Tod und wie ich ihren letzten Wunsch erfüllt und ihr Amulett zerstört hatte – eine Tat, die mein Schicksal besiegeln sollte. Ich berichtete ihm von der ersten Begegnung mit Kevin und seinen Höllenhunden, von meinem Fluch, von Maxwell, Finn und den anderen Londoner Huntern, von Shaw, Wardens Ghostvision und unserer Reise durch Europa. Er erfuhr sowohl von den Siegen als auch von den Verlusten, von den schönen Momenten genauso wie von den schrecklichen. Mit meinen Worten nahm ich Niall mit nach England und Schottland, nach Frankreich, Deutschland, Tschechien, Rumänien, Österreich und Italien. Und ich nahm ihn wieder mit hierher, nach London, in genau diesen Park, zu meinem Gespräch mit dem Todesboten an diesem Morgen.

Als ich fertig war, fühlte ich mich unendlich leer, aber irgendwie auch erleichtert. Als wäre all das beinahe die Geschichte einer Fremden und nicht meine eigene. *Beinahe.*

Schweigen breitete sich zwischen uns aus, während ich in Gedanken alles durchging, um sicher zu sein, dass ich nichts vergessen hatte, und Niall das Gesagte erst mal verarbeiten musste. Man bekam schließlich nicht jeden Tag zu hören, dass die eigene Zwillingsschwester, die man über zehn Jahre lang nicht gesehen hatte, in weniger als zwei Wochen sterben würde.

»Das heißt«, begann er langsam und fuhr sich mit den Fingern durchs Haar, bis es in alle Richtungen abstand. »Wenn du den Auftrag von diesem Kevin nicht bis zum dreißigsten erfüllst …«

»Werden er und seine Höllenhunde mich holen kommen und wieder in die Unterwelt zerren, genau.«

»Aber um diesen Auftrag zu erfüllen, müsstest du auch Shaw …?«

Ich nickte mit zusammengepressten Lippen. Bisher hatte ich es vermieden, mit Shaw darüber zu reden, weil allein der Gedanke daran wehtat. Nein, er tat nicht nur weh, er war unvorstellbar. Ich konnte ihn nicht töten, nur damit ich weiterleben durfte. Aber ich konnte auch nicht einfach … aufgeben. Nicht, nachdem ich meinen Bruder endlich wiedergefunden hatte. Nicht, wenn ich so nah dran war, so kurz davor, diese unmögliche Mission doch noch zu erfüllen. Aber wie sollte ich das jemals schaffen, wenn Kevin nicht mit sich reden ließ und Shaw weiterhin ein Teil dieser Mission war?

Zischend stieß Niall den angehaltenen Atem aus. »Das ist echt krank. Sogar für einen Todesboten.«

Ich schnaubte und starrte zwei Joggern nach, die Seite an Seite an uns vorbeirannten. »Du sagst es.«

Es musste eine Lösung geben. Einen anderen Weg. Ein Wunder. Irgendetwas, das bewirkte, dass weder Shaw noch ich in elf Tagen sterben mussten. Aber ich hatte schon so lange nach einem solchen Wunder gesucht und nie eins gefunden … Warum also ausgerechnet jetzt? Und selbst wenn ich … selbst wenn ich Shaw genau wie all die anderen entflohenen Seelen zurückschickte, bedeutete das nicht automatisch, dass ich weiterleben würde. Kevin hatte sehr deutlich gemacht, dass er mich nur dann weiterleben lassen würde, wenn er gerade einen guten Tag hatte. Irgendwie bezweifelte ich, dass Todesboten überhaupt jemals gute Tage hatten. Und für ein Privatkonzert von BTS, um Kevins Laune zu heben, fehlten mir leider die Connections und das nötige Kleingeld. Von genügend Zeit ganz zu schweigen.

Nein, ich brauchte eine andere Lösung. Es musste einfach eine andere Lösung geben.

Seufzend lehnte ich mich zurück, bis ich mit dem Rücken gegen die harte Banklehne stieß. Die Zeit war mir schon immer davongelaufen. Erst durch meine Suche nach Niall, dann durch Kevins Auftrag. Ich kannte es gar nicht anders. Aber da war immer auch das Wissen gewesen, dass ich noch genug davon hatte. Und plötzlich war dem nicht mehr so. Plötzlich blieben mir nur noch elf Tage und ein paar Stunden, bis Kevin mich holen kam. Wie sollte ich damit bitte umgehen? Wie sollte ich bei dieser Aussicht nicht durchdrehen?

Mühsam kämpfte ich um Selbstbeherrschung. Ich konnte es mir nicht leisten, jetzt zusammenzubrechen. Nach Maxwells Trauerfeier, wenige Tage nachdem ich Amelia eigenhändig getötet hatte, war alles über mir hereingebrochen. Alle Mauern, die ich um mich herum aufgebaut hatte, waren gleichzeitig eingestürzt. Das war der Moment gewesen, an dem ich einfach nicht mehr gekonnt hatte. Aber seitdem war das nie mehr vorgekommen. Ich hatte immer weitergemacht, immer weitergekämpft, sogar dann, als sich Shaw als Hexenmeister herausgestellt hatte und mit Tarquin mitgegangen war, obwohl er mir kurz zuvor noch versprochen hatte, immer an meiner Seite zu bleiben.

Damals hatte ich mich taub und leer gefühlt, war wütend, verzweifelt und verletzt gewesen, aber ich war nicht zusammengebrochen. Ich hatte weitergemacht. Heute jedoch? Nach dem Treffen mit Kevin? Nach der Erkenntnis, dass ich nicht nur Shaw auf die eine oder andere Weise verlieren würde, sondern auch Niall, wenn ich keinen Ausweg fand? Da spürte ich die Risse in meinen Mauern deutlicher als jemals zuvor.

Ohne ein Wort legte Niall den Arm um meine Schultern und zog mich an sich. Mit einem Geräusch, das wie ein Seufzen klang, stieß er den Atem aus, dann lehnte er seinen Kopf an meinen. »Du musst nicht immer stark sein, weißt du?«

Ich gab einen erstickten Laut von mir und bettete den Kopf an seine Schulter. »Was soll ich denn sonst tun?«

Wenn ich mich nicht zusammenriss, würde alles den Bach runtergehen. Dann würde mir alles entgleiten, an dem ich so verbissen festzuhalten versuchte.

»Ich finde, du brauchst dringend eine Pause«, sagte er. »Ablenkung von allem.«

Ich war kurz davor, ihm zu sagen, dass ich im Moment zwar vieles hatte, aber definitiv keine Zeit, und schon gar nicht für eine Pause oder irgendeine Form von Ablenkung. Doch dann wurde mir bewusst, wie gut er mich kannte. Trotz all der Zeit, die wir getrennt voneinander verbracht hatten, *kannte* Niall mich noch immer so verflucht gut. Denn was er vorschlug, war genau das, was ich früher getan hatte. Ich war ausgegangen, hatte in Nalas Bar gejobbt, war auf Dates gegangen, hatte mich mit Fremden vergnügt und war zu den hiesigen Colleges gefahren, um für eine kleine Weile so zu tun, als wäre ich jemand anderes. Als würde nicht eine gigantische Uhr über meinem Kopf schweben, die unerbittlich weitertickte.

Und eine Zeit lang hatte das funktioniert. Ich hatte vergessen können. Diese kleinen Pausen vom Alltag waren nicht nur eine Flucht gewesen. Sie hatten mir auch die nötige Kraft gegeben, um weiterzumachen.

Genau das bot Niall mir jetzt an. Eine Pause. Für eine kleine Weile zu vergessen – um mich dann erneut meinen Problemen zu stellen.

»Weißt du was?« Ich sah zu ihm hoch. »Du hast recht. Und du musst wirklich dringend einen Caipirinha probieren – und Fast Food. Jede Menge Fast Food. Außerdem gibt es in London noch so viel zu sehen und zu erleben!«

Seine Mundwinkel hoben sich, bis er schließlich grinste. Es war das aufgeweckte Grinsen des kleinen Jungen, den ich gekannt hatte, aber auch des Mannes, zu dem er geworden war.

»Dann zeig mir, wie man hier Spaß haben kann, Schwesterherz.« Er stand auf und hielt mir seine Hand hin.

Ich schlug ein und ließ mich von ihm auf die Beine ziehen. »Deal.«

16. KAPITEL

Shaw

Ich hatte mit vielen Möglichkeiten gerechnet, wie der heutige Tag enden könnte, insbesondere nach diesem seltsamen Morgen in der Kantine, dem spontanen ersten Training mit Giselle, der kurzen Nachricht von Roxy, dass sie den Tag mit ihrem Bruder verbringen und ihm London zeigen würde, und dem darauffolgenden Trip zum Parkhaus am Flughafen. Womit ich eindeutig nicht gerechnet hatte, war, mich abends vor dem *Bloody Vampire* wiederzufinden, der Bar, die Nala gehörte und in der sowohl Jäger und Jägerinnen als auch normale, unwissende Menschen ein und aus gingen. Derselben Bar, in der ich das erste Mal mit Roxy getanzt hatte – und von Warden geküsst worden war.

Bei der Erinnerung daran musste ich unweigerlich ein wenig schmunzeln. Gute Zeiten.

Als wir um kurz nach acht vor dem unscheinbaren Backsteingebäude ankamen, hatte sich bereits eine Schlange gebildet. Anscheinend war der Laden mittlerweile noch beliebter geworden.

Bei meinem letzten Besuch war ich eine andere Person gewesen und hatte ein ganz anderes Leben geführt. Aber das hatte mich nicht daran gehindert, mich heute Abend Finn, Ripley und Giselle anzuschließen. Vor allem nicht, weil Roxy und Niall sich später hier mit uns treffen wollten.

Ich folgte den anderen an der Schlange vorbei, ging durch ein verstecktes Seitentor und ein paar Stufen hinunter. Einen der Türsteher erkannte ich noch von meinem letzten Besuch wieder. Wenn mich nicht alles täuschte, war er ebenfalls ein Hunter und hieß Topper. Als sein Blick über unsere Gruppe glitt, winkte er uns zu sich. Keine Wartezeiten für andere Hunter samt Anhang. Nett.

Zumindest, bis sich der zweite Türsteher zwischen mich und den Eingang schob. Er war wenige Zentimeter größer als ich und so breit gebaut, dass ich nicht raten musste, was er war. Sein Körperbau und das Stufe-1-Amulett an einem schlichten Lederband verrieten es mir sofort. Er war ein Grim Hunter – und nicht sonderlich begeistert über mein Auftauchen.

»Du gehörst nicht hierher«, knurrte er, und ich hätte schwören können, dass er dabei die Zähne fletschte.

Mein ganzer Körper spannte sich an. Die Magie tief in mir begann zu summen. Kampfbereit. Verlockend. Ich ignorierte sie ebenso wie das Prickeln in meinen Fingern, die geradezu danach lechzten, Magie einzusetzen.

»Eigentlich bin ich mit ihnen hier«, erwiderte ich ruhig und deutete mit dem Kinn auf die Tür, durch die die anderen bereits gegangen waren.

»Mir egal. Du –«

»Emrys«, warnte Topper leise und machte ebenfalls einen Schritt auf mich zu. Ich konnte nicht einschätzen, ob er seinem Kumpel damit den Rücken stärken oder ihn in die Schranken weisen wollte. Als er mich ansah, konnte ich das Misstrauen und die Abneigung, die von ihm ausgingen, geradezu körperlich spüren.

Die Tür hinter ihnen ging erneut auf. »Gibt es hier draußen ein Problem?« Finn sah zwischen uns hin und her und stellte sich wie nebenbei neben mich.

Der andere Grim Hunter war etwas größer und kräftiger als Finn, aber ich war mir ziemlich sicher, dass er es mit ihm aufnehmen konnte. Allerdings war ich nicht scharf darauf, dass hier draußen vor der Bar ein Kampf ausbrach. Schon gar nicht meinetwegen.

»Nope. Kein Problem.« Ich konnte nicht verhindern, dass ein herausfordernder Unterton in diesen Worten mitschwang.

»Er hat recht.« Topper zog seinen Kollegen zurück. »Geht rein.«

Finns Hand landete auf meiner Schulter und er bugsierte mich hinein. Wärme und Stimmengewirr erwarteten uns, untermalt von lauter Musik und den verschiedensten Gerüchen. Von Nala war weit und breit nichts zu sehen, aber bei allem, was sie als Leiterin eines der größten Quartiere Europas gerade auf dem Zettel hatte, hatte sie wohl kaum noch Zeit, hinter dem Tresen zu stehen und Drinks auszuschenken.

Erst als ich die anderen an einem der Tische entdeckte, entspannten sich meine Schultern wieder. Zumindest halbwegs. Ein paar der anwesenden Hunter warfen mir skeptische Blicke zu, ließen mich aber in Ruhe.

Ich folgte Finn zu dem Tisch in einer ruhigeren Ecke und ließ mich auf die Sitzbank fallen. Nach dem Frühstück und dem Training mit Giselle war ich losgezogen und hatte meinen Chevrolet Camaro am Flughafen abgeholt. Die Kleidung, die ich heute Abend trug, war aus der Tasche mit meinen Sachen im Auto: ein schwarzes Hemd und schlichte, dunkelblaue Jeans. Ich wusste zwar, dass das Quartier jedem Hunter und Anwärter eine Grundausstattung zur Verfügung stellte, wollte darauf jedoch nicht zurückgreifen, da ich kein Hunter war – und ziemlich sicher auch kein Anwärter mehr.

»Die erste Runde geht auf mich!«, verkündete Ripley und fragte nach unseren Getränkewünschen.

Ich entschied mich für ein Bier, während Giselle bei einer Cola blieb. Ich hatte zwar keine Ahnung, wie genau ihr Leben ausgesehen hatte, bevor sie bei den Pariser Huntern gelandet war, aber nach allem, was ich bisher über sie wusste, war sie weder vorher noch danach viel unter Menschen gekommen. Dass sie heute Abend überhaupt dabei war, grenzte an ein kleines Wunder, und ich war mir ziemlich sicher, dass Finn etwas damit zu tun hatte. Er hielt zwar gebührenden Abstand zu ihr, wich ihr aber auch nicht von der Seite, ganz so, als hätte er ihr versprochen, dafür zu sorgen, dass niemand sie aus Versehen berührte. Ich sah ihm und Ripley nach, als die beiden aufstanden und sich einen Weg zur Bar bahnten.

»Hey.« Ich stieß Giselle mit dem Ellbogen an. Bei der Berührung sog sie scharf die Luft ein, entspannte sich aber augenblicklich wieder, als sie merkte, dass ich es war. »Ich find's gut, dass du mitgekommen bist.«

»Oui?« Ein schwaches Lächeln erhellte ihr Gesicht, dennoch sah sie sich nervös um.

Kein Wunder. Im Raum war es ziemlich voll, allerdings war ihr bisher niemand zu nahe gekommen, denn die Hunter, die sie erkannten, machten automatisch einen Bogen um sie. Niemand wollte aus Versehen seinen eigenen Tod vor Augen geführt bekommen.

»Ja.« Ich nickte bekräftigend. »Das ist sehr mutig von dir.«

Genau wie das Training heute, bei dem ich ihr erste Grundlagen beigebracht hatte. Ich wusste zwar nicht, ob Giselle Ambitionen hatte, eine Huntress zu werden – oder ob das mit ihrem Fluch überhaupt möglich war –, aber ich bewunderte sie für ihren Mut und Tatendrang. Andere wären nach allem, was sie erlebt und gesehen hatte, längst zusammengebrochen, aber sie stand immer wieder auf. Das hatte ich schon damals gedacht, als sie nach den Erlebnissen in Paris mit uns nach England gekommen war, um in der Bibliothek der Archivare mehr über den Todesblick herauszufinden, und nach unserem Besuch in der Unterwelt war mein Respekt für sie nur noch weiter gewachsen.

Diesmal wirkte sie bei Weitem nicht mehr so unsicher. »Danke. Ich … ich versuche es.«

Nach wenigen Minuten kehrten Ripley und Finn mit der ersten Runde zurück und verteilten die Getränke. Als Finn das Glas vorsichtig vor Giselle abstellte, warf sie ihm ein dankbares Lächeln zu, das er erwiderte. Wir stießen miteinander an und ich vergaß die bohrenden, misstrauischen Blicke der anderen Jäger und Jägerinnen immer mehr. Dafür wanderte mein eigener Blick immer wieder zum Eingang … bis endlich die Person hereinkam, die ich seit heute Morgen vermisst hatte.

Roxy sah sich kurz um, und sobald sie uns entdeckt hatte, kam sie mit Niall im Schlepptau an unseren Tisch. Als die beiden näher kamen, breitete sich unweigerlich ein Grinsen auf meinem Gesicht aus. Die Zwillinge hatten den Tag offenbar schon in einigen Bars ausklingen lassen. Zumindest ließen ihre geröteten Wangen und der etwas glasige Blick bei beiden darauf schließen.

Roxy trug enge schwarze Jeans, ein weißes Langarmshirt, das ihre Kurven betonte, und eine dünne Lederjacke. Dazu ihre Halbstiefel mit den höllisch hohen und dünnen Absätzen. Ich war mir ziemlich sicher, dass sie diese Schuhe nicht nur aus optischen Gründen trug. Mit den spitzen Absätzen konnte man mit Sicherheit auch problemlos diverse Kreaturen vernichten.

Anscheinend waren die beiden auch shoppen gewesen, zumindest, was Nialls Garderobe anging, denn er schleppte zwei Tüten mit sich herum und auch seine Jacke sah ziemlich neu aus.

»Hey …«, begrüßte ich Roxy schmunzelnd, während Niall sofort von Ripley in ein Gespräch verwickelt wurde.

Sie setzte sich auf den Platz neben mir, stützte sich mit den Unterarmen auf den Tisch und sah zu mir hoch. In ihren Augen funkelte es. »Hey.«

Ich senkte die Stimme ein wenig. »Du warst heute Morgen schon weg, als ich aufgewacht bin.«

»Ja … Ich war joggen.«

»Hab ich schon gehört.« Meine Brauen schossen in die Höhe, dann sah ich mich in dem vollgepackten Lokal um, ehe mein Blick zu ihr zurückkehrte. »Geht die Welt unter?«

»Sehr witzig.«

Aber sie wusste, woher meine Überraschung stammte. Schließlich war Roxys Abneigung gegen Sport eine wohlbekannte Tatsache, und auch als wir mehrere Wochen lang durch Europa gereist waren, hatte ich sie kein einziges Mal dazu überreden können, mit mir laufen zu gehen. Aber ich stellte ihren plötzlichen Anfall von sportlichem Ehrgeiz besser nicht infrage.

Roxy schnappte sich mein Bier und trank einen Schluck davon, dann sah sie sich um. »Wo steckt eigentlich Dinah? Sie lässt sich doch sonst keine Party entgehen.«

Ein Schatten huschte über Ripleys Züge. »Sie hat sich ein paar Tage freigenommen. Sie … muss ein paar Dinge verarbeiten.«

»Oh.«

Ich hatte keine Ahnung, was in der Geisterwelt passiert war, aber die Gefangenschaft und Flucht waren mit Sicherheit kein Spaziergang gewesen. Auch Ripley wirkte nicht mehr so überheblich und voller Energie wie vor dieser Sache. Klar, er konnte noch immer großspurig sein, aber alles an ihm hatte jetzt auch etwas Bedächtiges. Und wenn Dinah sogar das Quartier verlassen und sich freigenommen hatte, konnte das nichts Gutes bedeuten. Allerdings wusste ich auch, dass sie klarkommen würden. Sie waren beide stark – und das nicht nur, weil sie Hunter waren.

»Stopp!« Mit einem Satz war Roxy bei ihrem Bruder und nahm ihm das Schnapsglas aus der Hand. Bevor er überhaupt protestieren konnte, kippte sie den Inhalt selbst hinunter und verzog gleich darauf das Gesicht.

»Hey, was sollte das denn?!«, rief Niall empört und krallte die Finger in die Tischkante, vermutlich, um sein leichtes Schwanken unter Kontrolle zu bekommen. »Ich wollte das gerade probieren.«

»Du willst keine Shots, schon gar nicht nach allem, was du heute schon in dich reingeschüttet hast«, erklärte Roxy. »Glaub mir, morgen früh wirst du mir dankbar sein.«

»Und das von der Person, die mir heute die ganzen Drinks ausgegeben hat.«

Sie grinste. »Genau deshalb muss ich ja auf dich aufpassen, kleiner Bruder.«

»Wir sind Zwillinge«, knurrte er.

»Trotzdem bin ich zwei Minuten älter als du.«

Ich sah kurz zu Finn hinüber, der das Hin und Her zwischen den beiden ebenso amüsiert beobachtete wie ich. Keiner von uns würde sich einmischen, dafür hingen wir zu sehr an unserem Leben. Außerdem war es ziemlich unterhaltsam, Roxy zusammen mit Niall zu erleben.

»Das sagst du nur, weil du denkst, dass Mom so was behauptet hat. Dabei hab ich diese Szene ganz anders in Erinnerung, Schwesterherz.«

»Tjaaa.« Sie zog das Wort in die Länge und zuckte mit den Schultern. »Pech für dich. Willst du noch ein Bier?«

Niall riss die Augen auf. »Du kannst mir doch nicht den

Shot wegnehmen, mir eine Predigt halten und mir dann ein Bier anbieten!«

Sekundenlang lieferten sich die beiden einen Starr-Contest, bis Roxys Mundwinkel verdächtig zuckten. »Stimmt. Das ist echt unverantwortlich von mir. Was hab ich mir nur dabei gedacht? Dann gebe ich den Barkeepern Bescheid, dass sie dir gar keinen Alkohol mehr ausschenken. Du hast völlig recht.«

»Moment mal. Was?!«

Ich konnte nicht anders, ich lachte laut auf, was mir einen fassungslosen Blick von Niall und ein siegessicheres Lächeln von Roxy einbrachte.

»Wie wär's mit Wasser?«, schaltete sich Finn ein und sah in die Runde. »Ich glaube, wir könnten alle ein Wasser vertragen.« Ohne eine Antwort abzuwarten, marschierte er Richtung Bar.

Ich sah ihm kopfschüttelnd nach und zog Roxy wieder auf die Bank neben mir. Es war ein bisschen eng, aber das störte mich nicht im Geringsten. Ich lehnte mich zu ihr hinunter, um ihr die nächsten Worte ins Ohr zu raunen. »Tanz mit mir, Darling.«

Eine kleine Gänsehaut breitete sich über ihrem Nacken aus. Als sie den Kopf hob und sich unsere Blicke trafen, verschlug es mir den Atem.

Roxy sparte sich eine Antwort. Sie schob ihre Finger zwischen meine, stand auf und zog mich in den angrenzenden Raum zur Tanzfläche.

Wir starteten mit einem schnellen Song mit spanischen Lyrics, der durch die Lautsprecher dröhnte und die Tanzfläche zum Kochen brachte. Zuerst kam ich mir etwas ungelenk vor, weil ich aus der Übung war, während sich Roxy bereits zur Musik bewegte, doch dann schaltete sich mein Verstand aus und mein Körper übernahm die Kontrolle. Es war wie bei meinen ersten Trainingseinheiten im Nahkampf – Muskelgedächtnis. Schon bald tanzte ich mit Roxy, griff nach ihrer Hand und wirbelte sie herum, was ihr ein breites Grinsen entlockte. Als sie bei der dritten Drehung stolperte, fing ich sie auf und zog sie näher an mich.

Es war unglaublich befreiend, wenigstens für einen Abend alles andere zu vergessen. Wer und was wir waren. Welche Gefahren dort draußen lauerten. Wie schnell uns die Zeit davonlief. All das schob ich beiseite und konzentrierte mich ganz aufs Hier und Jetzt.

In der nächsten halben Stunde tanzte Roxy mit Finn und dann mit Niall, drehte sich fast einen ganzen Song lang mit Ripley im Kreis und landete dann wieder schwer atmend, aber mit einem zufriedenen Gesichtsausdruck in meinen Armen.

»Hey …«, begrüßte sie mich mit einem entspannten Lächeln auf den Lippen.

»Hey«, erwiderte ich schmunzelnd und brachte meinen Mund nahe an ihren.

Ihre Augen weiteten sich ein wenig und ihre Pupillen wurden größer, aber sie wich nicht zurück. Ich hatte nicht den blassesten Schimmer, was sie den anderen erzählt oder ob sie überhaupt mit ihnen über uns geredet hatte. Zur Hölle, *wir* hatten ja noch nicht mal über das geredet, was da zwischen uns war, sondern waren nach der kurzen Diskussion in ihrem Zimmer praktisch übereinander hergefallen. Nicht dass ich mich beschwerte oder auch nur eine Sekunde davon bereute. Oh nein. Keineswegs. Aber ich fragte mich unweigerlich, was in Roxys Kopf vor sich ging und wie sie das Ganze in der Öffentlichkeit handhaben woll–

In diesem Moment berührten ihre Lippen meine und löschten jeden Gedanken aus meinem Bewusstsein aus. Zuerst war ich zu überrascht darüber, dass sie mich mitten auf der Tanzfläche vor den Augen aller küsste, doch dann gab es kein Zurück mehr und ich begann den Kuss zu erwidern. Er war nicht so verzweifelt wie letzte Nacht, dafür genauso sehnsüchtig, genauso bittersüß und drängend. Ich bemerkte nicht mal, dass ich stehen geblieben war, dafür spürte ich Roxys warmen Körper, der sich gegen mich presste, umso deutlicher. Ich ließ eine Hand an ihrer Seite hinaufwandern, bis sie in ihrem Nacken lag, während ich die Finger der anderen in ihrem Haar vergrub.

Ihr gedämpftes Stöhnen spürte ich mehr, als ich es hörte, und ich knabberte an ihrer Unterlippe, bis sie den Mund öffnete und unsere Zungen sich fanden. Wie beim ersten Mal war schon diese Berührung ein Schock für meinen Körper und ich vergaß völlig, wo wir waren. Für einen wundervollen Moment gab es nur uns beide und die Zeit schien stehen zu bleiben.

Dann rempelte uns jemand auf der Tanzfläche an und wir unterbrachen den Kuss keuchend. Nicht jedoch den Blickkontakt, der in der Sekunde entstand, in der Roxy die Augen öffnete. Eine zarte Röte hatte sich über ihre Wangen ausgebreitet, und ihre Pupillen wirkten noch größer als zuvor.

»Wie viel hast du heute schon getrunken?«, fragte ich so leise, dass ich nicht sicher war, ob sie mich über die Musik hinweg verstehen konnte.

Das vergnügte Zucken ihrer Mundwinkel bewies mir das Gegenteil. »Spielt das nach letzter Nacht wirklich eine Rolle?«

Vermutlich nicht. Und ich hielt mich für keinen Gentleman, dennoch musste ich fragen.

»Nur zwei … okay, drei Drinks. Aber die Hälfte davon habe ich schon beim Tanzen ausgeschwitzt. Außerdem …« Roxy zog mich zu sich herunter und brachte ihre Lippen nahe an mein Ohr. »Außerdem habe ich nicht so viel getrunken, um irgendetwas von dem zu bereuen, was wir später tun werden. Und selbst wenn ich total betrunken wäre, würde ich nichts davon bereuen. Nicht mit dir.«

Ein heißer Schauer nach dem anderen lief mir über den Rücken. Ruckartig wandte ich den Kopf zur Seite und suchte ihren Blick. Da war kein angetrunkener Schleier in ihren Augen, stattdessen erkannte ich eine Offenheit, eine Verletzlichkeit, die ich nie zuvor darin entdeckt hatte – und begriff, dass an diesem Abend eine weitere Mauer zwischen uns gefallen war.

Ohne eine weitere Sekunde zu verschwenden, griff ich nach ihrer Hand und verflocht meine Finger mit ihren. »Lass uns gehen.«

Sie lachte leise, ließ sich aber von mir mitziehen.

Wir verabschiedeten uns von den anderen und Roxy sah noch mal nach ihrem Bruder. Niall schien zwar angetrunken zu sein, aber jede Menge Spaß zu haben. Nachdem Finn versprochen hatte, dafür zu sorgen, dass Niall sicher zurück ins Quartier kam, machten wir uns auf den Weg zurück.

17. KAPITEL

Roxy

Noch 10 Tage …

Wir lagen in dem viel zu schmalen Bett in meinem Zimmer. Shaw auf dem Rücken, ich an seine Seite geschmiegt, die Hand auf seiner Brust und das Bein über seine geschoben. Ich spürte seinen gleichmäßigen Herzschlag unter meiner Wange, während seine Finger gemächlich meine Wirbelsäule auf und ab strichen. Eine herrliche Erschöpfung hatte sich in mir ausgebreitet. Ich wusste, dass ich nur die Augen schließen müsste und sofort einschlafen könnte, aber ich wollte nicht. Vielleicht war es dumm und kitschig, aber ich wollte einfach keinen Moment verschwenden, wenn wir nur noch so wenige davon hatten.

»Du hast heute Abend glücklich gewirkt«, stellte Shaw nach einer Weile leise fest. Er klang verwundert. Fasziniert. Vielleicht auch ein wenig amüsiert.

»Das war ich auch«, gab ich zu.

Schließlich hatte ich meine liebsten Menschen um mich gehabt, ebenso wie genug Alkohol und Musik, um jeden noch so kleinen Zweifel, jede Angst und jeden unbequemen Gedanken auszublenden. Niall hatte recht gehabt. Diese Pause, der gemeinsame Tag mit ihm und der Abend mit meinen Freunden, war genau das gewesen, was ich gebraucht hatte. Doch inzwischen drohte uns die Realität wieder einzuholen, auch wenn ich mich nach Kräften dagegen wehrte.

Ich hatte Shaw von meinem Tag erzählt – nur nicht von der Begegnung mit Kevin. Jetzt war er an der Reihe. Und während er mir berichtete, was er von Nala, Ripley, Finn und Giselle erfahren hatte, begann ich, unsichtbare Muster auf seinen Oberkörper zu malen.

»Denkst du wirklich, die Angriffe haben etwas mit dir zu tun?«, sprach ich meine Gedanken laut aus.

»Ich weiß es nicht. Ich wünschte fast, es wäre so. Dann wäre die Lösung einfach.«

Er würde weggehen und sich von allen Quartieren fernhalten, um niemanden in Gefahr zu bringen. Ich musste nicht nachfragen, um genau zu wissen, dass er so handeln würde.

»Aber ich fürchte, da steckt mehr dahinter. Aus irgendeinem Grund greifen Baldurs Leute ganz bestimmte Quartiere an. Wonach suchen sie in St. Petersburg und Riga? Oder ist das nur ein Rachefeldzug für … was genau?«

»Wir könnten sie ja einfach fragen«, schlug ich trocken vor.

»Was, jetzt sofort?«

Ich grinste. »Ich bin sicher, die Hexen werden begeistert sein, wenn wir mitten in der Nacht bei ihnen aufkreuzen, nur um zu fragen, was zur Hölle ihr Plan ist.«

Shaw grinste ebenfalls, schwieg aber. Früher oder später würden wir die Antworten darauf finden, auch wenn das nicht das Thema war, mit dem wir uns beschäftigen sollten. Zumindest war es nicht das dringendste.

»Ich habe heute Morgen mit Kevin gesprochen«, platzte ich heraus und legte den Kopf in den Nacken, um zu Shaw hochzuschauen.

Selbst in der Dunkelheit meines Zimmers sah ich Überraschung über seine Züge flackern. Sie schwang auch in seiner Stimme mit. »Worüber?«

»Ich wollte ihm einen neuen Deal vorschlagen, aber …« Frustriert presste ich die Lippen aufeinander und legte den Kopf wieder auf Shaws Brust ab. »Sagen wir, er ist gerade auf keinen von uns sonderlich gut zu sprechen und hat abgelehnt.«

Shaw schob die Hand bis an meine Taille und hielt mich fest. Zunächst sagte er kein Wort, dann atmete er langsam aus. »Das war verdammt gefährlich. Er hätte dich sofort wieder in die Unterwelt mitnehmen können.«

»Ich weiß. Aber ich musste es einfach versuchen.«

Und ich würde es jederzeit wieder tun – selbst wenn es nichts gebracht hatte. Außerdem lebten wir nun mal ein gefährliches Leben. Daran würde sich nie etwas ändern. Aber es bestand ein Unterschied darin, jede Nacht loszuziehen, um Geister und übernatürliche Kreaturen zu jagen, oder sein Leben aufs Spiel zu setzen, um die Menschen zu retten, die einem die Welt bedeuteten. Ersteres war mein Job, dazu hatte ich mich verpflichtet, als ich eine freie Huntress geworden war. Aber Letzteres … ich würde keine Sekunde zögern, die Personen zu retten, die mir wichtig waren. Und dazu gehörte Shaw nicht nur, er stand ganz oben auf der Liste. Spätestens seit der Begegnung mit der Rusalka in Prag konnte ich das nicht länger leugnen. Ich würde nicht eher ruhen, bis ich eine Lösung gefunden hatte. Einen Weg für uns. Irgendetwas.

Von einer plötzlichen Unruhe erfasst, schob ich Shaws Arm beiseite und kletterte auf ihn.

Seine Brauen schossen in die Höhe, genau wie seine Mundwinkel. »Was auch immer das wird, es gefällt mir jetzt schon.«

Schmunzelnd setzte ich mich auf seinen Schoß, ungeachtet der Tatsache, dass ich noch immer nackt war – genau wie er.

Mein Blick wanderte über seinen trainierten Oberkörper, die starken Arme, das ausdrucksstarke Gesicht. Die kleine Narbe unter seinem Auge. Unwillkürlich hielt ich den Atem an und horchte in mich hinein, versuchte das mittlerweile nur allzu vertraute Brennen in meiner Schulter zu spüren, doch da war … nichts. Der Biss des Höllenhunds verhielt sich nicht anders als sonst.

»Warum hat meine Narbe nie in deiner Gegenwart reagiert?«, fragte ich leise. »Warum hat der Ghostvision nie auf dich angeschlagen?«

»Ich glaube, das hat er, ein Mal.«

»Was? Wann?«

»Ganz am Anfang, als Warden noch in der Testphase war, gab es einen Moment, da hat der Ghostvision die Koordinaten der Werkstatt ausgespuckt. Wo *ich* war. Wir dachten, er würde nur auf dein Blut reagieren – aber was, wenn er in Wahrheit auf mich reagiert hat?«

»Selbst wenn. Meine Narbe …«

»Ich weiß.« Nachdenklich strich er an meinen Armen auf und ab. »Vielleicht ist meine Magie der Grund dafür.«

Fragend runzelte ich die Stirn.

»Der Ghostvision ist ein Gerät. Technik. Und er hat auf mich ausgeschlagen, auch wenn wir es in dem Moment nicht verstanden haben. Aber deine Narbe ist durch Magie entstanden – Kevins Magie. Vielleicht ist es dann auch möglich, dass meine Magie mich davor geschützt hat, entdeckt zu werden. Schließlich wusste ich selbst lange Zeit nicht, wer ich eigentlich bin und was ich kann.«

»Möglich …«, gab ich widerwillig zu und fasste mir unbewusst an die Schulter. Unter meinen Fingern konnte ich die unebene Haut ertasten, auch wenn die Narbe so viel kleiner geworden war. »Aber ich spüre auch jetzt nichts.«

»Weil ich diese Magie nach wie vor in mir trage und sie mich schützt«, erklärte Shaw geduldig und richtete sich ein wenig auf, wodurch wir uns unweigerlich näher kamen. »Bei Hexern und Hexen ist sie nicht an den Körper, sondern an die Seele gebunden. Deshalb ist diese Magie noch in mir. Sie hat mich vor Kevins Magie in deiner Narbe ebenso beschützt wie vor den Strigoi in Rumänien, als sie aus mir herausgebrochen ist. Leider weiß ich noch immer viel zu wenig darüber, was ich alles damit anstellen kann – ganz zu schweigen davon, wer oder was ich eigentlich bin.« Er schwieg einen Moment, dann fügte er etwas leiser hinzu: »Und um ehrlich zu sein, ist das echt unheimlich.«

»Du bist immer noch du«, erinnerte ich ihn und strich mit den Fingern über seine Wange.

Letzte Nacht hatte ich Shaws Versuche abgeblockt, über dieses Thema zu reden, aber ich wusste, dass wir es nicht ewig ignorieren konnten. Auch wenn ein Teil von mir sich noch immer weigerte, die verhängnisvollen Worte auszusprechen. Denn einmal getan, konnte ich sie nicht mehr zurücknehmen. Das würde sie zu real machen. Dabei waren sie doch schon längst unsere Realität.

Also atmete ich tief durch. »Ich habe heute Kevin getroffen und er hat gesagt … Da du eine der Seelen bist, die ich damals aus Versehen aus der Unterwelt befreit habe …«

Er griff nach meiner Hand und hauchte einen Kuss auf meine Knöchel. »Ich weiß.«

»Das kann ich nicht tun«, wisperte ich.

»Du musst. Nur so kannst du deinen Auftrag erfüllen. Nur so hast du eine Chance, zu leben, Roxy.«

Aber dafür müsste ich *ihn* töten. Kevin hatte keinen Zweifel daran gelassen. Ich musste diejenige sein, die es zu Ende brachte, aber das kam einfach nicht infrage. Unter keinen Umständen. Niemals.

»Es muss einen anderen Weg geben«, beharrte ich. »Es muss einfach. Ich hab heute Morgen mit Weston, Donatius und den anderen Archivaren geredet und sie um Hilfe gebeten. Sie werden auch mit weiteren Archivaren sprechen. Vielleicht finden sie eine Lösung, ein Schlupfloch oder wenigstens etwas, das uns dabei hilft, den Fluch zu brechen. Also wag es ja nicht, etwas Dummes zu tun und vorher zu sterben!«

Bildete ich mir das ein, oder zuckten seine Mundwinkel?

»Das würde mir nie einfallen.« Wieder hauchte er einen Kuss auf meine Fingerknöchel, dann ließ er sich zurücksinken und zog mich mit sich, bis sich mein Oberkörper an seinen schmiegte und mir die Berührung genauso wie die Hitze zwischen uns den Atem raubte.

Ich bettete den Kopf auf seine Brust, direkt unter sein Kinn. »Ich meine es ernst. Kevin hat gesagt, dass ich es sein muss, die deine Seele zurückschickt. Es bringt nichts, wenn du es selbst versuchst. Also versprich es mir. Versprich mir, dass du nichts Dummes tun wirst.«

Er zögerte zwei, drei Herzschläge lang, dann spürte ich ihn nicken. »Versprochen«, raunte er. »Aber, Roxy ... wenn uns keine Zeit mehr bleiben sollte ... wenn wir keine Lösung finden ...«

Ich schloss die Augen. »Ich weiß.«

Dann würde ich eine Entscheidung treffen müssen.

Shaws Hände glitten über meine Rippen an meinen Seiten hinunter und seine Finger begannen mit meinen Haaren zu spielen, die mir offen über den Rücken fielen. Wir könnten uns die nächsten Minuten, vielleicht auch Stunden in dieser Traumwelt verlieren, die uns ganz allein gehörte, aber wir wussten beide, dass die Realität dort draußen lauerte und nur darauf wartete, uns wieder einzuholen.

»Das Wichtigste ist jetzt, dass wir die anderen Geister finden, die noch irgendwo in der Welt herumschwirren«, griff Shaw das Thema nach einer Weile wieder auf und suchte meinen Blick. »Um den Rest kümmern wir uns, wenn es so weit ist, okay?«

Ich atmete stockend aus, nickte jedoch widerwillig. »In Ordnung.«

»Du bist damit nicht allein, Darling. Ich helfe dir.« Ein Lächeln schwang in seiner Stimme mit. Und als ich mich aufrichtete, konnte ich es auch sehen.

»Wie denn? Sollen wir wieder zusammen durch Europa reisen und Geister jagen?«

»Verlockender Gedanke. Aber dafür reicht die Zeit leider nicht.«

Unwillkürlich zog sich mein Magen zusammen. Er hatte recht. Nach dieser Nacht blieben uns gerade mal zehn Tage. Wie sollte ich es in dieser Zeit schaffen, die letzten Seelen aufzuspüren, und gleichzeitig einen Weg finden, Shaw und mich zu retten? Das war unmöglich.

»Wir könnten uns aufteilen und abwechselnd den Ghostvision benutzen«, schlug er vor und sah mich eindringlich an. »In zwei Teams sind wir schneller und können die letzten Geister aufspüren. Ich habe noch etwas von dem Blut übrig, das Warden dir damals in Edinburgh abgezapft hat.«

Ich schnaubte leise. »Der Kerl hat mir genug für eine ganze Bluttransfusion abgenommen.«

Shaw gab einen belustigten Laut von sich. »Vielleicht hat er geahnt, dass wir es noch brauchen würden.«

»Oder er steht einfach nur auf Blut. Immerhin ist er ein Blood Hunter.«

Shaw grinste nur, dann erschienen nachdenkliche Falten auf seiner Stirn. »Der Ghostvision zeigt nur das Wesen an, das am nächsten ist, nicht wahr?«

Ich nickte.

»Okay.« Er strich mir das Haar über die Schulter zurück und legte die Hand an meine Wange. »Dann könntest du ihn benutzen, um dir die Seele anzeigen zu lassen, die dir am nächsten ist. Danach schnappe ich ihn mir und erschaffe ein Portal, das mich weit genug wegbringt, und schon sollte mir das Gerät einen anderen Geist anzeigen als dir. So können wir zwei Fliegen mit einer Klappe schlagen. Oder eher zwei Spirits.«

Sein Vorschlag hatte Potenzial. Wenn wir uns aufteilten und uns mit dem Ghostvision abwechselten, stiegen die Chancen, es vor Ablauf des Countdowns zu schaffen, gewaltig. In den letzten zwei Monaten hatte Shaw ganz allein Jagd auf die von mir befreiten Seelen gemacht. Die deutlich kleinere Narbe an meiner Schulter bewies, dass er verdammt gut darin gewesen war. Aber das bedeutete nicht, dass es ungefährlich sein würde.

»Was ist mit Tarquin und den anderen Hexern?«, wandte ich ein und schob die Finger in sein Haar. »Sie werden spüren, wenn du Portalmagie benutzt, und dir folgen.«

»Mach dir keine Sorgen. Ich bin ihnen in den letzten Monaten oft genug entwischt, ich werde ihnen auch jetzt wieder entkommen. Ich muss nur schnell genug sein.«

»Und wie komme ich wieder an den Ghostvision, nachdem du ihn benutzt hast?«

Shaw überlegt einen Moment. »Uns persönlich zu treffen wäre zu gefährlich. Damit würde ich die Hexenmeister direkt zu dir führen. Aber ich könnte den Ghostvision an einem sicheren Ort in deiner Nähe hinterlegen, du holst ihn später ab und bringst ihn zurück, sobald du fertig bist. Dann bin ich wieder dran.«

Ich stieß die angehaltene Luft aus. »Du lässt es so einfach klingen.«

»Ist es nicht. Überhaupt nicht. Es ist sogar verflucht gefährlich, falls uns die Hexen auf die Schliche kommen. Andererseits verbrennt Baldur gerade ziemlich viele seiner Leute bei den Angriffen auf die Quartiere. Sie sind abgelenkt. Das könnte im Moment unsere beste Chance sein.« Er sah mich eindringlich an. »Wir können es schaffen, Roxy.«

»Ich weiß«, wisperte ich.

Genau davor fürchtete ich mich. Dass es uns gelang, alle entflohenen Seelen rechtzeitig wieder in die Unterwelt zu verbannen, bis nur noch eine einzige übrig blieb. Bis es nur noch Shaw gab – und eine Entscheidung, die ich einfach nicht treffen konnte. Ganz egal, was Kevin von mir verlangte.

18. KAPITEL

Roxy

Wie erhofft hatte ich am nächsten Morgen keinen Kater. Mal abgesehen davon, dass ich gestern wirklich nicht so viel getrunken hatte, hatte mich auch das Gespräch mit Shaw ausgenüchtert – spätestens jedoch der Plan, den wir zusammen entwickelt hatten. Der Plan, der beinhaltete, dass wir in der nächsten Zeit getrennte Wege gehen würden, um die letzten Spirits aufzuspüren und sie in die Unterwelt zu schicken.

Da uns die Zeit davonlief, hatte ich nur auf diesem Weg eine realistische Chance, es innerhalb von zehn Tagen zu schaffen. Das sollte mich freuen, mich motivieren, aber ich kam nicht darüber hinweg, dass das auch bedeutete, dass ich mich am Ende, wenn alles lief wie geplant, Shaw als allerletzter entflohener Seele gegenüber finden würde. Zumindest, wenn ich bis dahin keine andere Lösung gefunden hatte. Und die Aussicht darauf, die kommenden Tage ohne Shaw zu verbringen, machte es nicht gerade besser, auch wenn wir uns letzte Nacht bereits lange und innig voneinander verabschiedet hatten.

Seufzend drehte ich mich auf die Seite und setzte mich auf. Shaw war lange vor mir aufgestanden, hatte sich frisch geduscht und angezogen noch mal an mich geschmiegt, mir einen Kuss auf die Schläfe gehaucht und war dann verschwunden, um alles für unseren Plan in die Wege zu leiten. Außerdem hatte er gesagt, dass er noch etwas zu erledigen hätte.

Nach einem kurzen Abstecher ins Gemeinschaftsbad kehrte ich in mein Zimmer zurück und begann meine Sachen zu packen. Finn hatte ich schon letzte Nacht getextet und wir würden uns in einer halben Stunde unten bei den Trainingsräumen treffen. Wahrscheinlich trainierte der Typ noch bis zur letzten Sekunde und ich musste ihn an den Haaren hier rauszerren, damit wir unseren Flug nicht verpassten, aber das war okay. Das war wenigstens ein Hauch Normalität in diesem ganzen Chaos.

Ich zog mir das dunkelrote Cape über, schulterte die Reisetasche und warf einen letzten Blick zurück in den Raum, dann machte ich mich auf den Weg nach unten. Allerdings legte ich noch einen Zwischenstopp ein.

Niall hatte eines der freien Zimmer im 43. Stock zur Verfügung gestellt bekommen. Ich hämmerte gegen die Tür, bekam aber nur ein gequältes Stöhnen als Antwort. *Awww.* Mein zwei Minuten jüngerer Bruder erlebte gerade seinen allerersten Kater. Obwohl ich wusste, dass ich mich damit in die Höhle des Löwen begab – Niall war schon immer ein schrecklicher Morgenmuffel gewesen –, betrat ich wenige Sekunden später sein abgedunkeltes Zimmer. Die Versuchung war groß, ihn zu wecken, indem ich mich auf ihn warf, wie wir es früher als Kinder immer gemacht hatten, aber ich begnügte mich damit, eine Packung Schmerztabletten und eine Flasche Wasser zusammen mit einer schnell hingekritzelten Notiz auf den Nachttisch zu stellen. Dann verließ ich das Zimmer leise wieder und ließ ihn weiterschlafen.

Wie üblich war morgens nicht allzu viel los im Quartier. Ich begegnete zwei anderen Huntern, Carissa und Emrys, die Sportkleidung trugen und gerade vom Joggen oder vom Training zu kommen schienen, und wich an den Aufzügen Donatius aus, der einen riesigen Stapel Bücher mit sich herumschleppte und mich gar nicht kommen sah.

»Oh, hey. Guten Morgen. Brauchst du Hilfe?«

»Nicht nötig. Aber danke, Roxy.« Er verlagerte die Bücher etwas in seinen Armen und rückte seine Brille mit den runden Gläsern zurecht.

»Sicher?«

Er nickte. Dann beugte er sich verschwörerisch zu mir, obwohl der Stapel dabei bedrohlich ins Wanken geriet. »Bisher habe ich leider nichts Hilfreiches herausgefunden, aber keine Sorge, ich suche weiter. Wir alle tun das.«

Seine Worte waren dazu gedacht, mich zu beruhigen, doch stattdessen verstärkten sie das dumpfe Gefühl in meinem Magen um ein Vielfaches.

»Kannst du mir den aktuellen Stand per Mail schicken, damit ich es mir ansehen kann?«, bat ich ihn.

Vielleicht fiel mir etwas auf, das den anderen bisher entgangen war. Womöglich hatte Kevin irgendwann einmal etwas zu mir gesagt, das ich gegen ihn verwenden und den Deal damit ändern könnte. Oder es gab in den Informationen, die Donatius und die anderen Archivare zusammengetragen hatten, irgendeinen Hinweis darauf, wie man sich vom Fluch eines Todesboten befreien könnte. Selbst wenn es nur eine winzige Spur war … Ich brauchte nur irgendetwas.

»Aber natürlich. Und mach dir keine Gedanken. Es gibt noch einige Wege, die wir verfolgen können.« Er warf mir ein beruhigendes Lächeln zu, das die zahllosen Falten in seinem Gesicht vertiefte. »Aber jetzt muss ich weiter.«

»Danke.« Ich sah ihm nach, wie er mit dem noch immer schwankenden Bücherstapel davoneilte, dann setzte ich mich ebenfalls wieder in Bewegung.

Vor der Kantine kam mir Nala entgegen, einen Kaffee in der Hand, das Smartphone am Ohr, ein erschöpftes Lächeln auf den Lippen. Sie nickte mir zu und gab gleichzeitig zustimmende Laute von sich, während sie dem Anrufer zuhörte. Seit sie den Posten als Leiterin des Londoner Quartiers innehatte, sah sie deutlich angespannter aus. Und heute auch noch so, als hätte sie letzte Nacht kein Auge zugetan, was mich an das erinnerte, was Shaw mir erzählt hatte. Über die Quartiere in St. Petersburg und Riga, die von Hexen angegriffen worden waren, und über das gemeinsame Sicherheitssystem, an dem die europäischen Quartiere arbeiteten. Vielleicht war jetzt nicht der beste Zeitpunkt, um London zu verlassen, aber mir blieb keine Zeit mehr. Zehn Tage, dann würden Kevin und seine Höllenhunde mich holen kommen.

Unschlüssig biss ich mir auf die Unterlippe. Nala, Grant, Krall, Sebastién und die anderen Quartiersleiter hatten das im Griff. Das war ihr Job, und ich hatte vollstes Vertrauen in ihre Fähigkeiten.

In der Kantine holte ich mir einen extragroßen Kaffee und ein Sandwich, das ich auf dem Weg zu den Trainingsräumen aß.

Ich fand Finn vor Raum 2. Er stand in der Tür zur Halle, die Arme vor der Brust verschränkt, und beobachtete das Training, statt wie erwartet mitzukämpfen. Zu seinen Füßen stand ein gepackter Rucksack. Ich stellte mich neben ihn und folgte seinem Blick. Die Halle war leer bis auf Shaw und Giselle, die gerade eine Übung aus den Grundlagen der Selbstverteidigung durchgingen.

Bei Shaws Anblick wurde mir unweigerlich wärmer und ein Lächeln schlich sich auf meine Lippen. Als sich unsere Blicke für einen Moment trafen, wurde aus der Wärme ein kribbelndes Gefühl in meinem Bauch.

Dann richtete ich meine Aufmerksamkeit auf seine Trainingspartnerin.

Ich hatte keine Ahnung, was während meiner Reise und meines ungeplanten Ausflugs in die Unterwelt geschehen war, aber Giselle hatte sich verändert. Sie war noch immer zurückhaltend und wich größeren Gruppen aus, aber sie war bei Weitem nicht mehr so scheu wie bei unserer allerersten Begegnung. Statt sich zurückzuziehen und andere über ihr Leben bestimmen zu lassen, trat sie nun selbst in Aktion. Sie hatte sich dafür entschieden, Shaw und Finn in die Unterwelt zu begleiten, obwohl sie sich dabei auch ihrer größten Angst stellen musste: einer Wiederbegegnung mit dem Todesboten, der sie mit dem Todesblick verflucht hatte. Aber sie hatte es gemeistert und Shaw anschließend sogar darum gebeten, mit ihr zu trainieren. Ich wusste zwar nicht, ob Giselle wirklich vorhatte, eine Huntress zu werden, aber sich zur Wehr setzen zu können war ein Bedürfnis, das ich nur zu gut verstand.

Während sich die beiden wieder ganz aufs Training konzentrierten und er ihr zeigte, wie sie einer Attacke von vorn ausweichen oder sie abblocken konnte, wanderte mein Blick zu Finn, der sich noch immer nicht von der Stelle gerührt und kein Wort gesagt hatte.

Ich stieß ihn mit dem Ellbogen an. »Warum stehst du hier so rum?«

Statt einer Antwort erhielt ich nur ein Schulterzucken. Dann tauchte eine freche Hand direkt vor meinem Gesicht auf und klaute meinen Becher, bevor ich daraus trinken konnte.

»Besorg dir deinen eigenen Kaffee, MacLeod!«, zischte ich.

Finn würgte gespielt nach nur einem Schluck und gab mir den Becher zurück. »Werde ich. Mit deinem Gebräu könnte man Leute töten. Wie viele Löffel Zucker hast du reingeschüttet? Zehn? Zwanzig?«

»Dreißig«, erwiderte ich mit einem honigsüßen Lächeln. »Extra für dich.«

»Vielen Dank.« Ein kurzes Grinsen huschte über seine Züge, verschwand dann aber wieder. Sein Blick lag weiterhin auf den beiden Trainierenden. »Immerhin kann sie jetzt jemanden berühren, ohne jedes Mal den Tod der Person zu sehen«, murmelte er und verschränkte wieder die Arme vor der Brust.

Diesen Gedanken hatte ich zwar auch schon gehabt, aber da war etwas in seiner Stimme, das ich nicht ganz zuordnen konnte. Weil ich es nie zuvor gehört hatte. Ich runzelte die Stirn, als ich mich daran erinnerte, wie er sich gestern Abend im *Bloody Vampire* um Giselle gekümmert hatte und ihr wie ein Leibwächter kaum von der Seite gewichen war, als wollte er jeden davon abhalten, ihr zu nahe zu kommen. Aber er war nicht einfach nur in Giselles Nähe geblieben, sondern hatte ihr auch seine ganze Aufmerksamkeit gewidmet. Ich konnte mich nur an ein paar Minuten erinnern, in denen er mit mir getanzt hatte. In der Zeit hatte Giselle sich mit Shaw unterhalten.

Jetzt stand Finn seit wer weiß wie lange hier herum. Nachdenklich musterte ich ihn von der Seite. Die Falten auf seiner Stirn. Den konzentrierten Ausdruck auf seinem Gesicht. Die Anspannung, die so deutlich von ihm ausging, dass ich sie fast mit Händen greifen konnte. Die Tatsache, dass er den Blick kaum eine Sekunde von den beiden abwandte. Genauer gesagt von Giselle.

Und dann wurde es mir klar. Alles ergab plötzlich einen Sinn.

»Oh, Finn …«

»Was?« Zum ersten Mal sah er mich direkt an. Die Falten auf seiner Stirn vertieften sich und ein wachsamer Ausdruck trat in seine Augen.

»Dein Ernst?« Mit dem Kopf deutete ich Richtung Giselle. »Du verliebst dich zum ersten Mal, seit ich dich kenne – und dann ausgerechnet in das Mädchen, das niemanden berühren kann?«

Er schnaubte und sah wieder geradeaus, stritt es jedoch nicht ab. Oh je. Es hatte ihn wirklich erwischt. So richtig.

»Und das von der Frau, die den Hexenmeister liebt, dessen Seele sie unfreiwillig aus der Unterwelt befreit hat.«

Ertappt presste ich die Lippen aufeinander. Hitze schoss mir in die Wangen und ein Rumoren meldete sich in meinem Magen, das nichts mit Hunger zu tun hatte, aber ich widersprach genauso wenig, weil es … weil es die Wahrheit war. Die Begegnung mit der Rusalka in Prag hatte mich dazu gezwungen, mir endlich einzugestehen, wie wichtig Shaw mir geworden war. Doch meine Gefühle damals waren nichts im Vergleich zu heute. Nach allem, was passiert war, was er für mich aufgegeben und getan hatte … Wir waren wortwörtlich zusammen durch die Hölle gegangen.

Trotzdem war es aussichtslos. Meine Zeit tickte unaufhörlich weiter und Giselle … nun, es sah nicht danach aus, als würde der Todesbote, der sie damals verflucht hatte, große Lust verspüren, sie von dem Todesblick zu befreien. Die Sache mit ihr und Finn war genauso verdammt wie die mit Shaw und mir. Wenigstens konnten wir uns berühren … wenn auch nur noch für eine kurze Zeit.

Ich seufzte tief. »Wir sind schon ein Duo …«, murmelte ich und erntete dafür ein leises Schnauben als Reaktion.

Als hätte Shaw meine Worte gehört oder gespürt, dass ich an ihn dachte, schaute er in unsere Richtung. Irgendwie brachte ich ein kleines Lächeln und ein Nicken zustande. Wir hatten die halbe Nacht darauf verwendet, diesen Plan zusammenzustellen. Den Rest der Nacht hatten wir uns voneinander verabschiedet. Vorerst. Denn egal wie gefährlich es wurde, wir würden uns vor Ablauf dieser zehn Tage wiedersehen. Ich bestand darauf. Und wehe, etwas oder jemand wollte uns daran hindern.

Auch Shaw nickte mir zu und zog die Mundwinkel hoch. Dann konzentrierte er sich wieder darauf, Giselles Bewegungen zu korrigieren.

Ich atmete tief und langsam durch. »Na komm.« Mit dem Daumen deutete ich Richtung Tür. »Lass uns gehen. Ich will mir auf dem Weg zum Flughafen noch etwas zu essen und einen zweiten Kaffee holen.«

Finn sah zu Shaw und Giselle zurück. Das Zögern war ihm deutlich anzumerken. »Sicher, dass wir schon losmüssen?«

»Ja.« Ich griff nach seinem Arm und zog ihn mit mir. »Shaw kommt gerade erst so richtig in Fahrt, und Giselle ist ehrgeizig genug, um so lange weiterzumachen, bis sie nicht mehr stehen kann. Die beiden werden noch Stunden hier beschäftigt sein, also können wir genauso gut los, dich ablenken und etwas Nützliches tun.«

Rasch hob Finn seinen Rucksack auf und ging schnellen Schrittes neben mir her. »Wie viele sind es noch?«, fragte er und warf einen prüfenden Blick auf meine Schulter, auch wenn er die Narbe unter meinem Cape nicht sehen konnte.

»Nicht mehr viele. Ich denke … ich habe zum ersten Mal wirklich eine Chance, Finn.«

Vor allem, wenn unser Plan funktionierte. Wenn wir uns den Ghostvision wirklich teilen konnten und beide gleichzeitig Jagd auf die entflohenen Wesen machten, war es vielleicht zu schaffen.

Finn schien etwas sagen zu wollen, entschied sich jedoch dagegen und nickte nur. »Dann lass uns dafür sorgen, dass du diese Chance auch bekommst.«

Wir liefen den Gang hinunter bis zu den Aufzügen.

Finn drückte auf den Knopf, während wir warteten. »Du hast mir noch gar nicht gesagt, wo es hingeht.«

»Hab ich nicht?«

»Nope. Du meintest nur, ich soll mir ein paar warme Sachen einpacken, aber das kann alles Mögliche bedeuten.«

Oh. Ups. Ich hätte wissen müssen, dass ich etwas Wichtiges vergessen hatte.

Die Aufzugtüren glitten vor uns zur Seite. Ich holte tief Luft und betrat die Kabine. Wahrscheinlich würde ich mich in diesem Metallkasten nie wohl oder sicher fühlen, aber das hielt mich nicht davon ab, es immer wieder zu versuchen, um meine Angst zu überwinden.

»Also?«, fragte Finn, während wir in die Tiefgarage hinunterfuhren, wo die ganzen Autos und Motorräder der Hunter standen.

Ich warf ihm ein Lächeln zu. »Lass dich überraschen.«

19. KAPITEL

Roxy

Oslo war kalt, als wir nach einem rund zweieinhalbstündigen Flug dort ankamen. Kalt und windig, verschneit und wunderschön, selbst unter der dichten Wolkendecke, die alles um uns herum trotz der Beleuchtung etwas düster wirken ließ. Weston hatte das Hunterquartier in Oslo bereits über unsere Ankunft informiert – und darüber, dass wir Waffen brauchen würden. Im Flugzeug durften wir meine heiß geliebte Pistolenarmbrust und Finns Dolche leider nicht mitnehmen.

Da wir beide nur das Nötigste in Form von Handgepäck dabeihatten, konnten wir das Terminal schnell verlassen und setzten uns in ein Taxi, das uns ins hiesige Quartier brachte. Dort zeigte uns ein stämmiger Blood Hunter in den Vierzigern, wo wir uns ausrüsten und später übernachten konnten. Da die Koordinaten des Ghostvision leider nicht so genau waren, wie ich mir das gewünscht hätte, verschwendeten wir keine Zeit. Innerhalb von zehn Minuten machten wir uns frisch und rüsteten uns aus, dann begannen wir unseren Streifzug durch die Straßen der norwegischen Hauptstadt.

Finn hatte unter seiner Jacke mehrere Dolche, ein Kurzschwert, eine Pistole und einen kleinen Flammenwerfer versteckt – nach eigener Aussage nur für den Fall, dass wir wieder einem Wendigo in die Arme liefen. Sehr witzig. Ich hatte mich auf zwei Dolche beschränkt. Eine Armbrust konnte ich unter meinem Cape und der Jacke nicht verstauen und es wäre ein bisschen zu auffällig gewesen, damit durch die Straßen zu laufen. Leider hatte das Quartier in Oslo keine ähnlich kleine und handliche Pistolenarmbrust wie meine, aber die war auch eine Sonderanfertigung von Nala. Also verließ ich mich auf dieser Jagd ganz auf meine Amulettmagie – und auf meinen Kampfpartner.

Obwohl wir aufgrund von Finns Verletzungen vom Tag des Blutbades heute zum ersten Mal seit Monaten wieder zusammen auf Patrouille waren, merkte ich keinen Unterschied. Wir waren noch immer aufeinander eingespielt, beinahe so, als wäre kein bisschen Zeit vergangen.

Da ich nie zuvor in Oslo gewesen war, bestaunte ich die alten Gebäude und historischen Denkmäler ebenso wie die moderne Architektur der Hochhäuser und blieb kurz vor der grotesken Figur eines Trolls vor einem Souvenir-Shop stehen. Ich hatte zwar noch nie Trolle getroffen, war mir aber ziemlich sicher, dass sie nicht *so* aussahen. Zumindest wenn man den Aufzeichnungen anderer Hunter und Archivare glauben durfte.

Ein kalter Wind wehte, aber der Schnee schien bereits ein wenig zu schmelzen. Trotzdem zog ich mir nach wenigen Minuten fingerlose Handschuhe an und schob den Schal um meinem Hals etwas höher, bis er mir über das Kinn ragte. Die Jacke, die ich mir damals in Prag gekauft und heute über mein Cape angezogen hatte, würde meine Bewegungsfreiheit im Kampf etwas einschränken, aber wenigstens hielt sie mich warm. Und im Moment war mir das tatsächlich wichtiger.

»Schau mal.« Finn deutete auf ein kleines Café.

Ohne uns absprechen zu müssen, kauften wir uns Coffee-to-go, um uns aufzuwärmen, dann liefen wir weiter durch die Straßen und entfernten uns dabei zunehmend von den Shoppingmeilen und Touristen-Hot-Spots im Zentrum.

»Was ist eigentlich mit Niall?«, fragte Finn unvermittelt und trank einen Schluck von seinem Kaffee. »Wie hat er es aufgenommen, dass du wieder durch die Gegend reist und Seelen jagst?«

Ich seufzte. »Keine Ahnung. Heute Morgen war er nicht ansprechbar, also hab ich ihm einen Zettel hinterlassen. Er hat mir vorhin eine Nachricht geschickt und viel Erfolg gewünscht. Als wir gestern zusammen unterwegs waren, hab ich angeboten, ihm einen Flug nach Irland zu organisieren, damit er zurück nach Hause kann.«

»Und …?«

»Er hat sich geweigert. Er weiß zwar, dass er nicht mit auf die Jagd gehen kann, da er kein Hunter ist, aber er will trotzdem in meiner Nähe bleiben, bis …«

Ja, bis … bis es zu Ende ging.

Ich wollte nicht einmal daran denken, dennoch blieb mir nichts anderes übrig, als mich damit auseinanderzusetzen, denn mein ganz persönlicher Tag null kam immer näher. Sobald die entflohene Seele hier in Oslo erledigt war, würde ich mich durch die Unterlagen arbeiten, die Donatius mir gemailt hatte.

»Du bist seine Schwester.« Finns Blick huschte hin und her, behielt alles und jeden im Auge. »Seine Familie. Die lässt man nicht im Stich.«

Ich warf ihm ein dankbares Lächeln zu. Obwohl wir uns mehr als häufig neckten und gegenseitig auf die Palme brachten, war Finn auch zu einem Teil meiner Familie geworden. Wenn unsere Rollen vertauscht wären, würde ich auch alles daran setzen, in seiner Nähe zu bleiben und ihn zu unterstützen, wo ich nur konnte.

»Spürst du etwas?«, fragte er nach ein paar Minuten des Schweigens, aber ich schüttelte nur den Kopf. Bisher hatte sich die Narbe an meiner Schulter nicht bemerkbar gemacht, also war der Spirit noch nicht nahe genug.

Nachschauen, ob die Koordinaten noch korrekt waren, konnte ich nicht, denn ich hatte den Ghostvision für Shaw in meinem Zimmer in London zurückgelassen. Außerdem zeigte mir meine bisherige Erfahrung, dass Wardens Gerät recht hatte, selbst wenn es manchmal schwierig war, den Spirit ausfindig zu machen, so wie damals die Rusalka in Prag.

Bei der Erinnerung daran schauderte ich. Auf eine Wiederholung dieses Erlebnisses konnte ich wirklich verzichten.

»Sicher, dass das okay für dich ist?« Finn musterte mich aufmerksam von der Seite.

»Was genau?«, fragte ich, während mein Blick hin und her zuckte.

»Hier zu sein und auf die Jagd zu gehen, während Shaw inzwischen Gott weiß wo ist und sich in Gefahr begibt.«

»Wir begeben uns ständig in Gefahr«, erinnerte ich ihn und versuchte die Anspannung zu ignorieren, die seine Frage in mir ausgelöst hatte.

Seit wir London verlassen hatten, hatte ich kaum an etwas anderes gedacht als an Shaw und was er wohl gerade machte. Was seltsam war, da ich genau wusste, wie gut er auf sich selbst aufpassen konnte. Er war nicht länger der Typ ohne Gedächtnis, für den all das neu war. Er konnte kämpfen, sich verteidigen und sogar Magie einsetzen. Wahrscheinlich gehörte er zu den gefährlichsten Leuten, die ich kannte. Dennoch kam ich nicht gegen die leise Sorge an, die sich wie ein bleierner Mantel um meine Schultern gelegt hatte, den ich einfach nicht abstreifen konnte.

Weil er *für mich* auf die Jagd nach Geistern ging. Weil er sich für mich freiwillig in Gefahr begab. Und dabei spielte es keine Rolle, dass ich das jederzeit auch für ihn getan hätte.

»Willst du darüber reden?« Finn schien sich nicht ganz wohl in seiner Haut zu fühlen, als er diese Frage aussprach. »Über Shaw?«

»Nope.« Ich betrachtete ihn von der Seite. »Willst du über Giselle reden?«

Er schüttelte den Kopf. »Nope.«

Okay ... Das war ein echt seltsames Gespräch.

Ich räusperte mich. »Du und ich, wir sind immer noch Kampfpartner«, erinnerte ich ihn. »Mit wem sollte ich sonst die letzten entflohenen Seelen jagen, wenn nicht mit dir?«

»Aww, ich hab dich auch vermisst, Blake.« Er grinste.

Ich schüttelte nur den Kopf, kam aber nicht gegen das Zucken in meinen Mundwinkeln an. Denn trotz allem, was ich erlebt und in wessen Gesellschaft ich die Zeit seit meiner Abreise aus Edinburgh verbracht hatte – dieser Kerl hatte mir gefehlt. Er kam einem Ersatzbruder am nächsten, und ganz egal, wie sehr er mir manchmal, na gut, meistens, auf den Keks ging, ich wusste, dass ich mich immer auf ihn verlassen konnte. Und er sich auch auf mich.

Die Sonne ging unter und tauchte alles in ein goldenes Licht, während sich der Himmel blutrot verfärbte. Ich hatte nicht mal gemerkt, dass ich stehen geblieben war, bis Finn, der schon weitergelaufen war, zu mir zurückkehrte. Das Licht spiegelte sich in den Fenstern der hohen Gebäude ebenso wie auf dem Wasser wider.

Finn stieß einen leisen Pfiff aus. »So etwas sieht man wirklich nicht jeden Tag.«

Ich nickte stumm. Es war ein atemberaubendes Naturschauspiel, und ich war dankbar dafür, das hier erleben zu dürfen. So schnell wie meine Zeit mittlerweile ablief, sah ich nichts mehr als selbstverständlich an, nicht einmal den Becher Kaffee in meiner Hand.

Wir gingen weiter, während die Sonne immer tiefer sank und schließlich hinter dem Horizont verschwand. Auf dem Weg warfen wir die leeren Becher weg und checkten unsere Handys auf neue Nachrichten oder Hinweise aus dem Osloer Quartier. Nichts. Und mit der Nacht kam auch die Kälte.

Schaudernd zog ich die Schultern hoch und stemmte mich gegen den schneidenden Wind, der uns entgegenwehte, als wir in der Nähe einer Straßenbahnhaltestelle in eine unscheinbare Seitengasse abbogen. Meine Finger fühlten sich eiskalt an, genau wie meine Nasenspitze, dabei konnte es noch nicht allzu spät sein. Aber anscheinend gingen die Uhren so weit im Norden anders – genau wie das Wetter anders war und mir nachdrücklich deutlich machte, dass ich nicht mehr in London war.

»Vielleicht sollten wir …«, begann ich, doch meine Stimme erstarb, als ein warmes Kribbeln durch meine Schulter schoss. Ich hielt abrupt inne.

Finn stellte keine Fragen, sondern bedachte mich nur mit einem aufmerksamen, abwartenden Blick. Er kannte das Prozedere besser als jeder andere.

»Da vorn«, stieß ich hervor und lief los. Das warme Kribbeln wurde mit jedem Meter stärker, bis es zu einem Brennen in meiner Schulter explodierte, als hätte jemand flüssiges Feuer über meine Haut geschüttet.

Der Weg führte in eine Sackgasse, deren Ende mit künstlerischen bunten Graffiti besprüht war. Eine von zwei Türen verschwand ebenfalls unter dem Kunstwerk. Mehrere Holzpaletten lehnten an den Hauswänden, daneben standen gestapelte Plastikkisten mit leeren Bierflaschen und ein einsamer grüner Einkaufswagen.

»Wo?« Finn blieb hinter mir stehen und zückte seine Dolche. »Ich sehe nichts.«

Nein, ich auch nicht. Aber ich spürte ganz deutlich, dass der Spirit hier sein musste. Das Amulett an meinem Hals leuchtete auf und gleich darauf pulsierte die magische Energie in meinen Händen. Sofort entfaltete sich auch die Illusion, die uns genau wie den Geist vor den Augen und Ohren der normalen Bevölkerung verbarg.

Stille. Unwillkürlich hielt ich den Atem an, und auch Finn bewegte sich nicht von der Stelle. Gedämpft drangen die Geräusche von der Straße zu uns herüber. Vorbeifahrende Autos. Die schnellen Schritte einer Gruppe Nachtschwärmer, zusammen mit ihren Stimmen. Das gleichmäßige Rauschen der Wellen, die sich an den Kaimauern brachen. Das Tuckern von Booten und die Motorengeräusche der Schiffe am Hafen. Aber kein Geist.

»Das gefällt mir nicht«, murmelte Finn so leise, dass ich ihn kaum hören konnte.

Die magische Energie noch immer zwischen meinen Händen gebündelt, drehte ich mich ganz langsam im Kreis. Mein Blick zuckte hin und her, bis –

Eine Palette fiel krachend zu Boden.

Ich wirbelte herum, bereit, die magische Energie auf den Spirit loszulassen – aber da war nichts.

»Was zum …?«, begann ich. In dem Moment traf mich etwas Hartes im Rücken.

Ich strauchelte und fiel auf die Knie, noch bevor der Schmerz in meinem Rücken explodierte. Die Magie verpuffte zwischen meinen Fingern und zog sich in mein Amulett zurück.

»Hinter dir«, rief Finn und sicherte das andere Ende der Gasse ab.

»Was … du nicht sagst.« Keuchend kam ich wieder auf die Beine und sah mich nach dem Geist um. Ich hatte wirklich keine Lust auf Spielchen.

Als hätte der Geist meine Gedanken gehört, machte er sich kurz sichtbar, nur um gleich darauf wieder zu verschwinden. Ich unterdrückte ein Knurren. Der letzte Spirit, den ich in dieser Ruine in der Toskana aufgespürt hatte, war vor mir davongelaufen. Auf eine Wiederholung davon konnte ich echt verzichten.

Ein Luftzug steifte meine linke Wange. Ganz leicht nur. Ich unterdrückte den Impuls, mich umzudrehen, und konzentrierte mich stattdessen wieder auf die Magie in meinem Amulett. Mehr aus Gewohnheit denn aus Notwendigkeit tippte ich es an und spürte gleich darauf die geballte Magie zwischen meinen Händen.

Da! Schon wieder dieser Luftzug, als würden eisige Finger mein Gesicht streifen. Ich wirbelte herum und schleuderte den Energiestrahl in diese Richtung. Teile davon prallten gegen die mit Graffiti besprühte Mauer und versengten sie. Doch das meiste fand sein Ziel.

Ein schrilles Kreischen erfüllte die Luft und das vor Zorn verzerrte Gesicht eines Mannes materialisierte sich keine drei Schritte von mir entfernt. Gleich darauf folgte der restliche Körper. Seiner Kleidung nach zu urteilen stammte er aus den Zwanziger- oder Dreißigerjahren und schien kein schlechtes Leben geführt zu haben. Nichtsdestotrotz hatte er es offenbar verdient, in der Unterwelt zu landen. Und da er nur durch meinen Fehler überhaupt hier herumschwirrte, würde ich ihn auch genau dorthin wieder zurückschicken.

Ich holte erneut aus, doch auf einmal erhoben sich all die Paletten und leeren Flaschen wie von unsichtbaren Fäden gezogen mehrere Meter bebend in die Luft. Ich hörte Finns Schrei im selben Moment, in dem der Geist all diese Sachen auf mich schleuderte. Ich konterte mit all der magischen Energie, die ich so schnell aufbringen konnte.

Flaschen explodierten und winzige Glassplitter hagelten wie Regentropfen auf mich herab. Ein Flammenstrahl schoss über mich hinweg und verbrannte die Holzpaletten innerhalb von Sekunden zu Asche. Schützend drückte ich mich gegen die nächste Hauswand und hielt mir den Arm vors Gesicht.

Als ich ihn wieder senkte, raste der Geist geradewegs auf Finn zu, als wollte er seinen Körper in Besitz nehmen.

»Oh nein, das wirst du nicht tun.« Ich schleuderte einen Strahl tiefblauer Energie auf den Geist. Von der Wucht wurde er zurückgeschleudert – und das war meine Chance.

Ich ballte die Magie ein weiteres Mal zwischen meinen Händen, spürte ihr Pulsieren bis tief in meinem Inneren, wo mein Herz im Gleichklang schlug, dann schoss ich alles davon auf den Geist. In dem Moment, in dem die Energie ihn durchdrang, wusste ich, dass wir es geschafft hatten. Ein letztes Kreischen, ein letztes Aufbegehren, dann löste sich die Gestalt auf und verschwand.

Meine Schulter prickelte noch einen Moment lang, dann verschwand das Brennen – genau wie ein kleines Stück meiner Narbe. Ich atmete erleichtert auf. Die Seele war wieder in der Unterwelt.

»Alles klar?« Finn joggte zu mir herüber, den Flammenwerfer noch in der Hand.

Ich nickte schwer atmend. »Gib's zu. Du hast diese Art von Missionen vermisst.«

Er lachte ungläubig auf. »Wenn ich es nicht besser wüsste, würde ich sagen, der Geist hat dich am Kopf erwischt.« Mit einem Schnauben verstaute er den Flammenwerfer wieder unter seiner Jacke.

Ich sah mich kurz in der Sackgasse um. Glassplitter, Asche und vereinzelte Holzstücke lagen auf dem Boden. Es sah aus, als wäre hier eine kleine Bombe explodiert, aber anscheinend hatten die Hauswände keinen allzu großen Schaden genommen. Immerhin.

Ein tiefes Grollen ertönte hinter uns. Nein, eigentlich war es ein ausgewachsenes Knurren.

Jeder Muskel in meinem Körper erstarrte und mein Herz polterte los. Ganz langsam drehten Finn und ich uns um und entdeckten die Kreatur am Eingang der Gasse. Kurzes schneeweißes Fell bedeckte einen etwa drei Meter langen Körper mit kräftigen Sehnen und noch härteren Knochen. Dazu rasiermesserscharfe Klauen und spitze Zähne, von denen Speichel auf den Boden tropfte. In den schwarzen Augen glühte es rot auf.

Vor uns stand ein Werwolf. Ein ausgewachsener, Zähne fletschender Werwolf. Und das Viech sah nicht so aus, als wäre es nur zum Spielen hergekommen. Nope. Vielmehr wirkte es, als hätte es gerade sein Abendessen gefunden.

Gott, ich hatte ja schon ein Problem mit Hunden – aber Wölfe? Die waren so viel schlimmer.

Ich wich instinktiv einen halben Schritt zurück. »Warum passiert das immer, wenn ich mit dir auf der Jagd bin?!«

»Keine Ahnung«, murmelte Finn, ohne die Bestie aus den Augen zu lassen, und tastete unter seine Jacke. »Muss an meinem unglaublichen Charme liegen.«

»Welcher Charme?«

»Das verletzt jetzt echt meine Gefühle, Blake.« In einer fließenden Bewegung zog er Dolch und Pistole hervor. »Bereit?«

»Nein. Überhaupt nicht bereit!«

Warum hatte ich keine anderen Waffen mitgenommen als nur die beiden lausigen Dolche, die ich nicht gegen einen Werwolf einsetzen würde? Denn das bedeutete, dem Monster viel zu nahe kommen zu müssen.

Finn reagierte nicht auf meinen Einwand. »Dann los!«

Er schoss auf den Werwolf, der den Kugeln blitzschnell auswich und auf uns zuwetzte. Statt auszuweichen, rannte Finn ihm entgegen. Kurz vor dem unvermeidlichen Zusammenstoß stieß er sich vom Boden ab, lief über die Hauswand und kam mit einer eleganten Drehung hinter dem Werwolf wieder auf die Beine.

»Wann hast du *das denn* gelernt?«, rief ich, da ich diesen Move nie zuvor bei Finn gesehen hatte. Im selben Atemzug schleuderte ich einen Strahl aus purer Magie auf die Kreatur.

»Als du tot warst.« Er warf mir ein kurzes Grinsen zu und schoss ein weiteres Mal auf den Wolf. »Ich musste mich ja irgendwie beschäftigen.«

Ich schnaubte. Dieser Angeber.

Mit vereinten Kräften schafften wir es, den Werwolf in die Ecke zu drängen, doch der Einsatz von so viel Magie nach einer so langen Pause machte sich allmählich bemerkbar. Meine Muskeln zitterten und Schweißtropfen liefen mir über den Rücken. Ich musste nur noch ein bisschen durchhalten. Nur noch ein kleines bisschen …

Mit einem ohrenbetäubenden Brüllen machte der Werwolf einen Satz nach vorn auf mich zu. Ich sprang zurück, wich aus, dennoch spürte ich einen scharfen Schmerz an meinem linken Oberarm. Ich stolperte zurück, während Schüsse die kleine Gasse erfüllten. Der Werwolf jaulte vor Schmerz auf. Blut tränkte sein weißes Fell, als er schließlich zusammenbrach. Finn steckte die Pistole ein, zog das Kurzschwert und schlug der Kreatur den Kopf ab.

Ich verzog das Gesicht. »Das ist echt widerlich.«

»Hey, du bist nicht diejenige, die voller Werwolfblut ist.«

»Trotzdem widerlich.« Ich schüttelte mich und betastete meinen Arm. Das verdammte Monster hatte mich durch meine Jacke und mein Cape hindurch gekratzt. »Lass uns ins

Quartier zurückgehen, bevor wir noch mehr von den Viechern begegnen.«

Bei aller Liebe zu diesem Job – ich musste mich auf die entflohenen Seelen konzentrieren. Außerdem brauchte ich einen Verband und Finn ganz eindeutig eine Dusche.

Wir verließen die Gasse, nachdem mein Kampfpartner im Quartier Bescheid gegeben und einen Säuberungstrupp angefordert hatte. Noch immer von der Illusion meiner Amulettmagie geschützt machten wir uns auf den Rückweg. Allerdings kamen wir gerade mal ein paar Schritte weit, als ich plötzlich ein kurzes Ziehen spürte. Was um alles in der Welt …? Ich fasste mir an die Schulter. Das vertraute Brennen blieb jedoch aus.

»Was ist los?« Finn musterte mich fragend von der Seite.

Ich konnte ihn nur anstarren, während mir klar wurde, was gerade passiert sein musste. »Es hat funktioniert«, stieß ich aufgeregt hervor. »Es hat wirklich funktioniert!«

»Was denn?« Er sah sich um, als würde er nach weiteren Spirits suchen, die er nicht sehen konnte. »Langsam machst du mir Angst, Roxy.«

Ich grinste und ließ die Hand sinken. »Shaw hat gerade einen anderen meiner Geister erledigt. Ich habe gespürt, wie ein kleiner Teil der Narbe verschwunden ist. Unser Plan funktioniert tatsächlich.«

Ein erleichterter Ausdruck trat auf Finns Gesicht, dicht gefolgt von purer Entschlossenheit. »Dann können wir ja direkt weitermachen.«

20. März

Roxy: *Shaw!! Es hat geklappt! Ich konnte es spüren … Meine Narbe ist kleiner geworden! Hast du den Geist vernichtet?*

Shaw: *Was machst du, wenn ich Nein sage?*

Roxy: *Das ist nicht witzig!*

Shaw: *Doch, irgendwie schon.*

Roxy: *…*

Shaw: :D

Roxy: *Also??*

Shaw: *Du kennst die Antwort doch schon längst, Darling. Ich hab den Geist vernichtet.*

Roxy: *Also funktioniert unser Plan und wir können uns mit dem Ghostvision abwechseln?*

Shaw: *Sieht ganz danach aus. Wo steckst du gerade?*

Roxy: *Noch in Oslo. Finn weigert sich, nach London zurückzufliegen, falls wir danach wieder nach Norden müssen.*

Shaw: *Keine Sorge, ich bringe den Ghostvision wie besprochen in eure Nähe. Die Koordinaten schicke ich dir dann. Vielleicht hat Finn ja Glück und ihr müsst nicht umsonst hin und her fliegen.*

Roxy: *Alles klar. Und … Shaw?*

Shaw: *Ja?*

Roxy: *Danke, dass du das tust.*

Shaw: *Jederzeit, Darling.*

21. März

Shaw: *Uuuund noch einer weniger! So langsam fängt das an, richtig Spaß zu machen!*

Roxy: *Nur du kannst Spaß daran haben, in Rekordzeit Geister aufzuspüren und zu vernichten …*

Shaw: *Lass mir doch die Freude. Auch wenn der Internetempfang hier draußen echt besser sein könnte …*

Roxy: *Wo bist du??*

Shaw: *Keine Ahnung. Mitten im Dschungel. Bolivien vielleicht?*

Roxy: *Bolivien? Du bist in Südamerika?!*

Shaw: *Ja. Nein. War doch Paraguay.*

Roxy: *Wow.*

Shaw: *Wieso? Wo seid ihr gerade?*

Roxy: *In der Nähe von Stockholm in Schweden, aber wir müssen wieder Richtung Süden. Die Strecken werden immer länger. Das nächste Ziel ist irgendwo an der Grenze zwischen Slowenien und Kroatien.*

Shaw: *Wenn die Strecken länger werden, sind nur noch wenige Geister übrig, oder?*

Roxy: *Genau. Übrigens hasst Finn es, so lange unterwegs zu sein.*

Shaw: *Gut, dass er bei unserem kleinen Trip durch Osteuropa nicht dabei war …*

Roxy: *Stimmt …*

Shaw: *Woran denkst du gerade?*

Roxy: *An nichts weiter.*

Shaw: *Sicher? Denn ich erinnere mich da nämlich an etwas ganz Bestimmtes.*

Roxy: *Ach ja …?*

Shaw: *Ja. Die Pension. Die Hochzeit und …*

Roxy: *Das Büfett war zum Sterben gut.*

Shaw: *Warum bin ich nicht überrascht, dass du als Erstes ans Essen denkst?*

Roxy: *Weil du mich eben kennst* :D *Und es war nicht mein erster Gedanke.*

Shaw: *Nein? Was dann?*

Shaw: *Roxy …?*

Shaw: *Spann mich bloß nicht auf die Folter …*

Roxy: *Der Sekt war auch richtig gut* :D

Shaw: *Du bist echt …*

Roxy: *Unmöglich?*

Shaw: *Bezaubernd. Und niedlich.*

Roxy: *Ich bin zwar vieles, aber definitiv nicht niedlich!*

Shaw: *Doch, irgendwie schon. Und heiß … mutig … sexy …*

Roxy: *Shaw …*

Shaw: *Ja?*

Roxy: *Hör auf damit – oder beam dich gefälligst sofort hierher!*

Shaw: *Nichts lieber als das, Darling. Aber …*

Roxy: *Die Geister. Ich weiß.*

Shaw: *Bald. Versprochen.*

22. März

Roxy: *Hey …*

Roxy: *Shaw? Bist du da?*

Shaw: *Es ist mitten in der Nacht …*

Roxy: *Bei mir nicht.*

Shaw: *Hast du etwa Sehnsucht nach mir?*

Roxy: *Jetzt nicht mehr* :P

Shaw: *Red dir das nur ein, Darling.*

23. März

Shaw: *Wie steht's um deine Narbe?*

Roxy: *Gut. Sie wird immer kleiner und die letzten beiden Geister waren echt erstaunlich leicht zu erledigen. Was treibst du die ganze Zeit?*

Shaw: *Ach, nichts Besonderes. Ich jage Spirits und spiele Fangen mit ein paar Hexenmeisterinnen.*

Roxy: *Wie bitte?!*

Shaw: *Oder war es Verstecken? Ich kann's echt nicht auseinanderhalten.*

Roxy: *Was?! Wo bist du? Haben sie dich gefunden?*

Roxy: *Shaw??*

Roxy: *Ich schwöre bei Gott, wenn du nicht antwortest, komme ich persönlich vorbei und mach dir die Hölle heiß!*

Shaw: *Wow, Gott und Hölle in einem Satz, du musst echt sauer sein.*

Roxy: *Was ist passiert? Bist du verletzt??*

Shaw: *Mir geht's gut. Die letzte Begegnung mit den beiden war eventuell eeetwas knapp, aber es ist alles okay.*

Roxy: *Sicher?*

Shaw: *Ja.*

Shaw: *Hast du dir Sorgen um mich gemacht?*

Roxy: *Was denkst du denn!?*

Shaw: :)

Shaw: *Mir geht's gut. Versprochen.*

Roxy: *Okay. Andernfalls hättest du ernsthaft Probleme mit mir bekommen.*

24. März

Roxy: *Sie haben das Quartier in Warschau angegriffen.*

Shaw: *Ich weiß. Linnea hat es mir auch gerade geschrieben. Shit.*

Roxy: *Bilde ich mir das nur ein oder werden die Angriffe immer brutaler? In St. Petersburg konnten sie die Hexen noch einigermaßen abwehren. In Warschau konnten sie das Quartier kaum halten.*

Shaw: *Wahrscheinlich setzt Baldur mehr Leute ein – oder es ist ihm inzwischen egal, dass er damit einen Krieg zwischen Hexen und Huntern anzettelt.*

Roxy: *Ich hoffe, Nala und die anderen Quartiersleiter können etwas dagegen unternehmen.*

Shaw: *Ich auch. Wohin geht es für euch als Nächstes?*

Roxy: *Morgen früh fliegen wir nach Island.*

Shaw: *Die Insel aus Feuer und Eis. Cool.*

Roxy: *Du kannst dir den Ghostvision gern dort abholen …*

Shaw: *So gern ich dich sehen und, ganz ehrlich, um den Verstand küssen würde … aber wenn ich ein Portal dorthin erschaffe, lege ich damit eine Spur direkt zu dir. Also nein.*

Roxy: *Ich weiß … aber es war einen Versuch wert. Dann lasse ich ihn wie besprochen in Reykjavik. Die Narbe ist übrigens nur noch ein paar Zentimeter groß.*

Shaw: *Das ist gut zu wissen. Unser Plan geht auf.*

Roxy: *Ja … aber …*

Shaw: *Ich weiß.*

Roxy: *Wir haben nicht mal mehr eine Woche. Eine Woche, Shaw! Ich will nicht … Ich will nicht die ganze Zeit sonst wo auf der Welt auf der Jagd sein. Ich möchte meinen Bruder wiedersehen und die Leute im Quartier und … dich. Ich will dich wiedersehen.*

Shaw: *Du fehlst mir auch, Darling …*

Roxy: *Versprichst du mir etwas?*

Shaw: *Alles.*

Roxy: *Wenn wir das hier überstanden haben und wieder in London sind, gehen wir in unseren Lieblingsburgerladen und essen so viel wir können. Okay?*

Shaw: *Versprochen. Ich geb dir auch einen Triple Chocolate Cake aus. Ach was, sogar 3 oder 5, wenn du willst.*

Roxy: :D

25. März

Roxy: *Fertig! Endlich!*

Shaw: *Ich bin auch fertig. Hast du was gespürt?*

Roxy: *Ja. Wie immer. Die Narbe ist fast weg.*

Shaw: *Wie viele Spirits sind noch übrig? Was denkst du?*

Roxy: *Zwei, maximal drei. Mehr auf keinen Fall.*

Shaw: *Das heißt … wir haben es fast geschafft, oder?*

Roxy: *Ja. Wir haben es fast geschafft.*

Shaw: *Sehen wir uns in London?*

Roxy: *Wir sind schon am Flughafen. Bis später!*

20. KAPITEL

Shaw

Noch 5 Tage …

In den letzten sechs Tagen hatten Roxy und ich uns mit dem Ghostvision abgewechselt. Sobald sie einen Geist gefunden hatte, deponierte sie den Ghostvision an einem sicheren Ort und gab mir Bescheid, damit ich mich auf den Weg machen konnte. Wenn ich die Koordinaten für meinen nächsten Geist hatte, meldete ich mich wieder bei ihr zurück, damit sie den Ghostvision wieder an sich nehmen konnte, während ich in der Zwischenzeit selbst auf die Jagd ging.

Es war nicht gerade einfach, die Portale zu nutzen und meine Spuren so zu verwischen, dass die anderen Hexenmeister weder mir noch Roxy und Finn auf die Schliche kamen, aber es funktionierte.

So ging das fast eine Woche lang hin und her, ohne dass wir uns auch nur ein einziges Mal sahen. Wir texteten zwar immer wieder, manchmal telefonierten wir auch, wenn keiner von uns unterwegs war, aber es war nicht dasselbe, wie Roxy bei mir zu haben, ihr in die Augen schauen und sie berühren zu können. Es war nicht so, als hätten wir uns freiwillig dazu entschlossen, diese Zeit getrennt voneinander zu verbringen. Es war einfach am naheliegendsten gewesen. Die beste Möglichkeit, um all die gesuchten Seelen so schnell wie möglich zu finden.

Und während Finn und Roxy sich weiterhin Europa vornahmen, verschlug es mich bis ans andere Ende der Welt. In Südafrika, ein paar Meilen außerhalb von Kapstadt, fand ich einen besonders mächtigen Geist, den zu vernichten jedes bisschen Kampfgeschick erforderte, das ich besaß. Ein anderes Mal führten mich die Koordinaten vom Ghostvision ins tiefste China, während Roxy und Finn gerade in Island beschäftigt waren. Und dann war da noch mein kleiner Ausflug nach Japan und in den Oman. Unter anderen Umständen – und mit deutlich mehr Zeit und weniger Jetlag – hätte ich das viele Herumreisen genießen können, aber die Zeit drängte. Also stürzte ich von einem Ort zum anderen und achtete gleichzeitig peinlich genau darauf, nicht von Hexenmeistern aufgespürt zu werden. Einmal war das schiefgegangen, aber nach mehreren Portalen in fünf verschiedenen Ländern war ich meine Verfolger schließlich irgendwo in den Bergen Sibiriens wieder losgeworden.

Am Abend des sechsten Tages kehrte ich total übernächtigt ins verregnete London zurück. Da ich mich weder mit Huntertattoo noch mit einer Kennung identifizieren konnte, rief ich Nala an, die den Befehl gab, mich einzulassen – trotz des misstrauischen Blicks der Wache am Eingang. Jeder Muskel in meinem Körper tat weh und ich freute mich auf eine richtige Dusche und etwas zu essen – aber vor allem darauf, Roxy endlich wiederzusehen.

Ich nahm den Fahrstuhl hinauf in die 37. Etage und zog mein Handy hervor. Keine neuen Nachrichten, dennoch überflog ich ein weiteres Mal den Chatverlauf zwischen Roxy und mir.

Ihre letzte Nachricht war wenige Stunden her, kurz bevor sie und Finn in den Flieger zurück nach London gestiegen waren. Mittlerweile müsste sie im Quartier angekommen sein, zumindest hoffte ich das.

Vor der Waffenkammer war es für diese Tageszeit ungewohnt leer, aber vielleicht waren die Teams bereits zu ihren üblichen Abendpatrouillen aufgebrochen. In der Erwartung, Nala hier anzutreffen, betrat ich den Raum, aber es war nicht Nala, die breitbeinig dastand und gerade ein paar Klingen schärfte, sondern ein anderer Hunter. Einer, den ich zuletzt als Türsteher vor dem *Bloody Vampire* gesehen hatte.

»Hey Topper«, begrüßte ich den Mann, der einem Bodybuilder glich, und gab die Dolche und Pistolen ab, die schon zu meiner Ausrüstung gehört hatten, bevor ich herausgefunden hatte, wer ich wirklich war. Kurz zögerte ich, legte dann jedoch auch den Hexerdolch dazu. Der Dolch, mit dem Roxy getötet worden war – und mit dem ich ihren Mörder erledigt hatte. Seither hatte ich ihn immer bei mir getragen, auch wenn ich ihn nur selten im Kampf nutzte.

»Shaw.« Er nickte mir kurz zu und legte die Waffen auf einen Tisch, auf dem bereits ein paar andere darauf warteten, gereinigt, gewartet und geschärft zu werden, bevor sie ihren Platz in den verschlossenen Schränken und Schließfächern fanden. Dann bemerkte er den Hexerdolch und hielt inne. Einen Moment lang starrte er mich nur an, dann nahm er auch den Dolch und verwahrte ihn sicher auf.

Ich wusste nicht, ob er mein Friedensangebot verstand, aber zumindest stürzte er sich nicht direkt auf mich. Mehr erwartete ich gar nicht.

»Sind Roxy und Finn schon zurück?«

Wieder ein Nicken. Als er meinen fragenden Blick bemerkte, deutete er in eine vage Richtung. »In der Kantine, glaube ich.«

»Danke.« Ich wandte mich ab.

»Heh!«

An der Tür angekommen, drehte ich mich zu ihm um.

Topper musterte mich mit finsterer Miene von oben bis unten. »Ich bin kein Fan von Hexern, erst recht nicht von Hexenmeistern. Einige davon haben vor ein paar Jahren zwei Magic Hunter aus meiner Familie getötet.«

Ich biss die Zähne zusammen, sagte jedoch nichts dazu. Er schien auch keine Antwort von mir zu erwarten.

»Aber …«, fuhr er nach einem Moment des Schweigens fort und atmete tief durch. »Aber ich find's gut, was du für Roxy und für die Hunter hier tust.« Die Worte schienen ihn Überwindung gekostet zu haben, so wie er das Kinn vorschob und die Arme vor der breiten Brust verschränkte.

»Danke«, erwiderte ich ehrlich. »Ich versuche nur …« *Wiedergutzumachen, was Kane angerichtet hat.* Doch das war nicht das, was ich aussprach. »Das Richtige zu tun.«

Topper nickte knapp und kehrte mir den Rücken zu. Damit schien das Gespräch für ihn beendet zu sein.

Ich musterte seine Rückseite noch einen Moment lang, erleichtert darüber, dass er mir nicht dieselbe Feindschaft entgegenbrachte wie andere seiner Kollegen und Kolleginnen. Dabei hatte ich es weiß Gott verdient.

Wie Topper vermutet hatte, fand ich Roxy in der Kantine. Ich blieb in der Tür stehen und betrachtete sie einen Moment. Sie saß an einem der größeren Tische, links von ihr hatte Finn sich in seinem Stuhl zurückgelehnt, ihr gegenüber löffelte Niall gerade einen Pudding. Ripley hatte sich ebenfalls dazugesellt, genau wie ein paar andere Hunter und Huntresses, die ich aus meiner Zeit hier im Quartier kannte. Obwohl ich die Schatten unter Roxys Augen selbst von hier aus erkennen konnte, war die Stimmung am Tisch ausgelassen. Irgendjemand riss einen Witz, was Ripley dazu brachte, sich an seinem Getränk zu verschlucken und heftig zu husten. Roxy legte den Kopf in den Nacken und lachte laut auf.

Gott, sie war wunderschön. So voller Leben, obwohl ihre Zeit vor ihren Augen ablief. Nur noch fünf mickrige Tage, dann war der Countdown des verdammten Todesboten zu Ende. Und dann …? Würde sie es schaffen, mich ebenfalls in die Unterwelt zurückzuschicken, so wie alle anderen entflohenen Seelen? Nein, daran durfte ich nicht zweifeln. Sie musste es tun. Das war der einzige Weg, auch wenn sie es noch nicht wahrhaben wollte.

Mein Blick kreuzte den von Finn. Von der Gruppe am Tisch war er der Einzige, der mich bisher bemerkt hatte – und seiner plötzlich ernsten Miene nach zu urteilen ahnte er, woran ich gerade dachte. Ich würde nicht zulassen, dass Roxy meinetwegen starb und in der Unterwelt landete. Nicht noch einmal. Sie hatte genug durchgemacht und gerade erst ihren Bruder wiedergefunden. Wenn es jemand verdient hatte, zu leben und all das tun zu können, was sie sich wünschte und erträumte, dann war sie es. Und ich würde alles in meiner Macht Stehende tun, um ihr das zu ermöglichen. Auch wenn das bedeutete, sie verlassen zu müssen.

Als sie mich schließlich bemerkte, hellte sich ihr Gesicht auf und ihre Mundwinkel verzogen sich zu einem strahlenden Lächeln. Es war ein Anblick, an den ich mich definitiv gewöhnen könnte, auch wenn ich das besser nicht tun sollte.

»Shaw«, begrüßte sie mich, als ich an den Tisch trat. Nach außen hin mochte sie ruhig wirken, aber ich nahm den durchdringenden Blick ebenso wahr wie die Tatsache, dass ihre Stimme ein klein wenig heiser klang.

»Hallo, Darling.« Ohne den Blick von ihr abzuwenden, nahm ich rechts von ihr am Tisch Platz und legte den Arm wie selbstverständlich auf die Rückenlehne ihres Stuhls.

Sekunden vergingen, in denen keiner von uns etwas sagte – zumindest nicht mit Worten. Eine kribbelnde Hitze, die absolut nichts mit der Magie in mir zu tun hatte, regte sich und begann sich von meinem Brustkorb aus in alle Richtungen auszubreiten.

Irgendjemand räusperte sich. Ich riss meinen Blick widerwillig von Roxy los und richtete meine Aufmerksamkeit auf die anderen Leute am Tisch. »Hi.«

Allgemeines Nicken und Begrüßungen regneten in meine Richtung.

»Schön zu sehen, dass du uns auch vermisst hast«, kommentierte Ripley trocken.

»Hab ich wirklich«, behauptete ich und nickte in seine Richtung, ehe ich wieder zum eigentlichen Grund meines Besuchs in der Kantine zurückschaute. »Hey, Roxy?«

»Hm?«

»Hast du eine Minute?« Wahrscheinlich sagten mein Blick und Tonfall deutlich, dass es länger als eine Minute dauern würde, aber das war mir herzlich egal.

»Klar.« Lässig stand sie auf und sah zu den anderen hinüber. »Bin gleich zurück.«

Ich überließ ihr den Vortritt und folgte ihr aus der Kantine. Im Flur angekommen sah ich mich nur kurz um, dann griff ich nach Roxys Hand und steuerte die nächstbeste Tür an. Glücklicherweise war sie unverschlossen. Kurz darauf befanden wir uns in einem fensterlosen Raum voller Regale mit Dosen, jeder Menge Kartons und Fässern wieder. Eine Vorratskammer.

»Was wolltest du –«, begann Roxy.

Ich legte die Hände an ihre Wangen und erstickte ihre Frage mit einem Kuss. Im ersten Moment erstarrte sie, als hätte ich sie überrumpelt, was ich zugegebenermaßen auch getan hatte, doch dann begannen sich ihre Lippen unter meinen zu bewegen und ihr weicher Körper sank gegen mich. Eigentlich hätte es nur ein kurzer Kuss werden sollen, um die Sehnsucht nach dieser Frau wenigstens ein bisschen zu stillen, aber noch im selben Moment wurde mir klar, dass das nicht genug war. Das konnte es gar nicht sein, nicht nach so vielen Tagen ohne sie. Und erst recht nicht, als Roxy mit den Händen über meine Schultern fuhr und ihre Finger in meinem Haar vergrub. Behutsam knabberte ich an ihrer Unterlippe und wartete, bis sie die Lippen öffnete, um den Kuss zu vertiefen. Als sich unsere Zungen berührten, wanderte ein heißer Schauer durch meinen Körper. Ob das gedämpfte Stöhnen von mir kam oder von Roxy, hätte ich nicht mal dann sagen können, wenn mein Leben davon abhinge – aber sehr wahrscheinlich kam es von uns beiden.

Als ich schließlich den Kopf ein wenig hob und ihren Blick suchte, atmeten wir beide schwer. »Das wollte ich schon seit Tagen tun.«

»Was für ein Zufall …«, murmelte sie dicht an meinem Mund. »Ich auch.«

Ihre kesse Antwort ließ mich grinsen, auch wenn ich schnell wieder ernst wurde. »Geht's dir gut? Hast du was abbekommen?« Ich löste mich nur so weit von ihr, um sie mit meinen Blicken abzutasten. Und mit den Händen, indem ich über ihre Seiten und Arme strich. Sicher war sicher.

»Nein, ich …« Ganz kurz verzog sie das Gesicht, fing sich aber sofort wieder. »Ich bin okay.«

»Was war das gerade?«

»Keine Ahnung. Nichts?«

Ich strich nochmal über ihre Arme. Wieder zuckte Roxy ganz leicht zusammen, als meine Finger ihren linken Oberarm streiften. »Was ist passiert?«

Seufzend rollte sie den Ärmel ihres dunklen Shirts hoch und entblößte zwei lange Kratzer auf ihrer Haut. Sie waren noch etwas gerötet, schienen aber nicht entzündet und außerdem schon ein paar Tage her zu sein.

»Ein Werwolf ist mir in Oslo ein bisschen zu nahe gekommen. Aber mir geht's gut, versprochen.«

»Ein Werwolf?« Ich runzelte die Stirn. »Wolltest du nicht Jagd auf Geister machen?«

Sie seufzte. »Schon, aber mein Kampfpartner ist nun mal ein Grim Hunter. Er zieht alle möglichen Monster magisch an.«

Ich wusste nicht, ob ich darüber lachen oder den Kopf schütteln sollte. Ein Werwolf, du liebe Zeit. Mittlerweile war ich zwar schon so einigen Kreaturen begegnet – ich musste da nur an die kleinen Opoicas in Tschechien oder die blutsaugenden Strigoi in Rumänien denken, schon schüttelte es mich –, aber einen Werwolf hatte ich noch nie gesehen. Wahrscheinlich kam das bei Roxy und Finn öfter vor, als zumindest ihr lieb sein konnte.

Ein letztes Mal betrachtete ich die Kratzer, dann schob ich den Ärmel vorsichtig wieder darüber. »Ich bin froh, dass du das einigermaßen unbeschadet überlebt hast. Ihr beide. Und ich hoffe wirklich, dass du dich beim nächsten Vollmond nicht plötzlich in eine Werwolf-Lady verwandelst.«

»Wie bitte?« Sekundenlang starrte sie mich an, dann prustete sie los. »Du bist echt unmöglich.«

»Was denn?«, konterte ich grinsend. »Könnte doch passieren.«

»Du hast eindeutig zu viele …« Roxy hielt inne, als plötzlich Geräusche im Gang zu hören waren. Schnelle Schritte. Aufgeregte Stimmen.

Einen Moment lang sahen wir uns stirnrunzelnd an, dann öffneten wir die Tür der Vorratskammer und traten auf den Flur hinaus. Neben dem Eingang zur Kantine stand Finn und las etwas auf dem Smartphone in seiner Hand.

»Hey!«, rief ich. »Was ist los?«

Er sah nur kurz auf. »Nala ist in die Kantine gekommen, während ihr zwei miteinander rumgemacht habt.«

»Wir haben nicht –«, protestierte Roxy, aber Finn hörte ihr gar nicht zu.

»Dann hat sie einen Anruf bekommen und ist blass geworden, hat zu ein paar von uns gesagt, sie sollen den Wachposten unten am Eingang verstärken, und ist sofort rausgestürmt. Gerade eben hat außerdem das Handy von jedem Londoner Hunter vibriert«, fügte er hinzu und gab Roxy ihr eigenes Telefon, das sie auf dem Tisch zurückgelassen hatte. »Wir sollen alle sofort ins Quartier zurückkehren. Und diejenigen, die bereits da sind, sollen hierbleiben. Kein Ausgang, bis wir etwas anderes hören.«

»Warum?«, hakte ich nach und warf einen schnellen Blick in die Kantine, die komplett verwaist war. »Was hat das zu bedeuten?«

»Keine Ahnung.« Seufzend steckte Finn sein Handy ein, doch seine Miene blieb grimmig. »Ich glaube, es wurde ein weiteres Quartier angegriffen.«

21. KAPITEL

Roxy

Komm sofort in die Bibliothek. Und bring Shaw mit.

Einen Herzschlag lang starrte ich auf die Nachricht, die Weston mir geschickt hatte, dann stürmte ich los. Den Flur hinunter, vorbei an den bodentiefen Fenstern, durch die man in der Dunkelheit auf die beleuchtete, von Regenschleiern verdeckte Stadt hinaussah. Ich ersparte es mir, auf den Fahrstuhl zu warten, und steuerte direkt das Treppenhaus an.

Vor unserer Reise hatte Shaw mir von den Angriffen auf die Quartiere in Lettland und Russland erzählt – und dann war auch noch Warschau attackiert worden. Mittlerweile war bekannt, dass dieser Kampf einige Hunter das Leben gekostet hatte. Wenn das so weiterging, würde das kein gutes Ende nehmen, weder für die Hunter noch für die Hexen.

Ich hatte zwar keine Ahnung, was diesmal passiert war, aber allein die Tatsache, dass Nala alle patrouillierenden Hunter und Huntresses zurückbeorderte und die Wachposten am Eingang verstärkte, ließ mich das Schlimmste vermuten und erinnerte mich für einen Moment viel zu sehr an den Tag des Blutbades in Edinburgh.

Ich hastete die Treppen hinunter, ein Stockwerk nach dem anderen, während hinter mir schwere Schritte erklangen. Shaw und Finn folgten mir.

Nach fünf Stockwerken verließ ich das Treppenhaus, stieß die Doppeltüren zur Bibliothek auf und marschierte an den langen Regalreihen vorbei. Shaw und Finn waren noch immer dicht hinter mir. Irgendwie rechnete ich mit einem trockenen Spruch oder einer Frage von wenigstens einem von ihnen, aber sie hielten beide den Mund. Und das versetzte mich erst recht in Alarmbereitschaft.

Nach wenigen Metern erreichten wir den hinteren Bereich der Bibliothek, die Zentrale der Archivare. Auch heute hatten zwei von ihnen Dienst vor den Monitoren; ihre Finger huschten so schnell über die Tastaturen, dass man ihnen kaum folgen konnte. Aber sie waren nicht die einzigen Anwesenden.

»Was ist los?«, sagte ich statt einer Begrüßung. »Warum hast du uns herbeordert?«

Weston stand neben den Computerbildschirmen, ein Tablet in der Hand, und warf Nala einen kurzen Blick zu.

Schweigen. Nur das schnelle Tippen und Klicken der Archivare unterbrach die angespannte Stille im Raum. Schließlich nickte Nala knapp.

Weston malte ein Muster auf die Oberfläche seines Tablets. Eine Sekunde später erschien das Bild auf einem der Monitore. »In der letzten Woche haben wir das Quartier in Warschau verloren. Die Hunter dort mussten es aufgeben und fliehen.« Ein kurzes Zögern. Und dann: »Vor wenigen Minuten kam ein Notsignal aus dem Quartier in Prag: Sie wurden von Hexen angegriffen.«

Nein … Das konnte nicht sein. Was für einen wahnsinnigen Plan verfolgte Baldur damit?

»Geht es ihnen gut? Wurde jemand verletzt?«

Weston blickte kurz zur Seite. Ihm war anzusehen, wie schwer es ihm fiel, diese Nachrichten zu überbringen. »Das wissen wir nicht. Wir haben den Kontakt verloren.«

Übelkeit breitete sich in mir aus, als mir klar wurde, was das bedeutete. Ich musste an all die Leute denken, die ich in Prag kennengelernt hatte. An Birdie, Trent, Krall, Pandora, Matej und Pavel, an Mara und ihren Vater Li Jun. Sie waren sowieso schon unterbesetzt gewesen – konnten sie da einem direkten Angriff standhalten?

Ihre Armreifen klimperten leise, als Nala die Arme vor der Brust verschränkte. »Nach dem Tag des Blutbades haben die Quartiersleiter aus Edinburgh, Glasgow und ich uns zusammengetan, um ein Alarmsystem zu entwickeln, das andere Quartiere sofort darüber informiert, sollte wieder eines angegriffen werden.«

»Damit so schnell wie möglich Unterstützung eintreffen kann«, schlussfolgerte ich und nickte langsam. »Das ist eine gute Idee.«

Nala lächelte matt und sah von mir zu Finn und Shaw. »Ihr wart dabei. Der Tag des Blutbades hat viele Opfer und viele Verletzte gefordert. So etwas können und wollen wir nicht wieder zulassen.«

»Da kommt ein Aber, oder?«, warf Finn ein und ließ sich auf einen der leeren Schreibtischstühle fallen. »Ich höre ein Aber.«

»Aber …«, begann Nala. »Die Umsetzung hat sich als schwieriger und langwieriger erwiesen, als wir es uns gewünscht haben. Es hat zwar hier in Großbritannien begonnen, aber wir hatten von Anfang an vor, alle Quartiere in dieses Sicherheitssystem zu integrieren. Als die anderen Quartiere angegriffen wurden, waren wir noch nicht so weit und konnten nicht helfen.«

»Was ist mit Prag?«, hakte Shaw nach. »Können wir jetzt etwas tun?«

Weston war derjenige, der antwortete. »Das System hat funktioniert und aus den Quartieren in Ostrava, Berlin und

Wien rückt bereits Verstärkung an. Alle Hunter, die sich gerade in einem 100-Kilometer-Umkreis um Prag befinden, wurden sofort alarmiert und ins Quartier geordert.«

»Ich höre schon wieder ein *Aber*.« Finn sah von einem zum anderen.

»Aber ...«, sagte Weston ließ das Tablet sinken. »Die Rettungstrupps sind unterwegs, doch bis sie vor Ort ankommen, wird es noch mindestens zwei Stunden dauern. Und kurz nachdem das Notsignal aus Prag kam, haben wir den Kontakt zum Quartier verloren.«

Nein, verdammt. Ich schaute zwischen ihnen hin und her und weigerte mich, das zu akzeptieren. Dass wir den Kontakt verloren hatten, bedeutete nicht, dass sie ... Das konnte einfach nicht sein. Sie mussten es geschafft haben. Irgendwie.

»Ich kann nachsehen«, meldete sich Shaw plötzlich zu Wort. Die Entschlossenheit in seiner Stimme verriet mir, dass das keine Frage war. Er hatte sich bereits dafür entschieden. »Ich kann ein Portal erschaffen und innerhalb von Sekunden vor Ort sein.«

Nala kniff die Augen zusammen. »Von hier? Aus dem Quartier?«

»Die anderen Hexenmeister können spüren, wenn ich starke Magie einsetze, darum würde ich das Portal erst außerhalb Londons erschaffen. Weit genug von hier entfernt, und dann direkt ins Prager Quartier. Mich jagen sie sowieso schon, oder nicht? Was macht das noch für einen Unterschied, wenn sie mich dort aufspüren? Ich kann helfen.«

Nala schüttelte den Kopf. »Das ist keine gute Idee. Ich habe nicht ohne Grund alle verfügbaren Jäger und Jägerinnen zurückbeordert. Solange wir nicht wissen, was los ist und ob wir als Nächstes dran sind, geht niemand mehr irgendwohin. Hier sind wir am sichersten. Sollten wir ebenfalls angegriffen werden, stehen uns alle Teams, Waffen und Amulette zur Verfügung.«

»Das hilft aber niemandem in Prag«, widersprach ich. »Was ist, wenn sie genau jetzt unsere Hilfe brauchen?«

»Sie könnten genauso gut schon alle tot sein.« Ein harter Unterton schwang in Nalas Stimme mit. So hatte ich sie nie zuvor gehört. »Solange wir nicht wissen, was genau passiert ist und ob noch eine akute Gefahr besteht, wird niemand von hier losziehen und nachsehen. Das kann ich nicht verantworten.«

Finn räusperte sich. »Warum überhaupt das Quartier in Prag angreifen? Nach allem, was ich gehört habe, haben sie dort nur wenige Amulette, und an Waffen sind Hexen nicht interessiert. Korrigier mich gern, wenn ich falschliege«, fügte er in Shaws Richtung hinzu.

»Nein, du hast recht. Baldur und seine Leute sind nicht auf Waffen angewiesen.«

Ich runzelte die Stirn. Irgendetwas passte hier nicht zusammen. Warum um alles in der Welt sollte der Hexenkönig ein Hunterquartier nach dem anderen angreifen? Falls Shaw sein Ziel war, lag er ziemlich daneben. Denn Shaw war zwar in Prag gewesen, aber meinem Wissen nach nie in St. Petersburg, wo die erste Attacke stattgefunden hatte. Was hatte es also damit auf sich?

Es sei denn … Mein Blick wanderte zu Nala. Es sei denn, wir hatten nicht alle Informationen.

»Was erzählst du uns nicht?«

Sie sah zwischen Finn, Shaw und mir hin und her, dann seufzte sie tief. »Ihr habt schon genug eigene Probleme. Überlasst mir den Rest. Das ist mein Job, und ihr macht euren.«

»Nala. Bitte. Das *ist* unser Job.«

Sie schwieg beharrlich.

»Auf die Gefahr hin, mich zu wiederholen.« Shaw fixierte die Quartiersleiterin. »Die Leute in Prag brauchen unsere Hilfe. Ich kann mich sofort auf den Weg machen.«

»Nein, Shaw.« Unter Nalas stechendem Blick wären so einige Leute in die Knie gegangen. »Das wirst du nicht tun. Das ist mein letztes Wort.«

Seine Kiefermuskeln traten hervor, so fest biss er die Zähne zusammen. »Wie du willst. Aber ich bin keiner deiner Hunter – und auch kein Anwärter mehr. Du kannst mir nichts mehr befehlen.« Damit drehte er sich auf dem Absatz um und marschierte aus dem Raum.

Shaw

Gut möglich, dass ich es mir gerade mit Nala und dem ganzen Londoner Quartier verscherzt hatte, aber … *fuck*. Ich konnte nicht einfach herumsitzen und nichts tun. Und ganz bestimmt würde ich mich nicht zurücklehnen und anderen die Arbeit überlassen, wenn es um Menschen ging, die mir etwas bedeuteten. Menschen, die ich als meine Freunde betrachtete, ganz unabhängig davon, wie kurz oder lang wir uns kannten. Menschen, die noch immer am Leben und in Gefahr sein konnten.

Ich verließ die Bibliothek, ohne mich auch nur ein einziges Mal umzudrehen. Hätte ich es getan und Zweifel in Roxys Augen gesehen, könnte ich das hier nicht durchziehen. Darum sah ich nicht zurück, sondern steuerte das Treppenhaus an. In meinem Kopf rasten die Gedanken. Wenn der Angriff noch nicht allzu lange her war, war es gut möglich, dass sie sich noch mitten im Kampf befanden. Im Prager Quartier gab es zwar nur eine Handvoll Hunter und Huntresses, aber die waren verdammt gut ausgebildet. Außerdem hatten sie diese Waffenkammer mit all der verbesserten Ausrüstung, den Waffen-Upgrades und dem technischen Know-how. Sie mussten nur durchhalten, bis ich dort auftauchte, dann könnte ich sie unterstützen oder zur Not in Sicherheit bringen. Falls Birdie die Angreifer nicht sowieso schon alle in die Luft gejagt hatte. Bei der Vorstellung drängte sich ein Lächeln auf meine Lippen, während ich die Stufen hinunterstürmte, verschwand aber sofort wieder, als ein anderer Gedanke in den Vordergrund trat. Weston hatte gesagt, dass sie jeden Kontakt zum Quartier verloren hatten – und das war nie ein gutes Zeichen.

Niemand hielt mich auf dem Weg zur Waffenkammer auf. Entweder war es ihnen egal, sie waren anderweitig beschäftigt oder Nala hatte ihnen befohlen, mich gehen zu lassen. Auch in der Waffenkammer selbst stoppte mich keiner. Topper war noch immer da, händigte mir aber kommentarlos meine Dolche und Pistolen aus.

Als ich die letzte Pistole in das Schulterholster unter meiner Jacke schob, spürte ich auf einmal ein Prickeln im Nacken und drehte mich um.

Roxy lehnte in der Tür, das dunkelrote Cape übergeworfen, und verschränkte die Arme vor der Brust. »Du wirst es trotzdem tun, nicht wahr?«

Ich holte bereits Luft, um es abzustreiten oder um sie zu beruhigen, hielt dann jedoch inne. Zwischen Roxy und mir sollte es keine Geheimnisse geben. Nicht mehr. Nicht, wenn uns die Zeit davonlief und jede einzelne Sekunde kostbar war. Aber nur, weil ich meinem baldigen Ende ins Auge blickte, bedeutete das nicht, dass ich die Hände in den Schoß legen und nichts tun würde. Nala mochte dagegen sein, aber ich war kein Hunter. Sie konnte mir nichts befehlen – und auch nichts verbieten.

Aus dem Augenwinkel bemerkte ich, wie sich Topper diskret ans andere Ende des Raums zurückzog, uns beide aber weiterhin argwöhnisch beobachtete.

Ich musterte Roxy genau und beantwortete ihre Frage mit einem knappen Nicken. »Wirst du versuchen, mich davon abzuhalten?«

Zu meiner Überraschung schüttelte Roxy den Kopf und kam langsam auf mich zu. In voller Montur, was mir zuvor gar nicht aufgefallen war. Zu dem Cape, das eine kleine Naht auf Höhe ihres linken Oberarms aufwies, wo der Werwolf sie erwischt hatte, trug sie auch die flachen Stiefel, wie so oft bei der Jagd. In wenigen Handgriffen schnallte sie sich nun ihre Pistolenarmbrust samt Köcher um.

Sie blieb dicht vor mir stehen. »Wenn du gehst, gehe ich auch.«

»Rox…«

Sie brachte mich mit zwei Fingern auf meinen Lippen zum Schweigen. »Stopp. Bevor du irgendetwas sagst, muss dir eins klar sein: Ich akzeptiere, dass du losstürmen und helfen willst. Dafür musst du aber auch akzeptieren, dass ich dich begleiten werde.« Sie ließ die Finger sinken und sah mich eindringlich an. »Wir stehen das zusammen durch, genau wie alles andere. Okay?«

Ich atmete scharf ein, dann nickte ich langsam, auch wenn sich ein verdammt unangenehmer Kloß in meiner Kehle gebildet hatte. »Okay«, erwiderte ich rau.

»Dann los.«

Seite an Seite betraten wir den Aufzug, der uns bis ganz nach unten in die Tiefgarage brachte. Ich hatte nicht mal so weit gedacht, sondern wäre einfach losgerannt, um so viel Abstand wie möglich zwischen mich und das Quartier zu bringen, damit ich niemanden dorthin führte, wenn ich das Portal erschuf, aber Roxy warf mir einen Schlüssel zu, den ich reflexartig auffing. Wir stiegen in einen schwarzen Jeep mit getönten Scheiben und ich startete den Motor.

Keiner von uns sprach ein Wort. Weder als ich uns aus der Tiefgarage rausfuhr, noch als ich uns durch den Londoner Verkehr manövrierte, und auch dann nicht, als wir die Stadt hinter uns ließen.

Sobald wir weit genug vom Quartier entfernt irgendwo außerhalb Londons waren, hielten wir an und stiegen aus. Ein letzter Blick, ein letztes Nicken, dann hob ich die Hände und erschuf ein Portal, das uns von hier fort und geradewegs zu unserem Ziel bringen würde.

22. KAPITEL

Shaw

Das Portal führte uns direkt nach Prag. Als wir auf der anderen Seite heraustraten, strauchelte Roxy und ich streckte instinktiv die Arme nach ihr aus, um sie zu stützen. Mit einem schnellen Rundumblick versicherte ich mich, dass keine akute Gefahr drohte und ich mich ganz auf Roxy konzentrieren konnte.

»Woah.« Sie blinzelte heftig und stützte sich mit den Händen auf den Oberschenkeln ab, während der kalte Wind ihr langes Haar durcheinanderwirbelte. »Ich glaube, ein paar meiner Organe sind nicht mehr dort, wo sie hingehören.«

Trotz der Situation, in der wir uns befanden, musste ich schmunzeln. »Doch, das sind sie, glaub mir. Gleich wird es besser.« Beruhigend strich ich ihr über den Rücken. Anfangs hatte mein Körper auf diese Fortbewegungsart auch mit höchster Alarmbereitschaft reagiert, mittlerweile war es mir allerdings genauso vertraut, wie zu Fuß zu gehen oder Auto zu fahren.

Roxy atmete ein paarmal tief durch, dann richtete sie sich wieder auf. Erst als ich sicher war, dass es ihr gut ging, wagte ich es, den Blick von ihr zu nehmen – und erstarrte.

Da das Quartier bereits durch die Hexer und Hexen unter Beschuss gestanden hatte, hatte es keinen Grund für mich gegeben, auf dem Weg oder in Prag selbst meine Spuren zu verwischen. Die Mistkerle konnten ruhig wissen, dass ich hier war.

Somit hatte uns das Portal direkt vors Quartier gebracht – nur dass von dem ehemaligen Bahnhof nichts mehr übrig geblieben war.

Was auch immer hier passiert war – der Kampf schien vorbei zu sein. In der nächtlichen Dunkelheit sah ich nichts als Trümmer. Als wäre eine Bombe eingeschlagen und hätte alles in Schutt und Asche gelegt. Die Grundmauern standen noch, doch von den oberen Stockwerken war nichts mehr zu sehen. Dünne Rauchsäulen stiegen in den Himmel. Hier und da glomm etwas zwischen den Überresten auf und der Geruch nach Asche, Staub und Verbranntem hing schwer in der Luft, als wir uns dem Eingang näherten. Die massive Eingangstür, an der uns Trent damals in Empfang genommen hatte, war aus den Angeln gerissen worden und lag ein paar Meter weiter zertrümmert auf dem Boden.

Das hier war kein simpler Angriff gewesen. Es war ein Killerkommando. Aber warum, zum Teufel? Warum ließ Baldur ein ganzes Quartier dem Erdboden gleichmachen? Ein Quartier, in dem ich seit Monaten nicht mehr gewesen war und in dem es meines Wissens nur eine einzige Magic Huntress gab. Was hatte Baldur hier gewollt? Oder war es ein simpler Racheakt gewesen? Aber wofür? Und warum hatten sie dieses Quartier in Schutt und Asche gelegt, während die anderen nur angegriffen und im schlimmsten Fall verwüstet worden waren?

Roxy trat neben mich. »Geht es nur mir so, oder wirkt das Quartier so wie immer? Wo sind alle?«

»Du siehst es nicht?«

Sie runzelte die Stirn. »Ich sehe *was* nicht?«

Statt einer Antwort nahm ich ihre Hand und führte sie mitten in die Ruine hinein. Glassplitter und Putz knirschten unter unseren Schuhen. Die Stille um uns herum war erdrückend, beinahe so, als würde das Gemäuer selbst den Atem anhalten.

Diese Zerstörung vor den Bewohnern der Stadt zu verschleiern, musste unglaublich viel Magie gekostet haben. Ich konnte die Illusion durchschauen, weil ich selbst ein Hexenmeister war – und sie von Hexen geschaffen worden war. Birdie oder Ripley hätten das als Magic Hunter ebenfalls gekonnt.

Ich sah zu Roxy hinüber. Sie war kreidebleich geworden und drehte sich langsam im Kreis, um das ganze Ausmaß der Zerstörung in sich aufzunehmen. Als versuchte sie zu begreifen, was nicht zu begreifen war. »Was … was um alles in der Welt ist hier passiert?«

»Baldur ist passiert.« Als ich dem Hexenkönig das erste und einzige Mal begegnet war, hatte ich seine Macht bereits gespürt. Als er Tarquin befohlen hatte, Roxy umzubringen, war mir bewusst geworden, wie gefährlich und rachsüchtig er war. Aber das hier? Das war etwas völlig anderes. Die komplette Vernichtung des Prager Quartiers zeigte ganz deutlich, welche Gefahr Baldur darstellte. Für die Hunter und Huntresses. Für mich. Wenn es darauf ankam, sogar für die normale Bevölkerung. Was hielt jemanden wie Baldur noch davon ab, sich auch an unschuldigen Menschen zu vergreifen?

»Wo sind sie?«, stieß Roxy hervor. »Wo sind Birdie und die anderen?«

»Ich weiß es nicht«, gestand ich, während wir uns Stück für Stück durch die Trümmer arbeiteten.

Insgeheim hoffte ich, dass wir sie nicht finden würden. Denn das würde bedeuten, dass sie noch eine Chance hatten. Dass sie geflohen oder zum Zeitpunkt des Angriffs gar nicht erst im Quartier, sondern zu Hause gewesen waren. Diese Vorstellung war einfacher zu ertragen als jene, dass sie es nicht geschafft hatten. Dass Baldurs Leute jedes einzelne Mitglied der Prager Hunter getötet hatte.

»Wieso hat niemand etwas bemerkt? Passanten, Einwohner,

Autofahrer?« Fieberhaft leuchtete Roxy mit der Taschenlampe jede Ecke des großen Raums ab, in dessen Überresten wir uns befanden. »Unsere Amulett-Illusionen sind nicht so stark, um ... *so etwas* auf Dauer zu verbergen.«

»Nein«, bestätigte ich nachdenklich und ließ den Blick über die eingestürzten Mauern wandern. Das hier war einer der Räume gewesen, in denen ich mit Matej trainiert hatte. »Das sind sie nicht. Aber die Illusionen von Hexern und Hexen sind es. Ganz besonders die von Hexenmeistern. Du hast es selbst gemerkt – du konntest das Quartier von außen nicht so sehen wie ich. Aber selbst Hexenmeisterillusionen halten nicht ewig.« Das hatten mir sowohl Tarquins Lektionen als auch meine eigenen Versuche bestätigt.

Roxy drehte sich zu mir um. Alarmierte Falten zeichneten sich zwischen ihren Brauen ab. Ihr Amulett schimmerte und schien ebenso kampfbereit zu sein wie seine Trägerin. »Das heißt«, begann sie und senkte automatisch die Stimme, »entweder sind sie noch da oder ...«

»Oder noch ganz in der Nähe, ja. Aber die Illusion wird bald verschwinden, und dann wird es hier nur so vor Einsatzkräften wimmeln. Wir müssen uns beeilen.«

Sie nickte und wir setzten uns hastig wieder in Bewegung. Wir liefen durch Räume, die nur noch steinerne Gerippe waren, stiegen über herabgefallene Trümmer, umrundeten die Stufen, die von der zerstörten Treppe übrig geblieben waren, und zwängten uns durch einen Gang, dessen Decke in großen Teilen heruntergekracht war. Doch egal wo wir waren, wir fanden weder Hunter noch Angreifer.

»Da sind Kampfspuren.« Ich ging neben einem schwarzen Fleck auf dem Boden in die Hocke, der von der Magie eines Hexenmeisters stammen konnte. Gleich daneben entdeckte ich rote Spritzer, die bereits getrocknet waren. Blut. Unwillkürlich krampfte sich mein Magen zusammen, als sich die Szene, die sich hier ereignet haben musste, in meinem Kopf abspielte.

»Hier auch«, ertönte Roxys Stimme vom anderen Ende des Zimmers. »Und … oh mein Gott! Shaw!«

Ich rannte los, kletterte über ein paar eingestürzte Balken und war gleich darauf bei ihr. Sie war auf die Knie gesunken und starrte mich aus weit aufgerissenen Augen an. Im ersten Moment erkannte ich nichts als Trümmer, da hier eine Wand oder sogar ein ganzes Stockwerk zusammengebrochen sein musste, doch dann entdeckte ich es. Den staubigen, blassen Arm, der unter den Steinen hervorragte. Das Grim-Huntertattoo auf dem Handrücken.

»Krall«, stieß ich hervor.

Instinktiv packte ich den größten Gesteinsbrocken, um ihn wegzuschieben, um Krall zu helfen, doch der Stein war zu massiv und rührte sich keinen Zentimeter. Und für Krall kam jede Hilfe zu spät.

Fuck.

Wenn nicht einmal der mächtigste Grim Hunter und Leiter dieses Quartiers den Angriff überlebt hatte, wie sollten es dann die anderen geschafft haben? Verdammt, Krall hatte ein Amulett der höchsten Stufe getragen, genau wie Roxy. Dennoch hatte er keine Chance gehabt.

Ich ballte die Hände zu Fäusten. Tief in meinem Inneren meldete sich ein vertrautes Prickeln. Die Magie in mir wollte an die Oberfläche, wollte ausbrechen und sich gegen jene richten, die das hier getan hatten. Ich wollte auf etwas einschlagen, auch wenn das nichts ändern würde. Krall war tot. Das Quartier war zerstört. Und wir hatten nicht die geringste Ahnung, was mit Birdie, Matej und den anderen passiert war.

»Vielleicht konnte der Rest fliehen.« Roxy klang hoffnungsvoll, aber ihre Stimme zitterte. Und als sich unsere Blicke trafen, wusste ich, dass sie exakt dasselbe dachte wie ich: Wie zum Teufel sollte jemand so einen Angriff überlebt haben?

»Komm.« Ich hielt ihr die Hand hin.

Roxy zögerte. »Und Krall einfach hier liegen lassen?«

»Wir können nichts mehr für ihn tun.« Es fiel mir nicht leicht, diese Worte auszusprechen, auch wenn sie die Wahrheit waren. »Wir müssen weiter.«

Roxy ließ sich von mir auf die Beine ziehen und drückte meine Hand kurz, ehe sie sie losließ.

Wir suchten weiter in der Hoffnung, Überlebende statt noch mehr Leichen zu finden, aber wir kamen nicht allzu weit. Große Teile des alten Bahnhofs waren komplett eingestürzt. Selbst mit Magie hätten wir sie nicht so einfach beiseiteschaffen können, weil die Gefahr zu groß war, dass weitere Teile nachrücken und herabstürzen würden. Wo auch immer die anderen Hunter und Huntresses abgeblieben waren – entweder waren sie rechtzeitig geflohen oder lagen unter den Trümmern begraben.

Shit. Obwohl alles in mir darauf drängte, so schnell wie möglich von hier zu verschwinden, um nicht mehr mit ansehen zu müssen, was aus dem Prager Quartier geworden war, wollte ein Teil von mir dennoch bleiben und weitersuchen. Es war der Teil, der noch einen Hauch Hoffnung hatte. Worauf, wusste ich nicht mal selbst so genau.

In einem schmalen, halb eingestürzten Gang in der Nähe der Waffenkammer blieb Roxy stehen und hob etwas vom Boden auf. Staub lag darauf, dennoch erkannte ich die Bolzen mit den blauen Markierungen. Wenn ich mich richtig erinnerte, hatten Pandora und Matej daran gearbeitet, Bolzen mit verschiedenen weiteren Attributen auszustatten. Roxy besaß welche mit Gift und Sprengkraft. An diesen hier hatten die beiden Hunter während unserer Zeit in Prag noch gearbeitet, und ich hatte keine Ahnung, ob sie es geschafft hatten, die blau markierten Bolzen mit Magie auszustatten, die der von Amuletten ähnelte. Wortlos sah ich zu, wie Roxy sie vorsichtig zu den anderen in ihrem Köcher schob.

Wir hatten den Ausgang beinahe erreicht, als auf einmal ein Prickeln wie von eisigen Fingerspitzen über meine Haut huschte. Ich blieb abrupt stehen und streckte den Arm zur Seite aus, um Roxy ebenfalls zum Anhalten zu bewegen. Ihr fragender Blick landete auf mir, aber all meine Sinne konzentrierten sich auf etwas anderes. Auf *jemand* anderen.

Langsam drehte ich mich um – und entdeckte eine vertraute Gestalt nur wenige Meter von uns entfernt. Neben mir sog Roxy überrascht den Atem ein, als sie ihn ebenfalls bemerkte.

Tarquin trat einen Schritt vor, direkt ins Licht einer Straßenlampe, die zwischen zwei auseinandergebrochenen Mauern hereinleuchtete. »Ich hätte nicht gedacht, dich so schnell wiederzusehen, alter Freund.«

Ich ballte die Hände zu Fäusten. Nach allem, was passiert war und was uns von früher verband, waren wir zwar vieles, aber definitiv keine *Freunde*.

»Wie ich sehe, hast du Verstärkung mitgebracht«, fügte er verächtlich hinzu und hob eine Braue, als Roxy neben mich trat. »Du solltest tot sein.«

Sie lächelte kühl. »Und du solltest in der Hölle schmoren, wo du hingehörst. Sieht so aus, als hätten wir beide nicht das bekommen, was wir wollen.«

Tarquin lachte auf, aber es klang kalt und herablassend. »Glaubst du etwa immer noch, es mit mir aufnehmen zu können, kleine Huntress?«

Das tiefblaue Amulett an ihrem Hals leuchtete auf und warf zuckende Schatten gegen die halb in sich zusammengefallenen

Wände. »Du und deinesgleichen habt das hier getan. Ihr habt Krall getötet. Lass es drauf ankommen.«

»Schluss jetzt!« Ich ging dazwischen, bevor die zwei ihre Drohungen wahrmachen konnten und sich die Köpfe einschlugen. »Keiner wird hier irgendwen angreifen. Ist das klar?« Ich sah zwischen ihnen hin und her und wartete auf ein Nicken, mit dem sie sich für meinen Geschmack beide ein bisschen zu lange Zeit ließen.

»Was willst du von mir?«, wandte ich mich wieder Tarquin.

»Ich habe auf dich gewartet – und gewusst, dass du früher oder später hier auftauchen würdest.«

»Bullshit.«

Ein spöttisches Lächeln kräuselte seine Lippen. »Na gut. Ich habe deine Portalmagie gespürt und bin dir gefolgt. Du wirst unvorsichtig, Kane.«

»Shaw«, korrigierte ich ihn mit zusammengebissenen Zähnen.

»*Shaw*«, wiederholte er mit demselben herablassenden Lächeln, das ich ihm nur zu gern aus dem Gesicht geprügelt hätte. Er sagte das so, als wüsste er genau, dass ich mir nur selbst etwas vormachte. Als wüsste er, dass ich eines Tages wieder zu Kane werden würde, dem Hexenmeister ohne Reue und Gewissen.

»Warum tut ihr das? Warum lässt Baldur die Quartiere angreifen?«, mischte sich Roxy ein.

»Abgesehen von *ihm?*« Mit dem Kinn deutete er auf mich, ehe er sich wieder auf Roxy konzentrierte. Als keiner von uns eine Reaktion zeigte, zog er die Brauen hoch. Überraschung, aber auch Misstrauen zeichneten sich auf seinem Gesicht ab. »Ihr wisst es nicht?« Ein kurzes, abgehacktes Lachen kam ihm über die Lippen. »Ihr solltet wirklich an eurer Kommunikation arbeiten. Aber ich will mal nicht so sein. Baldur lässt uns nach Soul Huntern suchen.«

Wie bitte? Roxys und mein Blick trafen sich und ich sah dieselbe Erkenntnis in ihren Augen. Baldur suchte nicht nach irgendwelchen Soul Huntern – er suchte nach Ella und Wayne. Soweit ich wusste, waren die zwei die einzigen Soul Hunter, die in den letzten Jahren für längere Zeit in Prag gewesen waren.

»Und warum?«, hakte ich nach. Wenn Tarquin so gesprächig war, würde ich ihn sicher nicht aufhalten, uns mit weiteren Infos zu versorgen, auch wenn ich noch nicht wusste, ob er so vertrauenswürdig war, wie er sich gab. »Aus welchem Grund lässt Baldur euch nach Soul Huntern suchen?«

Tarquin begann zwischen den Trümmern hin und her zu laufen, als könnte er nicht still stehen – oder wäre zutiefst gelangweilt. »Sie haben ihm etwas weggenommen, das ihm sehr wichtig ist.«

»Ach ja?«, erwiderte ich und beobachtete jede seiner Bewegungen genau. »Und was soll das sein?«

»Marjorie.«

»Moment mal.« Roxy hob die Hände und stieß ein kurzes, ungläubiges Lachen aus. »Nur damit das klar ist: Wir reden hier von derselben Marjorie – von der Geisterkönigin?!«

Tarquin wippte auf den Fersen vor und zurück. »Die einzig wahre.«

Ich blinzelte. »Aber … warum?«

»Niall hat erzählt, dass er und die anderen entführt wurden, um der Geisterkönigin als eine Art Energiequelle zu dienen«, murmelte Roxy leise. »Um die Geisterwelt unabhängig von den Rauh- und Vollmondnächten verlassen zu können.«

Tarquin hatte einen Stein aufgehoben, warf ihn in die Luft und fing ihn wieder auf. »Und jetzt ratet mal, womit sie diese kostbare Zeit in der Welt der Lebenden verbracht hat. Oder eher: Mit wem.«

»Mit Baldur«, schlussfolgerte ich.

Shit. Das hatte ich nicht kommen sehen. Der König der Hexen und die Königin der Geisterwelt …? Im Ernst? Damit war Baldur von einem gefährlichen Gegner zu einem durchgeknallten, rachsüchtigen Liebhaber geworden, der vor nichts und niemandem Halt machen würde, bis er Marjorie gefunden hatte. Wir mussten Nala und die anderen warnen.

Ich nickte Roxy unmerklich zu und wandte mich ab. Aus dem Augenwinkel bemerkte ich, wie sie – nach einem letzten misstrauischen Blick in Tarquins Richtung – es mir gleichtat. Wir waren hier fertig.

»Ach, da ist übrigens noch etwas«, ließ Tarquin plötzlich verlauten. »Der wahre Grund, warum ich meine Zeit hier verschwende.«

Widerwillig hielt ich inne und drehte mich zu ihm um. Er stand noch an derselben Stelle wie zuvor, sagte jedoch kein Wort. Fragend hob ich die Augenbrauen.

Tarquin lächelte langsam. »Marjorie bedeutet Baldur alles – sogar mehr als seine Rache für deinen Verrat, Kane. Wenn du sie ihm unversehrt zurückbringst, wird er dich verschonen. Denk darüber nach. Du könntest zurück nach Hause kommen.«

Nach Hause.

Bevor ich auch nur darüber nachdenken konnte, wie ich darauf antworten sollte, erschien ein Portal hinter Tarquin und er ließ sich mit einer lässigen Geste hineinfallen. Gleich darauf war er verschwunden, aber das Prickeln seiner Magie hing noch immer in der Luft wie ein bitterer Nachgeschmack.

»Glaubst du ihm?«, fragte Roxy wenige Minuten später. Wir befanden uns in einer kleinen Unterführung, noch in Sichtweite des zerstörten Quartiers, aber auf der anderen Seite der Schienenanlage. In der Ferne waren bereits die ersten Sirenen zu hören. Tarquins Illusion hatte sich nur wenige Sekunden nach ihm ebenfalls aufgelöst, und wir waren hierhergelaufen, bevor man uns inmitten der Ruine des alten Bahnhofs entdecken konnte. Polizei und Feuerwehr würden das Ganze wahrscheinlich als Gasleck oder etwas ähnlich Banales abtun, um der unwissenden Zivilbevölkerung zu erklären, wie sich der verlassene Bahnhof plötzlich in ein Trümmerfeld verwandelt hatte.

Ich atmete tief durch und ließ mir Roxys Frage einen Moment lang durch den Kopf gehen, während ich unsere Umgebung im Auge behielt. Glaubte ich Tarquin? Am liebsten hätte ich mit Nein geantwortet, zumal er keinen Grund hatte, uns die Wahrheit zu sagen – außer vielleicht den, dass er mich auf eine verquere Art und Weise wieder zurück auf seine Seite und in Baldurs inneren Zirkel holen wollte.

»Ich denke, dass *er* glaubt, was er da sagt.«

Und das betraf sowohl das Angebot als auch die Informationen über Baldur und Marjorie, die er uns zugespielt hatte.

»Und du – denkst du, dass ich es tun werde? Baldur helfen? Die Hunter ausliefern?«

Roxy sah von ihrem Handy auf und mich geradewegs an. »Nein.« Da war kein Zögern. Kein Innehalten. Kein Nachdenken. »Ich weiß, dass du das Richtige tun wirst.«

»Gott … du …«

Ein Funkeln trat in ihre Augen. »Ich weiß. Ich bin großartig.«

Trotz allem, was heute Nacht passiert war, musste ich lächeln und zog sie für eine feste Umarmung an mich. »Das bist du wirklich.« Ich gab ihr einen Kuss auf die Stirn und löste mich nur widerwillig von ihr.

Roxy schenkte mir ebenfalls ein Lächeln, dann wandte sie sich wieder ihrem Smartphone zu. Wenige Minuten später fluchte sie leise. Ich warf ihr einen fragenden Blick zu, aber sie schüttelte den Kopf.

»Ich kann immer noch niemanden erreichen«, erklärte sie und hielt sich das Telefon erneut ans Ohr. »Weder Birdie noch Trent oder einen der anderen Prager Hunter. Ella und Wayne gehen auch nicht ran, aber ich weiß nicht, ob das am schlechten Empfang in den Highlands liegt oder …«

Verdammt. Das konnte nichts Gutes bedeuten.

Sie legte auf. »Ich versuche es im Quartier.«

Diesmal mussten wir nicht lange warten, bis jemand ranging.

»Krall ist tot.« Das waren die ersten Worte, die Roxy sagte, dann schaltete sie auf Lautsprecher um, damit ich mithören konnte.

»Seid ihr sicher?« Nalas Stimme klang belegt, aber gefasst.

Roxy sah kurz zu mir herüber, während ich weiterhin die Umgebung im Auge behielt, um sicherzugehen, dass nicht plötzlich irgendwelche Hexer und Hexen auftauchten.

»Wir haben seine Leiche gefunden«, bestätigte sie und räusperte sich leise.

»Bloody hell …« Ein gedämpftes Fluchen ertönte aus dem Hintergrund. War das Finn bei Nala? Oder Ripley?

»Das ist nicht alles, was wir gefunden haben«, schaltete ich mich ein. »Das Quartier existiert praktisch nicht mehr. Das war nicht nur ein Angriff von Baldurs Leuten. Sie haben das ganze Gebäude in Schutt und Asche gelegt.«

»Aber wir konnten nur Krall finden«, fügte Roxy schnell hinzu. »Von den anderen keine Spur. Sind Weston oder Linnea bei dir? In Prag haben sie während ihrer Missionen Tracker verwendet. Wenn sie irgendwie fliehen konnten, dann können wir sie vielleicht damit aufspüren. Die Hunter dort haben normalerweise nicht im Quartier übernachtet, womöglich waren sie also gar nicht da …«

»Ich informiere die umliegenden Quartiere und suche nach Hinweisen auf Überlebende«, meldete sich Weston plötzlich zu Wort und ich hörte ihn bereits auf seinem Tablet herumtippen. »Wir versuchen sie zu tracken. Wenn sie verletzt sind, müssen sie ein Krankenhaus oder eine Arztpraxis aufgesucht haben.«

»Wenn es Überlebende gibt, finden wir sie«, übernahm Nala wieder das Gespräch. »Versprochen. Seht zu, dass ihr auf schnellstem Wege zurückkommt, verstanden?«

Ich sah zu Roxy. Ein einziger Blickwechsel genügte und ich wusste, dass wir dasselbe dachten. »Das machen wir, sobald wir die Umgebung des Quartiers abgesucht haben. Womöglich ist jemand verletzt entkommen und befindet sich noch in der Nähe. Könnt ihr uns die Privatadressen der Prager Hunter besorgen? Dann schauen wir auch dort nach. Vielleicht waren nicht alle heute Abend im Quartier …«

Nala zögerte, lenkte dann jedoch ein. »Einverstanden. Aber beeilt euch, und erregt keine Aufmerksamkeit.«

»Mach dir keine Sorgen.« Roxy nickte mir zu. »Wir passen auf uns auf.«

23. KAPITEL

Roxy

Noch 4 Tage …

»Sicher, dass alles okay ist?«, fragte Shaw ein paar Stunden später, als die Sonne aufging, und warf mir von der Fahrerseite einen besorgten Blick zu. Er wirkte selbst völlig erledigt und hatte dunkle Ringe unter den Augen, dennoch erkundigte er sich erneut nach mir und meinem Wohlbefinden.

Ich nickte, da es mir tatsächlich besser ging, auch wenn das noch ziemlich weit von *gut* entfernt war. »Erinnere mich einfach daran, nie wieder auf diese Art mit dir zu reisen.« Ich rutschte tiefer in den Beifahrersitz und legte mir die Hand auf den aufgewühlten Magen.

Portale schön und gut, aber mehrfach hindurchzugehen und im Zickzack durch die halbe Welt zu reisen, um Shaws Magiespuren zu verwischen, war alles andere als angenehm gewesen. Mein Magen und mein Kopf fühlten sich an, als wäre ich zehnmal nacheinander Achterbahn gefahren. Das letzte Portal hatte uns zurück an die Südküste Englands geführt. Dort waren wir in den Jeep gestiegen. Mittlerweile graute der Morgen und die ersten Wolkenkratzer Londons tauchten vor uns auf.

»Wenn das, was Tarquin gesagt hat, stimmt, haben Ella und Wayne einiges zu erklären«, murmelte Shaw. Seine Stirn war in tiefe Falten gelegt. Eine Hand lag auf dem Lenkrad, mit der anderen fuhr er sich immer wieder durchs Haar, allerdings fielen ihm die Locken genauso oft wieder in die Stirn.

»Es wäre schön, wenn sie überhaupt etwas sagen würden, aber ich kann sie einfach nicht erreichen.« Ich starrte auf das Smartphone hinunter, das ich mit beiden Händen verkrampft umklammert hielt. Seit unserem Zusammentreffen mit Tarquin hatte ich immer wieder versucht, Ella zu erreichen, um sie zu warnen. Nichts. Kein Durchkommen. Auch auf die Nachrichten, die ich ihr geschrieben hatte, gab es keine Reaktion, also hatte ich mich schließlich direkt im Edinburgher Quartier gemeldet in der Hoffnung, Grant zu erreichen. Stattdessen hatte ich mit Holden Iwanow gesprochen, einem der dortigen Magic Hunter, wenn ich mich richtig erinnerte. Er hatte versprochen, die Warnung weiterzugeben. »Diesem Holden zufolge sind sie noch immer weiß der Himmel wo in den Highlands.«

Shaw nickte nachdenklich. »Wahrscheinlich ist das nur eine Vorsichtsmaßnahme, aber wenn die beiden wirklich etwas so Großes getan haben, wie sich mit der Geisterkönigin anzulegen und sie verschwinden zu lassen, kann das nicht lange geheim geblieben sein. Sie müssen sich zumindest Grant anvertraut haben.«

»Und der hat wiederum Nala informiert«, schlussfolgerte ich und ließ den Kopf gegen die Lehne zurückfallen. »Sie hat erwähnt, dass sie mit anderen zusammenarbeitet, aber ich dachte, dabei ginge es nur um dieses neue Sicherheitssystem, das die Quartiere miteinander vernetzen und Notrufe aussenden soll.«

»Anscheinend war das nicht das Einzige, woran sie gearbeitet haben.«

Ich nickte. »So oder so habe ich jede Menge Fragen, wenn wir zurück sind.«

Und daran, dass sie uns einweihen würde, hatte ich nicht mehr den geringsten Zweifel. Ja, Shaw und ich hatten unsere ganz eigenen Probleme, mit denen wir uns auseinandersetzen mussten, vor allem, wenn man bedachte, dass mir die Zeit im wahrsten Sinne des Wortes zwischen den Finger zerrann. Nur noch vier Tage, dann war alles vorbei – und ich musste bis dahin noch mindestens zwei Seelen in die Unterwelt zurückschicken … womöglich auch mehr.

Aber wir waren auch ein Teil dieser Welt, und durch den Angriff auf Prag, durch die Infos, die Tarquin uns zugespielt hatte, war das jetzt auch unser Problem. Wenn wirklich so etwas Gewaltiges im Gange war, dass Baldur ein Hunterquartier nach dem anderen auf der Suche nach Ella und Wayne – und vor allem nach Marjorie – attackierte, konnten wir uns nicht rausnehmen. Das ging uns alle etwas an. Kevin mochte mich verflucht haben, aber ich war noch immer eine Huntress. Ich konnte und würde nicht tatenlos zusehen, genauso wenig wie Shaw.

Die restliche Fahrt verbrachten wir schweigend. Obwohl sich Shaw immer wieder umsah, war uns niemand gefolgt. Wir erreichten das Hochhaus, in dem sich das Londoner Quartier befand, rund eine Stunde später und ich wies mich mit meinem Tattoo aus.

»Denkst du, sie haben es geschafft?«, fragte ich kurze Zeit später und starrte die grauen Metalltüren des Fahrstuhls an. »Birdie und die anderen, meine ich.«

Obwohl ich ahnte, wie die Antwort lauten würde, wünschte sich ein Teil von mir, etwas anderes zu hören. Ich wollte wieder das Kind sein, dem ein Erwachsener versicherte, dass alles gut werden würde, dass es allen gut ging und ich sie schon bald wiedersehen würde. Und ich wollte, dass mir jemand versicherte, dass Shaw und ich trotz des Fluchs des Todesboten weiterleben würden. Aber es gab niemanden, der mir dieses Versprechen geben konnte. Nicht einmal ich mir selbst, trotz all der Recherche, trotz des nächtelangen Durchgehens der Unterlagen der Archivare.

Statt irgendwelche Floskeln rauszuhauen, tastete Shaw nach meinen Fingern. Als sich unsere Blicke trafen, las ich die gleichen Sorgen und Ängste in seinen Augen. Die gleichen Befürchtungen.

»Ich weiß es nicht«, gab er leise zu. »Aber ich hoffe es.«

»Ich auch.«

Der Aufzug kam zum Stehen und wir betraten die Etage. Zuerst gaben wir unsere Waffen ab, dann machten wir uns auf die Suche nach Nala. Mittlerweile war es draußen hell geworden, also schlief Nala sicher nicht mehr. Falls sie in der letzten Nacht überhaupt ein Auge zugetan hatte.

Nach einigem Suchen fanden wir sie in einem der Besprechungsräume, zusammen mit Weston und Ripley. Zwischen ihnen auf dem Tisch lag ein Handy. Als Shaw und ich nach einem kurzen Klopfen eintraten, beendete Nala das Telefonat und nahm das Handy wieder an sich.

Kurz zuckte ihr Blick über uns, als wollte sie sichergehen, dass wir unverletzt waren, doch der besorgte Ausdruck in ihrem Gesicht verschwand nicht. »Geht es euch gut?«

Keine Vorwürfe, Zweifel oder Vorhaltungen, dass wir entgegen ihrem Befehl nach Prag gegangen waren.

»Ja, danke. Wir sind unverletzt. Wisst ihr schon etwas Neues?«

»Leider nicht.« Nala rieb sich über das Gesicht. »Unsere Archivare sind dran. Sobald es etwas Neues gibt, erfahren wir es sofort.«

»Gut.« Ich suchte Shaws Blick, um sicherzugehen, dass er auch die nächste Information preisgeben wollte. Als er unmerklich nickte, erzählte ich ihnen von unserer Begegnung mit Tarquin. »Ist es wahr?«, fragte ich anschließend. »Gibt es irgendeinen Anhaltspunkt dafür, dass Baldur tatsächlich nach Ella und Wayne sucht, weil sie Marjorie gefangen genommen haben?«

Allein es auszusprechen, fühlte sich an, als wäre es fernab von jeder Realität, doch im letzten Jahr hatte ich schon Verrückteres miterlebt. Tot zu sein und zurückzukehren zum Beispiel.

Nala deutete auf die freien Stühle am Tisch. »Setzt euch. Ihr wisst, dass nichts von dem, was in diesem Raum gesagt wird, nach außen dringen darf, verstanden? Ich will nicht, dass mehr Leute als unbedingt nötig davon erfahren.«

»Natürlich«, versprach ich sofort und ließ mich auf einen Stuhl schräg gegenüber von ihr sinken. Shaw tat es mir gleich.

»Zuerst war es nur eine lose Theorie, aber inzwischen sind wir ziemlich sicher, zumal Tarquin es bestätigt hat. Baldur lässt die Quartiere angreifen, weil er nach Ella Matthew und Wayne McKinley sucht. Wie ihr wisst, waren die beiden mehrmals in der Geisterwelt und haben dort einige verschollene und tot geglaubte Hunter wiedergefunden und befreit.«

Leute wie Niall, Ripley, Dinah, Hamish, André und noch so einige Menschen, die ich nicht kannte. Was Ella und Wayne getan hatten, war großartig, und ich würde ihnen auf ewig dankbar dafür sein, dass sie mir meinen Zwillingsbruder und meine Freunde zurückgebracht hatten. Allerdings wurde ich das Gefühl nicht los, dass diese Aktion einen hohen Preis gehabt hatte. Einen, den wir nun alle bezahlen mussten.

»Lass mich raten«, meldete sich Shaw zu Wort. »Das kam bei der Geisterkönigin nicht allzu gut an?«

»Kein Scheiß«, murmelte Ripley. Jetzt verstand ich auch, warum er Teil dieser Besprechung war. Er war dabei gewesen und hatte zumindest teilweise hautnah miterlebt, was passiert war.

Nala ignorierte die Einwürfe. »Sie hat Ella und Wayne in St. Petersburg überrascht. Es kam zu einem Kampf, bei dem die beiden Unterstützung der dortigen Hunter erhalten haben. Sie konnten Marjorie zwar nicht töten, aber gefangen nehmen.«

Also stimmte es. Tarquin hatte tatsächlich die Wahrheit gesagt.

Ich blinzelte verdutzt. »Wie …?«

»Lange bevor wir mit Amuletten gearbeitet haben, hatten wir Bronzefläschchen, in denen wir die stärksten Geister eingesperrt haben. Geister, die wir heute mit Amuletten vernichten können.« Sie nickte in meine Richtung.

Ich presste die Lippen aufeinander und wappnete mich innerlich. Irgendetwas sagte mir, dass mir nicht gefallen würde, in welche Richtung das Ganze ging.

»Um die entführten Leute aus der Geisterwelt zu befreien, mussten Ella und Wayne erst Marjorie aus dem Weg schaffen und haben sie in einem dieser Bronzefläschchen gefangen.«

»Und das war in St. Petersburg?«, hakte ich nach.

Weston räusperte sich. »Richtig. Dort gibt es ein Lager, in dem diese Fläschchen aufbewahrt werden.«

Und so schloss sich der Kreis. Ella und Wayne mussten das Fläschchen aus dem Lager in St. Petersburg genommen haben. Marjorie hatte sie kurz danach angegriffen und sie hatten es irgendwie geschafft, die Geisterkönigin darin einzusperren – ebenfalls in St. Petersburg. Das dortige Quartier war als Erstes angegriffen worden, aber vermutlich wussten die Hexen da noch nicht genau, nach wem sie eigentlich suchten. Aber jetzt war klar, dass sie nach Soul Huntern suchten. Deshalb hatten sie letzte Nacht das Prager Quartier angegriffen. Weil Ella und Wayne dort längere Zeit verbracht hatten – und vor allem Ellas Aktivitäten in der Stadt sicher nicht unbemerkt geblieben waren.

»Das ergibt Sinn«, murmelte Shaw. »St. Petersburg hat für Hexen eine große Bedeutung. Vor gut zwanzig Jahren fand dort der letzte große Kampf gegen die Hunter statt. Ich wette, dass sich in der Stadt zu jeder Zeit eine Menge Hexer herumtreiben. Irgendjemand muss Ella und Wayne erkannt und Baldur Bescheid gegeben haben.«

Nala und Weston nickten, wenn auch nicht ganz ohne Misstrauen aufseiten des Archivars, doch ich ignorierte das ebenso wie Shaw.

»Wir können also ziemlich sicher sein, dass Baldur deshalb nach den beiden sucht«, erklärte Nala. »Er glaubt, Marjorie wäre noch bei ihnen. Oder dass sie ihm zumindest sagen können, wo sie ist.«

Ich runzelte die Stirn und musste daran denken, dass Ella nie auf meine Nachrichten reagiert hatte. Falls die überhaupt angekommen waren. »Wo sind Ella und Wayne jetzt?«

Nala faltete die Hände auf dem Tisch. »In Sicherheit.«

»Und das Fläschchen mit Marjorie?«, hakte Shaw nach.

»Ebenfalls in Sicherheit.«

Okay. So viel dazu, uns alle Informationen anzuvertrauen.

Als ich aufsah, bemerkte ich Nalas nachdenklichen Blick. »Sie haben das Fläschchen zunächst mit nach Edinburgh genommen. Dann hat Grant mich und ein paar weitere Quartiersleiter informiert, und wir haben gemeinsam entschieden, was damit passieren soll. Es ist jetzt an einem sicheren Ort, weit weg von anderen Quartieren. Niemand wird es dort finden.«

»Aber das weiß Baldur nicht«, wandte Shaw ein. »Und solange er das nicht weiß, wird er weiterhin Quartiere angreifen lassen.«

»Amelia mag zwar viele Quartiere gekannt haben, aber doch nicht den exakten Standort von jedem einzelnen davon, oder?«, meldete sich Ripley zu Wort. »Nicht mal ich weiß, wo zum Beispiel die Quartiere in Südafrika oder Brasilien sind.«

»Auch ohne die Infos von Amelia dürfte das nicht allzu schwer herauszufinden sein«, erwiderte Shaw ruhig. »Isaac ist es in Edinburgh auch gelungen. Sie folgen Hunterteams oder nehmen jemanden gefangen und foltern diese Person so lange, bis sie alle Details preisgibt.«

Er hatte recht. Das Fläschchen mit Marjorie mochte in Sicherheit sein, schön und gut. Aber das half uns im Moment nicht gegen den Hexenkönig und seine Attacken auf die Quartiere. Mittlerweile hatte er schon vier angegriffen – und nach dem, was wir in Prag erlebt hatten, ging ihm langsam die Geduld aus.

Aber ich weigerte mich, nichts zu tun und zuzulassen, dass weitere Quartiere dem Erdboden gleichgemacht wurden. Auch wenn ich nur zu gut wusste, dass ich die Letzte war, die die Zeit, Energie und Ressourcen dafür hatte, sprach ich meine Gedanken laut aus. »Wir müssen etwas unternehmen. Wir können nicht einfach die Hände in den Schoß legen und das Ganze aussitzen. Baldur wird nicht aufgeben, oder?« Mit dieser Frage wandte ich mich direkt an Shaw.

Der schüttelte den Kopf. »Nein. Wenn Tarquin die Wahrheit gesagt hat und Baldur wirklich glaubt, dass Marjorie von den Huntern gefangen gehalten wird, wird er ein Quartier nach dem anderen niederbrennen. St. Petersburg, Riga und Warschau waren nur der Anfang. In Prag ist es eskaliert – und selbst das dürfte nur der Vorgeschmack auf das sein, was uns erwartet, wenn Baldur Marjorie nicht bald zurückbekommt.«

»Und wenn dieser Tarquin lügt?«, wandte Ripley ein. »Wenn er dir nur erzählt, was du hören willst, um dich zurück auf seine Seite zu ziehen?«

»Das ist eindeutig Teil seines Plans. Und genau deshalb hat er uns auch die Wahrheit gesagt. Nicht um den Huntern zu helfen, sondern um mich dazu zu bewegen, Marjorie zu finden und zu Baldur zurückzubringen.«

»Und wirst du es tun?«

Shaw hielt seinem Blick ohne mit der Wimper zu zucken stand. »Was denkst du?«

Sekundenlang starrten die beiden aneinander stumm an, dann zuckte ein Lächeln um Ripleys Mundwinkel. »Ich hoffe … nein, ich bin mir ziemlich sicher, dass du ihm in den Hintern treten wirst.«

»Verdammt richtig.«

Weston seufzte. »Auch wenn ich das nur ungern sage, aber ihr habt recht. Wenn wir so weitermachen wie bisher, wird Baldur noch mehr Quartiere niederbrennen. Er zieht jetzt schon eine Spur der Verwüstung von Norden nach Süden.«

Nala sah von einem zum anderen. »Wenn wir wirklich etwas unternehmen wollen, muss ich das zuerst mit Grant, Sebastién und den anderen Quartiersleitern besprechen. Aber euch sollte eines klar sein: Wenn wir uns dazu entschließen, etwas zu tun, legen wir uns mit dem Hexenkönig persönlich an. Dann sind wir im Krieg.«

Ein Muskel zuckte an Shaws Kiefer. »Das sind wir bereits.«

Ich nickte, genau wie Ripley und Weston.

»Also gut. Ich werde eine Konferenz einberufen.« Mit diesen Worten stand Nala auf und verließ den Besprechungsraum schnellen Schrittes.

Nachdem Nala gegangen war, trennten sich unsere Wege. Weston machte sich an die Arbeit und Shaw ging mit Ripley zum Frühstücken in die Kantine. Nachdem wir so lange unterwegs gewesen waren und er so viel Magie in so kurzer

Zeit eingesetzt hatte, war er am Verhungern. Mir hingegen war nach den Erlebnissen dieser Nacht jeder Appetit vergangen.

Zurück in meinem Zimmer zog ich die Klamotten aus, die nach Rauch und Tod stanken, und duschte so lange und so heiß, bis meine Haut schmerzte. Doch die Bilder in meinem Kopf blieben.

Minutenlang starrte ich meine Schulter im Spiegel an, bis sich ein Krampf in meinem Nacken meldete und ich mich wieder umdrehte. Aber selbst dann befühlte ich die kleine Stelle mit der unebenen Haut mit den Fingerspitzen. Von dem Biss des Höllenhundes war kaum noch etwas zu sehen und zu spüren. Als Finn mich gefragt hatte, wie viele entflohene Seelen es noch waren, war ich mir nicht ganz sicher gewesen, aber jetzt? Jetzt war ich mir ziemlich sicher, dass es nur noch zwei waren. Zwei Spirits, die ich wieder in die Unterwelt verbannen musste. Und Shaw war einer davon.

Ich zog mir eine bequeme schwarze Leggings und ein Shirt an, dann setzte ich mich aufs Bett. Meine Gedanken waren ein einziges Chaos. Quartiere wurden angegriffen. Menschen starben. Es fühlte sich falsch an, sich um mein eigenes Schicksal zu sorgen, dennoch musste ich es tun. Weil es nicht nur mein Schicksal war, sondern auch das von Shaw.

Meine Finger zitterten, als ich Nadel und Teststreifen aus dem mittlerweile abgegriffenen Set zog, und mein Magen zog sich vor Anspannung zusammen. Eine Seele noch. Den vorletzten Spirit konnte und würde ich noch aufspüren und dann … dann musste ich einen Ausweg finden.

Für Krall und die anderen Hunter und Huntresses aus Prag konnte ich im Moment nichts tun. Nala und Weston kümmerten sich darum. Aber ich konnte das hier tun.

Gleich nachdem ich den Teststreifen in den Ghostvision geschoben und das Gerät zu summen begonnen hatte, klopfte es an meiner Tür.

»Ja?« Ich sah auf, als die Tür geöffnet wurde, und musste unwillkürlich lächeln, als Niall den Kopf hereinsteckte.

»Hey Schwesterherz.« Er schloss die Tür hinter sich, durchquerte das Zimmer und ließ sich neben mich aufs Bett fallen. Für jemanden, der den größten Teil seines Lebens in der Geisterwelt verbracht hatte, hatte Niall sich mittlerweile erstaunlich gut angepasst. Zumindest war er noch genauso ein Technikfreak wie früher und hatte sich sehr schnell mit seinem neuen Smartphone angefreundet. Mit anderen Dingen wie der Kaffeemaschine oder der Waschmaschine hatte er noch so seine Probleme, wie er mir in einem unserer Telefonate vor einigen Tagen gestanden hatte. Aber Linnea hatte ihn als ihren Assistenten rekrutiert, und Niall hatte nichts dagegen, stundenlang vor einem Bildschirm zu sitzen und Informationen hinterherzujagen und sie zu inhalieren. »Was tust du da?«, fragte er und deutete mit dem Kinn auf den Ghostvision, der inzwischen aufgehört hatte zu summen.

»Herausfinden, wohin es als Nächstes geht.« Ich folgte seinem Blick. Neben dem Gerät lag mein Handy, dessen Display jetzt aufleuchtete. Ich gab die neuen Koordinaten in die Karten-App ein – und sog überrascht die Luft ein, als das Ergebnis auftauchte.

»Was ist?«, fragte Niall besorgt.

»Der letzte … der vorletzte Geist«, korrigierte ich mich schnell und befeuchtete mir die Lippen. »Er ist in Irland.«

Das Schicksal hatte einen seltsamen Sinn für Humor. Vielleicht war es aber auch nur Kevins Sinn für Humor oder der des Königs der Unterwelt, der mich so kurz vor dem Ende ausgerechnet dorthin zurückführte, wo alles angefangen hatte. An die Westküste Irlands. Zurück nach Hause.

Niall sah über meine Schulter auf mein Handy. »Diesmal komme ich mit.«

Ich lächelte matt, da ich ihm das nicht abschlagen konnte. Nicht, wenn ich ihm zuvor schon angeboten hatte, ihm einen Flug zurück nach Hause zu buchen, damit er unsere Eltern und das Haus, in dem er aufgewachsen war, endlich wiedersehen konnte. Unsere Eltern, die noch immer nichts von seiner Rückkehr wussten und völlig außer sich vor Freude sein würden. Zumindest sobald wir ihnen eine glaubwürdige Erklärung für Nialls Verschwinden präsentiert hatten. Doch sosehr ich mir wünschte, dass er unsere Eltern endlich wiedersah, so wenig hatte ich damit gerechnet, dass ich ihn auf dieser Reise begleiten würde. Und erst recht nicht, um meine Mission dort zu Ende zu bringen, wo sie angefangen hatte. Zumindest *fast* zu Ende.

Aber konnte ich das tun? Konnte ich wirklich losziehen, während Chaos in der Welt der Hunter ausbrach? Andererseits … welche Wahl hatte ich? Wenn ich helfen wollte, musste ich am Leben bleiben, und das konnte ich nur, wenn ich den letzten Geist, abgesehen von Shaw, in die Unterwelt zurückschickte und einen Weg fand, wie wir beide Kevins Fluch überleben konnten. Obwohl ich mich nächtelang durch alle Informationen gelesen hatte, die Donatius mir geschickt hatte, war ich einer Lösung keinen Schritt näher gekommen. Und bisher hatten Linnea, Weston und die anderen Archivare keine neuen Hinweise gefunden. Nichts, das uns weiterhelfen würde. Aber es musste eine Möglichkeit geben. Es musste einfach. Etwas anderes konnte und wollte ich nicht akzeptieren. Nur wenn wir beide überlebten, würden wir auch Nala und den anderen eine Hilfe im Krieg gegen die Hexen sein.

Als ich aufsah, bemerkte ich den nachdenklichen Ausdruck auf dem Gesicht meines Bruders. »Du siehst aus wie damals,

als du überlegt hast, wie du am besten den Kamin raufklettern kannst, nur um diesem Jungen in der Schule zu beweisen, dass der Weihnachtsmann wirklich existiert.«

Niall zog eine Grimasse. »Zu Recht. Was behauptet der auch, es würde den Weihnachtsmann nicht geben? Ich hätte es auch fast geschafft, bis …«

»Bis Dad dich an den Füßen gepackt und rausgezogen hat, meinst du?« Bei der Erinnerung musste ich unwillkürlich grinsen. Niall war mit hochrotem Kopf und voller Ruß aus dem Kamin gekrochen. Aber unser Vater hatte ihm nicht die Hölle heißgemacht, sondern sich mit ihm hingesetzt und ihm erklärt, wie das mit dem Weihnachtsmann und dem Kamin funktionierte.

Damals waren wir acht gewesen und hatten noch an Wesen wie Feen, Kelpies, Werwölfe und den Weihnachtsmann geglaubt. Leider war nur einer davon ein Märchen.

»Also, was ist los?« Ich drehte mich noch weiter zu ihm um und zog die Beine an.

Das Lächeln verschwand aus Nialls Miene. »Was passiert, wenn wir wieder hierher zurückkommen?«

»Was meinst du?«

»Wenn du den vorletzten Geist vernichtet hast und nur noch Shaw übrig bleibt. Was passiert dann?«

Ich senkte den Blick. »Niall …«

»Ich will es wissen. Ich will wissen, ob ich meine Schwester verliere, nachdem ich sie gerade erst wiedergefunden habe.«

»Du wirst mich nicht verlieren.«

Langsam schüttelte er den Kopf. »Das weißt du nicht. Du bist schon mal gestorben und wenn du nicht …« Er holte tief Luft, ganz so, als müsste er sich sammeln, bevor er fortfuhr. »Ich bin nicht dämlich. Ich merke doch, wie du ihn ansiehst. Wie er dich ansieht. Aber bist du wirklich bereit, für ihn zu sterben? Willst du wirklich zulassen, dass die Höllenhunde dich holen kommen, weil du ihn nicht zurück in die Unterwelt schicken kannst?«

»So einfach ist das nicht.« Mir war nicht mal aufgefallen, dass ich die Fingernägel in meine Handflächen gebohrt hatte, bis ich den scharfen Schmerz spürte. Ich löste meine Fäuste und suchte Nialls Blick. »Ich kann ihn nicht einfach sterben lassen. Ich kann nicht.«

Seine Augen weiteten sich. Was auch immer Niall meinte gesehen zu haben, was auch immer er von Shaw und mir gedacht hatte, ihm schien nicht klar gewesen zu sein, wie tief es ging. Bis jetzt.

»Du liebst ihn«, stellte er leise fest.

Ich antwortete nicht, aber das musste ich auch gar nicht. Mein Zwillingsbruder kannte mich gut genug.

»Ich finde einen Weg«, beschwor ich ihn und drückte seinen Arm. »Es muss eine Lösung geben und ich werde sie finden.«

Niall nickte, aber ich wusste nicht, ob ich ihn wirklich überzeugt hatte. Oder ob ich nicht eher versuchte, mich selbst davon zu überzeugen. So oder so musste ich mit Shaw reden. Nicht nur über das Thema, das wir bisher größtenteils vermieden hatten, sondern auch über diese Reise und ob wir diesmal zusammen hinfliegen würden.

Niall legte den Arm um mich und zog mich an sich, bis mein Kopf an seiner Schulter lag. »Erst mal fahren wir zurück nach Hause, Roxy.«

»Ja.« Ich musste mich zu einem Lächeln zwingen, weil sich eine böse Vorahnung in meiner Brust festgesetzt hatte. Wenn ich auf dieser Reise auch nur einen einzigen Fehler machte oder eine falsche Entscheidung traf, könnte das meine letzte Reise sein. Für immer. »Das tun wir.«

24. KAPITEL

Shaw

Nachdem ich mit Finn und Ripley in der Kantine gesessen und einen Stapel Sandwiches zum Frühstück verdrückt hatte, machte ich mich auf den Weg zu Roxys Zimmer. Ich brauchte dringend eine Dusche und wir beide wenigstens ein paar Stunden Schlaf, auch wenn es längst Morgen war. Doch als ich vor ihrer Tür ankam, hörte ich Nialls Stimme. Die beiden hatten seit Roxys Rückkehr kaum Zeit miteinander verbringen können, also drehte ich um und ging in den kleinen Aufenthaltsraum, den Finn mir nach meiner Ankunft gezeigt hatte. Ich würde mich einfach eine Weile hier aufs Sofa legen und später zu Roxy ins Bett klettern.

»Shaw?«

Ich erwachte mit einem Ruck, als die Tür zum Aufenthaltsraum aufging. »Ja?«

Ich setzte mich auf. *Shit.* Ich musste eingeschlafen sein.

Linnea näherte sich mit ihrem Rollstuhl und lächelte zögerlich. Seit meiner Rückkehr, bei der ich ganz offiziell nicht mehr nur Shaw, der Hunteranwärter ohne Gedächtnis, sondern Shaw, der Hexenmeister war, hatte ich sie kaum zu Gesicht bekommen. Vielleicht hatte sie sich von mir ferngehalten oder ihre Mutter hatte es ihr verboten, meine Nähe zu suchen. Verübeln könnte ich es Ingrid nicht – sie war eine der wenigen hier, die meine Fähigkeiten live miterlebt hatten, damals als ich

Roxys Körper hierher zurückgebracht hatte. Ich würde nie den Ausdruck von purer Angst und blankem Entsetzen im Gesicht der Ärztin vergessen. In Linneas Miene spiegelte sich jedoch nichts davon wider, nur ihr etwas unsicheres Lächeln verriet, dass sie die neue Situation noch gewöhnungsbedürftig fand. Aber damit war sie nicht allein.

»Weston informiert gerade Roxy, und ich dachte, du willst es auch wissen«, sagte sie und fuhr fort, bevor ich überhaupt fragen konnte, was genau sie meinte. »Wir haben Rückmeldungen von den Huntern aus Ostrava, Wien und Berlin, die losgezogen sind, um dem Prager Quartier zu Hilfe zu eilen.«

Mit einem Mal war ich hellwach.

»Ein paar aus dem Prager Team haben es geschafft. Darunter …« Linnea tippte auf dem Tablet in ihrem Schoß. »Gertrude Salzmann. Birdie«, fügte sie hinzu, als sie meinen irritierten Blick bemerkte. »Sie liegt in einem Krankenhaus in Wien, aber sie wird durchkommen. Pavel Kadlec ist vor zwei Stunden sicher in Berlin angekommen, und Li Jun, Tereza und Mara waren in der vergangenen Nacht tatsächlich nicht in Prag, sondern im Quartier in Ostrava.«

Erleichterung durchflutete mich, als ich die vertrauten Namen hörte und erfuhr, dass sie noch am Leben waren. Aber neben der Erleichterung war da auch diese nagende Unsicherheit, die sich Stück für Stück in schreckliche Gewissheit verwandelte.

»Was ist mit den anderen?« Ich räusperte mich, damit meine Stimme nicht mehr so gebrochen klang. »Mit Matej, Pandora und Trent?«

Ein mitfühlender Ausdruck legte sich auf ihr Gesicht. »Tut mir leid.«

Ich nickte nur, zu geschockt, um irgendetwas anderes zu tun oder zu sagen. Erst jetzt wurde mir klar, dass ein Teil von mir darauf gehofft hatte, dass es alle Hunter aus Prag geschafft, dass sie irgendeinen Weg gefunden hatten, trotz der vernichtenden Attacke zu überleben. Der Attacke von Leuten, die wie ich waren. Leute, die sie eiskalt ermordet hatten.

Ich ballte die Hände zu Fäusten und sprang auf. Unruhig begann ich im Aufenthaltsraum hin und her zu laufen. Das war nicht fair. Der Tod dieser Menschen war einfach nicht fair. Sie hatten nichts falsch gemacht, hatten nur für das gekämpft, was ihnen wichtig war, und dabei auch noch so viele Leben beschützt oder sogar gerettet. Niemand dort draußen würde je erfahren, was Trent, Matej, Pandora und Krall für sie getan hatten, weil niemand über das Übernatürliche Bescheid wusste. Das war nicht in Ordnung.

Linnea folgte meinen Bewegungen mit ihrem Blick. »Nala möchte dich gern sehen, um das weitere Vorgehen zu besprechen. Sie wartet in der Bibliothek auf euch.«

Ich blieb stehen und drehte mich zu ihr um. Aus irgendeinem Grund fiel mir ausgerechnet jetzt überdeutlich auf, wie jung Linnea eigentlich war. Sie war noch nicht mal eine voll ausgebildete Archivarin und trotzdem ständig hier, um zu helfen, wo sie konnte. Dabei könnte sie genauso schnell angegriffen werden und sterben wie die Hunter, Huntresses und Archivare in Prag. Von der einen Sekunde auf die nächste könnte sie tot sein. Und es wäre zumindest zum Teil meine Schuld. Weil es Baldurs Hexen und Hexenmeister waren. Weil ich trotz allem einer von ihnen war.

»Danke«, presste ich hervor, da ich nichts anderes über die Lippen brachte.

Sie lächelte mitfühlend und verließ den Raum.

Ich erinnerte mich nicht an den Weg zur Bibliothek, weil ich so in Gedanken war, aber auf einmal war ich dort und schritt an den riesigen Regalen vorbei, die ich bei meinem allerersten

Besuch staunend bewundert hatte. Damals war ich Roxy von der Krankenstation hierher gefolgt und Maxwell hatte mir in einem ruhigen Gespräch alles erklärt. Maxwell … Es kam mir beinahe so vor, als wäre sein Tod eine Ewigkeit her, dabei waren es nur wenige Monate. Seither waren noch mehr Menschen gestorben, die ich gekannt hatte. Dominique. Owen. All die anderen Edinburgher Hunter, Huntresses und Archivare, die beim Tag des Blutbades ums Leben gekommen waren. Krall. Und jetzt auch noch Pandora, Matej und Trent. Dieser Kampf, nein, dieser Krieg hatte schon zu viele Opfer gefordert. Es wurde Zeit, es zu Ende zu bringen.

Nala wartete bereits im hinteren Bereich der Bibliothek. Die letzten Stunden waren auch an ihr nicht spurlos vorübergegangen. Sie wirkte abgespannt und müde, aber nicht weniger entschlossen.

Mein Blick fiel auf Roxy. Sie stand nur wenige Schritte von Nala entfernt und lehnte mit dem Rücken an einem Regal. Zwar sah sie nicht mehr ganz so blass aus wie bei unserer Rückkehr, aber noch immer erschöpft. Ich hatte gehofft, dass sie ein bisschen Ruhe gefunden hatte, doch die Schatten unter ihren Augen erzählten eine andere Geschichte. Als sich unsere Blicke trafen, zog ich einen Mundwinkel hoch. Obwohl sie nach außen hin kaum eine Regung zeigte, veränderte sich ihr Blick, wurde wärmer, eindringlicher. Mein anderer Mundwinkel wanderte ebenfalls nach oben.

Finn lehnte mit vor der Brust verschränkten Armen an der Wand neben ihr, nicht weit von Ripley entfernt, der sich in einen Stuhl geworfen und die Beine lässig ausgestreckt hatte. Weston stand mit einem Tablet in der Hand neben den Monitoren, die rund um die Uhr von Archivaren überwacht wurden.

»Danke, dass ihr hergekommen seid. Und danke für eure Geduld«, eröffnete Nala das Gespräch und sah in die Runde.

»Ich habe mit den anderen Quartiersleitern gesprochen und wir haben uns auf einen Plan geeinigt. Er ist riskant, aber wenn Baldur weiterhin unsere Quartiere angreift, müssen wir handeln. Er verfolgt eindeutig eine Spur und hat mittlerweile auch das Quartier in Athen angreifen lassen. Die dortigen Hunter waren vorgewarnt und konnten die Stellung halten«, fügte sie eilig hinzu, als sie unser Entsetzen bemerkte. »Wir können und werden nicht darauf warten, dass noch mehr Leute sterben.«

Da war ich ganz ihrer Meinung. Unwillkürlich wanderte mein Blick zu Roxy. Uns blieben noch vier verdammte Tage. Nein, um genau zu sein, blieben *mir* noch vier Tage, denn ich würde alles in meiner Macht Stehende tun, damit Roxy überlebte. Aber auch wenn ich wusste, dass meine Zeit beinahe abgelaufen war, würde ich nicht einfach dabei zusehen, wie weitere Hunter und Huntresses starben. Schon gar nicht durch die Hand von Wesen, die wie ich waren.

»Aber es gibt eine Planänderung: Wir werden das Fläschchen mit Marjorie aus seinem Versteck holen und es an einen anderen sicheren Ort bringen. Baldur ist schon viel zu nahe dran. Wir können nicht zulassen, dass er es findet«, fuhr Nala fort. »Dank Ella und Wayne steht uns ein zweites Fläschchen zur Verfügung. Das befindet sich gerade in Edinburgh. Wir können es benutzen, um Baldur in eine Falle zu locken und seine Seele einzufangen, bevor er sich in einem neuen Körper einnisten kann. Dann ist er gebannt, genauso wie Marjorie. Die anderen Quartiere stehen hinter uns und werden uns nach Kräften unterstützen. In den nächsten Tagen werden wir hier viele Magic Hunter und Huntresses sowie Leute mit Amuletten der höchsten Stufen willkommen heißen, aber uns bleibt nicht viel Zeit. Wir müssen uns vorbereiten, den Plan mit der Falle ins Rollen und nebenbei das Fläschchen mit Marjorie in Sicherheit bringen.«

»Ich kann das übernehmen«, bot ich sofort an. »Mit der Portalmagie bin ich innerhalb von Minuten dort und wieder zurück. Mit Umwegen maximal ein paar Stunden.«

Weston warf mir einen zweifelnden Blick zu. »Du weißt nicht mal, wo es sich gerade befindet.«

»Spielt keine Rolle. Roxy und ich waren wie schnell in Prag und wieder zurück?« Ich zuckte mit den Schultern. »Das sollte kein Problem sein.«

»Und was ist, wenn du Baldur damit auf deine, oder eher auf unsere Spur bringst?«, meldete sich Ripley und lehnte sich in seinem Stuhl vor. »Kannst du garantieren, dass das nicht passiert?

»Hexermagie ist einzigartig, vor allem die von Hexenmeistern«, erklärte ich. »Es ist, als würde man einen Fingerabdruck auf einem polierten Glas hinterlassen. Das passiert nur bei Portalen und sehr starker Magie, aber ich habe gelernt, unter dem Radar zu bleiben. Wenn ich ein Portal erschaffe, dann nehme ich nie den direkten Weg, sondern öffne kurz hintereinander mehrere Portale. Ich wechsle so schnell zwischen verschiedenen Orten hin und her, dass es praktisch unmöglich ist, mir zu folgen.«

»Das kann ich bestätigen«, warf Roxy ein und legte sich die Hand auf den Magen, als wäre ihr noch immer etwas übel von dem ganzen Portal-Jumping, was wir betrieben hatten.

Ich warf ihr ein mitfühlendes Lächeln zu.

»Interessant.« Ein faszinierter Unterton schwang in Westons Stimme mit. »Das ist wie bei einem Signal, das man über mehrere Satelliten schickt, damit man es nicht zurückverfolgen kann.«

»So könnte man sich das vorstellen, ja.« Ich nickte ihm zu und wandte mich dann wieder an Nala. »Ich kann das Fläschchen mit Marjorie holen und in einem anderen Versteck irgendwo weit weg abliefern. So haben Roxy und ich das die letzte Woche auch mit dem Ghostvision gemacht. Und von dort könnt ihr es ja weitertransportieren, damit ich auch nicht mehr weiß, wo es letztendlich aufbewahrt wird.«

»Und was ist mit dir? Nachdem du das Fläschchen abgeliefert hast?«, hakte Roxy nach.

»Ich verwische meine Spuren und kehre ganz klassisch mit dem Auto oder per Zug nach London zurück.« Ich zögerte kurz. Obwohl ich mir wünschte, dass das alles so schnell wie möglich über die Bühne ging, musste ich mir eingestehen, dass dem vermutlich nicht so war. »Das könnte dann noch einen, maximal zwei Tage dauern«, gab ich zu. Obwohl diese Info auch für Nala gedacht war, sah ich Roxy die ganze Zeit über an, denn wir wussten beide, was das bedeutete.

Ein oder zwei Tage. Für andere mochte das nicht viel sein, aber für mich, für uns war das noch mehr Zeit, die wir verloren. Zeit, die uns niemand zurückgeben würde. Dennoch hatte ich keine Wahl. Ich konnte nicht einfach dabei zusehen, wie Baldur und seine Hexer eine immer größere Bedrohung für die Hunter wurden. Für meine Freunde.

Roxy nickte mir zu. Am liebsten hätte ich sie sofort in meine Arme gezogen, hielt mich aber zurück, solange die Besprechung noch nicht zu Ende war.

Schweigen hatte sich in der Bibliothek ausgebreitet. Ich konnte förmlich sehen, wie es in Nalas Kopf arbeitete, wie sie die Vor- und Nachteile abwägte und schließlich zu einer Entscheidung kam.

»Einverstanden«, sagte sie und ihre Armbänder klimperten, als sie sich bewegte. »Aber ich kann dich nicht allein dorthin schicken. Und ja, das hat neben deiner und unserer Sicherheit auch etwas mit Vertrauen zu tun. Mal davon abgesehen, wer du bist und früher warst – vor wenigen Stunden bist du hier herausgestürmt und hast mir gesagt, ich hätte dir nichts zu befehlen.«

Ich verzog das Gesicht. »Ja, das … war nicht gerade einer meiner besten Momente.«

»No Shit, Sherlock«, murmelte Ripley.

Nala ignorierte ihn. »Das Fläschchen mit Marjorie befindet sich in der Höhle von Psychro, auch bekannt als Zeus-Höhle, auf Kreta. Dort gibt es kein Quartier, also dürfte das Versteck auch nicht auf Baldurs Zielliste stehen. Aber mit seinem Angriff auf Athen ist er schon zu nahe dran. Wir wissen nicht, was ihn dort hingetrieben hat, aber es auf der Insel zu lassen, wäre ein zu großes Risiko.«

Ich blinzelte. Das Fläschchen war in einer Höhle auf einer Insel? Ich wusste zwar nicht, was ich erwartet hatte, aber das irgendwie nicht.

Trotz meiner Überraschung nickte ich. »Das sollte kein Problem sein.«

Zumindest kein großes. Wahrscheinlich wäre es zu gefährlich, ein Portal direkt nach Kreta zu erschaffen. Das griechische Festland musste reichen, und von dort ging es per Schiff oder Flug weiter. Nur um ganz sicherzugehen, dass mir weder Tarquin noch ein anderer Hexenmeister folgte. Denn daran, dass sie noch immer hinter mir her waren, bestand nicht der geringste Zweifel. Baldur schien nämlich nicht gerade der Typ fürs Vergeben und Vergessen zu sein. Solange ich am Leben war, würde er mich jagen lassen. Und das Angebot, das Tarquin mir übermittelt hatte, konnte er sich sonst wohin stecken. Ich wusste, auf wessen Seite ich stand.

Aus dem Augenwinkel bemerkte ich, wie Finn bereits Luft holte, um etwas zu sagen, aber Nala kam ihm zuvor. »Nein. Du begleitest Roxy. Wenn ich das richtig mitbekommen habe, ist deine Mission noch nicht beendet, oder?«

Roxy zögerte und suchte meinen Blick, nickte dann jedoch. »Wir müssen nach Irland. Niall kommt auch mit.«

»Alles klar. Dann seid ihr dafür freigestellt.« Damit wandte sie sich wieder an mich. »Ripley und Dinah werden dich nach Kreta begleiten.«

»Damit du sichergehen kannst, dass ich das Fläschchen auch wirklich zum richtigen Ort bringe, statt es bei Baldur abzuliefern?«

Nala sah aus, als wäre sie kurz davor, mir an die Kehle zu springen. »Das auch. Aber vor allem für den Fall, dass etwas schiefgeht. Wir haben keine Ahnung, wie viel Baldurs Leute wissen und welche Spuren sie verfolgen. Wir müssen alle Vorsichtsmaßnahmen ergreifen, also schicke ich eines meiner besten Teams mit dir mit. Das ist keine Bitte, sondern ein Befehl.«

Ich biss die Zähne zusammen. Klar könnte ich mich auch einfach wegteleportieren und das Gefäß ohne jede Begleitung holen, aber Nala hatte recht. Wenn etwas schiefging, könnte ich die anderen Hexenmeister damit geradewegs zu Marjorie führen. Das Risiko war einfach zu groß. Mit Ripley und Dinah an meiner Seite bestand die Chance, dass es zumindest einer von uns mit dem Fläschchen ins neue Versteck schaffen würde.

Also nickte ich. »Einverstanden.«

»Was ist mit dem Angriff auf Athen?«, warf Roxy ein. »Du meintest, die Hexer wurden zurückgeschlagen. Aber rechnet ihr damit, dass sie es ein weiteres Mal versuchen werden? Und ist es für Shaw dann nicht zu gefährlich, sich in ihre Nähe zu begeben?«

Zum ersten Mal trat so etwas wie ein Lächeln auf Nalas Gesicht. »Für diesen Fall haben wir vorgesorgt. Baldur sucht nach Soul Huntern, richtig? Also soll er die auch finden. Ich werde Ella und Wayne kontaktieren und sie bitten, als Lockvögel zu agieren. Soweit ich weiß, sind die beiden noch in Schottland. Wenn sie weitab von Griechenland auftauchen, werden sie Baldur und seine Leute hoffentlich lange genug ablenken.«

»Und dabei hoffentlich nicht draufgehen«, murmelte ich.

Nala ignorierte meinen Kommentar. »In der Zwischenzeit bereiten wir hier alles vor. Sobald wir das leere Fläschchen aus Edinburgh haben, locken wir Baldur in eine Falle und sperren ihn ein.«

Es dauerte nicht lange, meine paar Sachen für die nächste Reise zu packen. Genau genommen ging es viel zu schnell. Den Rest des Tages verbrachte ich mit Roxy. Wir holten noch ein paar Stunden Schlaf nach, aßen mit den anderen in der Kantine und ich trainierte mit Giselle, während Roxy wieder zu den Archivaren ging.

Spätabends erhielten wir das Go von Ella und Wayne. Sie hatten sich sofort bereit erklärt, als Ablenkungsmanöver zu fungieren. Cain und Warden waren bei ihnen, und gemeinsam waren sie nun am richtigen Ort und würden alles unternehmen, um die Aufmerksamkeit von Baldurs Leuten auf sich zu ziehen. Also stand mir erneut ein Abschied bevor. Und das, noch bevor ich überhaupt wieder richtig angekommen war.

Die Tür zu Roxys Zimmer war nur angelehnt, und als ich sie aufschob, fand ich sie auf ihrem Bett sitzend, umringt von lauter Büchern und Unterlagen der Archivare.

»Hey«, sagte ich leise und lehnte mich mit der Schulter gegen den Türrahmen.

Sie sah auf. »Hey …«

Ich betrachtete sie einen Moment lang schweigend und versuchte, mir ihren Anblick ins Gedächtnis einzuprägen. »Sieht so aus, als würde uns wieder mal keine Zeit bleiben …«

Sie lächelte matt. »Irgendwie müssen wir uns ständig voneinander verabschieden, ohne zu wissen, ob wir uns überhaupt wiedersehen werden.«

»Das werden wir«, versprach ich und stieß mich vom Türrahmen ab. Ich ging vor ihr in die Hocke und strich mit den Fingerknöcheln über ihre Wange.

»Wie kannst du da so sicher sein?«, fragte sie leise und schmiegte das Gesicht in meine Hand.

Diese Geste, so klein sie auch sein mochte, ließ mein verdammtes Herz einen Schlag lang aussetzen.

»Weil ich dich wiedersehen will. Und das werde ich auch.«

Wir waren so nah dran. Es fehlte nur noch ein Geist, bis ich als Einziger übrig blieb. Ich wusste, dass Roxy verbissen nach einer Lösung suchte. Einer Lösung, bei der wir beide überlebten, auch wenn das utopisch war. Ich hatte mein Schicksal bereits akzeptiert – und bald würde sie das auch tun. Sie musste einfach. Es gab wichtigere Dinge als das Leben eines einzelnen Hexenmeisters, der schon einmal gestorben war.

Nach dem Angriff auf das Prager Quartier war alles andere in den Hintergrund getreten. So viele Menschen waren gestorben, die wir gekannt hatten. Die unsere Freunde gewesen waren. Das hatte alles verändert. Jetzt gab es kein Zurück mehr. Uns blieben nur noch ein paar mickrige Tage und wir mussten uns schon wieder trennen.

Nein, wir *mussten* es nicht. Wir wollten es. Roxy würde sich um den vorletzten Geist kümmern und ich … ich musste wenigstens etwas von dem, was ich als Kane getan hatte, wiedergutmachen. Also hatte ich Nala und den anderen meine Hilfe angeboten. Und das, obwohl sich alles in mir dagegen sträubte, Roxy allein losziehen zu lassen, statt an ihrer Seite zu sein, wenn sie in ihre Heimat zurückkehrte und sich der vorerst letzten entflohenen Seele stellte.

»Hältst du das wirklich für eine gute Idee?«, fragte sie leise, als hätte sie mir meine Gedanken vom Gesicht ablesen können.

»Ich muss das tun. Ich will helfen.«

Sie wusste es. Sie verstand, wieso es mir so wichtig war, das zu tun. Und das sogar, ohne meine grausame Vergangenheit zu kennen.

Auf einmal fühlte es sich an, als drücke ein schweres Gewicht auf meine Brust. Hatte ich mir nicht erst vor Kurzem vorgenommen, dass es keine Geheimnisse mehr zwischen uns geben sollte? Dabei war ich selbst derjenige, der ihr nicht alles verraten hatte.

»Was ist …?«, fragte sie leise.

Am liebsten hätte ich ihr alles erzählt, hätte ihr von Kane, dem Hexenmeister, berichtet, der zum Spaß Jagd auf Hunter machte und sie tötete. Der Häuser und Dörfer hatte niederbrennen lassen oder zugesehen hatte, wenn andere es taten. Mittlerweile kannte ich nicht nur die Bruchstücke, die Tarquin mir hingeworfen hatte, sondern hatte in den vergangenen zwei Monaten und mit Linneas Hilfe auch einiges zusammengetragen. Und mit jeder weiteren Info verachtete ich den Kerl, der ich früher gewesen war, nur noch mehr.

Wie konnte das sein? Wie war es möglich, mein eigenes Ich aus einem früheren Leben zu hassen? Auch wenn ich mich an kaum etwas davon erinnerte, waren meine Seele und seine dieselbe. Ob ich es zugeben wollte oder nicht – ich war Kane. Und tief in meinem Inneren wusste ich, dass ein Teil von mir durchaus zu all den grausamen Dingen fähig war, die er getan hatte.

Aber wie sollte ich das Roxy erklären? Wie sollte ich ihr all das mitteilen, ohne dass sie mich plötzlich in einem anderen Licht sah? Ohne dass sie mich … hasste und fürchtete? Es war die eine Sache, zu wissen, dass ich früher mal ein mächtiger Hexenmeister in Baldurs innerem Zirkel gewesen war, aber eine völlig andere, die Details zu kennen. Details, die den Tod von Huntern beinhalteten.

Ich brachte die Worte nicht hervor. Stattdessen setzte ich mich neben sie aufs Bett und zog sie an mich, bis meine Stirn an ihrer lag.

»Shaw …?« Ihre Stimme war nur ein Hauch.

Ich schloss die Augen und atmete tief durch. »Ich … ich war keine gute Person, Roxy.«

»Was meinst du damit?«

»Ich rede von Kane. Von meinem früheren Ich. Er war kein guter Mensch.«

»Das weiß ich, aber –«

»Nein«, unterbrach ich sie und schlug die Augen auf, um ihren Blick zu suchen und ihn festzuhalten. »Glaub mir, das weißt du nicht.«

»Dann erzähl mir davon.«

Ich zögerte. Denn wenn ich es tat – wenn ich ihr von all den Dingen erzählte, die ich getan hatte, als ich *er* war … dann gab es kein Zurück mehr. Dann würde sie mich mit anderen Augen sehen. Alles würde sich verändern, aber ich konnte es auch nicht länger für mich behalten. Nicht, wenn uns die Zeit zwischen den Fingern zerrann. Roxy sollte wissen, auf wen sie sich eingelassen hatte – und für wen sie womöglich ihr Leben aufgeben wollte. Das war ich ihr schuldig. Das war das Mindeste.

Also erzählte ihr davon. Ich erzählte ihr von dem wiederkehrenden Albtraum, in dem ich zwei Hunter durch einen winterlichen Wald jagte und, mit ziemlicher Sicherheit, tötete. Ich erzählte ihr von allem, was ich mittlerweile über Kane herausgefunden hatte, dem Hexenmeister der zwölften Generation in seiner Familie, dem Vertrauten Baldurs und einem der sieben Mitglieder des inneren Zirkels. Bei ihren Recherchen hatte Linnea herausgefunden, dass Kane für einen Anschlag auf eine Gruppe Hunter in Moskau verantwortlich gewesen war. Es waren Hunter aus mehreren Quartieren gewesen, die sich miteinander austauschen und verhandeln wollten. Keine Truppe, die auf der Jagd gewesen war. Keine Bedrohung. Kane hatte sie alle getötet.

Ich ließ auch nicht aus, was ich von Tarquin erfahren hatte oder was Baldur damals, als ich auf seinem Schloss gewesen war, vorgehabt hatte – nämlich meine Seele zurück in meinen alten Körper zu schicken, selbst wenn das bedeutete, dass ich all die neuen Erinnerungen, die ich hier gemacht hatte, verlieren würde.

Roxy und ich hatten nie Zeit gehabt, um darüber zu sprechen, denn als ich aus Baldurs Schloss geflohen war, um sie zu suchen, war ich mitten in den Kampf zwischen ihr, Tarquin und den anderen Hexern geraten. Sie war in meinen Armen gestorben, und es hatte zwei Monate gedauert, bis ich einen Weg gefunden hatte, sie aus der Unterwelt zurückzuholen. Und seither hatten wir viel zu wenige ruhige Momente zusammen gehabt.

»Jetzt weißt du es«, endete ich schließlich. »Jetzt weißt du, was für ein Mistkerl Kane war.«

Statt von mir abzurücken oder mich wegzustoßen, sah Roxy mich fest an. »Das war er wirklich«, bestätigte sie leise. »Aber das bist nicht du. Nicht mehr.«

»Wie kannst du das sagen? Ich … ich bin ein Mörder. Ich habe Hunter getötet, verdammt noch mal.«

Und den Hexer, der für Roxys Tod verantwortlich war. Mittlerweile klebte so viel Blut an meinen Händen, dass ich gar nicht mehr wusste, wem ich noch nicht geschadet hatte.

»Das war Kane, nicht du«, beharrte sie. »Du kannst dir nicht die Schuld für etwas geben, an das du dich nicht mal mehr erinnerst und das eine andere Version von dir getan hat. In einem früheren Leben.«

Ich lächelte matt. »Zu spät.«

»Shaw …« Roxy musterte mich eindringlich. »Weißt du, was du ununterbrochen tust, seit wir uns kennengelernt haben?«

»Dir auf die Nerven gehen?«

Sie schmunzelte kurz. »Das auch. Aber ich rede davon, dass du von Anfang an lernen und helfen wolltest. Du hättest dich uns nicht anschließen müssen, du hättest nicht mit nach Paris und Edinburgh und durch halb Europa mit mir fahren müssen. Niemand hat dich dazu gezwungen. Es war deine Entscheidung, weil du uns helfen wolltest. Mir. Und jetzt tust du genau dasselbe, ganz egal, wie gefährlich es für dich selbst werden kann. Das ist der Mann, den ich kenne, und der heißt Shaw, nicht Kane. Okay?«

Ich umfasste ihr Gesicht mit beiden Händen. Ein, zwei Herzschläge lang sah ich ihr nur in die Augen, da ich kein einziges Wort hervorbrachte, dann senkte ich meinen Mund auf ihren. Roxy kam mir entgegen, erwiderte den Kuss vom ersten Moment an und legte die Finger um meine Handgelenke. Ein heißes Kribbeln machte sich in mir breit und drängte mich dazu, den Arm um ihre Taille zu schlingen und sie näher zu ziehen.

Es war ein verzweifelter, sehnsüchtiger Kuss. Ein Kuss, der nach mehr verlangte, obwohl uns keine Zeit blieb. Je schneller Roxy nach Irland und ich nach Kreta aufbrachen, desto schneller würden wir hoffentlich erledigen, was wir zu erledigen hatten, und desto schneller konnten wir uns in London wiedersehen. Denn das würden wir. Das mussten wir. Ich würde nicht zulassen, dass der Todesbote Roxy holen kam. Nicht noch mal.

Wir unterbrachen den Kuss nur, als wir beide dringend atmen mussten, aber ich ließ sie nicht los. Ich konnte nicht.

»Ich habe Angst«, gestand sie kaum hörbar.

Es war das erste Mal, seit ich sie kannte, dass ich sie diese Worte sagen hörte. Vielleicht war es auch für sie das erste Mal, dass sie sie ausgesprochen hatte. Obwohl ich es hasste, sie zu hören und das Zittern in ihrer Stimme wahrzunehmen, fühlte ich mich dennoch … geehrt. Dass sie mir diese verletzliche Seite von sich zeigte, die sie vor dem Rest der Welt versteckte.

»Ich erinnere mich zwar nicht mehr an die Unterwelt, aber … ich glaube, ich weiß noch, wie sie sich angefühlt hat. Wie schlimm es war. Ich will nicht dorthin zurück und ich will auch nicht, dass du dorthin zurückmusst.«

»Ich weiß. Ich hab auch Angst«, gab ich zu und lehnte meine Stirn wieder an ihre. »Ich könnte uns immer noch mit einem Portal an einen schönen Sandstrand bringen. Zum Beispiel auf die Bahamas oder die Malediven, und dann bleiben wir einfach dort. Du musst es nur sagen.«

Sie lächelte zaghaft. »Das klingt traumhaft, aber …«

Aber der Todesbote würde sie trotzdem finden, sobald ihre Zeit abgelaufen war. Immer und überall. Denn vor dem Tod gab es kein Entrinnen. Wir konnten vielleicht versuchen, ihn auszutricksen, doch ganz gleich, was wir heute oder später taten, unser Leben würde unweigerlich irgendwann enden. Wichtig war nur, was wir mit der Zeit anfingen, die uns blieb. Und ich wusste genau, wie und mit wem ich diese Zeit verbringen wollte.

»Du weißt hoffentlich, dass ich gern mit dir nach Irland gehen würde …« Meine Stimme klang rau.

»Schon gut. Ich verstehe, warum du das tun musst.«

Ich schluckte schwer. Es war die Wahrheit. Sie kannte mich. Besser als jeder andere. Und darum begriff sie auch, warum es mir so wichtig war, den Huntern zu helfen. Zumindest solange ich das noch konnte.

»Danke«, wisperte ich und drückte einen Kuss auf ihre Stirn. Dann suchte ich wieder ihren Blick. »Wenn wir beide zurück sind, müssen wir unbedingt zusammen essen gehen.«

Ihre Augen leuchteten auf. »Burger? Pommes?«

Trotz allem, was gerade um uns herum passierte, und trotz dieser ganzen Situation musste ich grinsen. »Jepp. Lass uns ausgehen.«

»Deal. In spätestens zwei Tagen sind wir beide zurück und dann gehen wir endlich wieder in unseren Lieblingsburgerladen.«

»Einverstanden.«

Ein letzter Kuss, eine letzte feste Umarmung, dann ließ ich sie los und stand auf, bevor ich mich gar nicht mehr von ihr lösen konnte. Vor allem wenn in ihrem Gesicht dieser wehmütige, sehnsüchtige Ausdruck lag wie jetzt, wollte ich nichts lieber, als sie wieder in meine Arme zu schließen und nie mehr loszulassen. Aber ich tat es nicht. Stattdessen ging ich, denn die Zeit war gegen uns.

»Sei vorsichtig, ja?«

»Immer.« Ich hielt an der Tür inne und drehte mich noch mal zu ihr um. »Du weißt doch: Ich bin zu heiß zum Sterben.«

Sie lachte auf, schüttelte aber auch den Kopf, ganz so, als könnte sie nicht fassen, dass ich sie daran erinnerte. Dabei waren das doch die ersten Worte gewesen, die ich von ihr gehört hatte, als ich irgendwo zwischen Leben und Tod geschwebt hatte. Sie waren meine erste Erinnerung in diesem Leben, noch bevor ich die Augen aufgeschlagen und Roxy zum ersten Mal gesehen hatte.

Ich grinste kurz, wurde jedoch schnell wieder ernst. »Pass du auch auf dich auf.«

»Keine Sorge, ich hab nicht vor, so schnell draufzugehen.«

Zumindest nicht, bevor ihre Zeit ablief. Daran musste ich mich halten, auch wenn Kevin, der Tod, das Schicksal oder was auch immer uns das letzte Mal ganz übel mitgespielt hatte. Doch jetzt blieb mir nichts anderes übrig, als darauf zu vertrauen, dass Roxy und mir noch diese vier Tage blieben, bevor wir ein letztes Mal Abschied voneinander nehmen mussten.

»Das will ich auch hoffen, Darling.« Mit diesen Worten wandte ich mich ab und verließ ihr Zimmer, um mich auf die Suche nach Ripley und Dinah zu begeben.

25. KAPITEL

Roxy

Noch 3 Tage …

Ich hätte nicht gedacht, vor meinem Tod noch mal irischen Boden zu betreten. Als ich am nächsten Morgen in Dublin aus dem Flugzeug stieg, ergriff mich sofort ein heftiges Gefühl von Heimweh, das ich in London oder auf meinen Reisen nie so stark empfunden oder einfach nur gut verdrängt hatte. Doch nun wieder in dem Land zu sein, in dem ich geboren worden und aufgewachsen war, die Luft zu atmen und das weiche Licht zu sehen, das alles geradezu magisch erstrahlen ließ, schnürte mir vom ersten Moment an die Kehle zu.

»Wow.« Niall trat neben mich, als wir das Flughafenterminal verlassen hatten und uns nach der nächsten Bushaltestelle umsahen. »Ich liebe Flughäfen. Die vielen Menschen, der Trubel, diese *Lebendigkeit* … Ich brauche unbedingt einen Job, der mich möglichst oft an solche Orte bringt.«

Ich musterte ihn stumm und musste an unsere unschuldigen Kindertage denken. Daran, dass Niall manchmal davon gesprochen hatte, eines Tages Pilot zu werden. Oder Kapitän. Oder Leuchtturmwärter – so richtig konnte er sich nie entscheiden. Bei der Erinnerung lächelte ich wehmütig, auch wenn ich einen Stich in der Brust spürte. Die Schuldgefühle waren noch immer da, denn egal was Niall auch sagte, es war mein Vorschlag gewesen, nachts zu den Klippen zu gehen. Ich hatte darauf bestanden und das hatte meinen Bruder fast das Leben gekostet. Nein, genau genommen hatte es ihn sogar einen Teil seines Lebens gekostet. Zehn Jahre. Und jetzt, als ich ihn zurück nach Hause brachte, fühlte es sich an, als würde mir selbst ebenfalls erlaubt werden, wieder nach Hause zurückkehren.

»Die Leute hier haben einen komischen Akzent«, stellte Finn fest und stieg in den Bus ein.

Ich schnaubte hinter ihm. »*Du* hast einen komischen Akzent, MacLeod. Hier klingen alle normal.« Und vertraut. So vertraut, dass es mich mit einem warmen Gefühl erfüllte und gleichzeitig unheimlich wehtat.

Vom Flughafen aus fuhren wir mit einem Doppeldeckerbus ins Herz von Dublin, vorbei an bunten Häusern, alten Kirchen, die gerade renoviert wurden, entlang des Flusses Liffey und über eine der vielen Brücken bis zum Busbahnhof. Dort stiegen wir in den ersten Fernbus, der uns quer über die Insel an die Westküste bringen würde.

Die Fahrt verlief überraschend ruhig. Ein paarmal nickte ich sogar mit dem Kopf gegen das Fenster gelehnt ein, während sich Finn und Niall auf den Sitzen hinter mir unterhielten oder irgendwas spielten.

Rund vier Stunden später erreichten wir Galway. Ich hatte uns bereits einen Mietwagen organisiert, den wir jetzt nur noch abholen mussten, dann ging die Reise weiter. Zumindest für Niall und mich in Richtung unseres Zuhauses. Finn würde ich später wieder treffen, um gemeinsam auf die Jagd zu gehen.

Es war ein seltsames Gefühl, diese Strecke zu fahren. Während weite grüne Felder voller Schafe auf der einen und der tiefblaue Ozean auf der anderen Seite an uns vorbeirauschten, musste ich unwillkürlich darüber nachdenken, wie viel passiert war, seit ich das letzte Mal hier gewesen war. Damals hatte ich Irland kurz nach Amelias Tod verlassen, nachdem ich ihr Amulett auf ihren Wunsch hin zerstört und damit aus Versehen ein Tor zur Unterwelt aufgesprengt und 449 Seelen befreit hatte. Ich hatte ja nicht mal ahnen können, dass Amelia eine davon sein würde. Oder Shaw.

Das Mädchen, das Irland damals verlassen hatte, war zynisch, verschlossen und verzweifelt gewesen. Ich konnte kaum glauben, dass das gerade mal etwas über ein Jahr her war, denn ich war so weit von diesem Mädchen entfernt, wie ich nur sein konnte. Wobei … verzweifelt war ich noch immer. Aber alles andere? Die letzten vierzehn Monate hatten mich einiges über das Leben und mich selbst gelehrt. Ich war an meine Grenzen gestoßen und hatte gelernt, dass ich trotzdem weiterkämpfen, dass ich über mich hinauswachsen konnte. Ich hatte Freunde gefunden und wichtige Menschen verloren. Zum Teufel, ich war sogar gestorben und selbst aus der Unterwelt zurückgekehrt. Und ich hatte mich verliebt. Ausgerechnet in die Person, die ich als Letztes zurück in die Unterwelt schicken sollte, um meinen Auftrag zu erfüllen. Wenn das keine Ironie war, was dann?

»Hey«, sagte Niall von der Beifahrerseite aus, während ich den Fuß vom Gas nahm und das Tempo etwas drosselte. »Ich erinnere mich an diese Gegend. Als Kinder sind wir ständig über diese Mauer dahinten geklettert. Einmal bin ich hängen geblieben und mit dem Gesicht voran runtergefallen.«

Ich folgte seinem Blick zu der Weide mit den niedrigen weißen Steinmauern und musste unwillkürlich schmunzeln. »Mom und Dad waren so wütend auf uns. Und du hast so gebrüllt!«

Niall wirbelte auf dem Sitz herum. »Hab ich gar nicht!«

»Oh doch. So laut, dass sogar die Nachbarn dich gehört haben.«

»Ich hatte Schmerzen. Ich war verletzt.«

»Ja, deine Schrammen auf Knien und Nase waren wirklich schlimm.«

Er funkelte mich an, doch seine Mundwinkel zuckten auch. »Hat trotzdem wehgetan. Und du musst gar nicht reden. Als du das erste Mal vom Fahrrad geflogen bist, hast du genauso geschrien.«

Das stimmte. Unser Vater hatte uns beiden zusammen Fahrradfahren beigebracht, und als er kurz nicht hingeschaut hatte, weil er Niall etwas erklärte, war ich einfach losgebraust – und prompt in einem Graben gelandet. Und das war nur eine von vielen Erinnerungen, in denen wir unseren eigenen Kopf durchgesetzt und irgendwelchen Blödsinn angestellt hatten. Wie seltsam, dass ich so lange nicht mehr daran gedacht hatte. Vielleicht müsste es mir auch komisch vorkommen, jetzt so neben Niall im Auto zu sitzen und über die Vergangenheit zu sprechen, aber das war es nicht. Vielleicht war es unsere Zwillingsverbindung oder der Schattenblick, der uns all die Jahre über miteinander verbunden hatte, aber Niall und ich hatten genau da weitergemacht, wo wir aufgehört hatten. Als wäre kein bisschen Zeit vergangen. Und das war allen Umständen zum Trotz wundervoll.

Eine Weile schwiegen wir, während wir beide die bekannte Umgebung in uns aufsogen. Doch als wir uns dem Haus näherten, konnte ich nicht länger still sein.

»Mom und Dad sind … anders als früher«, erinnerte ich ihn. »Sie haben nie richtig verwunden, was damals passiert ist.«

Ein Schatten huschte über Nialls Gesicht und mein schlechtes Gewissen meldete sich. Ich wollte nicht, dass er sich deswegen Vorwürfe machte, schließlich konnte er nichts dafür, was mit ihm geschehen war. Wir waren beide nur Kinder gewesen. Aber ich konnte ihn auch nicht einfach nach Hause gehen lassen, ohne ihn auf das vorzubereiten, was uns mit ziemlicher Sicherheit erwarten würde. Und ohne noch mal durchzugehen, was wir unseren Eltern erzählen würden.

»Denkst du, sie …« Er zögerte. »Denkst du, sie sind mir böse? Weil ich verschwunden bin?«

»Was?« Ich warf ihm einen fassungslosen Seitenblick zu. »Wie kommst du denn darauf? Du hast dir doch nicht ausgesucht, dein Zuhause zu verlassen. Du wurdest entführt.«

»Ja, schon.« Er schnitt eine Grimasse. »Aber wir haben ja schon festgestellt, dass wir ihnen schlecht erklären können, dass mich eine abtrünnige Magic Huntress aus der Nachbarschaft entführt hat, die dich anschließend jahrelang ausgebildet und ausgenutzt hat, um aus der Unterwelt zu entkommen.«

Ich verzog das Gesicht. Das war wirklich nicht die Version der Geschichte, die wir unseren Eltern auftischen sollten.

»Nein, aber wir werden trotzdem so nahe an der Wahrheit bleiben wie möglich. Du wurdest entführt und bist erst vor Kurzem freigekommen. Ich bin nach London gegangen, um dich zu suchen, und dort haben wir uns wiedergefunden.«

»Und meine Entführer?«, hakte Niall nach.

Ich presste die Lippen zu einer harten Linie zusammen, als meine Gedanken zu Amelia zurückwanderten. »Sie haben genau das bekommen, was sie verdient haben.«

Wir fuhren durch das Dorf, zu dem auch unser Haus zählte, und ich drosselte das Tempo, um auf eine schmale Landstraße abzubiegen. Hier draußen gab es nur noch vereinzelte Gebäude, dafür jede Menge Wiesen, Felder und mehrere kleine Bäche, in denen wir als Kinder gespielt hatten. Und die Klippen, die uns beiden zum Verhängnis geworden waren.

Mir war nicht besonders wohl zumute, als ich den Wagen vor unserem Elternhaus zum Stehen brachte. Meine Hände waren feucht und mein Herz klopfte vor Aufregung, als ich den Schlüssel abzog und das Gebäude anstarrte, das noch genauso aussah wie früher. Eine weiße Fassade mit dunkelgrauem Schieferdach und hellbraunen Fensterrahmen. Rund um die Eingangstür war alles in hellgrauem Stein gehalten, genau wie ein Teil des Wintergartens, der seitlich an das Haus angrenzte. Die Vorhänge zu Nialls und meinem alten Zimmer unterm Dach waren zugezogen.

Ich atmete tief durch und wappnete mich innerlich. Am liebsten wäre ich sofort wieder zurückgefahren, stattdessen schnallte ich mich ab und stieg aus. Fast im selben Moment ging die Haustür auf und meine Mutter erschien. Obwohl wir uns zuletzt vor über einem Jahr gesehen hatten, wirkte sie älter als in meiner Erinnerung. Die Falten rund um ihren Mund und um ihre hellbraunen Augen waren tiefer geworden, genauso wie die auf ihrer Stirn, und in ihren honigblonden Haaren waren einige weiße Strähnen zu sehen, die neu waren. Sie musterte mich überrascht, doch als ihr Blick auf Niall fiel, weiteten sich ihre Augen und sie wurde schlagartig blass. Sekundenlang starrte sie ihn reglos an, dann schrie sie etwas ins Haus hinein und kam langsam auf uns zu. Genauer gesagt auf Niall, der ebenfalls einen Schritt auf sie zu machte, während ich mich im Hintergrund hielt.

Was dann geschah, brach mir das Herz und heilte es gleichzeitig.

Sie blieb vor Niall stehen, der sie mittlerweile um eine Handbreit überragte, und zitterte am ganzen Körper. »Bist du es wirklich? Bist du … bist du …«

»Ja«, erwiderte er mit brüchiger Stimme. »Ich bin's wirklich, Mom.«

»Oh du lieber Gott …« Sie fiel ihm um den Hals. Schluchzer schüttelten ihren Körper, während sie Niall fest an sich drückte, ihn aber auch immer wieder ansehen musste, als wollte sie sichergehen, dass er tatsächlich da war. Dann richtete sie ihren tränenverschleierten Blick auf mich. »Du hast ihn gefunden … du hast ihn wirklich gefunden«, stieß sie schluchzend hervor und streckte die Hand nach mir aus, während sie ihr Gesicht erneut an Nialls Schulter vergrub. »Oh, mein Junge. Mein kleiner Junge!«

Ich zögerte. Die helle Freude und unglaubliche Erleichterung in ihrem Gesicht lösten einen Knoten in meiner Brust, den ich als Schuldgefühl erkannte. Gleichzeitig war mir nur zu deutlich bewusst, was der eigentliche Grund für diese Reise war – und ich war mir nicht sicher, ob ich eine Umarmung ertrug. Ich hatte meinen Eltern ihren Sohn zurückgebracht, aber in wenigen Tagen würde ich ihnen die Tochter nehmen. Und das … tat weh. Zum ersten Mal seit Jahren war meine Familie wieder vereint, allerdings nur für einen winzigen Augenblick, bevor sich erneut alles ändern würde.

Auf einmal spürte ich eine schwere Hand auf meiner Schulter und zuckte zusammen. Ich war so von dem Anblick eingenommen gewesen, den Mom und Niall boten, dass ich nicht mal gehört hatte, wie eine weitere Person ums Haus gekommen war und sich mir genähert hatte. Als ich jetzt den Kopf in den Nacken legte, sah ich in das Gesicht meines Vaters. Seine Haut war noch immer von der Arbeit draußen auf den Feldern sonnengebräunt und die Falten waren wie bei Mom tiefer geworden, doch seine Augen … seine Augen leuchteten so strahlend grün wie die von Niall. In seinem hellblonden Haar, das ich von ihm geerbt hatte, war kein einziges graues zu erkennen, dennoch wirkte auch er um Jahre älter als das letzte Mal, als ich ihn gesehen hatte.

»Du hast immer behauptet, dass er noch am Leben ist, aber wir … wir haben dir nicht geglaubt.« Mein Vater rieb sich über die feuchten Augen, dennoch war sein Blick fest, als er mich wieder ansah. »Nichts, was wir tun oder sagen, kann das je wiedergutmachen. Aber es tut mir von Herzen leid, Roxy.«

Meine Sicht verschwamm und ich musste heftig blinzeln, um gegen die Tränen anzukämpfen. Auf keinen Fall wollte ich hier und jetzt zusammenbrechen. Nicht vor meinen Eltern, die schon genug mitgemacht hatten, und erst recht nicht vor Niall.

Plötzlich wünschte ich mir, Shaw wäre hier. Er wüsste nach einem Blick auf mich, was Sache wäre. Er würde mir den Rücken stärken und jegliche angespannte Stimmung oder ungewollte Fragen mit einem Scherz oder einem seiner typischen Kommentare auflösen. Aber Shaw war nicht da, also riss ich mich zusammen und beobachtete mit einem kleinen Lächeln auf den Lippen, wie Niall auch von unserem Vater in die Arme geschlossen wurde, nur um kurz darauf von Mom ins Haus gezogen zu werden.

»Du hast sicherlich viel zu erzählen.« Dad lächelte und drückte mich ein weiteres Mal an sich, und diesmal gelang es mir, das Lächeln zu erwidern.

Kurze Zeit später saßen wir alle zusammen um den Tisch, der mit einem hellblauen, spitzenbesetzten Tuch bedeckt war, das mir schmerzhaft vertraut war. Wie seltsam, dass sich das Haus kaum verändert hatte, während sich in meinem Leben und tief in meinem Inneren doch so viel geändert hatte.

»Wollt ihr etwas essen? Ich habe noch frisch gebackene Scones da, und oh, natürlich Barry's Tea.« Mom flatterte wie ein aufgeregter Vogel zwischen uns hin und her, fragte alle nach ihren Wünschen und vergaß die Hälfte vor Aufregung wieder. Aber sie ließ Niall und mich auch nicht helfen.

Als die Scones, Marmelade, Butter, Clotted Cream und Schwarztee für alle auf dem Tisch standen, setzte sich unsere Mutter endlich und ich überließ es Niall, unsere Version der

Wahrheit zu erzählen, ohne etwas über das Übernatürliche oder die Geisterwelt zu verraten. Ich war ihm dankbar dafür, dass er mitspielte, denn ich wollte unsere Eltern nicht auch noch in diese Sache mit reinziehen. Sie hatten ein normales Leben, ohne auch nur zu ahnen, welche Kreaturen dort draußen lauerten, und so sollte es auch bleiben.

Ich nippte an meinem Lieblingstee, der genau so zubereitet war, wie ich es immer gemocht hatte, und sah in die Runde. Niall erzählte gerade davon, wie ich ihn mit aufs London Eye genommen hatte. Unsere Eltern lauschten ihm gespannt und warfen mir immer wieder ein warmes Lächeln zu. Der Duft von Tee, Gebäck und Feuerholz hing in der Luft. Im Kamin brannte ein knisterndes Feuer und verbreitete seine Wärme im ganzen Wohn- und Essbereich, während der Wind ums Haus pfiff.

In diesem Moment wurde mir etwas schmerzlich bewusst: Ich könnte das hier haben. Dieses Leben. Diese Normalität. Meine Familie, die wiedervereint war. Doch dafür müsste ich jemanden opfern, der mir so unglaublich wichtig geworden war. Jemanden, ohne den ich mir mein Leben nicht mehr vorstellen konnte, weil ich ihn liebte. Ich liebte Shaw. Auch wenn ich es ihm nie gesagt hatte, spürte ich es mit all der Heftigkeit und Sehnsucht, die damit einherging. Und noch etwas anderes wusste ich, tief in meinem Inneren: Völlig egal, was in drei Tagen geschah, selbst wenn wir keinen Ausweg fanden – ich würde seine Seele nicht in die Unterwelt zurückschicken. Ich konnte einfach nicht.

26. KAPITEL

Shaw

Noch 3 Tage …

Kreta war überraschend grün, felsig, windig und mit knapp zwanzig Grad relativ warm. Ich hatte keine Ahnung, was ich erwartet hatte. Vielleicht eine Landschaft wie in Sizilien samt Vulkan? Oder lauter alte Tempelanlagen und Häuser in den typischen weiß-blauen Anstrichen wie anderorts in Griechenland? Stattdessen begrüßte uns eine grünbraune Insel im tiefsten Frühling.

»Ich war noch nie auf Kreta.« Dinah schob sich die Sonnenbrille auf die Nase, als sie aus dem Flugzeug stieg. Obwohl sie sich einige Tage freigenommen hatte, war sie sofort ins Quartier zurückgekommen, als Nala sie darum gebeten hatte. »Schade, dass wir keine Zeit für ein bisschen Sightseeing haben.«

Ripley trat neben sie. »Keine Sorge, die Fahrt zur Höhle von Psychro ist Sightseeing genug.«

Um Zeit zu sparen, hatten wir keine Fähre genommen, sondern waren in Athen ins Flugzeug gestiegen, das uns auf direktem Weg innerhalb von einer Stunde zum Flughafen Heraklion auf Kreta brachte, selbst wenn das bedeutet hatte, auf alle Waffen verzichten zu müssen. Für Ripley mit seinem Amulett und mich mit meiner Hexermagie kein allzu großes Problem, aber Dinah als Grim Huntress war nicht glücklich darüber gewesen. Erst recht nicht, als sie erfuhr, dass sich das nächste Quartier in Athen befand. Angeblich lebten auf Kreta zwar vereinzelte Hunter – Einzelgänger, die nichts mit den Quartieren am Hut hatten –, aber es gab kein Waffenlager, aus dem wir uns bedienen konnten. Doch das mussten wir auch nicht, schließlich war es unsere Aufgabe, das Fläschchen, in dem Marjories Geist gefangen gehalten wurde, aus der Höhle zu holen und es nach Südamerika, genauer nach Kolumbien zu bringen. Nala hatte sich bereits mit den dortigen Huntern in Verbindung gesetzt und sie vorgewarnt, dass und wie wir ankommen würden. Eigentlich sollten wir also überhaupt keine Waffen benötigen, weil wir in keine Kämpfe verwickelt werden würden. Zumindest in der Theorie. Doch wenn mich das vergangene Jahr eines gelehrt hatte, dann, dass immer etwas schiefging, ganz egal, wie gut man vorbereitet war. Ich konnte nur hoffen, dass dieses Etwas keine mörderischen Hexen und Hexer waren.

Während wir am Flughafen auf Dinah warteten, die etwas in einer Drogerie besorgte, kauften Ripley und ich Getränke und ein paar Sandwiches. Dazu irgendeine traditionelle, unglaublich süße Nachspeise aus Teig mit jeder Menge Sirup, bei der ich unwillkürlich an Roxy denken musste. Sie würde das Zeug lieben. Ich schob mir den letzten Bissen davon in dem Mund, als wir das Terminal verließen.

»Weston hat uns einen Mietwagen organisiert«, verkündete Ripley, der von seinem Handy aufsah und nach rechts deutete. »Da lang.«

Ich setzte meine Sonnenbrille auf. »Dann los.«

Kurze Zeit später glitt ich hinters Steuer eines Jeeps, während Ripley den Platz auf der Beifahrerseite einnahm und Dinah es sich auf der Rückbank bequem machte. Weston hatte uns allen die Koordinaten des Verstecks aufs Handy geschickt. Jetzt musste ich diesen nur noch folgen, wir würden uns das Gefäß schnappen und es in ein sicheres Versteck auf der anderen Seite der Welt bringen. Easy peasy.

Während der Fahrt schwieg ich die meiste Zeit, während sich Dinah und Ripley immer wieder kurz unterhielten. Allerdings wirkte die Stimmung zwischen ihnen seltsam angespannt. Ein richtiges Gespräch kam nicht zustande, und auch die Flirts von früher fehlten. Nicht zum ersten Mal fragte ich mich, was die Zeit in der Geisterwelt mit ihnen gemacht hatte … und ob es einen Weg zurück für sie gab.

Ich konzentrierte mich aufs Fahren und versuchte meine Gedanken nicht ständig zu Roxy wandern zu lassen, die gerade auf ihrer ganz eigenen Mission unterwegs war. Natürlich vergeblich. Ich dachte immer an sie. Und ich hoffte, dass Finn gut auf sie aufpasste und die beiden nicht schon wieder einem Werwolf oder einer anderen gefährlichen Kreatur begegneten, die sie fressen wollte. Wobei … hieß es in den Büchern nicht, dass die irischen Werwölfe netter waren? Egal. Sie sollten es bloß heil zurück schaffen.

»Es geht ihr gut.«

Ich warf Ripley einen verwirrten Seitenblick zu. Er hatte ebenfalls eine Sonnenbrille aufgesetzt, daher konnte ich seine Miene nicht richtig deuten.

»Roxy«, erläuterte er. »Du hast kaum ein Wort gesagt, seit wir London verlassen haben, und immer wieder auf dein Handy gestarrt.«

Shit. War ich tatsächlich so leicht zu durchschauen?

Ich umfasste das Lenkrad eine Spur fester. »Und …?«

»Und …«, fuhr Ripley fort. »Dein Beschützerinstinkt in allen Ehren, aber hab ein bisschen Vertrauen. Sie hat schon so viel durchgemacht, sie wird auch Irland schaffen, und sie hat Finn als Rückendeckung dabei. Außerdem brauchen wir dich mit deinen Gedanken hier – nicht viertausend Kilometer entfernt.«

»Ich weiß«, gab ich widerwillig zu.

Ein Teil von mir bereute es, nicht mit ihr gegangen zu sein und mich stattdessen freiwillig für diese Mission gemeldet zu haben. Aber ich wusste, dass Roxy sehr gut auf sich selbst aufpassen konnte und meine Hilfe nicht brauchte. Hier konnte ich dagegen wirklich etwas bewirken. Wenn alles nach Plan lief, bemerkten Baldurs Leute meine Magie gar nicht erst, weil sie anderweitig beschäftigt waren, nämlich damit, Ella und Wayne nachzujagen. Und sollte es doch anders kommen … dann würden wir auf schnellstem Wege von hier verschwinden.

Für diesen Fall standen wir bereits in Kontakt mit den Huntern in Athen und jenen in Florenz, die Roxy auf ihrer Reise kennengelernt hatte. Wenn alles schiefging, würde ich uns durch ein Portal von hier wegbringen – und geradewegs dorthin, wo die Hunterteams bereitstanden.

Ich warf einen kurzen Blick zu Ripley hinüber, der sein Handy studierte, und dann nach hinten zu Dinah, die gedankenverloren aus dem Fenster sah. Ich würde es nicht so weit kommen lassen.

Eine Weile fuhren wir dicht an der Küste entlang, dann bogen wir ins Innere der Insel ab. Wir folgten Straßen, die von graubraunen Felsen und Hügeln voller blühender Kiefern, Zypressen, Ölbäumen und Sträuchern gesäumt wurden. Einmal entdeckte ich sogar ein paar seelenruhig grasende Ziegen. Bunte Büsche und Blumen wuchsen am Wegesrand und rauschten wie gelbe, rote und pinkfarbene Farbkleckse an uns vorbei, während im Hintergrund immer wieder das Meer und einige Häuser zu sehen waren.

Je näher wir der Höhle kamen, desto grüner wurde es um

uns herum. Wahrscheinlich befanden wir uns in einem Naturschutzgebiet oder dergleichen. Auch die Straße änderte sich und wurde enger und kurviger, was zur Folge hatte, dass ich langsamer fahren und öfter bremsen musste, als mir lieb war. Kies und kleine Steine spritzten auf und prasselten gegen die Karosserie, wenn ich zu nahe an den Rand kam. Das Meer war schon seit einer ganzen Weile nicht mehr zu sehen. Wir waren von der steinigen Landschaft und den bewaldeten Hügeln umgeben.

Nach etwas über einer Stunde kamen wir wieder an etwas Zivilisation vorbei, an vereinzelten Häusern und weißen Kirchen, einer einsamen Tankstelle, einer Schafherde auf einer Weide und auch an anderen Autos. Schließlich folgte ich dem Navi in ein Dorf mit engen Straßen. Die Häuser waren einstöckig, aus hellem Stein und an einigen hingen draußen Klamotten zum Trocknen. Manche wirkten relativ frisch renoviert, andere machten deutlich, wie lange diese Häuser hier schon standen.

Ich fuhr an den größeren Parkplätzen vorbei, die für Busse voller Touristen reserviert waren, und parkte den Jeep ein Stück weiter, näher an der Höhle am Straßenrand.

»Von hier aus müssen wir laufen«, erklärte ich und schaltete den Motor aus.

»Laufen?«, wiederholte Dinah und lehnte sich zwischen den Sitzen nach vorn. »Etwa da rauf?« Sie deutete auf den steinigen Hügel mit den vereinzelten Bäumen vor uns.

»Irgendwo muss die Höhle ja sein«, kommentierte Ripley beim Aussteigen.

»Ja, aber ich hatte gehofft, sie wäre *unter* der Erde und nicht auf einem verdammten Berg.« Sie drückte die Autotür zu und warf das frisch gefärbte lila Haar über die Schulter zurück. »Ihr wisst schon. Stufen nach unten und nicht nach oben.«

Ich holte schon Luft, um darauf zu antworten, als Ripley mir einen finsteren Blick über das Dach des Jeeps hinweg zuwarf. »Denk nicht mal dran, Kumpel!«, warnte er. »Wenn du dich mit Portalmagie da hochbeamst und uns hier zurücklässt, endet unsere Freundschaft genau hier und jetzt.«

Ich klappte den Mund wieder zu, konnte mein Grinsen aber nicht unterdrücken. Genauso wenig wie diese seltsame Wärme in meiner Brust. Nach allem, was passiert war, verdammt, nach allem, wer ich war und was mein früheres Ich getan hatte, hätte ich nie im Leben damit gerechnet, überhaupt je wieder mit den Huntern zusammenzuarbeiten oder von ihnen akzeptiert zu werden. Aber *Freundschaft?* Zwischen einem Hexenmeister und einem Magic Hunter? Das war … gewaltig – und keinesfalls selbstverständlich.

»Keine Sorge«, sagte ich und räusperte mich. »Ich werde genau wie ihr Normalsterblichen den beschwerlichen Weg nach oben nehmen.«

Das schien die beiden zu beruhigen und wir liefen los. Schon bald stieg der gepflasterte Weg überraschend steil an – und wurde immer steiler und steiler. Auch auf dem letzten Abschnitt der Strecke, der nicht mal mehr gepflastert war, was nicht nur mir einige Flüche entlockte.

Offiziell hatte die Höhle im März nur bis fünfzehn Uhr geöffnet, wie uns ein Schild beim Ticketschalter informierte. Wir ignorierten es und gingen weiter. Ich war mir ziemlich sicher, dass die Höhle eine Ausnahme für uns machen würde. Zur Sicherheit aktivierte Ripley seine Amulettmagie und schützte uns mit einer Illusion vor den Augen aller. Das Letzte, was wir gebrauchen konnten, war eine Auseinandersetzung mit der hiesigen Polizei.

Am Eingang erwartete uns eine Treppe, die in die Tiefe führte.

»Da hast du deine Stufen nach unten«, murmelte Ripley.

Dinah, die vorausgegangen war, zeigte ihm nur den Mittelfinger, ohne sich zu ihm umzudrehen.

Ich schmunzelte.

Anscheinend war die Höhle eine richtige Touristenattraktion, und ich fragte mich unwillkürlich, warum die Quartiersleiter entschieden hatten, das Fläschchen ausgerechnet hier zu deponieren. Aber wahrscheinlich war genau das der Grund dafür: Niemand würde es hier vermuten. Nicht an einem Ort, an dem so viele Menschen tagtäglich ein und aus gingen. Gleichzeitig war es näher und leichter zurückzuholen, als wenn sie es irgendwo im tiefsten Sibirien, in der Sahara oder im südamerikanischen Dschungel vergraben hätten. Irgendwie clever.

Die Luft veränderte sich, als wir in die Höhle kamen, wurde feucht und kühl. Obwohl von Touristen weit und breit nichts zu sehen war, war das Höhleninnere beleuchtet. Wie es aussah, hatten wir tatsächlich Glück. Die Frage war nur, wie lange noch.

Ich zog mein Handy hervor und überflog die Infos aus dem Londoner Quartier. »Weston zufolge haben sie das Fläschchen im hinteren Teil der Höhle zurückgelassen. Dort soll es einen geheimen Zugang geben, den man von weiter weg nicht sehen kann und von dem niemand etwas weiß.«

»Und was genau soll das heißen?«, fragte Dinah viel zu dicht hinter mir.

Ich zuckte zusammen und wirbelte herum, denn … *verdammt!* »Könntest du damit aufhören, dich so anzuschleichen?«

Ein langsames Grinsen breitete sich auf ihrem Gesicht aus und, ganz ehrlich, plötzlich erinnerte sie mich ein bisschen an Harley Quinn. Und das auf keine angenehme Weise.

»Ich dachte, als Hexenmeister wärst du jetzt so *besonders*, dass dich nichts und niemand mehr erschrecken kann.«

»Du schon!«, konterte ich sofort.

Sie lachte leise, beließ es aber dabei und tänzelte davon, um sich die Wände im hinteren Teil der Höhle anzusehen.

»Diese Reise tut ihr gut«, bemerkte Ripley leise und trat neben mich.

Ich warf ihm einen überraschten Blick zu.

Er seufzte tief. »Die Zeit in der Geisterwelt hat Dinah ziemlich hart getroffen. Ich dachte schon, ich würde sie nie mehr lachen oder herumalbern sehen.« Für einen winzigen Augenblick trat ein schmerzerfüllter Ausdruck in seine Augen, verschwand jedoch so schnell wieder, dass ich nicht sicher war, ihn wirklich dort gesehen zu haben. »Egal.« Ripley winkte ab. »Wir sollten uns beeilen. Ich will nicht die ganze Nacht hier verbringen.«

»Da sind wir schon zu zweit«, murmelte ich.

Wir teilten uns auf, kletterten über das Geländer und tasteten die kalten, teils feuchten Wände der Höhle nach diesem Geheimzugang ab. Wobei ich das nicht mal als Wände bezeichnen würde, da hier drinnen praktisch alles aus Stalaktiten zu bestehen schien, die von der Decke herabhingen, und aus seltsam geformten Steinen, die aus dem Boden herausragten.

Ich hatte keine Ahnung, wonach genau wir eigentlich suchten. Würden wir gleich in eine Art Geheimgang treten? Eine verborgene Grabkammer vorfinden? Oder war es einfach nur ein Riss in der Wand, in den jemand das Bronzefläschchen mit der Seele der Geisterkönigin gesteckt hatte?

»Da ist etwas!«, rief Dinah plötzlich und winkte uns heran. Sie war in ein flaches Becken mit türkisfarbenem Wasser gewatet, ehe auch nur einer von uns sich die Frage stellen konnte, ob das überhaupt sicher war, ob der Boden nicht gleich unter ihr nachgeben würde oder das Wasser säurehaltig war oder sonst was. Nope. Dinah kletterte einfach hinein und testete es aus.

Ich warf Ripley einen Blick zu, doch der schüttelte nur den Kopf und folgte seiner Kampfpartnerin mit einem tiefen Seufzen. Offenbar war er solche Aktionen von ihr gewohnt.

Zur Sicherheit sah ich mich ein letztes Mal prüfend um. Doch obwohl da dieses leichte Prickeln in meinem Nacken war, konnte ich nichts und niemanden sehen. Abgesehen von uns war die Höhle vollkommen verlassen. Also stieg ich ebenfalls in das knietiefe Becken und verzog das Gesicht, als sich meine Hosenbeine und Schuhe mit Wasser vollsaugten.

Der Geheimzugang war nur durch das Becken zu erreichen. Die Touristen, die hier jeden Tag ein und aus gingen, kamen dank des Geländers und der Schilder, die den Weg durch die Höhle vorgaben, nicht einmal in die Nähe des Verstecks.

»Hier.« Dinah deutete auf etwas. Zunächst wirkte es nur wie ein Schatten auf der Höhlenwand, doch bei näherem Hinsehen erkannte ich den schmalen Durchgang knapp über der Wasseroberfläche. Sie trat auf den Absatz und schob sich langsam durch den Spalt.

Ich sah zu Ripley hinüber. »Bleib hier und pass auf, ja?«

Er schien widersprechen zu wollen, überlegte es sich jedoch anders und nickte knapp. Anschließend kletterte er auf der anderen Seite des Beckens wieder heraus und bezog dort Stellung, während ich mich durch den verflucht engen Spalt quetschte. Zum ersten Mal war ich erleichtert, dass Roxy nicht dabei war. Für sie wäre das hier der reinste Albtraum gewesen. Stück für Stück schob ich mich zwischen den engen Wänden entlang und musste zunehmend gegen das Gefühl ankämpfen, nicht mehr richtig atmen zu können.

Doch nach ein paar Metern wurde der Spalt breiter und

mündete in eine weitere kleine Höhle. Im Gegensatz zur Touristenattraktion weiter vorn war hier nichts mit künstlichem Licht ausgeleuchtet, und im ersten Moment hatte ich keine Ahnung, wo ich mich befand. Dann blitzte Dinahs Handytaschenlampe links von mir auf. Der Schein zuckte über die Wände, die Decke und den Boden.

Wir befanden uns in einer höchstens zwei mal drei Meter kleinen Kammer, gerade hoch genug für mich, um darin zu stehen. Und auf der anderen Seite, ungefähr auf Augenhöhe, war ein überraschend kleiner Tresor in den Stein gebettet, als hätte er schon immer dort hingehört.

Weston hatte uns schon darauf vorbereitet und den Zugangscode an Dinah und Ripley weitergegeben. Jetzt schob sich Dinah an mir vorbei und tippte die achtstellige Kombination ein.

Ein kurzes Klicken, dann öffnete sie die Tresortür.

Vor Beginn unserer Reise hatte Weston uns versichert, dass sich die Geisterkönigin nicht einfach aus ihrem Gefängnis befreien und aus dem Gefäß herausplatzen konnte, um uns alle zu vernichten, also zögerte ich nicht. Mit zwei Schritten war ich neben Dinah und nahm das bronzene Fläschchen aus dem Safe.

Einen Moment lang betrachtete ich es, dann sah ich zu Dinah. »Na also. War doch ganz easy.«

Ein gewaltiges Dröhnen erfasste die Höhle und ließ alles um uns herum erzittern.

»Das musstest du jetzt unbedingt sagen, oder?«, zischte Dinah und drängte sich durch den Spalt zurück in die Haupthöhle.

Wieder bebten die Wände. Staub und kleine Gesteinsbrocken fielen herab. *Shit.* Ich konnte nur hoffen, dass nicht gleich die ganzen Stalaktiten herabstürzen und uns unter sich begraben würden. Ich verstaute das Fläschchen mit dem gefährlichen Inhalt in der Innentasche meiner Lederjacke und zwängte mich ebenfalls durch den schmalen Durchgang zurück.

Nur wenige Meter entfernt ertönte ein Knurren und dann ein so schrilles Kreischen, dass ich unwillkürlich das Gesicht verzog. Gleichzeitig begann mein Puls zu rasen. Was auch immer dort draußen lauerte, es klang nicht nach einem Geist. Zumindest ließen die Geister, die ich bisher kennengelernt hatte, keine ganzen Höhlen beinahe einstürzen. Nach Vampiren klang es auch nicht, und ich bezweifelte, dass Werwölfe so schrill jaulten. Aber was war es dann?

Ich hielt den Atem an und schob mich Zentimeter für Zentimeter vorwärts, obwohl ich am liebsten losgestürmt wäre. Als ich endlich die andere Seite erreichte und knietief im Wasser stand, erstarrte ich. »Heilige Scheiße!«

Mitten in der Höhle stand ein Wesen, das den Kopf und Schweif eines Löwen hatte, aber etwa dreimal so groß war. Auch die vorderen Tatzen gehörten zu einem Löwen, aber der hintere Teil des Körpers war ganz anders geformt. Ohne Fell und mit etwas, das aussah wie der Schwanz eines Skorpions. Oder eines Drachens. Schwarze Augen funkelten uns bösartig an und ein bedrohliches Knurren drang aus seiner Kehle.

»Was ist das?«, rief ich. »Eine Chimäre?«

»Ein Mantikor«, erwiderte Ripley, als würde das alles erklären. Er stand links von der Kreatur und hatte schon eine Kampfposition eingenommen. »Bedank dich bei Dinah dafür.«

Die kletterte gerade aus dem Becken und ging dann hinter einer Steinformation in die Hocke. »Tu nicht so, als wäre es meine Schuld, dass dieses Ding hier ist!«

Der Mantikor schien genug von der Unterhaltung zu haben. Mit einem Satz war er bei Ripley.

Der sprang zur Seite und feuerte eine Magieattacke auf das Wesen ab. »Ihr Grim Hunter zieht doch alle möglichen Monster geradezu magisch an.«

»Das ist nur ein Gerücht!«, fauchte Dinah und umrundete das Wesen auf der anderen Seite, während ich durch das Becken watete und mich am Geländer hochzog, um herauszusteigen.

»Dein *Gerücht* wollte mir gerade den Arm abbeißen!« Wie zum Beweis schüttelte Ripley die Hand, an der er das Amulett als Ring am Finger trug. Wieder und wieder feuerte er Energiebälle auf die Kreatur, die sich davon jedoch nur kurzzeitig aufhalten ließ. Ein erneutes Brüllen ließ die ganze Höhle erzittern.

Auf einmal bereute ich es zutiefst, dass die Zeit so knapp war und wir keine Waffen hatten mitnehmen können. Oder versucht hatten, welche auf der Insel zu kaufen. Die ganzen Einschusslöcher in den Straßenschildern, die wir passiert hatten, kamen mit Sicherheit nicht von irgendwoher. Doch nichts davon spielte noch eine Rolle, als sich der Mantikor auf mich stürzte.

Ich wich aus, gerade rechtzeitig, denn die mit fingerlangen Krallen besetzte Tatze sauste nur wenige Zentimeter an meinem Gesicht vorbei. Aber so einfach würde ich es diesem Monster nicht machen. Ich wirbelte herum und erwartete die nächste Attacke. Diesmal holte ich selbst aus und verpasste dem Viech einen Tritt, der es aufjaulen ließ.

Funken sprühten aus den schwarzen Augen. Der Mantikor riss das Maul auf, aber statt eines Brüllens ergoss sich diesmal etwas Pechschwarzes daraus.

»Oh Shit!« Ich warf mich zur Seite und landete hart auf dem Felsen. Als ich den Kopf hob, sah ich noch, wie sich die pechschwarze Flüssigkeit innerhalb von Sekunden wie Säure in den Stein fraß.

Das war nicht gut. Das war gar nicht gut.

»Hey!«, rief Ripley, der den Mantikor wieder mit seiner Amulettmagie angriff. »Wie wär's mit ein bisschen Hilfe, Hexenmeister?«

»Wenn ich meine Magie einsetze, könnten das die anderen bemerken.«

Dinah sprang vor einer Attacke zurück, wirbelte herum und verpasste der Kreatur einen treffsicheren Roundhouse-Kick. »Ich bin mir ziemlich sicher, dass die ganze Insel bemerkt hat, was hier los ist.«

Auch wieder wahr. Diesmal zögerte ich nicht, sondern konzentrierte mich auf das Summen der Magie tief in meinem Inneren. Innerhalb eines Wimpernschlags breitete sich die Empfindung aus, bis es war, als würde jeder Nerv in meinem ganzen Körper vibrieren. Ich lenkte die Energie in meine Hände, bis blaue Funken aufstoben. Dann schleuderte ich die Arme nach vorn.

Leuchtend blaue Blitze rasten durch die Höhle und warfen für einen winzigen Augenblick geisterhaft flackernde Schatten gegen die Wände. Dann trafen sie ihr Ziel und das Monster schrie auf. Rauch kam aus dem dichten Fell und hellrotes Blut tropfte zu Boden.

»Verdammt.« Ripley kam keuchend neben mir zum Stehen. »Erinnere mich daran, mich nie mit dir anzulegen.«

Meine Mundwinkel zuckten. Ich würde das hier echt vermissen. Nicht nur den Kampf gegen gefährliche übernatürliche Kreaturen, sondern die Jagd mit den Huntern. Die Zusammenarbeit. Die Freundschaften, Sprüche und Frotzeleien. Das Training und gemeinsame Feierngehen. Alles davon würde mir fehlen, und es war seltsam, dass mir dieser Gedanke bisher gar nicht gekommen war – und er ausgerechnet jetzt, mitten im Kampf auftauchte.

Ich kanalisierte die Magie in mir ein weiteres Mal, doch diesmal war der Mantikor vorbereitet. Bevor ich angreifen konnte, versprühte er erneut schwarze Säure in unsere Richtung. Ripley und ich hechteten in verschiedene Ecken, um der Attacke auszuweichen. Dort, wo wir bis eben noch gestanden hatte, fraß sich nun die schwarze Flüssigkeit knisternd in den Felsen.

Auf der anderen Seite der Höhle leuchtete Ripleys Amulett blau auf. Fast im selben Moment formten sich die Blitze in meinen Händen, aber keiner von uns kam dazu, den Angriff auszuführen.

Mit einem Mal schoss ein Feuerstrahl auf den verletzten Mantikor zu und erfasste ihn. Sein Fell fing in Windeseile Feuer. Das schrille Kreischen dröhnte in meinen Ohren und ließ die Wände erzittern. Innerhalb von Sekunden verbrannte die Kreatur, bis nur noch ein Häufchen Asche übrig war.

Was zur Hölle …?

»Was denn?« Schulterzuckend hielt Dinah Haarspray und Feuerzeug in die Höhe. »Ich bin auch ohne Waffen und Magie auf alles vorbereitet. Übrigens: gern geschehen.« Sie lächelte breit.

Heilige Scheiße. Sie hatte uns gerettet. Wo Ripley und ich mit Magie nur langsam vorangekommen waren, hatte Dinah uns mit ihrem selbst gebastelten Flammenwerfer aus der Drogerie den Arsch gerettet.

Mit einem Satz war ich auf den Beinen. »Bloß weg hier.«

»Nichts lieber als das.« Auch Ripley rappelte sich auf. »Ich hab keine Lust, noch mehr von diesen Viechern zu begegnen.«

Wir nahmen denselben Weg zurück, den wir gekommen waren, kamen allerdings nur einige Stufen weit.

Zwei Männer versperrten uns den Ausgang. Sie standen mit grimmigem Gesichtsausdruck breitbeinig da – und so wie sie mich anstarrten, würden sie gerade nichts lieber tun, als mir an die Gurgel zu gehen.

Aus dem Schatten löste sich eine weitere Gestalt und trat vor. Schmale Figur. Nachtschwarzes Haar. Scharf geschnittene Gesichtszüge.

Ich verdrehte die Augen. »Nicht du schon wieder.«

Sunniva, die Hexenmeisterin, die mir seit unserer Begegnung auf dem Ätna in Sizilien nachjagte, verzog die Lippen zu einem Lächeln. »Dachtest du wirklich, du wirst mich so leicht los?«

»Nicht wirklich. Aber ich hatte gehofft, dass du anderweitig beschäftigt bist. Oder dumm genug, meine Magie ausnahmsweise nicht zu spüren.«

Ich wechselte einen schnellen Blick mit Ripley und Dinah. Die beiden wirkten von der Sache mit dem Mantikor etwas mitgenommen, waren aber sofort in Kampfstellung gegangen.

Bevor einer von uns etwas sagen konnte, leuchteten blaue Blitze in den Händen der beiden Hexer auf und sie richteten ihre geballte Macht gegen mich.

»Echt jetzt?« Ich wich den Attacken haarscharf aus. »Habt ihr es immer noch nicht kapiert? Ich lasse mich nicht schnappen und auch nicht zu Baldur zurückbringen!«

Sunniva schmälerte die Augen. »Das werden wir noch sehen.«

Die Hexer ließen nicht mit sich reden. Natürlich nicht. Die beiden Männer hielten Ripley und Dinah in Schach, während Sunniva einen Schwall blau leuchtender Blitze auf mich schleuderte.

Ich hechtete zur Seite und drückte mich gegen die feuchte Wand, während die Geschosse ganz in meiner Nähe einschlugen und alles um uns herum erzittern ließen.

Meine Haut begann zu kribbeln. Die Magie in meinem Inneren bäumte sich wie eine gigantische Welle auf und wollte freigelassen werden. Ich ballte die Hände zu Fäusten, um sie zurückzuhalten. Wenn ich mich hier auf einen Kampf gegen Sunniva und die Hexer einließ, könnte die ganze verdammte Höhle einstürzen und uns unter sich begraben. Mal ganz davon abgesehen, dass ihnen dann auch noch das Fläschchen mit der Geisterkönigin in die Hände fallen würde.

Oh nein. Nicht mit mir.

Ich stieß mich von der Wand ab, um zu Dinah hinüberzusprinten, die gerade neben Ripley auf den Boden knallte. Drei Schritte. Über das Geländer springen. Dann noch mal und –

Ein Strahl aus purer Magie traf mich in die Seite. Die Wucht riss mich von den Füßen und schleuderte mich quer durch die Höhle auf ein paar Stalagmiten zu. In letzter Sekunde erschuf ich ein Portal, das mich wenige Meter weiter zu Boden warf. Schmerz schoss durch meine Schulter und meine Seite, aber wenigstens war ich nicht von Stalagmiten aufgespießt worden. Ächzend richtete ich mich auf und entdeckte das Fläschchen neben mir. Es musste aus meiner Jacke gefallen sein.

Fuck.

Ich sah zu Dinah und Ripley, die zum Glück noch immer nahe beieinanderstanden, und erschuf mit einer Handbewegung ein Portal direkt neben ihnen. »Los!«

Die zwei zögerten nur einen Herzschlag lang, dann packte Ripley seine Kampfpartnerin und zog sie mit sich durch den Weltenriss.

Sobald die beiden in Sicherheit waren, schnappte ich mir das Fläschchen und wandte mich wieder den Angreifern zu. Einer der Hexer hielt einen Dolch in der Hand, der mir viel zu bekannt vorkam. In den Händen des anderen leuchteten die blauen Blitze auf, genau wie bei Sunniva, aber sie griffen nicht an. Nicht sofort. Ich war mir ziemlich sicher, dass der einzige Grund dafür war, dass Baldur mich lebend haben wollte. Ob Sunniva sich jedoch auch wirklich an diesen Befehl halten würde, wagte ich zu bezweifeln. Ich bezweifelte es sogar sehr.

Rasend schnell formte sich ein Plan in meinem Kopf und die Magie begann in meinen Adern zu prickeln. In dem Moment, in dem ich ausholte, knisterten auch schon die blauen Blitze in meinen Händen und ich feuerte sie auf ein Ziel knapp über Sunniva und den Hexern ab. Steine bröckelten und krachten herab. Dass die drei instinktiv in Deckung gingen, verschaffte mir ein paar Sekunden Zeit. Und mehr brauchte ich nicht.

»Sorry Leute«, stieß ich schwer atmend hervor und bewegte die Hände in einem Muster, das mir mittlerweile in Fleisch und Blut übergegangen war. Sofort nahm ich die vertraute Spannung in der Luft direkt hinter mir wahr. »Die Spielstunde ist vorbei.«

Ich winkte ihnen zu und ließ mich rückwärts ins Portal fallen.

27. KAPITEL

Roxy

Ich hatte es geschafft, Niall davon zu überzeugen, nicht mitzukommen. Obwohl es ihm lieber gewesen wäre, sich Finn und mir bei der Jagd nach dem letzten Spirit anzuschließen, war er vernünftig gewesen und daheim bei unseren Eltern geblieben, statt darauf zu bestehen, sich uns anzuschließen. Immerhin eine Sorge weniger.

Schon beim Losfahren hatte ich ein mulmiges Gefühl im Bauch gehabt, doch nun, da ich mich meinem Ziel näherte, wuchs es zu einem dumpfen Schmerz heran. Ich war erst seit wenigen Minuten unterwegs, dennoch fühlte es sich wie ein Wimpernschlag und gleichzeitig unendlich lang an.

Ich parkte den Wagen hinter dem anderen Mietauto vor dem Haus und stellte den Motor aus. Finn erwartete mich bereits. Kurz nach der Ankunft bei meinen Eltern hatte ich ihm eine Nachricht geschrieben und ihm Zeit und Ort genannt. Jetzt lehnte er mit vor der Brust verschränkten Armen lässig an der Fahrertür seines Mietwagens und sah mir aufmerksam entgegen.

»Hey«, begrüßte ich ihn nach dem Aussteigen.

Wie üblich hatte ich für die Jagd mein dunkelrotes Cape angezogen, dazu flache Stiefel und eine enge schwarze Hose. Auf meine Pistolenarmbrust und Dolche hatte ich ebenso verzichten müssen wie Finn auf seine Waffen. Das war der Nachteil daran, wenn man irgendwohin flog. Vor allem, wenn es sich dabei um eine Insel ohne eigenes Hunterquartier handelte.

»Warum wolltest du dich ausgerechnet hier treffen?« Finn stieß sich vom Wagen ab und betrachtete das Haus vor uns mit gerunzelter Stirn.

Das vergangene Jahr hatte es in Mitleidenschaft gezogen. Wind und Wetter hatten die ehemals weiße Fassade grau verfärbt. Der Schornstein war halb eingefallen und eines der Fenster hatte einige Risse im Glas. Das ehemals kräftige Gelb der Fensterrahmen und Haustür wirkte schmutzig und verblasst. Die Blumen und Kräuter in den Töpfen vor dem Haus waren alle abgestorben.

»Ich wollte noch etwas holen.«

»Von hier?« Die Falten auf Finns Stirn vertieften sich. »Was ist das überhaupt für ein Haus?«

Ich ging an ihm vorbei zur Eingangstür. Direkt daneben hockte ich mich hin und hob ein paar der Pflanzentöpfe und Steine hoch, bis ich gefunden hatte, wonach ich suchte: einen Schlüssel. »Es hat Amelia gehört.«

»Warte mal.« Finn blinzelte verdutzt. »*Die* Amelia? Die Magic Huntress, die deinen Zwillingsbruder entführt und an Baldur verkauft hat? Die dich ausgebildet hat, nur damit du sie Jahre später aus der Unterwelt befreist und im Zuge dessen von einem verdammten Todesboten verflucht wirst, was der Grund ist, warum wir heute überhaupt hier sind? Reden wir von dieser Amelia?«

»Genau die.« Ich drehte den Schlüssel im Schlüsselloch herum. Ein leises Klicken ertönte, dann schwang die Tür knarrend auf.

Finn stieß einen leisen Pfiff aus. Er wirkte nicht begeistert. »Und was wollen wir hier, außer schlechtes Karma sammeln?«

»Amulette holen. Und Waffen. Es sei denn, du willst ohne auf die Jagd gehen?«

Als ich Irland nach Amelias Tod verlassen hatte, hatte ich ihre übrigen Amulette hier in diesem Haus versteckt, darunter auch welche der Stufen 5 und 6. Mit etwas Glück waren sie noch da und wir konnten sie zurück ins Londoner Quartier bringen. Es gegen den Hexenkönig aufzunehmen war ein gefährlicher Plan und wir konnten jede Hilfe gebrauchen, die wir bekommen konnten.

Im Inneren des Hauses roch es muffig. Staubpartikel tanzten im Licht der Abendsonne in der Luft. Die penible Ordnung, die ich von früher kannte, war verschwunden. Der Teppichläufer war verschoben, Kisten und Schränke geöffnet und deren Inhalt herausgerissen. Da ich keine Einbruchspuren an der Eingangstür entdeckt hatte, ging ich davon aus, dass Amelia selbst nach ihrer Rückkehr aus der Unterwelt dafür verantwortlich war.

Ich sah zu den beiden Fenstern hinüber. Die vielen Topfpflanzen und Kräuter auf den Fensterbrettern waren mittlerweile vertrocknet. Nach Amelias Tod hatte sich niemand mehr um sie gekümmert – und wie es aussah, hatte Amelia nach ihrer Wiederkehr keinen Gedanken daran verschwendet.

Ich wandte den Blick ab und durchquerte den Wohnbereich in wenigen Schritten, bis ich den massiven Kamin erreichte. Während Finn sich hinter mir umsah, tastete ich die Steine ab, bis ich die richtige Stelle gefunden hatte. Vorsichtig grub ich die Nägel in die Fugen und ruckelte daran. Staub rieselte herab, als ich den losen Block vorsichtig bewegte, Millimeter für Millimeter, bis er knirschend nachgab und sich aus der Wand ziehen ließ. Dahinter befand sich ein Geheimversteck und wenn ich richtig lag, dann ... Jepp. Da war es. Ich zog das Bündel heraus und wickelte den Stoff auseinander. Drei Amulette befanden sich darin. Zweimal die Stufe 5 und einmal der tiefblaue Stein mit den goldenen Sprenkeln, der typisch für die Stufe 6 war. Die stärkste Magie von allen.

Eigentlich sollten sich hier zwei Stufe-6-Amulette befinden, zumindest hatte ich sie hier zurückgelassen, bevor ich nach London gegangen war, um mich den dortigen Huntern anzuschließen. Doch als die damals tot geglaubte Amelia wieder aufgetaucht war, war mir ihr Amulett gleich bekannt vorgekommen. Und ich hatte recht gehabt. Es war ihr eigenes gewesen. Sie musste nach ihrer Rückkehr aus der Unterwelt hier einen Zwischenstopp eingelegt haben, um es zu holen. Glücklicherweise hatte sie den Rest hiergelassen.

Behutsam wickelte ich den Stoff wieder um die Schmuckstücke und schob sie in die Tasche meines Capes. Für den Kampf gegen Baldur konnten wir jede Unterstützung gebrauchen. Wenn Nalas Plan aufging und wirklich so viele Magic Hunter und Huntresses mit Amulettmagie nach London kamen, gäbe es schon bald Verwendung für diese Amulette.

»Nett«, kommentierte Finn, der mich beobachtet hatte. »Was hat die gute Amelia noch anzubieten?«

Ich zuckte mit den Mundwinkeln und ging zu einer Kiste, die etwas versteckt in einer Ecke am anderen Ende des Raums stand. Sie war nicht verschlossen, aber der Riegel klemmte, als sei er seit Jahren nicht mehr bewegt worden. Meine Mentorin hatte schon immer mehr Wert auf Amulettmagie gelegt als auf Waffen. Deshalb war ich während meiner Ausbildung auch nach London gegangen, um dort das Training im Nahkampf zu erhalten, das notwendig war, um die Hunterprüfung abzulegen.

Staub wirbelte auf, als sich die Kiste endlich öffnen ließ. Amelia mochte kein glühender Fan von Waffen gewesen sein, aber aufgrund ihres Schicksalsblicks war sie stets auf alle Eventualitäten vorbereitet gewesen. Sogar auf ihren eigenen Tod.

»Hier.« Ich hielt Finn einen Dolch hin. Er hatte eine gerade, breite Klinge, beinahe wie ein Kurzschwert, und war schwerer als seine üblichen Waffen. Doch in der Not durfte man nicht wählerisch sein.

»Danke.« Er nahm den Dolch und befestigte ihn am Holster an seiner Hüfte.

Ich fand noch zwei kleinere Klingen, die Finn und ich unter uns aufteilten. Da war noch eine alte Armbrust, aber ohne die dazugehörigen Bolzen war sie nutzlos, also schloss ich die Kiste wieder.

Während meiner Ausbildung hatte ich Amelia dafür bewundert, alles mithilfe von Magie regeln zu können, doch damals wusste ich auch nichts von ihrem Deal mit dem Hexenkönig, der ihr zu mehr Macht verhalf, als es für eine Magic Huntress mit höchster Amulettstufe üblich war.

Schon seltsam. Für mich hatte alles in dem Moment angefangen, in dem Amelia in Baldurs Auftrag in Nialls und mein Leben getreten war – und jetzt würde alles mit dem Kampf gegen Baldur enden. Zumindest wenn mich Kevin bis dahin nicht holen kam.

Ich richtete mich auf und begann mich weiter umzusehen. In den Regalen fand ich abgegriffene Bücher, in den Schränken Geschirr, Töpfe und andere Sachen, die uns nicht weiterhalfen. Verflucht.

»Das ist nicht der einzige Grund, warum wir hier sind, oder?«, hakte Finn nach. Er kannte mich einfach zu gut. »Wenn du mir sagst, wonach du suchst, könnte ich helfen.«

»Es wäre nicht schlecht, wenn wir irgendwelche Hinweise auf ihre Zusammenarbeit mit Baldur finden würden. Irgendwelche Aufzeichnungen, vielleicht sogar Schwachstellen oder wertvolle Infos über Baldur. Ich bin mir sicher, dass sie solche Dinge für sich aufgezeichnet hat. Und wir wissen, dass sie mindestens einmal direkten Kontakt mit dem Hexenkönig gehabt haben muss.«

»Weil sie so viel mächtiger war, als sie hätte sein dürfen … und wegen ihrer Vision?«

»Ja. Der Schicksalsblick ist zwar bei Weitem nicht so genau wie der Todesblick, sondern stellt nur eine mögliche und wahrscheinliche Zukunftsversion dar, aber das war anscheinend genug, damit Baldur seine Leute vor ein paar Monaten auf die Vampire gehetzt hat.«

»Stimmt. Warden und Cain haben so etwas erzählt«, erinnerte sich Finn. »Kurz vor dem Tag des Blutbades.«

Allerdings hatte sich Amelias Vision bereits als falsch erwiesen, denn es gab keinen Vampirkönig mehr, der Baldur zur Gefahr werden könnte.

»Hier ist etwas!«, rief Finn plötzlich. Er stand neben einem Wandschrank und hielt ein ledergebundenes Buch in den Händen.

Ich war in drei Schritten bei ihm. »Was ist das?«

»Scheint eine Art Tagebuch oder Kalender zu sein. Sie beschreibt, was sie getan hat, welche Wesen sie vernichtet, wen sie getroffen hat und … oh. Hier ist ein Eintrag über ein Treffen mit einem gewissen T.«

»T wie Tarquin?«

»Gut möglich.« Finn hielt mir das Buch hin.

Ich überflog die Zeilen, blätterte vor und wieder zurück, bis ich auf das stieß, nach dem ich unbewusst bereits die ganze Zeit gesucht hatte. Bisher hatten wir uns nur auf Amelias Worte verlassen müssen, auf das, was sie kurz vor ihrem endgültigen Tod zu uns gesagt hatte – und das war nicht viel gewesen. Doch hier war eine Aufzeichnung dessen, was sie gesehen hatte. Hier stand es Wort für Wort.

Sie hatte den Hexenkönig getroffen. Nachdem sie ihm mehrere Personen ausgeliefert hatte, hatte Baldur endlich seinen Teil ihres Deals eingehalten und ihr etwas von seiner Macht übertragen. Die Berührung hatte eine von Amelias Visionen ausgelöst und sie hatte ihn sofort gewarnt. Der Vampirkönig würde den Hexenkönig töten. Ihn endgültig vernichten.

Mehr gab es dazu leider nicht. Keine Details. Keine Beschreibungen. Keine Koordinaten oder Ortsnamen. Nichts, das uns in irgendeiner Form gegen Baldur weiterhelfen könnte.

Seufzend ließ ich das Buch wieder sinken. »Schade, dass Isaac tot ist. Wenn wir es in Edinburgh geschafft hätten, ihn gefangen zu nehmen, hätten wir ihn jetzt vielleicht gegen Baldur einsetzen können, genau wie Amelia es vorhergesehen hat. Außerdem scheint Baldur aufgrund dieser Vision Angst vor Isaac gehabt zu haben. Seine Leute waren nicht ohne Grund auf der Suche nach ihm.«

»Ich weiß. Aber jetzt müssen wir es ohne den Vampirkönig schaffen. Und das werden wir«, beharrte Finn.

Ich zwang mich zu einem Lächeln. Es war nicht so, dass ich ihm nicht glaubte, denn ich wollte diesen Sieg. Ich wollte nicht noch mehr Hunter und Huntresses verlieren oder in den Überresten von Quartieren stehen müssen, die komplett in Schutt und Asche gelegt waren. Aber ein Teil von mir war sich auch darüber im Klaren, dass ich diesen Sieg höchstwahrscheinlich nicht mehr miterleben würde. Meine Zeit lief unaufhörlich ab. Donatius und die anderen Archivare hatten keine neuen Hinweise gefunden, wie ich diesen Fluch loswerden konnte, ohne mit meinem Leben dafür bezahlen zu müssen. Und wenn ich Shaws Seele nicht zurück in die Unterwelt verbannte, würde Kevin mich holen kommen. Ich unterdrückte ein Schaudern und steckte Amelias Tagebuch ein.

Als wir das Haus kurz darauf verließen, warf Finn mir einen fragenden Blick zu. »Bereit für die Jagd?«

Ich nickte. »Immer.«

»Dann lass uns den letzten Geist zur Strecke bringen.«

»Vorletzten«, korrigierte ich ihn und hoffte, damit richtigzuliegen.

Es war ja nicht so, als hätte Kevin mir einen Strichliste auf den Körper tätowiert, bei der mit jedem vernichteten Spirit ein weiterer Strich verschwand. Nope. Obwohl das eine ziemlich gute Idee gewesen wäre, hatte der Todesbote lieber seinen Höllenhund auf mich gehetzt, der seine unzähligen scharfen, spitzen Zähnen in meine Schulter jagte und eine unförmige Narbe auf meiner Haut hinterließ. Eine Narbe, bei der ich nur raten konnte, wie viele Wesen ich schon erledigt hatte und wie viele mir noch bevorstanden.

»Ich bin ein Optimist«, riss Finn mich aus meinen Gedanken und steuerte den Mietwagen an. »Also sage ich, es ist der letzte.«

Dankbar dafür, dass er Shaw nicht erwähnt hatte, warf ich ihm ein kurzes Lächeln zu und stieg ein.

Die Sonne war bereits untergegangen und es gab immer noch kein Anzeichen des Spirits.

Wir hatten nichts mehr von Shaw, Dinah oder Ripley gehört, und ich konnte nur hoffen, dass deren Mission besser lief als unsere. Die letzten paar Stunden waren wir nämlich nur durch die Gegend gefahren, erst durch die Straßen Galways, dann in der näheren Umgebung, ohne auch nur den geringsten Hinweis auf eine übernatürliche Aktivität zu finden. Wenn wir ihn heute Nacht nicht fanden …

Mit einem Mal saß ich aufrecht in meinem Sitz. »Halt an!«, rief ich, als es ohne Vorwarnung in meiner Schulter zu brennen begann.

Finn stellte keine Fragen, sondern sah sich kurz um und

fuhr sofort links ran. Sekunden tickten vorbei, in denen wir erst einander ansahen, dann das, was sich vor uns ausbreitete. Fünf Kilometer vom Zentrum entfernt, gar nicht mal so weit weg von der Galway Bay, befanden sich die Barna Woods.

Der Geist war in einem dunklen Wald. Na klar. Ausgerechnet in Irland, der grünen Insel, die kaum bewaldet war. Und dann fanden wir ihn erst, nachdem die Sonne untergegangen war? Das war praktisch das Rezept für einen Horrorfilm.

Zögernd stiegen wir aus und schalteten unsere Taschenlampen ein. Eine niedrige, moosbewachsene Steinmauer grenzte den Weg ein, dem wir in die Barna Woods hinein folgten. Der Waldboden jenseits davon war von Laub bedeckt. Hin und wieder kamen wir an Sträuchern, kleineren Felsen und Steinen vorbei, die ebenfalls von tiefgrünem Moos und Efeu bewachsen waren. Die Bäume standen nicht dicht beieinander, sondern erweckten den Eindruck, als würden sie einen respektvollen Abstand zueinander einhalten. Ihre Wurzeln und Äste waren dick und knorrig und bildeten bizarre Muster auf dem Boden und weit über uns.

Irgendwo gluckerte ein kleiner Bach, doch abgesehen davon war nichts zu hören. Keine Vögel. Kein Rascheln von nachtaktiven Tieren. Keine Rufe von Eulen. Nichts. Um das Ganze noch gruseliger zu machen, war es völlig windstill, beinahe so, als würde die Natur selbst den Atem anhalten.

Wenn ich es nicht besser gewusst hätte, hätte ich gedacht, wir wären mitten in einen Märchenwald hineingestolpert, in dem die böse Hexe oder der hungrige Wolf nur darauf warteten, dass wir uns verliefen. Es wäre leichter gewesen, diese Vorstellung als unrealistisch und lächerlich abzutun, wenn ich nicht gewusst hätte, dass all diese Kreaturen wirklich existierten. Die bösen Hexer und Hexen ebenso wie die riesigen Wölfe, die uns fressen wollten.

»Dieser Tag ist irgendwie nicht so zu Ende gegangen, wie ich mir das vorgestellt habe«, murmelte Finn. Selbst mit gesenkter Stimme klang er unglaublich laut.

»Was denn? Hast du nicht damit gerechnet, nachts mit deiner Kampfpartnerin auf der Jagd nach einem Geist durch einen gruseligen Wald zu spazieren? Ehrlich, ich könnte mir nichts Schöneres vorstellen.«

Finn lachte leise, ließ den Strahl seiner Taschenlampe aber weiterhin über den Boden und die nähere Umgebung gleiten. »Ich auch nicht. Aber ein Pub mit Livemusik und Bier wäre mir trotzdem irgendwie lieber gewesen.«

»Mir auch«, murmelte ich seufzend und rieb mir über die schmerzende Schulter. »Mir auch.«

Stattdessen liefen wir weiter durch den Wald, lauschten auf seltsame Geräusche und versuchten zu erkennen, ob sich irgendwo etwas regte, das nicht hierhergehörte. Meine Narbe wurde mit jedem Schritt, den wir machten, etwas wärmer, bis die Haut geradezu in Flammen zu stehen schien.

»Er muss ganz in der Nähe sein«, wisperte ich und blieb stehen, als ein kalter Windhauch mein Gesicht streifte. Ich schauderte.

Wir standen Rücken an Rücken und ließen den Schein unserer Taschenlampen langsam über den Boden, Steine und knorrige Baumstämme wandern. Ich wollte den Lichtstrahl gerade weiter nach rechts lenken, als ich ein Flackern bemerkte. Mein Puls beschleunigte sich. Das ungute Gefühl, das mich den ganzen Nachmittag und Abend über begleitet hatte, verhärtete sich vor lauter Anspannung zu einem Knoten in meinem Magen.

Da! Ich tippte Finn kurz an.

Der Spirit tauchte zwischen drei dicken Baumstämmen in seiner vollen Gestalt auf und verschwand dann flackernd wieder, nur um einen Herzschlag später einige Meter weiter wieder aufzutauchen.

So viel zum Thema Glück oder Optimismus. Vor uns stand ein Geist der Phase 4, der nicht nur verflucht mächtig, sondern auch mindestens um die zweihundert Jahre alt war. Zumindest wenn ich seine adrette Kleidung, bestehend aus Gehrock, Kniehose und Weste in leuchtendem Grün mit goldenen Knöpfen und Verzierungen richtig deutete. Verschmutzte weiße Kniestrümpfe, flache Schuhe und eine weiße Perücke komplettierten das Outfit. Er schien schon zu Lebzeiten mächtig gewesen sein – und irgendetwas sagte mir, dass er keine Lust hatte, zurück in die Unterwelt zu gehen.

»Sieht so aus, als hätten wir den Kandidaten gefunden«, murmelte Finn und stellte sich neben mich. Ein leises Schaben verriet mir, dass er die Dolche gezogen hatte.

»Kein Scheiß.«

Der Geist musste sich hier versteckt haben, seit ich das Höllentor vor über einem Jahr geöffnet hatte – oder er war in der Zwischenzeit hierher zurückgekehrt. So oder so hätte ich ihn ohne den Ghostvision niemals aufgespürt, also sollte ich mich wohl besser noch mal bei Warden dafür bedanken. Sofern ich das hier überlebte.

Bevor ich nach meinem Amulett greifen oder auch nur daran denken konnte, es einzusetzen, traf mich eine Energiewelle mitten in den Bauch und schleuderte mich zurück. *Was zum …!?* Ich brachte den Gedanken nicht zu Ende, denn der Boden raste auf mich zu. In letzter Sekunde erinnerte ich mich daran, mich richtig abzurollen. Glücklicherweise minderte der weiche Waldboden den Aufprall etwas ab, und als ich mich rasch wieder aufrichtete, hingen trockene Blätter und kleine Erdklumpen in meinen Haaren.

Finn war als Nächster an der Reihe. Der ersten Attacke

konnte er ausweichen, doch die folgende riss ihn genauso von den Füßen.

Ich sprang auf und aktivierte die Magie in meinem Amulett. Dunkelblaues Leuchten erhellte den Wald um uns herum. Ein Rascheln drang an mein Ohr, aber ich ignorierte es und konzentrierte mich darauf, die Magie in meinen Händen zu sammeln.

Das Rascheln wurde lauter. Und es war direkt über mir.

Ich riss den Kopf hoch und sah armdicke Äste auf mich zurasen. In letzter Sekunde wich ich zur Seite aus, hob die Hände zum Angriff – und wurde von einer noch gewaltigeren Energiewelle getroffen.

Ich knallte gegen einen Baumstamm. Der Aufprall war so heftig, dass er mir jedes bisschen Luft aus der Lunge presste. Für einen Moment hätte ich schwören können, Sternchen zu sehen, zumindest tanzten weiße Punkte vor meinen Augen. Ächzend hievte ich mich auf die Knie hoch und ignorierte den Schmerz in meinem Rücken.

»Okay, jetzt bin ich sauer«, fauchte ich.

»Ach, jetzt erst?« Nur wenige Meter entfernt rappelte sich Finn ein weiteres Mal hoch.

Ich ignorierte seinen unnötigen Kommentar und lenkte stattdessen meine ganze Aufmerksamkeit auf das Amulett an meinem Hals. Sofort leuchtete es auf, immer heller, immer strahlender, bis sogar ich die Augen zusammenkneifen musste, weil ich sonst nichts mehr erkennen konnte. Die magische Energie kribbelte auf meiner Haut, legte sich wie eine warme Umarmung um meine Schultern, schlängelte sich an meinen Armen hinab und sammelte sich innerhalb eines einzigen Atemzugs zwischen meinen Händen.

Doch in dem Moment, in dem ich die Attacke auf den Spirit loslassen wollte, verschwand er vor meinen Augen – und tauchte nur Zentimeter vor mir wieder auf. Ich reagierte zu langsam. In der einen Sekunde starrte ich ihn noch an, in der nächsten packte er mich am Hals und riss mich von den Füßen.

Ich verlor den Bodenkontakt und keuchte auf, doch der Geist drückte so fest zu, dass kein bisschen Sauerstoff in meine Lunge drang. Das Leuchten der Magie flackerte so heftig wie mein Herzschlag und erlosch dann. Panisch begann ich zu zappeln und versuchte mich daran zu erinnern, wie man sich aus einem solchen Griff befreite, aber er war verflucht stark und ich bekam keine Luft mehr.

Am Rande meines Sichtfelds nahm ich eine Bewegung wahr. Im nächsten Moment riss mein Angreifer die Augen auf und starrte an sich hinab, wo die Spitze einer Klinge aus seiner Brust ragte. Das würde ihn zwar nicht töten, aber es lenkte ihn lange genug ab, dass er seinen Griff um meinen Hals lockerte und ich mich befreien konnte.

Hustend landete ich wieder auf den Füßen und schnappte röchelnd nach Luft. Obwohl ich mich instinktiv in Sicherheit bringen wollte, da mein Herz noch immer wie verrückt pochte und Unmengen von Adrenalin durch meine Adern jagte, zwang ich mich dazu, an Ort und Stelle zu bleiben. Ich richtete meine ganze Konzentration auf das Amulett an meinem Hals, das erneut aufleuchtete, als hätte es nur auf mich gewartet. Mit aller Macht stieß ich die Hände nach vorn und schleuderte die geballte magische Energie auf den Spirit. Der versuchte sich in letzter Sekunde unsichtbar zu machen, aber es war zu spät. Die Magie traf ihn mit voller Wucht und zerriss ihn förmlich in der Luft, wo er in Tausende Teilchen zersplitterte. Nur ein leichtes Funkeln blieb zurück, das kurz darauf ebenfalls verschwand.

Wir hatten es geschafft. Der Geist war wieder dort, wo er hingehörte: in der Unterwelt.

Mein Puls raste noch immer und mein Hals brannte, aber meine Atmung beruhigte sich langsam. Ich ließ die Arme sinken und griff an meine Schulter. Von der großen Narbe, die mein Schulterblatt, meine ganze Schulter und einen Teil meines Oberarms bedeckt hatte, war nun fast nichts mehr übrig. Ich ertastete nur noch eine winzig kleine Unebenheit auf meiner Haut, die mir das Unvermeidliche deutlich vor Augen führte: Von den 449 befreiten Seelen war nur noch eine einzige übrig.

Im Licht der Taschenlampe warf mir Finn einen fragenden Blick zu. Ich nickte nur zur Bestätigung und sah dann schnell zur Seite. Trotzdem bemerkte ich den mitfühlenden Ausdruck in seinen Augen. Er wusste, was das bedeutete.

Obwohl ich nicht mal daran denken wollte, war mir klar, dass ich nicht mehr länger davor davonlaufen konnte. Alle entflohenen Seelen waren wieder in der Unterwelt – bis auf die von Shaw.

Ich schluckte hart, doch der Kloß, der sich in meinem Hals gebildet hatte, wollte nicht verschwinden. »Lass uns … lass uns zurückgehen.«

Zurück nach London. Zurück nach Hause. Zurück … zu Shaw.

28. KAPITEL

Shaw

Noch 2 Tage …

Ich hatte Dinah und Ripley in Athen aufgelesen und sie mit dem Fläschchen nach Kolumbien geschickt. Es bei mir zu behalten, während ich rund um die Welt weitere Portale erschuf, um meine Spuren zu verwischen, war zu riskant. Und, ganz ehrlich? Ich war auch nicht besonders scharf darauf, das Gefäß mit mir herumzutragen, in dem sich die Seele der Geisterkönigin verbarg. Am Ende ließ ich es noch aus Versehen fallen, oder Tarquin und die anderen lauerten mir auf, fingen mich ab und brachten mich zusammen mit dem Fläschchen geradewegs zum Hexenkönig. Nein, danke.

Der ganze Plan gegen Baldur funktionierte nur, wenn wir das Gefäß sicher in sein neues Versteck brachten. Deshalb erwies sich der Rückweg als deutlich komplizierter als der Hinweg, da meine alte Freundin Sunniva und ihre beiden Hexer sich als ausgesprochen anhänglich erwiesen. Es bedurfte mehrerer Portale und eines weiteren Kampfes, um sie abzuhängen. Anschließend holte ich Dinah und Ripley in Südamerika ab und setzte sie nach mehreren Zwischenstopps in einer Kleinstadt in Nordengland ab. Von dort sollten sie es in wenigen Stunden bis nach London schaffen. Ich öffnete noch drei weitere Portale, bis ich schließlich in einem kleinen Ort in den

Niederlanden untertauchte. Zwischen endlosen Tulpenfeldern verwischte ich meine Spur endgültig und machte mich endlich ebenfalls auf den Weg zurück nach London – allerdings auf konventionelle Weise mit dem Zug.

Es war bereits später Nachmittag und regnete in Strömen, als ich vor dem Wolkenkratzer ankam. Sobald ich das Quartier betrat, hörte ich das Summen von Stimmen und spürte die allgemeine Anspannung in der Luft. Nala und Weston hatten ihren Teil des Plans anscheinend umgesetzt, denn mittlerweile wimmelte es hier nur so vor Magic Huntern und Huntresses mit Amuletten in allen Stufen.

Die meisten von ihnen hatte ich nie zuvor gesehen, aber ich erkannte Cains Mutter Lillian Blackwood und ihren Kampfpartner Jackson Lothian unter ihnen. Sie mussten geradewegs aus Edinburgh hergekommen sein und nickten mir jetzt knapp zu.

Die anderen Hunterteams betrachteten mich mit einer Mischung aus Neugier, Unbehagen und offenem Misstrauen. Ich konnte nur hoffen, dass Nala alle Neuankömmlinge darüber informiert hatte, wer ich war und was meine Absichten waren, und sie nicht einfach auf mich losgingen – von Kämpfen hatte ich nach den letzten 24 Stunden wirklich genug. Geistesabwesend rieb ich mir über die Rippen, an denen mich die Energiewelle getroffen hatte. Mein ganzer Körper fühlte sich an, als hätte man mich einmal durch die Mangel gedreht – was an der Menge an Magie lag, die ich in so kurzer Zeit eingesetzt hatte. Eine unbequeme Erinnerung daran, dass auch die Kraft eines Hexenmeisters nicht unendlich war.

Zwischen mehreren Huntern, die gerade die Waffenkammer verließen, entdeckte ich Weston.

»Hey«, fing ich ihn ab. »Sind Dinah und Ripley schon zurück?«

Er nickte sofort. »Seit ein paar Stunden. Sie haben sich etwas hingelegt.«

Bevor ich mich dazu äußern konnte, eilte der Archivar schon weiter, sein Tablet unterm Arm und ohne Zweifel auf dem Weg, um alles für die große Schlacht gegen Baldurs Leute zu planen und zu organisieren.

Ich strich mir das feuchte Haar aus der Stirn und sah mich weiter um.

Als hätte sie gespürt, dass ich zurück war und sich auf die Suche nach mir gemacht, stand sie plötzlich mitten im Gang. Schwere Regentropfen prasselten gegen die bodentiefen Fenster auf der einen Seite, während mehrere Hunter und Huntresses auf der anderen Seite an uns vorbeiliefen, doch das konnte mich gar nicht weniger interessieren. Meine ganze Aufmerksamkeit galt Roxy.

»Hey Darling«, begrüßte ich sie mit einem müden Lächeln.

Statt einer Antwort kam sie geradewegs auf mich zu und fiel mir um den Hals. Ich stolperte einen halben Schritt zurück, dann legte ich die Arme um sie und zog sie fest an mich. Sekundenlang standen wir so und hielten einander eng umschlungen. Ich spürte Roxys weiche Kurven, die sich an meinen Körper schmiegten, die Wärme, die sie ausstrahlte, und vergrub das Gesicht in ihrem Haar, um den vertrauten, leicht blumigen Duft zu inhalieren, der sie stets umgab.

Noch immer liefen Leute an uns vorbei, aber es war mir egal, wer uns so sehen konnte. Ich hatte nie ein Geheimnis daraus gemacht, wie sehr ich diese Frau bewunderte – oder wie viel ich mittlerweile für sie empfand.

»Ihr habt es geschafft«, murmelte Roxy irgendwann an meinem Hals. Ihr warmer Atem strich über die Stelle und löste eine kleine Gänsehaut aus.

»Ja«, bestätigte ich genauso leise, ohne mich von ihr zu lösen. Dafür fühlte sich diese Umarmung zu gut an. Wie die Belohnung für all die Mühen der vergangenen Tage und Wochen.

»Geht's dir gut?« Roxys Hände strichen über meine Seiten und meinen Rücken, als würde sie mich auf Verletzungen abtasten.

Ich musste unwillkürlich lächeln. »Alles noch dran. Und bei dir?« Jetzt löste ich mich doch ein Stück von ihr, aber nur so weit, um sie ansehen und die Hand an ihre Wange legen zu können.

»Alles okay. Finn und ich haben den letzten Geist gefunden.« Sie kräuselte auf diese niedliche Weise die Nase. »Nachts. Mitten in einem gruseligen Wald.«

»Klingt nach einer spannenden Geschichte.«

»Ich erzähle dir gern alle Details, aber vorher: Willst du etwas essen?«

Ich konnte gar nicht anders, als leise zu lachen. »Unbedingt. Ich bin am Verhungern.«

Sie griff nach meiner Hand und verschränkte unsere Finger miteinander, dann nahmen wir den Aufzug Richtung Kantine.

»Wo sind eigentlich Finn und Niall?«, fragte ich beim Einsteigen, während Roxy die Taste für das richtige Stockwerk drückte.

Sie umklammerte meine Finger etwas fester und starrte auf das Display, das anzeigte, wie wir eine Etage nach der anderen überwanden. »Ich schätze, Finn ist beim Training oder bei Giselle. Und Niall ist bei den Archivaren in der Bibliothek. Er ist mit uns zurückgekommen, obwohl ich versucht habe, ihn dazu zu überreden, daheim in Irland zu bleiben. Er ist so ein Sturkopf.«

»Er ist dein Bruder«, erinnerte ich sie und drückte ihre Hand. »Natürlich will er die restliche Zeit mit dir verbringen.«

Sie seufzte. Ob vor Frust, Sorge oder Erleichterung, weil in diesem Moment die Türen vor uns aufglitten und wir den Fahrstuhl verlassen konnten, wusste ich nicht. »Nala hat ihm befohlen, sich aus allen gefährlichen Situationen rauszuhalten, und er hat zugestimmt. Nur deshalb darf er hier im Quartier bleiben – und weil Linnea behauptet hat, sie hätte Verwendung für ihn und sie könnten gerade jeden in den Archiven brauchen.«

»Aber du machst dir trotzdem Sorgen um ihn, hm?«

Sie zog die Schultern hoch. »Er ist mein Zwillingsbruder«, erwiderte sie nur, als würde das alles erklären. Und das tat es in diesem Fall auch.

Hand in Hand betraten wir die Kantine, in der aufgrund der vielen neuen Hunter und Huntresses selbst um diese Uhrzeit einiges los war. Stimmengemurmel, einzelne Gesprächsfetzen und das Geklapper von Geschirr erfüllten die Luft. Wir stellten uns in die Schlange zur Essensausgabe, beluden unsere Tabletts mit Lasagne, Cookies und Getränken, dann suchten wir nach einem freien Tisch.

Wir hatten uns gerade hingesetzt, als ich eine bekannte Gestalt zwischen all den anderen Leuten entdeckte.

»Birdie!«, rief Roxy und sprang auf.

Als Birdie uns entdeckte, hellte sich ihr Gesicht auf und der verlorene Ausdruck verschwand aus ihrer Miene. Sie sah noch genauso aus wie bei unserem Treffen in Sizilien, allerdings deutlich blasser und mit einer Trauer in den Augen, die zuvor nicht da gewesen war. Ihr linker Arm hing in einer Schlaufe und sie hatte Schürfwunden an der Wange und am Hals. Aber sie war am Leben. Sie hatte das überstanden, was so viele andere das Leben gekostet hatte.

Sie umarmte erst Roxy, dann mich und ließ sich auf einen freien Stuhl an unserem Tisch fallen. »Ich bin so froh, dass es euch gut geht. Ich musste einfach herkommen. Nichts hätte mich noch länger in diesem Krankenhaus halten können. Und als ich erfahren habe, dass so viele kampffähige Hunter und Huntresses mit Amulett wie möglich ins Londoner Quartier reisen sollen, habe ich mich mit zwei Jägerinnen aus Wien zusammengetan, die auf dem Weg hierher waren.«

Ihre Augen strahlten nicht mehr wie früher und das lag mit Sicherheit nicht nur an der Erschöpfung, die für ihre Blässe und für die Schatten unter ihren Augen verantwortlich war. Der Glanz war verschwunden, weil sie so viel verloren hatte. Freunde. Kolleginnen. Das ganze Quartier, auch wenn es kein richtiges Zuhause gewesen war. Ich konnte mir nicht mal ansatzweise vorstellen, wie das für sie sein musste.

»Danke«, sagte Roxy und schenkte ihr ein warmes Lächeln. »Dass du jetzt hier bist und für das, was du für Shaw und mich getan hast.«

Ich nickte und klopfte Birdie vorsichtig auf die Schulter. »Auch von mir danke. Dass du herkommst, hätte niemand erwarten können nach dem, was da in Prag passier–«

»Doch«, unterbrach sie mich. Ein überraschend harter Unterton schwang in ihrer Stimme mit. »Baldurs Leute haben unser Quartier überrannt und wahllos jeden getötet. Meine Freunde.« Sie ballte die Hände zu Fäusten und starrte auf ihren Teller hinunter, ohne ihn anzurühren. »Krall hat uns fortgeschickt. Er ist zurückgeblieben, um mit Pandora und Matej die Stellung zu halten. Ich wollte sie nicht zurücklassen, aber Trent hat mich mitgezogen. Er war direkt hinter mir, als eine Wand eingestürzt ist. Sie … Er …« Ihre Stimme brach, und Tränen liefen ihr über das Gesicht. »Ich bin heute nur am Leben, weil er … weil sie sich geopfert haben.« Ihre Stimme brach. Langsam hob sie den Kopf. Ihre Tränen waren versiegt, aber ihre Augen schimmerten noch immer. Voller Trauer –

aber auch voller Entschlossenheit. »Ich bin genau dort, wo ich jetzt sein muss.«

Ich wechselte einen schnellen Blick mit Roxy. Sie nickte mir zu. »Wir waren da. In Prag. Leider sind wir zu spät gekommen. Es tut mir so leid.«

Roxy griff nach Birdies Hand und drückte sie leicht.

Birdie lächelte matt und schüttelte den Kopf. »Nicht eure Schuld.«

»Wir werden alles in unserer Macht Stehende tun, um ihren Tod zu sühnen«, sagte Roxy. »Baldur wird damit nicht durchkommen. Wir haben einen Plan.«

»Ich weiß.« Birdie brachte ein zittriges Lächeln zustande. »Deshalb bin ich hier. Genau wie Mara und ihre Eltern übrigens.«

»Ihre Eltern?«, hakte ich nach. Wir hatten in Prag nur ihren Vater Li Jun kennengelernt, weil ihre Mutter vor über einem Jahr verschwunden war.

Sie nickte mehrmals. »Tereza war eine der entführten Personen in der Geisterwelt. Wir haben sie zusammen mit den anderen befreit. Krall war so erleichtert, seine Schwester endlich wiederzusehen und dann …« Sie schniefte. Erneut liefen ihr Tränen über die Wangen, die sie mit zitternden Fingern wegwischte. »Das ist nicht fair. Es ist einfach nicht fair.«

Roxy gab Birdie eine Serviette, die sie als Taschentuch benutzte. Wir aßen schweigend und hingen unseren Gedanken nach. Das Summen der Gespräche wurde allmählich leiser. Einzelne Hunterteams gingen auf die Jagd, aber die meisten verabschiedeten sich ins Bett, was für einige bedeutete, in einer der Trainingshallen zu schlafen. Auch ich spürte die Erschöpfung in jeder Faser meines Körpers. In den letzten Stunden hatte mich pures Adrenalin angetrieben, zusammen mit der Ungewissheit, ob es Roxy gut ging. Nun, da ich hier war und wusste, dass zumindest für den Moment alles in Ordnung war, legte sich die Müdigkeit wie eine tonnenschwere Decke über mich.

»Als wir in Prag waren«, begann Roxy und wandte sich an Birdie, die ebenfalls so aussah, als würde sie gleich über ihrem Teller einschlafen. »Da habe ich in der Nähe der Waffenkammer ein paar Bolzen gefunden. Die blauen.«

Birdie überlegte einen Moment lang, dann riss sie die Augen auf. »Oh! Ja, richtig. Pandora und Matej haben weiter damit herumexperimentiert, nachdem ihr weitergereist seid. Sie sind einsatzfähig.«

»Wirklich?«, fragte ich überrascht. »Bolzen mit Magie?«

»Ja. Sie haben sich mit ein paar Archivaren zusammengetan, die Amulette herstellen, und es geschafft, die Asche, aus denen die Steine gepresst werden, mit dem Material der Bolzen zu verbinden. Ich kann es leider nicht genau erklären, weil ich sie selbst nie in Aktion gesehen habe, aber die Wirkung müsste wie eine Magieattacke sein.«

Wow. Das war heftig. Und verdammt schade, dass wir keinen der beiden danach fragen oder diese Bolzen reproduzieren konnten. Gerade für Jäger und Jägerinnen mit niedrigeren Amulettstufen könnten diese Bolzen eine echte Unterstützung im Kampf sein.

»Ich bin sicher, dass Pandora und Matej gewollt hätten, dass du sie bekommst«, sagte Birdie und lächelte traurig.

»Ich …« Roxy sah zwischen uns hin und her. »Danke. Ganz ehrlich.«

»Kein Thema. Aber jetzt muss ich mich wirklich etwas hinlegen. Wir sehen uns später, ja?«

Wir verabschiedeten uns von Birdie, räumten unsere Tabletts mit dem leeren Geschirr weg und gingen nach oben. Ohne uns absprechen zu müssen, steuerten wir Roxys Zimmer an und dort geradewegs das Bett. Kleidungsstücke landeten auf dem Boden, aber nicht in hektischen, ungeduldigen Bewegungen, sondern langsam, jede Bewegung ein Kampf gegen die Erschöpfung.

Als ich unter der Decke lag und den Arm um Roxy schlingen konnte, die sich an mich geschmiegt hatte, fühlte es sich zum ersten Mal seit Langem wieder so an, als könne ich richtig durchatmen.

Ein Vibrieren riss mich aus dem Schlaf. Im ersten Moment hatte ich keine Ahnung, was los war, doch dann spürte ich, wie Roxy sich aufrichtete und über mich lehnte, um nach ihrem Handy auf dem Nachttisch zu greifen. Ich gab ein Brummen von mir und schloss die Augen wieder. Was auch immer das war, es konnte warten. Draußen war es noch immer dunkel und wir hatten längst nicht genug geschlafen, um uns schon wieder mit dem Chaos in der Welt zu beschäftigen.

»Das war Nala.« Roxys Stimme durchdrang meinen angenehmen Döszustand. »Sie will uns sofort im Besprechungsraum 1 sehen.«

Mit einem Mal war ich hellwach. »Shit.«

Mehr sprachen wir nicht, sondern zogen uns eilig an und machten uns auf den Weg nach unten. Ein kurzer Blick aufs Handy verriet mir, dass es fast fünf Uhr morgens war.

»Was ist los?«, fragte Roxy, als wir den Besprechungsraum betraten. »Was ist passiert?«

Nala stand vor einer Leinwand, auf die ein Beamer eine Europakarte projizierte, auf der die Standorte aller Quartiere markiert waren. Einige weitere Hunter und Huntresses saßen am Tisch, und offenbar waren wir die Letzten, denn Nala schloss die Tür hinter uns und wandte sich dann an uns alle.

»Das neue Alarmsystem ist vor sieben Minuten losgegangen. Baldur greift erneut Quartiere an – und diesmal mehrere zur gleichen Zeit. In jedem davon war in den letzten drei Monaten mindestens ein Soul Hunter stationiert. Wir können nicht noch mehr Zeit verlieren und müssen sofort handeln.«

Ich trat näher an die Karte heran. »Welche Quartiere sind betroffen?«

Weston gab etwas auf seinem Tablet ein und die Karte veränderte sich. Jetzt zeigte sie einzelne Gebäude auf. »Moskau, Tallinn und Valencia. Verstärkung aus den umliegenden Quartieren ist bereits unterwegs, und in Moskau war bereits eine größere Gruppe Hunter aus St. Petersburg. Ihrer letzten Meldung zufolge konnten sie den Angriff dort sehr schnell abwehren.«

Nala nickte knapp. »Gut.«

»Du siehst nicht so aus, als wäre das *gut*«, stellte Roxy fest.

Sie rieb sich mit zwei Fingern über die Nase. Es war das einzige Anzeichen der massiven Anspannung, unter der sie stand. »Die Angriffe auf die anderen beiden Quartiere waren dafür erfolgreich, was an sich schlimm genug ist. Aber wir hatten fest mit Magic Huntern und Amulettträgerinnen aus diesen Quartieren als Unterstützung gerechnet.«

Den Rest ließ sie offen, aber es war klar, worauf sie hinauswollte: Diese Unterstützung würde nicht mehr eintreffen. Entweder hatten sie genug mit der Verteidigung oder dem Wiederaufbau ihrer eigenen Quartiere zu tun, oder aber sie waren bereits tot.

Fuck. Wie sollten wir es mit dem König der Hexen persönlich aufnehmen, wenn uns schon jetzt Leute fehlten? Unser Plan war zwar gut, aber es gab keine Garantie, dass er auch funktionieren würde. Im schlechtesten Fall stampfte Baldur uns alle in Grund und Boden, genauso wie er es in Prag demonstriert hatte.

Frustriert fuhr ich mir mit der Hand durchs Haar, den Blick auf den Boden gerichtet, und sah erst wieder auf, als Nala das Wort ergriff.

»Diese Angriffe sind ein Rückschlag, aber unser Plan bleibt derselbe. Wir müssen nur schneller sein als ursprünglich angenommen.« Sie schaute von einem zum anderen.

Finn saß am Tisch, genau wie Lillian Blackwood und ihr Kampfpartner Jackson Lothian, ein Magic Hunter mit hoher Amulettstufe, sowie zwei weitere Magic Huntresses, die ich nicht kannte. Eine von ihnen sah Mara aus Prag jedoch ziemlich ähnlich. Das musste ihre Mutter Tereza sein, die Prager Huntress, die ebenfalls in der Geisterwelt gefangen gewesen war.

Auf ein Nicken von Nala hin änderte Weston die Anzeige. Nun zeigte die Karte ein Gebiet an der südöstlichen Küste Englands. »Wir locken Baldur zum Camber Castle nach Rye. Von hier aus sind das knapp zwei Stunden mit dem Auto. Eine Burg mit viel freier Fläche, keine Dächer, die im Kampf beschädigt und zur Bedrohung werden könnten, und rundherum nur weite Felder. Die ersten Vorbereitungen laufen bereits.« Nala seufzte. »Ich hätte mir wirklich gewünscht, mehr Zeit zu haben, aber wir müssen sofort handeln. Wir werden alles dafür tun, um den Hexenkönig und seine Lakaien aufzuhalten.«

Allgemeines Nicken auf allen Seiten, dann richtete sie ihre Aufmerksamkeit auf mich.

Ich zog die Brauen in die Höhe. »Von mir wirst du kein Veto hören. Als ich den Kerl das letzte Mal gesehen habe, wollte er meine Seele in meinen alten Körper zurückstecken, damit ich alles vergesse und wieder zu einer seiner Marionetten werde, die blind seine Befehle ausführen. Nein, danke. Ich will ihn genauso sehr weghaben wie ihr.«

»Dann wäre das ja geklärt.« Nala stemmte die Hände in die Hüften, wodurch die Armbänder an ihren Handgelenken leise klirrten. »Ein Großteil unserer Hunter ist schon auf dem Weg nach Camber Castle. Magic Hunter und Leute mit Amuletten kommen als Letztes dazu. Ich will nicht riskieren, dass Baldur einen Weg findet, ihre Magie zu spüren, und misstrauisch wird. Wir brauchen noch mindestens heute, am besten auch den morgigen Tag, um alles in die Wege zu leiten. Dann sollte auch weitere Unterstützung aus den entfernteren Quartieren eingetroffen sein. Länger können wir nicht warten. Wir dürfen nicht noch mehr Quartiere verlieren.«

»Was ist mit Ella und Wayne?«, fragte ich, da ich von den beiden nichts mehr gehört hatte.

»Nach dem Ablenkungsmanöver sind sie in einem neuen Versteck untergetaucht. Dort sind sie fürs Erste sicher. Cain und Warden sind bei ihnen«, ergriff jetzt Lillian Blackwood das Wort. »Da Baldurs Leute explizit Jagd auf Soul Hunter machen, weil er glaubt, Marjorie wäre noch bei ihnen, wäre es hier zu gefährlich für die beiden. Sie werden diese Mission aussitzen.«

Wahrscheinlich besser so, denn hier ging es nicht um Geister, sondern um Hexenwesen. Ella mochte mit ihrem Amulett zwar eine wichtige Hilfe sein, allerdings wollte ich auch nicht, dass sie dabei ihr Leben gefährdete. Oder schlimmer noch: Von Tarquin oder den anderen auf dem Weg hierher geschnappt wurde. Wayne war meinem Wissen nach mehr Blood als Soul Hunter. Und gegen diesen Feind brauchten wir vor allem Magie. Jede Menge davon.

»Das Fläschchen mit Marjories Seele ist in einem neuen Versteck«, fuhr Nala fort. »Dank Lillian und Jackson haben wir nun auch ein zweites, leeres Gefäß. Der Plan ist, Baldur im Kampf so schwer zu verwunden, dass er stirbt. Dann können wir seine Seele in dem Fläschchen einfangen.« Sie nickte Cains Mutter und deren Kampfpartner zu.

Jackson stützte sich mit den Unterarmen auf den Tisch. An der Kette um seinen Hals baumelte ein blaues Amulett der Stufe 5. »Schön und gut, aber wie locken wir Baldur nach Camber Castle?«

»Überlass das mir.« Ich suchte Roxys Blick und nickte ihr zu. Sie wusste, welcher Teil des Plans als Nächstes anstand.

»Ich begleite dich.« Ihr Amulett leuchtete kurz auf, wie um diese Aussage zu unterstreichen – oder um deutlich zu machen, dass sie keine Widerrede duldete.

Nala runzelte die Stirn, protestierte aber nicht sofort. Stattdessen musterte sie Roxy sorgenvoll. »Bist du sicher?«

»Ja.« Sie nickte entschlossen. »Was kann im schlimmsten Fall schon passieren?«

»Ähm … du könntest sterben? Schon wieder?« Ripley lehnte mit verschränkten Armen neben der Tür. Ich hatte zwar keine Ahnung, wann er dazugestoßen war, aber ich war froh, ihn nach unserer Mission auf Kreta in einem Stück zu sehen.

Roxy zuckte mit den Schultern. »Morgen kommt Kevin mich doch sowieso holen.«

Auch wenn das vielleicht nicht ihre Absicht war, führte sie uns damit deutlich vor Augen, dass ihre Zeit beinahe abgelaufen war. Dass sie trotz aller Versuche noch immer keinen Weg gefunden hatte, wie wir beide den Fluch des Todesboten überleben sollten. Und ich wusste, dass sie danach suchte. Verbissen. Verzweifelt. Ganz im Gegensatz zu mir, denn ich hatte die einzige Lösung schon längst akzeptiert: Sie würde mich genauso zurückschicken müssen wie all die anderen Seelen. Ich würde es selbst tun, um ihr das zu ersparen, aber Kevin hatte vorgesorgt und mir diese Möglichkeit genommen, als er den Deal geändert hatte. Trotzdem würde ich nicht einfach danebenstehen und zuschauen, wie sie meinetwegen starb. Nicht schon wieder. Roxy musste überleben.

Mein Blick traf den von Finn, der bisher ungewohnt schweigsam gewesen war, aber ich wusste, dass er dasselbe dachte wie ich. Er würde Roxy genauso wenig sterben lassen wie ich.

»Ich komme übrigens auch mit«, meldete sich Ripley erneut zu Wort und hob warnend die beringte Hand. »Und bevor einer von euch widerspricht: Ihr braucht einen Magic Hunter, falls sie ihre Illusionen gegen euch einsetzen. Auf mich hat diese Art von Magie keine Wirkung, auf euch schon. Okay, Shaw ausgenommen. Aber da es nach wie vor Leute gibt, die es für eine miserable Idee halten, unseren Hexenmeister ohne neutrale Begleitung – sorry, Roxy – zum Hexenkönig zu schicken, komme ich am besten mit.«

»In Ordnung«, gab ich nach. »Wir können deine Hilfe gebrauchen.«

Roxy presste die Lippen aufeinander, nickte jedoch ebenfalls.

»Dann wäre das ja geklärt.« Nala fixierte uns nacheinander mit einem Blick, der nicht den geringsten Widerspruch zuließ. »Ihr übermittelt die Nachricht und verschwindet dann umgehend wieder. Lasst euch auf keine Konfrontationen und Kämpfe ein, verstanden?«

Leichter gesagt als getan. Dennoch nickte ich, genau wie Roxy und Ripley.

Ich hielt ihr die Hand hin, die sie ohne zu zögern nahm. »Na, dann los. Statten wir dem König der Hexen einen Besuch ab.«

29. KAPITEL

Shaw

Noch 1 Tag …

»Wir haben zwei Möglichkeiten«, fasste ich zusammen, während ich den schwarzen Jeep, den wir uns vom Quartier ausgeliehen hatten, durch die Straßen Londons lenkte. »Entweder wir bringen so viel Abstand wie möglich zwischen uns und das Quartier, ich setze Magie ein und wir lassen uns von Baldurs Leuten finden und zu ihm bringen.«

»Klingt nicht gerade nach einem klugen Schachzug, als Gefangene dort aufzukreuzen«, meldete sich Ripley von der Rückbank zu Wort. »Was ist die andere Möglichkeit?«

Ich unterdrückte ein Seufzen, da er recht hatte. Allerdings war die andere Variante nicht weniger gefährlich – und ich wusste nicht mal, ob sie überhaupt umsetzbar war.

»Oder ich versuche Baldurs Magie zu spüren, dann erschaffe ich ein Portal, das uns direkt zu ihm bringt.«

Roxy warf mir einen zweifelnden Blick von der Beifahrerseite aus zu. »Kannst du das denn? Seine Magie aufspüren?«

»Ich habe es noch nie versucht, weil ich ihm aus dem Weg gehen wollte, statt ihm in die Arme zu laufen, aber Hexenmeister können die Magie von anderen Hexenmeistern fühlen. Ich sehe keinen Grund, warum das beim König nicht funktionieren sollte.«

»Und wenn es nicht klappt? Wenn Baldur gerade keine Magie anwendet?«

Ich zuckte mit den Schultern. »Dann suche ich Tarquin und wir übermitteln ihm das Ultimatum für Baldur.«

»Das klingt noch nach dem vernünftigsten Plan«, kommentierte Ripley trocken.

»Ja, nur leider ohne Garantie, dass unsere Botschaft dann auch wirklich ankommt.«

Von der Rückbank ertönte gedämpftes Fluchen. Ich spürte Roxys Blick auf mir und sah schnell zu ihr hinüber, ehe ich mich wieder auf die Straße konzentrierte. Wir hatten London fast verlassen und fuhren jetzt Richtung Süden. Der Weg war uns beiden mittlerweile vertraut.

»Du willst es Baldur direkt sagen, nicht wahr?«, fragte sie leise.

Ich biss die Zähne zusammen. »Glaub mir, ich will genauso wenig in seine Nähe kommen wie du. Aber wir müssen sichergehen, dass er Zeit und Ort kennt, sonst ist der ganze Plan umsonst.« Kurz schaute ich zu ihr rüber, genauso wie in den Rückspiegel zu Ripley. »Noch könnt ihr aussteigen. Ihr müsst nicht mitkommen.«

Ripley schnaubte. »Zu spät, Kumpel. Und wie gesagt: Ihr braucht mich«, fügte er mit einem selbstgefälligen Schmunzeln hinzu.

Auch Roxy schüttelte den Kopf und sah mich fest an. »Wir stehen das gemeinsam durch. Bis zum Ende.«

Wärme breitete sich bei dieser Aussage in meinem Brustkorb aus und vertrieb ein klein wenig von der Kälte und Dunkelheit darin. Wortlos griff ich nach ihrer Hand und verschränkte unsere Finger miteinander, während wir London hinter uns ließen.

Rund drei Stunden später fuhren wir durch die letzte kleine Küstenstadt im tiefsten Süden Englands und ich hielt den Jeep an einer Klippe. Das Meer donnerte gegen das Gestein, Gischt spritzte meterhoch auf und benetzte unsere Gesichter. Von anderen Autos oder Menschen war weit und breit nichts zu sehen.

Die Sonne schob sich an diesem Vormittag immer wieder für einen kurzen Moment an den grauen Wolken vorbei. Roxy und Ripley waren zum Wagen zurückgekehrt, während ich am Rande der Klippen stand.

Das gleichmäßige Kommen und Gehen der Wellen half mir ebenso dabei, mich zu konzentrieren, wie das monotone Rauschen des Meeres. Wind wirbelte durch meine Haare und presste meine Klamotten gegen meinen Körper. Ich stemmte mich mit geschlossenen Augen dagegen, versuchte gleichmäßig zu atmen und mich auf das mittlerweile vertraute Prickeln von Magie zu konzentrieren. Nicht auf meine eigene, sondern auf die von anderen. Von Hexenmeistern und -meisterinnen. Von den Mitgliedern des inneren Zirkels, zu denen nur die mächtigsten Leute gehörten. Von Baldur.

Ich hatte nicht den blassesten Schimmer, wie lange ich dort stand und in mich hineinhorchte, aber es funktionierte nicht. Ich konnte zwar das entfernte Knistern spüren, wenn ein mächtiger Hexenmeister oder eine mächtige Hexenmeisterin ein Portal erschuf oder die Magie anderweitig nutzte, aber nicht den Hexenkönig. *Verdammt.* Für Kane mochte es einfach gewesen sein, den Hexenkönig aufzuspüren. Für mich? Definitiv nicht.

Dann eben zu Plan B.

Ich versuchte es erneut und konzentrierte mich nun ganz auf Tarquins Magie. Ihn spürte ich innerhalb von Minuten und riss die Augen auf. »Ich hab Tarquin.«

Roxy und Ripley, die sich bisher von mir ferngehalten hatten, um mich nicht zu stören, traten jetzt sofort zu mir.

»Was, wenn er dich bereits mit ein paar anderen Hexern erwartet?«, hakte Ripley skeptisch nach.

Roxy zog ihre Pistolenarmbrust und holte einen rot markierten Bolzen aus dem Köcher. Eine Spezialanfertigung mit Sprengkraft aus Prag. »Dann kämpfen wir uns den Weg frei.«

Plötzlich war mir nicht besonders wohl zumute. Wenn wir durch das Portal gingen und auf der anderen Seite direkt beim Hexenkönig herauskamen, gab es kein Zurück mehr. Dennoch wusste ich, dass uns keine andere Wahl blieb. Wir konnten nicht weiterhin die Opfer sein und zulassen, dass Baldur ein Quartier nach dem anderen dem Erdboden gleichmachte.

Ich sah von einem zum anderen. »Bereit?«

Beide nickten sofort.

Also gut. Ich atmete tief durch und erschuf direkt neben uns einen Weltenriss. Die Luft begann an dieser Stelle zu flimmern wie an einem heißen Sommertag und anschließend zu leuchten. Ein letztes Mal blickte ich zu meinen Begleitern, dann trat ich als Erster durch das Portal.

Ich hatte nicht die geringste Ahnung, wo wir herauskommen würden, da ich den Ort nicht hatte erspüren können. Das Einzige, was ich wusste, war, dass wir bei Tarquin sein würden. Oder zumindest dort, wo er noch vor wenigen Minuten seine Magie gewirkt hatte. Irgendwie ironisch, dass ausgerechnet Tarquin mir das vor Monaten erklärt hatte. Jede Magie war so einzigartig wie ein Fingerabdruck – oder wie ein Blitz am Nachthimmel. Nicht zu übersehen. Man musste nur in die richtige Richtung schauen.

Als ich auf der anderen Seite aus dem Portal trat, wusste

ich, wo ich war, noch bevor Roxy und Ripley hinter mir auftauchten. Ein dunkles Gemäuer mit kleinen Fenstern, hohen Decken und kaum Tageslicht. Dazu die mit Gemälden und Wandteppichen üppig geschmückten Wände. Diesen Ort würde ich jederzeit wiedererkennen. Wir waren in der Burg des Hexenkönigs. Seine übernatürlich leuchtenden grünen Augen musterten uns aus zahllosen Porträts, die neben uns an den Wänden hingen.

»Wow«, spottete eine vertraute Stimme. Als ich mich umdrehte, entdeckte ich Tarquin, der den Gang entlang auf uns zukam. »Du musst wirklich Heimweh haben, um freiwillig hierher zurückzukehren. Oder Todessehnsucht«, fügte er mit einem schnellen Blick auf Roxy hinzu.

»Denk nicht mal dran«, stieß ich zwischen zusammengebissenen Zähnen hervor und trat instinktiv einen Schritt nach vorn, um sie zu schützen. Eine Reaktion, die Tarquin ein amüsiertes Lachen entlockte.

»Oh, keine Sorge. Ich habe nicht vor, deine kleine Huntress zu töten.« Er wedelte nachlässig mit der Hand. »Wenn ich das richtig mitbekommen habe, übernimmt das ohnehin ein Todesbote. Und zwar ziemlich bald.«

Ich spürte eine Bewegung hinter mir, dann stellte sich Roxy neben mich. »Die *kleine Huntress* hat einen Namen. Und nur weil mich schon bald ein Todesbote holen kommt, heißt das nicht, dass ich bis dahin nicht noch jede Menge Schaden anrichten kann. Soll ich es dir demonstrieren?«

»Leute, Leute.« Ripley trat mit gehobenen Händen zwischen uns. »Wir sind doch alle … na ja, nicht unbedingt Freunde, aber wir müssen uns auch nicht gleich an die Kehle springen, oder?«

»Und das von einem Magic Hunter.« Verachtung schwang in Tarquins Stimme mit.

»Also, das ist jetzt echt verletzend.« Ripley wandte sich zu dem Hexenmeister um, die Hand mit dem Amulettring gegen die Brust gedrückt. »Zumindest wäre es das, wenn ich nicht wüsste, dass ich dich mit einem einzigen Gedanken an der Wand festnageln könnte.«

»Du könntest noch ganz andere Dinge mit mir tun …«, murmelte Tarquin und ließ den Blick an Ripley auf und ab gleiten.

Moment mal. Was?! Flirteten die zwei gerade miteinander? Hier? Jetzt? Ein Hexenmeister und ein Magic Hunter? Ich sah zu Roxy hinüber, die genauso fassungslos wirkte wie ich.

Tarquins Mundwinkel wanderten nach oben und er musterte Ripley noch einen Moment lang, dann wandte er sich wieder an mich. »Was führt dich hierher?«

Ich straffte die Schultern. Kein Grund, groß drum herum zu reden. »Wir haben Marjorie.«

Tarquin wurde so still wie eine Statue, sein Gesicht eine ausdruckslose Maske, aber er sagte kein Wort.

»Wir halten sie gefangen, aber Baldur kann sie zurückbekommen.«

»Er könnte euch auch einfach so lange foltern, bis ihr uns alles verratet, was wir wissen wollen. Oder ich nutze euch drei einfach als Druckmittel«, schlug Tarquin fast schon im Plauderton vor, doch der stahlharte Unterton verriet ihn. Er war nicht zu Späßen aufgelegt. »Ich bin sicher, mein König wird hocherfreut sein, den Verräter zwischen die Finger zu bekommen. Je länger ich darüber nachdenke, desto besser gefällt mir das.«

»Klar könntest du das *versuchen*«, gab ich lässig zu. »Aber damit würdest du nur deine Zeit verschwenden. Wenn wir nicht alle unversehrt zurückkehren, werden die anderen Hunter Marjorie immer wieder verstecken, an Orten auf der ganzen Welt. Egal, wie lange Baldur nach ihr sucht, er wird sie nie wiedersehen. Dir mag das vielleicht egal sein, aber irgendetwas sagt mir, der König der Hexen wird das anders sehen.«

Magie knisterte in der Luft. Tarquin verzog keine Miene, aber ich wusste, dass es in ihm arbeitete.

»Sag Baldur, er soll alle seine Leute zurückziehen, die Hunterquartiere in Ruhe lassen und morgen um 18 Uhr zum Camber Castle in England kommen. Dann können wir reden – und er kriegt Marjorie zurück.«

Tarquin kniff die Augen zusammen. »Und die beiden Hunter, die sie gefangen genommen haben? Denkt ihr wirklich, Baldur lässt es einfach darauf beruhen?«

»Die beiden Soul Hunter werden ebenfalls dort sein«, improvisierte ich, auch wenn ich hoffte, dass Ella und Wayne nach wie vor weit weg und in Sicherheit waren.

Er schnaubte. »Ihr glaubt doch nicht wirklich, dass der Hexenkönig darauf hereinfallen wird – oder dass wir nicht wissen, dass das eine Falle ist.«

»Aber ihr wisst auch, dass wir Marjorie haben«, fiel Ripley ihm mit einem herausfordernden Lächeln ins Wort.

Damit hatte er recht. Das konnte Tarquin nicht leugnen. Sonst hätte der Hexenkönig nie auf der Suche nach den beiden Soul Huntern, die Marjorie gefangen genommen hatten, die ganzen Quartiere angegriffen. Wir hatten etwas, das Baldur unbedingt zurückwollte – und das er nie bekommen würde, wenn er nicht nach unseren Regeln spielte. Er könnte alle Hunterquartiere der Welt aufspüren und sie allesamt niederbrennen, und trotzdem würde er seine große Liebe nicht wiederfinden. Denn in einem solchen Fall würden Nala und die anderen das Fläschchen erneut verstecken, weit weg von allen Quartieren und damit selbst für den König der Hexen unauffindbar. Und Marjorie wäre für immer verloren. Eigentlich gar keine so schlechte Idee, wenn man so darüber nachdachte.

»Das ist der Deal«, sagte ich. »Wenn ihr nicht daran interessiert seid, sorgen wir dafür, dass Marjorie für immer verschwunden bleibt.«

Ich hätte schwören können, dass Tarquins Augen Funken sprühten. »Du bewegst dich auf gefährlich dünnem Eis, Kane«, warnte er leise.

»Ich weiß«, erwiderte ich und grinste schief. »Aber es gefällt mir dort.« Eine kurze Handbewegung, dann erschien ein neues Portal hinter uns. »Morgen, 18 Uhr. Camber Castle in England.«

Bevor er reagieren – und seinem Zorn doch noch freien Lauf lassen – konnte, verschwanden wir wieder durch das Portal.

»Na, das war ja einfach.« Ripley schüttelte sich, als wollte er damit die Nachwirkungen der Portalreise loswerden. Ich beobachtete ihn aufmerksam, aber er schien das Ganze besser wegzustecken als Roxy.

»Freu dich nicht zu früh«, murmelte ich und ließ den Blick über die Küste wandern. Wir befanden uns einige Kilometer von der Stelle entfernt, von wo aus wir aufgebrochen waren.

»Warum?«

Roxy wirbelte mit gezogener Pistolenarmbrust herum. Einen Herzschlag später traten zwei Hexenmeisterinnen und drei Hexer durch ein weiteres Portal. »Darum. Hallo, Leute.« Sie schoss den explosiven Pfeil mitten in die Gruppe.

Sofort erschuf ich einen neuen Weltenriss und packte die beiden am Arm. Im nächsten Moment stolperten wir am anderen Ende der Welt wieder heraus. Das Ganze wiederholte ich noch einige Male innerhalb kürzester Zeit, bis es zu viele Portale gab, um sie alle sofort aufzuspüren und überprüfen zu können. Erst als ich sicher war, dass uns niemand mehr folgte, brachte ich uns wieder in die Nähe unseres Startpunkts an der Südküste Englands zurück. Von hier aus würden wir ohne Magie zurückkehren.

30. KAPITEL

Roxy

Meine Haut prickelte noch immer, als würden Hunderte von Ameisen darüberkrabbeln, aber zumindest hatte sich mein Magen wieder beruhigt, als wir das Londoner Quartier am frühen Nachmittag erreichten. Nala hatten wir bereits von unterwegs Bescheid gegeben. Mittlerweile müsste sie Grant und die anderen Quartiersleiter bereits informiert und alles Weitere in die Wege geleitet haben. Vermutlich sollte ich bei den Vorbereitungen helfen, aber das Ende von Kevins Countdown rückte immer näher. Und wenn ich keine Lösung fand, wie ich Shaws und mein eigenes Leben retten konnte, würde ich bei dem morgigen Kampf gegen die Hexen ohnehin keine Rolle mehr spielen. Weil ich dann nämlich schon tot und meine Seele in der Unterwelt sein würde. Also führte mich mein Weg nach einer letzten Besprechung mit Nala direkt zu den Archivaren.

Vermutlich hätte ich den ganzen Abend dort verbracht, hätten Shaw und Niall mich nicht mit dem Versprechen auf leckeres Essen weggelotst. Die nächsten Stunden verbrachten wir zusammen in meinem Lieblingsburgerladen und futterten jede Menge Fast Food. Die Burger und Pommes dort waren noch immer die besten der Stadt, da waren Shaw und ich uns einig.

Als wir ins Quartier zurückkamen, wünschte Niall uns eine

gute Nacht und zog sich in sein Zimmer zurück. Ich ließ Shaw vorausgehen, machte einen kleinen Umweg über die Bibliothek und holte mir neue Bücher und von den Archivaren zusammengetragene Informationen, um sie durchzugehen. In meinem Zimmer schnappte ich mir Wechselsachen, ging ins Gemeinschaftsbad und ließ das heiße Wasser der Regendusche all den Stress der letzten Stunden aus meinen Muskeln trommeln. Als ich fertig war, trocknete ich mich ab, cremte mich ein und zog bequeme Shorts zusammen mit einem Top mit dünnen Trägern an. Mein langes Haar flocht ich zu einem Zopf. Dann kehrte ich in mein Zimmer zurück, wo Shaw bereits auf mich wartete. Auch er hatte geduscht, wie mir seine feuchten Haare ebenso verrieten wie der frische Duft, der von ihm ausging.

»Was ist das?«, fragte er und deutete auf die Unterlagen, die neben ihm auf dem Bett lagen.

»Nur ein paar Bücher. Ich weiß, es ist weit hergeholt, weil die Archivare bereits seit zwei Wochen alles durchsuchen, aber … ich muss einfach weitersuchen. Es muss etwas geben, das uns hilft. Etwas, das uns bisher entgangen ist.«

Bei der Sache mit dem Fluch. Bei der Sache mit Kevin.

Der letzte Überrest der Narbe an meiner Schulter brannte noch immer nicht in Shaws Gegenwart, weil seine Magie ihn davor schützte, dennoch spürte ich ein unangenehmes Prickeln im Nacken, als ich die Unterlagen betrachtete. In Gedanken ging ich durch, wie viel Zeit uns noch blieb, und dabei zog sich mein Magen unweigerlich zusammen. Wir hatten nur noch diese Nacht. Keine vierundzwanzig Stunden mehr, wenn Kevin sich an sein eigenes Timing hielt. Und das wiederum bedeutete, dass ich nicht an der Schlacht gegen Baldur teilnehmen und meinen Beitrag leisten konnte, wenn ich nicht noch in letzter Sekunde einen Ausweg fand. Aber … Shaw wäre da. Er könnte helfen, selbst wenn ich nicht mehr da war. Oder würde Kevin ihn holen kommen, sobald er mit mir fertig war? Technisch gesehen war Shaw immer noch eine entflohene Seele aus der Unterwelt. Verdammt. So langsam hatte ich das Gefühl, überhaupt nichts mehr zu wissen.

Das Einzige, was ich mit absoluter Sicherheit wusste, war, dass uns die nächsten Stunden blieben. Wir hatten diese Nacht. Wir hatten diesen Moment. Das musste genügen.

»Komm her«, murmelte Shaw, der mir meine Grübeleien vermutlich nur zu gut ansehen konnte, und streckte die Hand nach mir aus.

Ich ging zu ihm hinüber, stützte mich mit den Knien rechts und links neben seinen Hüften auf und setzte mich auf seinen Schoß.

»Wir sollten die Zeit, die uns bleibt, nicht mit endlosen Recherchen und der Suche nach einer Lösung verbringen«, wisperte er und legte die Hände an meine Taille. Durch den dünnen Stoff meines Tops spürte ich die Wärme nur zu deutlich. »Das ist unsere letzte Nacht zusammen. Was wünschst du dir?«

»Zeit. Zeit mit dir. Ich will … jede Sekunde genießen.«

Shaws Blick war so intensiv, dass ich das Gefühl hatte, er wollte mich nie wieder loslassen. Dabei lagen seine Hände noch immer ganz sanft an meinen Seiten. »Wo willst du hin? Was möchtest du tun? Ich bringe dich, wo auch immer du hinwillst. Du musst es nur sagen.« Verzweiflung schwang in seiner Stimme mit, aber auch eine Entschlossenheit, die ich bereits an ihm kennen und lieben gelernt hatte.

Ich legte eine Hand auf seine Schulter. Mit der anderen fuhr ich durch sein noch von der Dusche feuchtes Haar. »Ich will nur hier sein. Mit dir.«

Ungläubigkeit leuchtete in seinen goldbraunen Augen. »Das reicht dir? Das ist genug?«

Ich lehnte mich zu ihm, bis sich unsere Nasen streiften und unsere Münder einander ganz nahe waren. »Es ist mehr als genug.«

Und es war das Einzige, was ich wollte. Das Einzige, was ich in diesem Moment wirklich brauchte.

Ein paar Sekunden lang hielt Shaw meinen Blick fest, dann senkten sich seine Lider. Gleich darauf streiften seine Lippen meine. Es war ein langsamer, fast schon schmerzlich sanfter Kuss, der ein Flattern in meiner Magengrube und eine zarte Wärme in meiner Brust auslöste. Ich erwiderte das vorsichtige Streichen, knabberte an seiner Unterlippe und fing sein Lächeln mit dem nächsten Kuss ein. Shaw seufzte leise und zog mich eine Spur fester an sich. Seine Finger strichen an meiner Seite hinauf, über meine Rippenbögen und verharrten einen Moment an meiner Brust, dann glitten sie über meine Schulter und meinen Hals bis in mein geflochtenes Haar, in das sie sich vergruben.

Es dauerte nicht lange, bis unser Kuss intensiver wurde, bis ich die Lippen unter seinen teilte und seine Zunge in meinem Mund willkommen hieß. Hitze breitete sich in meinem ganzen Körper aus und sammelte sich in meinem Unterleib. Alles, was außerhalb dieses Zimmers passierte, rückte immer mehr in den Hintergrund. In diesem Moment, in dieser Nacht hätten wir überall auf der Welt sein können – dafür hätte Shaw gesorgt. Aber ich wollte genau hier sein. An diesem Ort. Mit ihm. Weil nichts und niemand mich dazu bringen würde, seine Seele zurück in die Unterwelt zu schicken, nur damit ich leben konnte.

Shaw hatte eine zweite Chance verdient. Seit er wusste, wer er früher gewesen war und was für Kräfte in ihm schlummerten, hatte er immer nur versucht, anderen zu helfen. Ganz gleich, ob all das eine Fügung des Schicksals oder nur eine unglückliche Verkettung von Ereignissen war, ich konnte und wollte ihm diese zweite Chance nicht nehmen. Ich würde eine Lösung finden. Selbst wenn sie bedeutete, dass das hier tatsächlich meine letzte Nacht auf Erden war.

In den letzten 448 Tagen hatte ich mehr erreicht, mehr erlebt und mehr geschafft, als ich je für möglich gehalten hätte. Ich hatte mich den Londoner Huntern angeschlossen, hatte einen Kampfpartner und neue Freunde gefunden. Ich hatte Europa bereist und mit etwas Hilfe von Finn, Shaw, Warden und Ella alle Wesen gefunden und zurückgeschickt, die ich versehentlich aus der Unterwelt befreit hatte. Ich hatte meinen Zwillingsbruder endlich wiedergesehen und war mit ihm zu unseren Eltern nach Irland geflogen. Ich war sogar gestorben und wieder zu den Lebenden zurückgekehrt. Und ich hatte mich verliebt. Ich hatte mich in diesen großartigen, selbstlosen, nervenaufreibenden Mann verliebt, der es verdient hatte weiterzuleben.

Shaw hob den Kopf und suchte meinen Blick. Er atmete schneller und seine Pupillen waren so groß, dass sie den goldbraunen Ton beinahe aus seinen Augen verdrängt hatten. Ich nickte auf die stumme Frage in seinen Augen und schloss meine eigenen, als er seinen Mund auf meinen Hals setzte und lauter kleine Küsse auf meine Haut platzierte. Zentimeter für Zentimeter, bis er den dünnen Träger meines Tops erreichte und diesen beiseiteschob. Dann drückte er seine Lippen auf meine Schulter und seine Finger fanden den winzig kleinen Teil der Narbe des Höllenhundes, der noch da war. Der Teil der Narbe, der für ihn, für seine Seele stand.

Einen atemlosen Moment lang sahen wir uns in die Augen. Obwohl so viel Unausgesprochenes zwischen uns in der Luft hing, brauchten wir keine Worte. Nicht mehr. Nicht in dieser Nacht.

Ich legte die Hände an seine Wangen und küsste ihn. Wieder und wieder, bis wir beide vergaßen, wo wir waren und was uns in wenigen Stunden bevorstand.

Ich schmiegte mich an Shaw, als gäbe es nichts und niemanden mehr außer uns beiden. Und für diesen Moment, in diesem Zimmer war das tatsächlich so. Es gab nur noch uns beide, die atemlosen Küsse und zärtlichen Berührungen. Irgendwann spürte ich Shaws Hände unter dem Saum meines Tops, fühlte, wie er den Stoff hochschob und hob die Arme etwas an, damit er es mir ausziehen konnte. Gleich darauf landete es irgendwo hinter mir auf dem Boden, während Shaw mich betrachtete, als würde er mich zum ersten Mal sehen. Sein Blick glitt wie eine warme Liebkosung über meinen Körper und hinterließ eine Gänsehaut, ohne mich überhaupt richtig berührt zu haben. Gleichzeitig flatterte es umso mehr in meiner Magengrube, weil ich nicht nur die Faszination in seinen Augen erkannte, sondern auch etwas Liebevolles, etwas Sehnsüchtiges und Verzweifeltes, das ich nur zu gut kannte – weil ich es ebenso empfand wie er.

Ohne seinen Blick loszulassen, griff ich nach seinem T-Shirt und zog es ihm mit seiner Hilfe aus. Mit den flachen Händen fuhr ich über die warme nackte Haut seines Oberkörpers bis hinunter zum Bund der tief sitzenden Stoffhose, die er sich nach dem Duschen angezogen hatte, und beobachtete mit Erstaunen und Genugtuung, wie Shaw unter meiner Berührung erschauerte. Wie er den Blick keine Sekunde lang von mir nahm und sich der Ausdruck darin immer mehr erhitzte.

Mit einem Ruck zog er mich näher, bis sich meine nackte Brust an seine schmiegte, Haut an Haut, ohne irgendwelche Barrieren zwischen uns. Seine Hände glitten über meinen Rücken und umfassten meinen Hintern, was mir unwillkürlich ein Lächeln entlockte.

»Letzte Chance, zu entscheiden, wie das hier ablaufen soll, Darling«, neckte er mich leise.

Ich zog die Brauen nach oben. »Ach, wirklich? Und was, wenn ich mich nicht entscheiden kann?«

Ein Grinsen umspielte seine Lippen, eines der einnehmenden, selbstbewussten Sorte, für das ich ihm in jeder anderen Situation am liebsten einen Klaps gegeben hätte. Hier und jetzt? Da fachte dieses Grinsen die Hitze in meinem Unterleib und das Kribbeln auf meiner Haut nur noch weiter an.

»Das Wo und Wie ist mir egal«, gab ich schließlich zu, denn das war es wirklich.

»Hm …« Shaw ließ den Blick durch mein Zimmer wandern, über den Boden und die Wände, den Schrank und den Schreibtisch, den wir bei unserem Wiedersehen definitiv besser genutzt hatten als ich das vorher jemals getan hatte, und kehrte dann zum Bett und zu mir zurück. »Ich hoffe, das gilt nicht auch für das *Mit Wem*.«

Der trockene Einwurf ließ mich erst verblüfft blinzeln, dann musste ich leise lachen. »Nein, das *Mit Wem* steht fest und ist nicht verhandelbar.«

»Gute Antwort«, murmelte er und knabberte sachte an meinen Lippen. »Sehr gute Antwort.«

Ehe ich michs versah, stand er auf, und mir blieb nichts anderes übrig, als die Beine um seine Hüften zu schlingen und mich an ihm festzuhalten.

»Was hast du vor?«, hauchte ich in den Kuss hinein. Das Herz schlug mir bis zum Hals und das Drängen tief in mir, die Sehnsucht nach diesem Mann wurden von Sekunde zu Sekunde heftiger.

»Keine Ahnung.« Ein verspieltes Grinsen zog an seinen Mundwinkeln. »Lassen wir uns überraschen.«

Im nächsten Moment spürte ich etwas Hartes, Kaltes im

Rücken – die Tür oder die Wand – und erschauerte. Shaw drängte sich gegen mich und fing meinen überraschten Laut mit seinen Lippen ein, genau wie mein Lächeln. Das hier war so verrückt und unerwartet wie das, was sich zwischen uns entwickelt hatte. Ich hatte nicht danach gesucht, nicht damit gerechnet, es nicht einmal gewollt – und dennoch gefunden.

Wieder setzte Shaw heiße Küsse auf meinen Hals und drängte sich dabei an mich, bis ich seine Erektion nur zu deutlich durch den dünnen Stoff unserer Hosen spüren konnte. Ich kam ihm mit dem Becken entgegen und stöhnte bei der Reibung auf. Sein Oberkörper schmiegte sich an meinen und ich grub die Finger in seine nackten Schultern.

Unvermittelt hob Shaw den Kopf und sah mich an. Ich erwiderte seinen Blick schwer atmend. Auch ohne zu wissen, was genau ihm durch den Kopf ging, konnte ich das verheißungsvolle Funkeln in seinen dunklen Augen deutlich erkennen. Ich dachte, er würde mich wieder küssen, aber sein Mund strich über die Kuhle unter meinem Hals und wanderte dann tiefer, bis er mich vorsichtig absetzte. Meine Knie waren ganz weich und ich lehnte mich gegen die Wand in meinem Rücken, während Shaw meine Brüste mit Lippen, Zunge und Händen liebkoste.

Das hier war anders als unsere erste gemeinsame Nacht damals in dieser Pension in Transsylvanien oder das leidenschaftliche Wiedersehen, kurz nachdem ich aus der Unterwelt zurückgekehrt war. Es war auch anders als die wenigen Nächte zuvor, die wir gemeinsam verbracht hatten. Hier und jetzt war es langsam und zärtlich, aber nicht weniger intensiv. Nicht weniger verzweifelt.

Als seine Lippen über meinen Bauch strichen, knapp über dem Bund meiner Shorts, sog ich unwillkürlich die Luft ein. Langsam ging Shaw vor mir auf die Knie. Allein dieser Anblick verschlug mir die Sprache, doch der hitzige Blick, den er mir zuwarf, löschte jeden weiteren Gedanken, der sich nicht um das hier, um uns beide drehte, endgültig aus meinem Kopf aus. In diesem Moment zählte nichts anderes mehr.

Er setzte schon fast zu sanfte Küsse entlang des Bunds meiner Shorts und schob sie dabei immer wieder ein winziges Stückchen hinunter. Gerade als ich protestieren und ihn dazu überreden wollte, mir das verdammte Ding endlich ganz auszuziehen, spürte ich ein freches Knabbern neben meinem Hüftknochen. Ein überraschtes Lachen kam mir über die Lippen und Shaw warf mir von unten ein verheißungsvolles Lächeln zu. Im nächsten Moment zog er mir Shorts und Unterwäsche über die Hüften und an meinen Beinen hinunter, bis ich sie auf dem Boden mit dem Fuß zur Seite schob.

Stück für Stück küsste er sich an meinen Beinen hinauf, über meine Knie und die Innenseiten meiner Oberschenkel bis genau dorthin, wo ich seinen Mund unbedingt spüren musste.

»Oh Gott …« Ich packte ihn an der Schulter und krallte die Finger in sein Haar. »Shaw …«

Mein Atem kam nur noch in kurzen Stößen. Schon nach wenigen Sekunden war ich nicht mehr dazu in der Lage, ihm dabei zuzusehen, sondern ließ den Kopf nach hinten gegen die Wand sinken und schloss die Augen. Shaw hörte nicht auf. Er machte weiter, verwöhnte mich weiter, bis die Lust schier unerträglich wurde und es kein Zurück mehr gab. Alles in mir zog sich auf wundervolle kribbelnde Weise zusammen und ich stöhnte viel zu laut auf. Im ersten Moment bohrte ich die Finger in Shaws Schulter, dann sanken meine Arme kraftlos herab. Hätte ich nicht die Wand im Rücken gehabt, hätte ich mich nicht mehr auf den Beinen halten können.

Bedächtig küsste er sich an meinem Körper aufwärts, über meinen Bauch und die kleine Narbe, die von dem Kampf in der

Toskana zurückgeblieben war, zwischen meinen Brüsten und auf meinen Hals. Ich drehte den Kopf zur Seite und fing seine Lippen für einen Kuss ein. Einen Kuss, der zunächst sanft begann, jedoch zunehmend drängender wurde.

Shaws Hände glitten an meinen Seiten hinab. Er hob mich hoch und ich schlang die Beine um seine Hüften. Als wir auf dem Bett landeten, fielen die ganzen Akten und Bücher mit einem dumpfen Laut zu Boden, aber keiner von uns interessierte sich noch dafür. Das hier war die letzte Nacht, in der wir so zusammen sein konnten. Die vielleicht letzte Möglichkeit, einander nahe zu sein, bevor uns all das genommen wurde.

Wir unterbrachen den Kuss erst, als wir beide dringend nach Luft schnappen mussten. Shaw stützte sich auf den Unterarmen auf und sah mit einem warmen, hungrigen Ausdruck in den Augen auf mich herunter. Lächelnd strich ich ihm die Locken aus der Stirn, aber sie fielen sofort wieder zurück. Also richtete ich mich ein kleines Stücken auf und biss ihn in die Unterlippe.

Ein tiefes Stöhnen kam aus seiner Brust. Wenn überhaupt möglich, wurde sein Blick nur noch hungriger.

Shaw löste sich nur kurz von mir, um seine Hose loszuwerden, ein Kondom aus der Nachttischschublade zu holen und es sich überzustreifen, dann war er wieder bei mir. Ich küsste ihn innig, bis seine Finger einen Weg zwischen meine Schenkel fanden und mich zu streicheln und zu massieren begannen.

Keuchend schnappte ich nach Luft und stöhnte auf. »Shaw …« Ich zog ihn näher zu mir und er nahm den Platz zwischen meinen Beinen ein.

Einen Herzschlag lang hielt er inne, während unsere Blicke miteinander verschmolzen, dann drang er langsam in mich ein und presste seine Lippen auf meine, als ich zu laut zu werden drohte. Ich drängte mich ihm entgegen, während er sich in mir zu bewegen begann und mich dabei immer wieder küsste. Auf den Mund. Die Wangen. Das Kinn. Den Hals. Gleichzeitig strich seine raue Hand über meine Seite und hinterließ überall eine prickelnde Gänsehaut, wo er mich berührte.

Unsere Bewegungen wurden schneller, fahriger – bis Shaw abrupt innehielt. Bevor ich auch nur einen klaren Gedanken fassen konnte – davon, ihn zu fragen, was zur Hölle los war, ganz zu schweigen –, richtete er sich auf und zog mich mit sich, bis ich auf seinem Schoß saß.

Ein heißer Schauer wanderte bei dem Positionswechsel durch meinen ganzen Körper. Ich schlang die Arme um seinen Hals und begann mich auf ihm zu bewegen. Schneller, keuchender, drängender, bis ich das Gefühl hatte, es keine Sekunde länger aushalten zu können.

Shaw legte die Hand an meine Wange und hielt meinen Blick fest. Sein Daumen zitterte, als er damit über meine Haut strich. »Ich liebe dich.«

Ich riss die Augen auf. Pure Lust, kribbelnde Hitze und ein unglaubliches, unverfälschtes Glücksgefühl vermischten sich in meinem Inneren. »Shaw …«

Seine Lippen erstickten meinen Schrei mit einem weiteren intensiven Kuss, als ich zum Höhepunkt kam. Mein Körper bebte, meine Muskeln zitterten und mein Herz … mein Herz war endgültig verloren.

Shaws Bewegungen wurden ruckartiger, seine Stöße schneller, bis auch er mit einem erlösten Stöhnen kam und die Stirn gegen meine sinken ließ.

Ich wusste nicht, wie lange wir so blieben, ohne uns zu rühren. Eng aneinandergeschmiegt, ich auf seinem Schoß, er noch immer in mir.

»Ich liebe dich«, flüsterte ich.

Er lächelte, nahm meine Hand in seine und verschränkte seine Finger mit meinen. Ein stummes Versprechen. Dann küsste er meine Knöchel, um dieses Versprechen zu besiegeln. Was auch immer morgen passieren mochte, wir würden es zusammen durchstehen. Seite an Seite. Bis zum Ende.

Nach und nach beruhigten sich mein Herzschlag und meine Atmung wieder. Widerstrebend löste ich mich von Shaw und streckte mich der Länge nach im Bett aus, während er sich um das Kondom kümmerte und das Licht ausschaltete. Gleich darauf war er wieder bei mir, schmiegte sich von hinten an mich und schlang den Arm um meine Taille.

»Wir finden eine Lösung«, raunte ich in der Dunkelheit. »Wir werden beide weiterleben.«

Es war eine Lüge. Wir waren beide Lügner. Es gab keine Lösung. Keinen Ausweg. Nur das nahende Ende. Aber für diesen winzigen Moment fernab von jeder Realität erlaubte ich es mir, zu hoffen. Zu träumen. Zu wünschen. Auch wenn der Morgen des letzten Tages kurz bevorstand.

31. KAPITEL

Shaw

Ich renne. Der eisige Wind schneidet mir ins Gesicht und ich muss die Augen zusammenkneifen, um überhaupt irgendetwas in der Dunkelheit erkennen zu können. Jeder meiner schnellen Atemzüge kondensiert in der Luft, trotzdem renne ich weiter. Verfolge. Jage. Weiter, immer weiter, durch Schnee und Kälte, vorbei an kahlen Bäumen und nackten Sträuchern, bis ich sie entdecke.

Mein Herz rast. In meinen Ohren rauscht es. Ich habe nur ein Ziel vor Augen. Nur eine Mission. Ich umklammere den Dolch in meiner Hand fester und nähere mich den beiden Gestalten, die mitten im Wald stehen geblieben sind. Sie wechseln einen verzweifelten Blick, dann drehen sie sich zu mir um.

Ganz richtig. Weglaufen hat keinen Sinn. Es gibt kein Entkommen. Nicht vor mir.

Ich pirsche mich an sie heran wie ein Raubtier an seine Beute. Langsam. Gemächlich. Selbstsicher. Meine Mundwinkel wandern nach oben. Das war einfacher als gedacht.

Etwas erhellt die Nacht und das Knistern von Magie erfüllt die Luft. Ein Amulett? Im Ernst? Eine gewaltige Energiewelle rast auf mich zu, aber ich hebe die Hände und blocke sie ab, als wäre es nicht der Rede wert. Und das ist es auch nicht. Nicht für mich. Ich bin nicht Mitglied von Baldurs innerem Zirkel geworden, bin nicht zu einem der mächtigsten Hexenmeister auf dieser Welt geworden, um mich von ein paar Huntern aus der Ruhe bringen zu lassen.

Das Amulett am Hals des Mannes erlischt – und ich lächle. Sein Gesicht ist jetzt so bleich wie der Schnee, der bei jedem Schritt, den ich auf die beiden zu mache, unter meinen Stiefeln knirscht. Eine lange Klinge leuchtet im fahlen Mondlicht auf. Die Huntress richtet ihr Katana auf mich, als könnte sie mir damit etwas anhaben. In ihrem Gesicht steht keine Angst geschrieben, nur Verzweiflung. Und wilde Entschlossenheit.

Umsonst, denn es gibt kein Entkommen. Meine eigene Magie leuchtet in meiner Hand auf. Ich hole aus – und greife sie an.

Die geballte Macht schleudert sie mehrere Meter nach hinten. Beide krachen gegen Baumstämme und fallen leblos zu Boden. Das war fast schon zu einfach. Wo bleibt da das Vergnügen?

Gemächlich gehe ich zu der Frau hinüber – und halte irritiert inne. Etwas glitzert golden im Schnee. Ich runzle die Stirn. Dann gehe ich langsam in die Hocke und hebe es auf. Das Metall fühlt sich kalt unter meinen Fingern an, genauso kalt und leblos wie seine Besitzerin. Es ist ein Medaillon. Ich klappe es auf … und entdecke Fotos darin. Zwei Kinder, ein Junge und ein Mädchen. Sie scheinen im selben Alter zu sein und sehen sich so ähnlich, mit ihren dunkelbraunen Haaren und der blassen Haut, dass es sich bei ihnen nur um Zwillinge handeln kann. Die Kinder der Huntress, die ich gerade getötet habe.

Ich riss die Augen auf und schnappte keuchend nach Luft. Mit einem Mal saß ich senkrecht im Bett. Mein Herz hämmerte wie verrückt und mein ganzer Körper fühlte sich so kalt an, als wäre ich noch immer dort. An diesem Ort. In diesem schneebedeckten Wald, in den mich mein Unterbewusstsein schon in so vielen Nächten zurückgeführt hatte.

Nur dass es diesmal anders gewesen war. Diesmal war ich ganz Kane gewesen. Ohne Zögern. Ohne Reue. Und der Albtraum hatte nicht mit meiner Attacke auf die beiden geendet.

Ich hatte … Scheiße, ich hatte sie wirklich umgebracht. Ich hatte …

Auf einmal spürte ich eine Bewegung neben mir und sah über meine Schulter.

»Hey …«, murmelte Roxy verschlafen und richtete sich auf dem Ellbogen auf. Lange blonde Strähnen fielen ihr über die Schulter auf die nackte Brust. »Was ist los?«

Ich konnte nicht antworten, brachte kein einziges Wort hervor, das erklären würde, was gerade passiert war. Meine Hände zitterten, als ich mir über das verschwitzte Gesicht rieb.

»Es war nur ein Traum.« Roxy setzte sich auf.

Instinktiv wollte ich ihr zuzustimmen, schüttelte jedoch den Kopf. »Kein Traum«, stieß ich knapp hervor und erschrak darüber, wie rau und krächzend meine Stimme klang.

Roxy erstarrte neben mir. Mit einem Mal wirkte sie deutlich wacher. »Eine Erinnerung?«

Ich nickte. Ich hatte ihr nie davon erzählt, weil ich es selbst nie hatte wahrhaben wollen, nicht einmal, nachdem Tarquin mir meine schlimmsten Befürchtungen bestätigt hatte. Doch nun wusste sie bereits über Kane Bescheid, wusste um meine Vergangenheit. Zwischen uns gab es keine Geheimnisse mehr.

»Seit Monaten habe ich denselben Albtraum«, gestand ich leise und suchte ihren Blick.

Roxy strich über meinen Arm. »Damals in Paris auch, nicht wahr? Als ich dich geweckt habe?«

Und als sie den Rest der Nacht bei mir geblieben war, ja.

Wieder ein Nicken. »Jedes Mal wird die Szene etwas deutlicher und ich erkenne Details, die vorher nicht da waren. Zuerst bin ich nur einem Mann und einer Frau durch einen winterlichen Wald gefolgt, dann habe ich sie irgendwann als Hunter und Huntress erkannt. Als Nächstes habe ich ausgeholt und sie angegriffen. Ich dachte immer, in meiner Hand müsste eine Waffe sein, bis … bis zu diesem Moment im Draculaschloss. Ab da wusste ich, dass ich sie mit Magie angegriffen habe. Ich habe Tarquin davon erzählt und er konnte mir bestätigen, dass das wirklich passiert ist.«

Ihre Fingerspitzen auf meiner Haut hielten kurz inne, dann streichelten sie weiter. »Also ist es tatsächlich eine Erinnerung«, stellte sie ruhig fest.

Ich biss die Zähne zusammen. »An die Schlacht bei St. Petersburg vor ungefähr zwanzig Jahren, bei der Kane … bei der *ich* ums Leben kam. Es muss kurz nach diesem Moment passiert sein. Nachdem ich diese beiden Hunter umgebracht habe.« Meine Stimme brach, als ich diese Worte zum ersten Mal laut aussprach.

Schuldgefühle wirbelten wie ein Sturm durch mich hindurch. Ich konnte mich zwar nicht an mein Leben als Hexenmeister erinnern, aber an diesen einen Moment schon. Und ganz egal wie sehr ich im Traum versuchte, mich davon abzuhalten – das Ergebnis blieb immer dasselbe. Die beiden Hunter starben durch meine Hand. Und was mich heute mit Entsetzen, mit Abscheu und Selbsthass erfüllte, hatte damals nichts weiter als eine ekelhafte Genugtuung in mir ausgelöst. Gepaart mit einer leisen Enttäuschung, dass es so einfach gewesen war.

Ich schüttelte mich vor Abscheu.

»Sieh mich an.«

Widerwillig tat ich ihr den Gefallen. Roxy richtete sich auf den Knien neben mir auf und legte die warmen Hände an meine Wangen. »Es tut mir leid, dass du das noch immer durchstehen musst, aber du bist nicht mehr derselbe wie damals. Du bist nicht mehr Kane.«

»Nur weil ich mich nicht mehr erinnere, heißt das nicht –«

»Stimmt«, unterbrach Roxy mich. »Deine Amnesie entschuldigt nichts. Aber empfindest du heute noch immer wie Kane damals, wenn du dich an ihn erinnerst? Hasst du Hunter, willst sie jagen und töten? Nein? Das meine ich. Das macht dich zu einem völlig anderen, zu einem besseren Menschen. Und weißt du, was dich noch von Kane unterscheidet?«

Ich traute mich kaum zu fragen. »Was …?«

»Wer du seither gewesen bist. Wer du noch immer bist, Shaw. Seit du die Augen in der Krankenstation geöffnet und mich angemacht hast, hast du nichts anderes gewollt und versucht, als zu helfen. Du hast dich den Huntern angeschlossen, um zu helfen. Um Menschen zu beschützen, die nicht einmal ahnen, welche Gefahren dort draußen lauern. Du hast dein Leben wieder und wieder aufs Spiel gesetzt. Du bist wortwörtlich durch die Hölle und zurück gegangen, um mich zurückzubringen.«

Ich schüttelte den Kopf. Eine ungewohnte Bitterkeit schlich sich in meine Stimme. »Das befreit mich trotzdem nicht von meinen Taten als Kane.«

Sie seufzte. »Nein, aber kannst du dich mit dem Gedanken anfreunden, dass es sie irgendwann aufwiegt? So viel Böses du als Baldurs rechte Hand getan hast, so viel Gutes hast du seither in der Welt bewirkt. Ohne dich wäre ich nicht hier.«

»Ohne mich wärst du auch nicht gestorben«, erwiderte ich trocken.

Roxy schnappte nach Luft. Ich spürte ihren bohrenden Blick auf mir, auch wenn ich stur geradeaus Richtung Fenster schaute.

»Denkst du echt, ohne dich wäre dieser Tag anders für mich ausgegangen? Sorry, aber so funktioniert das mit dem Tod nicht. Wenn du nicht da gewesen wärst, wäre Giselles Vision eine andere gewesen, aber das Ergebnis wäre dasselbe geblieben. Nur dass ich heute nicht hier sitzen, sondern noch immer in der Unterwelt schmoren würde.«

Vielleicht. Vielleicht aber auch nicht. Denn, ganz ehrlich? Wenn ich nicht hier wäre, gäbe es diese Diskussion gar nicht. Roxy würde ihre Zeit nicht damit verschwenden, nach einem Ausweg aus Kevins Fluch zu suchen, sondern auch die letzte Seele zurück in die Unterwelt schicken, wo sie hingehörte. Meine Seele.

Dass sie es nicht tat, lag ganz allein an mir.

»Wir wissen beide, dass ich es nicht verdient habe, hier zu sein«, stieß ich hervor. »Nicht nach allem, was ich als Kane getan habe. Und auch nicht als Shaw. Ich bin genauso eine entflohene böse Seele wie alle anderen, die du bereits zurückgeschickt hast.«

»Hör auf!« Roxy starrte mich aus geweiteten Augen an. »Versuchst du mich gerade ernsthaft davon zu überzeugen, dass du ein schlechter Mensch bist und den Tod verdient hast?«

»Ja.«

»Tja, Pech für dich.« Sie stand auf und zog sich ein T-Shirt über. Dann wirbelte sie zu mir herum. »Das wird nicht funktionieren. Ich werde deine Seele nicht einfach in die Unterwelt zurückschicken. Ich weigere mich.«

»Dann wirst du sterben, verdammt!« Ich sprang ebenfalls auf und zog meine Hose an. »Ist dir das eigentlich klar? Du wirst alles verlieren. Dein Leben hier. Deine Freunde. Deine Familie. Deinen Bruder, verdammt noch mal!«

Sie schüttelte den Kopf. »Nicht, wenn ich vorher eine Lösung finde. Es muss eine geben. Jeder Deal hat ein Schlupfloch. Ich muss es nur finden.«

»Wann denn? In den nächsten paar Stunden?«

»Wenigstens suche ich nach einem Ausweg, statt die Situation einfach zu akzeptieren!«

In diesem Moment, so verstrubbelt und wütend sie auch sein mochte, wurde mir die Wahrheit klarer als jemals zuvor: Ganz egal was sie sagte, ganz egal wie wütend sie auf mich sein würde – ich konnte sie nicht gehen lassen. Ich konnte nicht zulassen, dass sie starb. Nicht schon wieder. Nicht meinetwegen. Ganz gleich, was mich das kosten würde.

»Shaw?«, fragte sie, als ich nichts darauf erwiderte. Aber es gab nichts mehr zu sagen. Ich hatte meine Entscheidung getroffen. Ich gehörte nicht hierher. Der einzige Grund, aus dem ich bei Roxys Rettungsaktion nicht gleich in der Unterwelt geblieben war, war sie. Ihre Sicherheit. Ihr Leben. Jetzt hatte sie alle entflohenen Seelen bis auf meine zurückgeschickt und der große Kampf gegen Baldur stand bevor. Die anderen würden Roxy brauchen. Sie war diejenige von uns beiden, die leben musste. Mein Part in dieser Geschichte war von Anfang an nur eine kleine Gastrolle gewesen. Und die war jetzt vorbei.

»Ich weiß, du willst es nicht wahrhaben, aber es gibt keinen Ausweg. Keine Lösung. Kein Schlupfloch, um aus dieser Sache herauszukommen. Es gibt nur eine Möglichkeit, wie du deine Aufgabe erfüllen und weiterleben kannst.«

Noch während ich sprach, begann sie den Kopf zu schütteln und wandte sich schließlich ganz von mir ab.

Ich hasste es, sie so zu sehen. Zitternd vor Wut und Verzweiflung. Noch mehr hasste ich, dass ich derjenige war, der ihr das antat. Aber ich konnte nicht länger dabei zusehen, wie sie sich an etwas klammerte, das es nicht gab. Sie hatte schon genug gelitten. Meine Seele in die Unterwelt zurückzuschicken war der letzte Schritt. Ein Schritt, den wir beide tun mussten, und ich war bereit dafür. Wenn ich mit meinem Tod dafür sorgen konnte, dass die Frau, die ich liebte, überlebte, würde ich es sofort tun. Ohne zu zögern. Ohne auch nur eine Sekunde überlegen zu müssen. Aber es war Roxy, die es tun musste. Und ich würde dafür sorgen, dass sie es auch durchzog.

»Tut mir leid, Darling«, murmelte ich. Einen Moment lang sah ich auf das zerwühlte Bett, in dem wir uns geliebt und bis eben noch geschlafen hatten, dann hob ich mein Shirt und meine Schuhe auf und verließ das Zimmer.

32. KAPITEL

Roxy

Nur noch wenige Stunden …

Als ich die Augen aufschlug, wusste ich sofort, welcher Tag heute war. Es war der Tag, den ich fürchtete und dessen Datum mich begleitete, seit der Todesbote und seine Höllenhunde das erste Mal aufgetaucht waren. Der 30. März. Heute war der letzte Tag von Kevins Countdown. Der letzte Tag meines Lebens.

Und ich war allein.

Shaw war mitten in der Nacht gegangen und nicht wieder aufgetaucht.

Ich drehte mich auf den Rücken und starrte an die Decke. Draußen war die Sonne längst aufgegangen und die Stadt unter uns war zum Leben erwacht. Die Welt drehte sich weiter, auch wenn es sich so anfühlte, als wäre meine seit letzter Nacht zum Stillstand gekommen. Eine Ironie, wenn man bedachte, dass meine Zeit weiter unaufhörlich ablief und mir nur noch ein paar Stunden blieben.

Shaw wollte wirklich, dass ich ihn tötete. Dass ich seine Seele genauso zurückschickte wie all die anderen. Ich konnte es noch immer nicht fassen. Die ganzen letzten Wochen über, in denen ich verbissen und verzweifelt nach einem Ausweg gesucht hatte, hatte er sein Schicksal einfach akzeptiert.

Ich war so unglaublich wütend auf ihn und gleichzeitig ... gleichzeitig verstand ich ihn so gut, dass es mir den Hals zuschnürte. Wären unsere Rollen vertauscht gewesen, hätte ich dasselbe getan. Und das machte mich nur noch wütender.

Schwungvoll stand ich auf. Shaw war vielleicht bereit, einfach aufzugeben, aber ich nicht. Auf keinen Fall. Entschlossen holte ich saubere Klamotten aus dem Schrank und ging ins Gemeinschaftsbad, um zu duschen und mich dort für den Tag zurechtzumachen. Ich zog eine enge schwarze Hose, meine liebsten Halbstiefel und ein bequemes langärmeliges Oberteil an, das unter meinem weinroten Cape verschwand. Normalerweise trug ich das Cape nur zur Jagd, aber heute schien es mir angemessen, es auch tagsüber und innerhalb dieser Mauern anzuhaben. Vielleicht würde es mir ja Glück bringen – denn das konnte ich im Moment wirklich gut gebrauchen.

In der Kantine entdeckte ich Finn und Niall, die zusammen an einem Tisch saßen, als hätten sie das schon immer so gemacht. Es war ungewohnt, aber irgendwie schön, die beiden Männer zusammen zu sehen. Mein Kampfpartner, der wie ein Bruder für mich geworden war, und mein Zwillingsbruder, den ich die letzten zehn Jahre meines Lebens schmerzlich vermisst hatte.

An der Kaffeemaschine traf ich auf Giselle, die sich gerade einen Becher befüllte. Ich tat es ihr nach, schnappte mir ein paar Pancakes und folgte ihr zum Tisch.

An diesem Morgen war es in der Kantine nicht nur leer, sondern auch ungewohnt still. An unserem Tisch war die Stimmung gedrückt und keiner schien das aussprechen zu wollen, was uns allen durch den Kopf ging.

»Leute.« Ich legte das Besteck zur Seite und sah von einem zum anderen. »Der Plan wird funktionieren. Wir werden Baldur besiegen.«

»Darum geht es nicht«, murmelte Finn in seine Tasse und trank einen Schluck Tee.

»Ich weiß«, gab ich zu und zwang mich zu einem Lächeln. »Aber daran solltet ihr heute denken.«

Nicht daran, was sich in gerade mal sechs Stunden ereignen würde. Nicht daran, dass meine Zeit ablief. Trotz der Auseinandersetzung mit Shaw letzte Nacht war da noch immer die Hoffnung in mir, dass ich doch noch auf etwas stieß, was uns weiterhalf. Oder dass ein Wunder geschah. Noch war nicht alles verloren. Daran musste ich mich festhalten, sonst würde ich an Ort und Stelle durchdrehen.

Giselle räusperte sich leise. »Sind alle schon weg?«

Ich folgte ihrem Blick durch die verlassene Kantine. Weder von den vertrauten Londoner Huntern noch von der neu eingetroffenen Verstärkung war etwas zu sehen. Lediglich das Küchenpersonal war noch da, das zusammen mit den Archivaren und einigen wenigen Huntern, die Wachdienst schoben, hier im Quartier zurückbleiben würde.

»Wenn sie nicht in der Waffenkammer sind, dann schon auf dem Weg nach Camber Castle.« Finn trank seinen Tee in einem Zug aus.

»Und ihr? Wann geht ihr los?«, fragte Giselle, aber es war offensichtlich, dass sie nur Finn damit meinte.

Er wechselte einen kurzen Blick mit mir und konzentrierte sich dann wieder auf sein Frühstück. »Bald«, murmelte er und schob sich eine Gabel voll Rührei in den Mund.

Nach dem Frühstück verabschiedete ich mich von den anderen. Während Finn zurückblieb, um noch etwas mit Giselle zu besprechen, suchten Niall und ich die Bibliothek auf. Genauer gesagt einen ganz bestimmten Archivar.

Wie vermutet fanden wir Donatius inmitten der vollgepackten Bücherregale, die Nase in einem Wälzer vergraben, der so aussah, als könnte man ihn problemlos als Waffe benutzen.

»Hey«, begrüßte ich ihn mit einem knappen Lächeln. »Wie sieht es aus? Gibt es etwas Neues?«

Als Donatius den Kopf hob und mich erkannte, trat Mitgefühl in seine Augen – und ich kannte die Antwort, bevor er die Worte ausgesprochen hatte. Die Pancakes und der Kaffee lagen plötzlich wie ein tonnenschweres Gewicht in meinem Magen.

»Ich habe jeden Archivar kontaktiert, den ich kenne, und sie alle haben nach einer Lösung gesucht, aber keiner von ihnen hat etwas gefunden. Du hast die Unterlagen selbst durchgesehen. Wir haben alle Archive durchforstet, während Linnea das Internet durchsucht hat. Ohne Ergebnis.« Er seufzte tief, nahm die Brille von der Nase und rieb sich über die vor Müdigkeit geröteten Augen. »Wenn jemand einen Todesboten verärgert, wird die Person in der Regel mit dem Todesblick bestraft, das weißt du genauso gut wie ich.«

»Ja«, bestätigte ich leise, auch wenn es mir der Kloß in meinem Hals schwer machte, auch nur einen Ton hervorzubringen. Mit Giselle hatten wir genau so einen Fall im Londoner Quartier.

»Bei dir ist es anders«, fuhr Donatius fort. »Der Fluch, mit dem dieser Todesbote dich belegt hat, ist einzigartig. So etwas gab es nie zuvor, und falls doch, existieren keinerlei Aufzeichnungen darüber.«

Seine Worte hallten in mir nach. Mein Verstand begriff sie, aber mein Herz … mein Herz weigerte sich, sie zu akzeptieren. Das konnte es nicht gewesen sein. Das konnte nicht das Ende sein. Wir hatten so viel erreicht. Mit Shaws und Finns Hilfe hatte ich alle entflohenen Seelen auf der Welt aufgespürt und sie in die Unterwelt zurückgeschickt. 448 Geister in 449 Tagen.

Und jetzt … jetzt sollte das alles umsonst gewesen sein, wenn ich mich weigerte, Shaw demselben Schicksal auszuliefern? Das war nicht fair. Es war verdammt noch mal nicht fair!

»Es tut mir leid.« Ehrliches Bedauern schwang in Donatius' Worten mit.

Niall griff nach meiner Hand und drückte sie, aber ich reagierte nicht darauf. Ich nahm es kaum wahr. Ich konnte nur Donatius anstarren und den Kopf schütteln. Erst langsam, dann immer schneller.

»Nein. Einfach … nein. Ich weigere mich, das zu akzeptieren. Es muss eine Lösung geben. Irgendetwas, das ich übersehen habe. Ich muss –«

»Roxy …« Niall legte mir den Arm um die Schulter und führte mich aus der Bibliothek. »Hier gibt es nichts mehr für uns. Lass uns rausgehen und etwas essen oder so. Oder … oder … wir setzen uns einfach hier im Quartier irgendwohin.«

»Nein, verdammt!« Ich blieb im Gang vor der Bibliothek stehen und wirbelte zu ihm herum. Zu meinem eigenen Entsetzen traten mir Tränen in die Augen und bittere Verzweiflung schlich sich in meine Stimme. »Das ist … Ich kann nicht …« Ich zwang mich dazu, mehrmals tief durchzuatmen, um nicht endgültig die Fassung zu verlieren, und begann hin und her zu laufen.

Mein Puls raste. Das Blut rauschte in meinen Ohren. Jeder Muskel in meinem Körper zitterte. Ich war kurz davor, völlig zusammenzubrechen. Doch wenn ich das zuließ, würde ich nicht mehr aufstehen können.

Und dann hätte Kevin gewonnen.

Meine Gedanken rasten noch immer, als mein Blick wieder auf Niall fiel. Er hatte sich nicht von der Stelle gerührt und beobachtete mich zunehmend besorgt.

Ich blieb stehen. »Du musst das nicht tun«, presste ich hervor. »Du musst nicht hierbleiben. Du könntest in den nächsten Flieger nach Irland steigen. Jemand muss sich um Mom und Dad kümmern, wenn …« Ich brachte den Satz nicht zu Ende.

Etwas veränderte sich in den Augen meines Bruders. Ich konnte den Schmerz darin so deutlich lesen, weil es derselbe war, den ich gerade fühlte. Aber das war nur ein Teil. Da war noch so viel mehr. Entschlossenheit, Sturheit und eine allen Widrigkeiten trotzende Hoffnung. Er hatte sein halbes Leben als Gefangener in der Geisterwelt verbracht, bis er gerettet wurde. Wenn jemand Hoffnung hatte, dann Niall.

»Du warst in den letzten Jahren für sie da, jetzt bin ich an der Reihe, für dich da zu sein, Schwesterherz«, sagte er und zog mich in seine Arme.

Ich musste gegen die Tränen anblinzeln, die in meinen Augen brannten. Auf keinen Fall wollte ich vor ihm zusammenbrechen. Wenn heute Nachmittag wirklich alles schiefging, wollte ich nicht, dass Niall mich als weinendes, schluchzendes Häufchen Elend in Erinnerung behielt. Er war all die Jahre stark geblieben, also würde ich jetzt auch stark sein. Für ihn. Und für mich selbst.

»Wir stehen das zusammen durch«, wisperte er. »Ganz egal, wie du dich am Ende entscheidest.«

Ich nickte stumm und löste mich von ihm. Meine Finger zitterten, als ich mir damit über die Augenwinkel fuhr. »Die Zeit ist noch nicht abgelaufen. Lass uns weitersuchen.«

»Blake …« Gegen Mittag erschien Finn in der Tür des Rechercheraums neben der Bibliothek, den Niall und ich in Beschlag genommen hatten.

Ich stand auf und machte einen Schritt auf ihn zu. Ohne ein weiteres Wort schloss er mich in seine Arme – und wieder konnte ich die verfluchten Tränen nicht zurückhalten.

»Danke für alles«, flüsterte ich. »Ich weiß nicht, was ich ohne dich getan hätte. Du bist mehr als nur mein Kampfpartner, du bist wie ein Bruder für mich. Familie.« Meine Stimme brach und ich musste mehrmals schlucken, um weitersprechen zu können. »Bitte pass ein bisschen auf Niall auf, ja? Er wird dich brauchen.«

Finn nickte sofort und drückte mich noch etwas fester an sich. »Es tut mir so, so leid.« Die Worte waren kaum zu hören.

»Ich weiß.« Ich lächelte schwach und machte mich vorsichtig von ihm los. »Und jetzt geh.«

»Bist du sicher?« Er suchte meinen Blick. »Ich könnte …«

»Nein«, widersprach ich, denn ich wollte nicht, dass er mich so sah und das hier miterleben musste. Hastig wischte ich mir die Tränenspuren von den Wangen. »Geh und hilf den anderen gegen Baldur.«

Finn zögerte und ich konnte ihm ansehen, wie er mit sich kämpfte. Doch dann nickte er und verließ den Rechercheraum wieder.

Der Nachmittag kam schneller, als mir lieb war. Ich verbrachte die letzten Stunden mit Niall. Doch je näher das Ende von Kevins Countdown rückte, desto weniger lasen und recherchierten wir. Stattdessen erzählte ich ihm Geschichten aus meinem Leben und von unseren Eltern, gab ihm Tipps, was er sich in London, Dublin, Paris, Prag und all den wundervollen Städten ansehen und vor allem, was er essen musste. Und ich umarmte ihn mehr als nur einmal … dennoch war es nicht genug. Nicht nach all der Zeit ohne ihn. Nicht, nachdem ich ihn so lange vermisst und so lange nach ihm gesucht hatte. Nicht nach allem, was er hatte durchstehen und was er alles verpasst hatte. Wir waren nie wirklich zusammen aufgewachsen, hatten nie all die Dinge tun können, die Geschwister so taten. Und nun, da ich ihn endlich wiedergefunden hatte, blieb uns keine Zeit mehr.

Ich rechnete es ihm hoch an, dass er mich nicht drängte oder mir Vorwürfe machte. Er wusste genau, wie ich dachte – und selbst nach all der Zeit, die wir getrennt gewesen waren, wusste er, was mir wichtig war. Und er verstand, dass ich mein Leben niemals über das von Shaw stellen würde. Nicht einmal, wenn mir eine Ewigkeit in der Unterwelt bevorstand.

Mit jedem Ticken der Uhr, mit jedem bisschen, das die Sonne am Himmel weiterwanderte, wurde der Druck auf meiner Brust größer. Ich hasste Abschiede. Aber das war nicht einmal alles. Ich hasste es auch, die anderen zurücklassen zu müssen, ohne sie im Kampf gegen Baldur unterstützen zu können. Ich hasste es, sie im Stich lassen zu müssen, weil ich keinen Weg gefunden hatte, diesen Fluch zu brechen. Aber selbst wenn ich überleben sollte – sie brauchten Shaw dringender als mich. Mit seinen Fähigkeiten als Hexenmeister hatten die Hunter eine echte Chance gegen den Hexenkönig. Allein schon aus diesem Grund wäre es egoistisch, mein Leben dem seinen vorzuziehen.

Als wäre er meinem Gedankenkarussell entsprungen, tauchte Shaw in der Tür zum Rechercheraum auf. Es war das erste Mal, dass ich ihn heute sah, und bei seinem Anblick zog sich mein Herz zusammen.

»Es ist fast so weit«, sagte er leise.

»Was?« Meine Hände zitterten, als ich mein Handy vom Tisch nahm. Er hatte recht. Es war beinahe halb fünf. »Nein …«

»Fast alle sind schon in Camber Castle oder auf dem Weg dahin.« Shaw hielt mir die Hand zum Aufstehen hin. »Wir können nicht noch länger warten.«

Ich legte meine Hand in seine und ließ mir von ihm aufhelfen.

Niall sprang neben mir auf die Beine. Ohne ein Wort nahm er mich ein letztes Mal in den Arm und drückte mich fest. »Ich hab dich lieb, Schwesterherz. Immer. Egal, in welcher Welt wir sind.«

Die leise gewisperten Worte trieben mir erneut die Tränen in die Augen. Ich konnte sie nicht zurückhalten und sie liefen mir stumm über die Wangen. »Ich hab dich auch lieb«, hauchte ich, dann machte ich mich hastig von ihm los und trat einen Schritt zurück. Denn wenn ich es nicht getan hätte, hätte ich Niall niemals gehen lassen können.

Shaw nickte Niall zu, dann ergriff er meine Hand und verschränkte unsere Finger miteinander. Sanft zog er mich mit sich. An der Tür warf ich einen letzten Blick auf Niall und prägte mir das Gesicht meines Zwillingsbruders für die Ewigkeit ein. Dann folgte ich Shaw zum Aufzug. Ich hatte keine Ahnung, wo er mit mir hinwollte, aber ich vertraute ihm. Und wenn ich ganz ehrlich mit mir selbst war, hatte ich das von Anfang an getan.

Als er im Fahrstuhl die oberste Taste drückte, zog ich überrascht die Brauen hoch. »Ich dachte, man kommt nicht aufs Dach.«

»Normalerweise nicht.« Er zuckte mit den Schultern, allerdings bemerkte ich das winzige Lächeln, das seine Mundwinkel umspielte. »Aber wo hat man sonst den besten Ausblick über die Stadt?«

Ich atmete erstickt aus, ohne zu wissen, ob es ein Lachen oder Schluchzen war. Wenn es nach mir gegangen wäre, dann wäre ich einfach im Rechercheraum geblieben oder in mein Zimmer gegangen. Es musste erst Shaw daherkommen und eine schönere Location für den eigenen Tod finden.

Der Zugang zum Dach mochte abgesperrt sein, doch das stellte kein Hindernis für einen Hexenmeister und eine freie

Huntress dar. Sekunden später schwang die Tür auf und ein kalter Wind erfasste uns. Er drückte meine Kleidung gegen meinen Körper, ließ mein Cape hinter mir flattern und peitschte mir das Haar ins Gesicht.

Erst als ich die Strähnen mühsam beiseite und hinter die Ohren schob, konnte ich einen genaueren Blick auf das Dach des Hochhauses werfen. Es war flach und von einem Geländer aus Beton eingegrenzt. Karg, grau und leblos. Definitiv keine hübsche Dachterrasse.

Shaw teilte meine Ansicht anscheinend. »Schade eigentlich. Man hätte so viel daraus machen können.« Dann warf er mir ein warmes Lächeln zu. »Aber ich hatte vor allem den Ausblick im Sinn. Und der ist ziemlich …«

Unglaublich. Ich konnte weit über die Themse mit ihren vielen Brücken sehen. Zwischen den Wolkenkratzern und Hochhäusern erkannte ich all die anderen Gebäude von groß bis klein. Winzig kleine Autos fuhren auf den Straßen und von hier oben sahen die Menschen aus wie Ameisen. Ich drehte den Kopf zur Seite. Der Anblick des London Eye entlockte mir ein Lächeln, als ich daran zurückdachte, wie ich mit Niall dort gewesen war.

Shaw trat vor mich und schirmte mich mit seinem Körper vor dem beißenden Wind ab. »Es wird Zeit.«

Ich schüttelte den Kopf, weigerte mich, mir anzuhören, was er gleich sagen würde. Er wollte sich opfern. Und er verlangte noch immer von mir, seine Seele in die Hölle zurückzuschicken.

»Wir müssen zu Ende bringen, was wir begonnen haben, Darling.«

»Nein.« Ich wich vor ihm zurück und wandte mich ab.

»Du weißt, was du zu tun hast.«

Ich reagierte nicht darauf.

»Roxy …«

»Nein!« Ich wirbelte zu ihm herum. »Du hast mir das Leben gerettet. Mehr als einmal. Du hast es nicht verdient, zu sterben.«

Diese Worte entlockten ihm ein kleines Lächeln. »Willst du etwas wirklich Seltsames hören?« Er griff nach meiner Hand und legte sie auf seine Brust, genau über seinem rasenden Herzschlag. »Ich hab dir vielleicht das Leben gerettet, aber du hast *mich* gerettet, Roxy. Nicht nur damals im Ravenscourt Park, sondern immer wieder, und ganz besonders, als ich bei den Hexen war. Ohne dich wäre ich heute nicht hier.«

Tränen verschleierten mir die Sicht und liefen mir über die Wangen. »Das ist nicht fair. Ich … ich kann einfach nicht …«

Der Blick aus seinen goldbraunen Augen wurde eindringlich. »Ich vertraue dir und wünsche mir, dass du lebst. Du *musst* weiterleben, Darling.«

»Aber die anderen brauchen dich in diesem Kampf. Wie sollen sie Baldur ohne dich besiegen?«

Doch Shaw lächelte nur. »Mit dir. Du bist stärker als du denkst, Roxy.«

»Ich kann nicht …«

Shaw umfasste mein Gesicht mit beiden Händen. Mit den Daumen wischte er die Tränenspuren fort. »Du musst.«

Widerwillig sah ich auf mein Handy. Beim Anblick der Zahlen zog sich alles in mir schmerzhaft zusammen. Nur noch drei Minuten. Drei lächerlich kurze Minuten, um all das zu sagen, was wir bisher nie gesagt hatten, um all das zu tun, wofür uns ein ganzes Leben zur Verfügung stehen sollte. Es war nicht genug. Es war nie genug gewesen.

Sanft hob Shaw mein Kinn an. »Selbst wenn ich gewusst hätte, wie es enden würde, hätte ich alles genau so gemacht wie jetzt. Weil es mich zu dir geführt hat.«

»Shaw …« Ich stellte mich auf die Zehenspitzen und drückte meine Lippen auf seine. Es war ein verzweifelter Kuss, ein Kuss, in den ich alles legte. Alles, was ich fühlte, alles, was mich ausmachte und was ich für diesen Mann empfand.

Keuchend lehnte er die Stirn an meine. »Tu es. Bitte. Du musst es tun, Roxy.«

Aus dem Augenwinkel nahm ich wahr, wie das Amulett an meiner Halskette aufleuchtete. Die tiefblaue Energie mit den goldfarbenen Sprenkeln floss über meine Arme bis zu meinen Fingerspitzen, die Shaw wieder über seinem Herzen platzierte.

Ich spürte das warme Kribbeln auf meiner Haut. Es bedurfte nur eines einzigen Gedankens, nur meiner Willenskraft, um der Magie freien Lauf zu lassen, um Shaws Wunsch zu erfüllen, aber … ich konnte nicht. Nicht wenn das bedeutete, ihn zu verlieren. Nicht, wenn *er* der Preis dafür war, dass ich weiterleben durfte.

»Ich bin schon einmal gestorben«, flüsterte ich und suchte seinen Blick. Die dunkelblaue Energie zog sich in mein Amulett zurück. »Meine Zeit ist längst abgelaufen.«

»Nein …«

Shaw versuchte mich zu packen, mich festzuhalten, aber ich trat einen Schritt zurück. Dann noch einen. Ich musste nicht noch mal auf mein Handy schauen, um zu wissen, dass es vorbei war. Diesmal endgültig. Das Entsetzen in Shaws Gesicht zeigte es mir nur zu deutlich.

»Ich liebe dich.« Ein letztes Mal sah ich in diese so schmerzhaft vertrauten Augen, dann senkte ich die Lider, atmete tief durch – und wartete auf das Ende.

Sekunden später wartete ich immer noch. Wo war das Heulen der Höllenhunde? Wo war …?

Ein seltsames Geräusch drang an mein Ohr. Es klang wie ein leises Knistern.

Irritiert sah ich erst Shaw an, dann zur Seite – und erstarrte.

»Lasst euch von mir nicht stören.« Kevin saß in der Gestalt des kleinen Jungen auf dem Geländer. »Ihr seid wie mein ganz persönlicher kitschig-dramatischer Liebesfilm.« Er warf sich etwas Kleines, Hellgelbes in den Mund und griff dann wieder in die Tüte. War das etwa … Popcorn? Saß er hier allen Ernstes in seinem knallgelben BTS-Shirt, auf dem das Wort *Butter* aufgedruckt war, einschließlich schmelzendem Herz aus Butter, und futterte *Popcorn*, während Shaw und ich entscheiden mussten, wer von uns sterben sollte? Während ich mich opfern wollte, damit er weiterleben konnte? Und wo um alles in der Welt blieben die Höllenhunde? Nicht dass ich die Viecher mit ihren vielen, vielen rasiermesserscharfen Zähnen vermisste, aber … sie gehörten dazu. Ich hatte das schließlich schon einmal erlebt, damals als sich Giselles Todesvision früher erfüllt hatte als gedacht.

Überrascht sah ich von Kevin zu Shaw, der ihn ebenfalls anstarrte. »Du siehst ihn auch, oder? Was ist hier los?«

»Es ist schon fünf«, murmelte Shaw und steckte das Handy wieder ein, ohne den Blick auch nur eine Sekunde vom Todesboten abzuwenden. Er wirkte genauso verwirrt, wie ich mich gerade fühlte.

Kein Wunder. Der Countdown war abgelaufen. Was ging hier vor sich?

»Ganz einfach.« Kevin deutete mit der Popcorntüte in der Hand erst auf Shaw, dann auf mich. »Ich brauche dich noch. Genau genommen euch beide.«

»Was soll das heißen?«

»Sagen wir einfach, es gibt da diesen König, der ein bisschen durchgedreht ist und uns jetzt allen Ärger bereitet.« Kevin gab ein abfälliges Geräusch von sich und stopfte sich noch mehr Popcorn in den Mund. »Ich konnte Baldur noch nie leiden.

Dieser arrogante, selbstverliebte Bastard. Dummerweise konnte ich nie etwas gegen ihn unternehmen, ohne gleich einen ganzen Krieg anzuzetteln.«

»Moment mal.« Ich machte einen Schritt auf ihn zu, ehe ich mich eines Besseren besann und stehen blieb. »Sekunde. Nur, damit ich das richtig verstehe: Du hast mich verflucht. Meine Zeit ist abgelaufen. Und jetzt …? Wie kann … Warum … Was hat das alles zu bedeuten?«

»Es bedeutet, dass eure Rolle in dieser Geschichte noch nicht vorbei ist. Und nehmt es mir nicht übel, aber ich weiß, wie oberflächlich menschliche Gefühle sind. Daher brauchte ich einen Beweis, dass ihr wirklich bereit seid, *alles* zu tun. Sogar füreinander zu sterben.«

Ich blinzelte. Dann war das eine Art Test gewesen?

»Außerdem könnte es sein, dass ich eine Schwäche für Romantik habe.« Er tat es mit einem Schulterzucken ab und sprang vom Geländer. »Also, Roxy, du bist befreit. Ich nehme den Fluch von dir.«

Einfach so? Wie konnte er das einfach so machen, wenn Kevin bei unserem letzten Gespräch noch wütend auf mich gewesen war, weil wir ihm so viel Ärger gemacht hatten? Würde der König der Unterwelt ihn nicht dafür bestrafen, wenn er nicht dafür sorgte, dass alle entflohenen Seelen wieder in der Unterwelt landeten? Immerhin gehörten sie Ulysses, und der war sicher nicht glücklich mit dieser Entscheidung. Oder …?

»Das soll jetzt keine Beschwerde sein, aber … kannst du das einfach so entscheiden?« Shaw schien einen ähnlichen Gedanken zu haben wie ich. »Ganz ohne Rücksprache mit …?«

»Oh, das hatte ich gar nicht erwähnt, oder?« Ein Lächeln blitzte auf, dann nahm Kevin innerhalb einer Millisekunde eine neue Gestalt an.

Fort war der kleine pausbäckige Junge mit dem buttergelben T-Shirt und der Tüte Popcorn. An seiner Stelle befand sich ein Hüne von einem Mann. Er musste um die zwei Meter groß sein und seine Statur erinnerte an die eines Grim Hunters – muskulöse Arme und breite Schultern. Er hatte ein grimmiges, wettergegerbtes Gesicht und die rotbraunen Haare zu einem Zopf zusammengebunden. Narben zeichneten seine goldbraune Haut, verblasste Erinnerungen an zahllose Kämpfe und Siege. Augen, so schwarz wie der Grund des Meeres, und ein langer Vollbart vervollständigten das Bild des wilden Kriegers, als der sich Kevin uns nun präsentierte.

Ich hatte Kevin schon in vielen Gestalten gesehen, aber zum ersten Mal wirkte er nicht mehr wie ein Todesbote. Von ihm ging eine solche Macht aus, dass es beinahe körperlich wehtat, sich in seiner Gegenwart aufzuhalten. Davon, ihn anzusehen, ganz zu schweigen.

Hatte ich bis eben noch meine Zweifel gehabt, wusste ich plötzlich ganz genau, mit wem wir es hier zu tun hatten. Auch wenn das eigentlich unmöglich sein müsste.

»Du bist nicht bloß ein einfacher Todesbote«, wisperte ich.

»Roxy?« Shaw trat schützend neben mich. »Was geht hier vor sich?«

»Du … du bist Ulysses.« Ich konnte den Blick noch immer nicht von dem gigantischen Krieger abwenden, auch wenn es mir in den Augen wehtat, ihn anzuschauen. Seine Macht war wie eine dicke Decke, die er über uns legte und die uns langsam erstickte. »Du bist der König der Unterwelt.«

»Heilige Scheiße.« Shaw sah von ihm zu mir und wieder zurück. »Ist das wahr?«

»Ihr habt doch nicht wirklich geglaubt, ihr könntet einfach in die Unterwelt marschieren und eine Seele dort herausholen, ohne dass ich es bemerke? Ohne dass ich es *erlaube?*« Ulys-

ses stieß ein barsches Lachen aus, das das ganze Dach um uns herum erzittern ließ. »Ich musste nur sichergehen, dass es die richtige Entscheidung war, zuzulassen, dass du der Unterwelt entkommst.«

»Deshalb dieser Test«, stieß ich hervor. »Deshalb hast du die Regeln geändert und mich dazu gezwungen, mich zwischen Shaw und meinem eigenen Leben zu entscheiden.«

Ulysses nickte wohlwollend. »Kluges Mädchen.«

»Aber was ist mit Kevin?«

»Ich bin Kevin, wenn ich inkognito unterwegs bin. Mal ehrlich: Dachtet ihr wirklich, ein Todesbote könnte so einfach kommen und gehen, wie es ihm beliebt?« Er machte eine wegwerfende Handbewegung. »Ich bitte euch. Diese Jungs und Mädels haben einen Job zu erledigen.«

»Was denn?«, warf Shaw trocken ein. »Höllentore bewachen, den Tod ankündigen und Leute verfluchen?«

Der Blick aus diesen kalten schwarzen Augen richtete sich geradewegs auf ihn und ein eisiger Schauder jagte meinen Rücken hinab. »Das und noch viele weitere wichtige Aufgaben.«

Ich wollte es gar nicht genauer wissen. Die Neuigkeit, dass Kevin in Wahrheit Ulysses war, dass der verdammte König der Unterwelt persönlich mich verflucht hatte, aber uns auch irgendwie geholfen hatte, war schon schwer genug zu verdauen.

»Ein guter Rat.« Ulysses maß uns beide mit einem eindringlichen Blick. »Werdet jetzt nicht leichtsinnig. Die große Schlacht hat gerade erst begonnen. Glaubt nicht, dass ihr sie ohne Opfer gewinnen könnt.«

Ohne Opfer? Die große Schlacht? Meinte er damit den Kampf beim Camber Castle? Die Falle, die wir Baldur gestellt hatten?

»Also, wenn die Show nun vorbei ist …« Die Worte hingen noch in der Luft, da war Kevin, nein, Ulysses plötzlich verschwunden.

Oh mein Gott. Der König der Unterwelt war gerade hier gewesen – und er war *Kevin*. Mich hatte nicht irgendein Todesbote verflucht, sondern der König der verdammten Unterwelt höchstpersönlich. Und jetzt hatte er mich von meinem Fluch erlöst, weil er mich, weil er *uns* noch brauchte. In meinem Kopf herrschte ein einziges Chaos.

»Heißt es das, was ich denke, dass es heißt?« Shaw sah mit großen Augen von der Stelle, an der Ulysses bis eben gestanden hatte, zu mir.

Die Zeit lief weiter. Keiner von uns war gestorben. Und meine Narbe …

Reflexartig tastete ich nach dem winzigen Überbleibsel des Bisses vom Höllenhund an meiner Schulter. Die Narbe hatte mich in den letzten 449 Tagen stets begleitet, war gleichzeitig eine Art Führer wie auch eine schmerzhafte Erinnerung an den Fehler gewesen, der mein Leben bestimmt hatte.

Doch nun ertastete ich … nichts. Meine Finger strichen über glatte Haut.

»Ich … ich glaube schon«, erwiderte ich langsam.

»Lass mich sehen.« Mit einem Satz war Shaw hinter mir und schob mein Cape und mein Oberteil ein Stück zur Seite, um den letzten Rest der Narbe freizulegen. Als seine Finger über meine Haut glitten, erschauerte ich unwillkürlich. »Da ist nichts mehr.«

»Wirklich?« Ich wagte es kaum zu atmen. Plötzlich donnerte mein Herz los. Ganz langsam drehte ich mich zu Shaw um.

Es war nach fünf Uhr. Der Countdown, den Ulysses genannt hatte, war längst abgelaufen, und wir waren beide noch am Leben. Keiner von uns war gestorben. Keine unserer Seelen war in der Unterwelt gelandet. Shaw und ich lebten.

Erleichterung brach sich in mir Bahn und ließ mir die Knie weich werden. Es war vorbei, und wir … wir hatten endlich Zeit. Zeit für alles, was wir tun wollten. Zeit miteinander. Zeit mit unseren Freunden und meiner Familie.

Ich konnte noch immer nicht ganz begreifen, was das wirklich bedeutete, als Shaw bereits die Arme um mich schlang und mich herumwirbelte.

»Wir haben es geschafft, Darling! Wir haben …«

Ein Beben ließ den Boden unter unseren Füßen erzittern. Was zum …?

»Roxy?!« Shaws Stimme klang auf einmal seltsam verzerrt.

Im nächsten Moment leckten flackernde Schatten am Rande meines Sichtfelds und nahmen es in rasender Geschwindigkeit ein.

»Oh nein«, keuchte ich und wäre gestrauchelt, hätte Shaw mich nicht sofort festgehalten. »Nicht schon wieder.«

Aber es war zu spät. Der Schattenblick verband mich mit Niall, bis ich durch seine Augen schauen konnte, genauso wie er durch meine.

Im ersten Moment war ich irritiert, weil mir das, was ich sah, so bekannt vorkam. So alltäglich. Ich sah die Bibliothek im Quartier, mit den hohen Regalreihen voller alter Bücher, den Säulen und der Wendeltreppe, die auf die Galerie führte, wo ebenfalls lauter Regale standen. Das Summen der Rechner am anderen Ende des Raums erfüllte die Luft, zusammen mit Getippe, Geklicke und dem leisen Murmeln von gedämpften Stimmen. Dann wurden die Türen aufgestoßen, knallten gegen die Wand und gaben den Blick frei auf …

»Oh mein Gott.«

Jeder Muskel in meinem Körper erstarrte vor Schreck, vor

Panik und nackter Angst. Ich merkte nicht einmal, wie ich zusammensackte, bis meine Knie den kalten Boden trafen.

Shaw packte mich an den Schultern. »Was ist los? Rede mit mir, Roxy.«

Ich blinzelte heftig, bis sich die Schatten zurückzogen und sich mein Blickfeld endlich klärte. Das Erste, was ich wahrnahm, war Shaws besorgtes Gesicht und seine Hände an meinen Wangen.

»Was ist passiert? Was hast du gesehen?«

»Er ist hier. Baldur ist im Quartier!«

33. KAPITEL

Roxy

Shaw starrte mich aus weit aufgerissenen Augen an.

»Baldur ist hier«, wisperte ich, während mein Verstand noch immer zu verarbeiten versuchte, was ich gerade gesehen hatte. »Niall und ich waren kurz durch den Schattenblick miteinander verbunden und da … oh Gott. *Er ist hier!* Niall hat ihn gesehen.«

Schlagartig wurde mir klar, was das bedeutete: Mein Zwillingsbruder und der König der Hexen befanden sich in ein und demselben Raum.

Ohne nachzudenken, ohne eine weitere Sekunde zu verschwenden, sprang ich auf und hetzte los. Ich rannte schneller, als ich je in meinem Leben gerannt war. Über das Dach, durch die Tür ins Treppenhaus, die Stufen hinunter, wobei ich die letzten paar jedes Mal hinuntersprang. Mein Herz raste wie verrückt. Angst schnürte mir die Kehle zu und ich konnte kaum atmen. Niall war gerade erst der Geisterwelt entflohen, er konnte nicht … Ich würde nicht zulassen, dass ihm etwas geschah. Nicht schon wieder. Nicht meinetwegen.

Hinter mir donnerten Shaws Schritte auf den Stufen. Er hielt mich nicht auf, sondern folgte mir wortlos und überholte mich nach drei Treppenabsätzen sogar.

»Wohin?«, rief er und sprang in einer beeindruckend geschmeidigen Bewegung über das Geländer nach unten.

»38. Etage«, stieß ich keuchend hervor. »Bibliothek.«

Und damit ganz in die Nähe der Krankenstation, unserer Untersuchungsräume und Labore, der Besprechungszimmer – und der Waffenkammer …

Meine Gedanken rasten, gleichzeitig konnte ich mich im Moment nur auf eine Sache konzentrieren. Auf Niall – und darauf, ihn in Sicherheit zu bringen. Er war nur meinetwegen zurück nach London gekommen, um in den letzten Tagen in meiner Nähe zu sein, dabei hätte er auch zu Hause bei unseren Eltern bleiben können. Wenn er jetzt meinetwegen verletzt wurde – oder Schlimmeres –, würde ich mir das niemals verzeihen.

Shaw riss mich aus meinen Gedanken. »Warum ist Baldur jetzt hier und nicht am Treffpunkt?«

»Keine Ahnung.«

Es war niemals vorgesehen gewesen, dass Baldur den Weg hierher fand. Der Grund, warum wir Camber Castle als Ort für die finale Schlacht ausgewählt hatten, war, um das Quartier, seine Bewohner und all die anderen Menschen in der Stadt zu schützen. Eine Schlacht solchen Ausmaßes mitten in London würde verheerende Folgen haben. Unschuldige würden verletzt und getötet werden. Jetzt noch mehr, da kaum noch Leute im Quartier waren. So gut wie alle kampfbereiten Hunter und Huntresses waren bereits in Camber Castle oder auf dem Weg dorthin.

Wir erreichten das 38. Stockwerk, rannten direkt weiter bis zur Bibliothek – und wurden sofort von einer Energiewelle erfasst. Sie riss uns von den Füßen und schleuderte uns gegen die nächste Wand. Heißer Schmerz schoss durch meinen Rücken, aber ich schaffte es irgendwie, mich abzurollen, statt mir weitere Verletzungen zuzuziehen. Als ich den Kopf hob und das Haar zurückwarf, fand ich mich gleich drei Leuten gegenüber: Im Hauptgang zwischen den Regalreihen stand ein blonder, überraschend jung aussehender Mann, der so viel Macht ausstrahlte, dass es mir die Luft abdrückte. Seine Augen leuchteten in einem unnatürlich hellen Grün. Obwohl ich ihm nie persönlich begegnet war, wusste ich dank der Porträts in seinem Schloss sofort, um wen es sich handelte: Baldur. Der König der Hexen.

Rechts von ihm stand niemand Geringeres als Tarquin, nur dass der elegant gekleidete Hexenmeister diesmal nicht nur mit uns plaudern wollte, sondern die Hände ausgestreckt vor sich hielt. Ganz so, als wäre er für diese nette Begrüßung verantwortlich.

Den Platz an Baldurs linker Seite nahm eine Frau mit kinnlangen schwarzen Haaren und kantigen Gesichtszügen ein. Ausgeprägte Wangenknochen, spitze Nase, spitzes Kinn. Sie könnte auf eine faszinierende Art schön sein, wäre da nicht die frostige Kälte in ihren schwarzen Augen und das gruselige Lächeln auf ihren rot geschminkten Lippen. Genau wie Tarquin hatte sie die Hände ausgestreckt.

Von Niall war nichts zu sehen, doch das beruhigte mich kein bisschen. Mein Herz hämmerte noch schneller, noch alarmierter. Wo steckte mein Bruder?

»Tarquin. Sunniva.« Shaw stand auf und begrüßte die beiden mit einem knappen Nicken, als wären sie sich zufällig in der Stadt über den Weg gelaufen. »Und Baldur. Was für eine Überraschung. Hat euch niemand gesagt, wie unhöflich es ist, zu früh zur Party aufzukreuzen? Und dann auch noch an der falschen Location.« Er machte ein abfälliges Geräusch.

In langsamen Bewegungen, um keine weitere Attacke zu provozieren, stand ich ebenfalls auf. Das hier sah übel aus, aber wir mussten nur etwas Zeit gewinnen. Der stumme Alarm, der sofort reagierte, sobald jemand hier drinnen Magie einsetzte, war bestimmt schon längst losgegangen, auch wenn es niemanden im Umkreis von 85 Meilen gab, der noch darauf reagieren konnte. Sie waren schon alle am Treffpunkt. Und die Wachen, die Baldur und seinen Hexenmeistern unten den Weg versperrt hatten? Es war unwahrscheinlich, dass jemand von ihnen überlebt hatte.

»Das ist deine letzte Chance.« Baldur fixierte Shaw mit einem harten Blick. »Bring mir Marjorie und komm zurück nach Hause, Kane.«

»Shaw«, korrigierte er ohne das geringste Zögern. Blaue Blitze leuchteten in seinen Fingern auf. »Und ich *bin* zu Hause.«

Es gab keine Vorwarnung. Kein Startzeichen. Mit einem Mal schoss Magie von beiden Seiten durch den Gang und ließ die Wände erbeben. Ich hechtete hinter ein Regal und sprang sofort wieder auf. Aus dem Augenwinkel nahm ich wahr, wie Shaw sich dem Hexenkönig entgegenstellte. Damit blieben zwei der mächtigsten Hexenmeister für mich übrig. Wundervoll.

Tarquin, Sunniva und ich belauerten einander. Die Magie in meinem Amulett pulsierte vor Erwartung, aber ich setzte sie nicht ein. Noch nicht. Im Gegensatz zu den beiden Hexenmeistern war ich nicht mit dieser Magie geboren und konnte sie nicht endlos nutzen. Dummerweise trug ich aber auch keine anderen Waffen bei mir, und die Grundausbildung im Nahkampf sowie die wenigen Trainingsstunden mit Finn reichten bei Weitem nicht aus, um die beiden mit ein paar Tritten und Schlägen fertigzumachen. Aber ich konnte nicht ewig hinter diesem Regal ausharren. Ich musste –

Ich zuckte zusammen und fuhr herum, als schräg hinter mir krachend ein Stapel Bücher zu Boden ging. Im selben Moment spürte ich eine Bewegung direkt hinter mir und blinzelte heftig, als ich auf einmal nicht einem, sondern gleich zwei Tarquins gegenüberstand. Eine Illusion! Doch wer war der echte? In diesem Moment griffen sie mich beide an.

Ich wich aus und musste dennoch einen Schlag in die Rippen einstecken. Verflucht. In letzter Sekunde wich ich einer weiteren Faust aus und kanalisierte meine Magie. Ich vernichtete einen der Tarquins mithilfe meines Amuletts.

»Netter Versuch, aber trotzdem zu spät. Und zu langsam.« Tarquin grinste, als seine Illusion verschwand und ich zu ihm herumwirbelte. In seiner Hand blitzte ein Dolch auf.

Oh nein, nicht schon wieder. Ich sprang zurück, prallte mit dem Rücken gegen ein Regal und stieß die Hand nach vorn. Die Magie in meinem Amulett folgte der Bewegung umgehend, schoss an meinem Arm entlang und geradewegs auf Tarquin zu. Der warf sich im letzten Moment zur Seite, aber ich erwischte ihn trotzdem am Oberarm. Sein Ärmel war angesengt und der widerliche Geruch von verbranntem Fleisch erfüllte die Luft.

Aus dem Augenwinkel nahm ich eine Bewegung wahr. Sunniva ließ eine Attacke auf mich los.

Diesmal war ich diejenige, die mit einem Satz auswich. Ich spürte die Energie über meinen Kopf hinwegschießen und hörte den Knall, als sie in einer der Säulen, die die Galerie trugen, einschlug, während ich mich über den Boden rollte und wieder auf die Beine sprang. Der Gestank von angesengtem Haar und verbranntem Papier drang mir in die Nase und ich verzog das Gesicht. Das war viel zu knapp gewesen.

Blitze schossen an mir vorbei, als Baldur und Shaw aufeinander losgingen.

Instinktiv versteckte ich mich hinter einem der vielen Regale, während Shaw fast im selben Moment Deckung schräg gegenüber suchte. Wir atmeten beide schwer. Lange würden wir das nicht durchhalten. Und was dann? Dann gingen Baldur und seine Lakaien auf das ganze Quartier, womöglich sogar auf jeden in diesem Gebäude los?

Nein, verdammt. Das würde ich nicht zulassen.

»Shaw! Du musst gehen.«

Er warf mir einen entgeisterten Blick zu. »Auf keinen Fall!«

»Doch«, beharrte ich und hechtete zu ihm hinüber, als Sunniva eine Energiewelle durch die Bibliothek schleuderte. Holz zerplatzte, Bücher fielen zu Boden und fingen Feuer. Aber sie hatte uns noch nicht entdeckt. Hastig wandte ich mich wieder Shaw zu und presste mich neben ihn gegen das Regal. »Du musst die anderen holen. Unser Plan kann noch funktionieren, aber nicht so. Nicht ohne die anderen.«

Und nicht ohne das Fläschchen, in das wir Baldurs Seele einfangen wollten. Das war der einzige uns bekannte Weg, einen König festzusetzen, wenn wir ihn nicht im Kampf töten konnten. Es hatte bei Marjorie funktioniert, also sprach viel dafür, dass es auch bei Baldur klappen würde. Aber ohne die Hilfe der ganzen Magic Hunter und Huntresses, ohne die Amulettmagie und ohne dieses verdammte Fläschchen waren wir aufgeschmissen. Wir brauchten sie – und zwar sofort.

Erkenntnis zuckte über Shaws Miene, dennoch schüttelte er den Kopf. »Ich lasse dich nicht allein mit ihnen zurück. Das ist Selbstmord. Wir gehen beide – oder keiner!«

»Nein! Niall ist hier irgendwo! Linnea und Giselle, Ingrid, Weston, Donatius und die anderen Archivare. Die Leute auf der Krankenstation! Wir können sie nicht einfach schutzlos zurücklassen.«

Ein Muskel zuckte an Shaws Kiefer, so fest biss er die Zähne zusammen, doch dann nickte er knapp. »Ich beeile mich.«

Ich lächelte matt. »Das solltest du auch besser.«

Denn ich hatte nicht die geringste Ahnung, wie ich Baldur,

Tarquin und Sunniva hinhalten sollte, ohne dabei draufzugehen. Aber nachdem Kevin, nein, Ulysses, mich heute verschont und von meinem Fluch befreit hatte, hatte ich gewiss nicht vor, so schnell zu sterben.

Einen Herzschlag lang hielt Shaw meinen Blick fest und sagte mir damit all die Dinge, die er nicht aussprechen konnte. Dann verschwand er durch das Portal neben ihm.

Ich holte tief Luft, sammelte mich innerlich – und trat aus der Deckung.

»Na, sieh mal einer an«, schnurrte Sunniva. Ein selbstgefälliges Lächeln umspielte ihre blutroten Lippen. »Ist unser kleiner verräterischer Hexenmeister etwa geflohen? Hat er dich ganz allein gelassen?«

»Denkst du wirklich, du kannst es gegen uns aufnehmen? *Du?*« Tarquin lachte ungläubig auf. »Eine Sterbliche, die nicht mal eine geborene Huntress ist. Du kannst uns nicht stoppen.«

»Ich kann es zumindest versuchen«, widersprach ich, obwohl mir das Herz bis zum Hals schlug. Gleichzeitig spürte ich aber auch, wie sich das Amulett an meinem Hals erwärmte, bis sein Leuchten über die Wände zuckte.

»Tarquin!« Baldurs Stimme donnerte so laut durch das Gebäude, dass sogar die bodentiefen Fenster im Flur erzitterten. Er sagte nichts weiter. Nur seinen Namen. Doch Tarquin schien zu verstehen. Er nickte seinem König zu, dann erschuf er ein Portal, vermutlich, um Shaw zu folgen.

Damit blieben nur noch zwei für mich. Der König der Hexen, der vermutlich so alt war wie die Zeit selbst, und eine seiner stärksten Hexenmeisterinnen. Na, wenn das kein Kinderspiel wurde …

Doch auf einmal tat sich ein neues Portal auf und eine Gruppe von Hexen und Hexern trat hindurch. Es mussten mindestens sechs, nein, sieben sein.

»Findet sie!«, befahl Baldur.

Sie? Meinte er etwa …? Glaubte er, Marjorie hier im Quartier finden zu können?

Im nächsten Moment teilten sich seine Leute bereits auf. Manche verschwanden durch ein Portal, andere verließen die Bibliothek durch die Doppeltür. Als ich das nächste Mal zu der Stelle schaute, an der ich Baldur zuletzt gesehen hatte, war auch der Hexenkönig verschwunden. Verflucht.

»Damit wären wir nur noch zu zweit«, ertönte auf einmal Sunnivas Stimme hinter mir.

Ich wirbelte herum und hob kampfbereit die Hände. Die dunkelblaue Magie wand sich um meine Arme und schimmerte zwischen meinen Fingern. In keiner Version würde das hier gut ausgehen oder damit enden, dass ich überlebte. Aber ich war bereit, es zu versuchen. Ich musste einfach.

»Das ist dein Ende.« Blaue Blitze flammten in Sunnivas Hand auf. Sie holte zum Angriff aus – und hielt irritiert inne.

Ich runzelte die Stirn. Was …?

Bevor einer von uns etwas sagen konnte, spürte ich wieder ein Vibrieren in der Luft. Shaw konnte unmöglich so schnell schon wieder zurück sein. Oder …?

Ehe ich michs versah, kam Shaw wenige Schritte vor mir durch ein neues Portal und warf mir etwas zu. Reflexartig fing ich die Pistolenarmbrust samt Köcher auf. Meine Finger arbeiteten, bevor mein Kopf überhaupt begriff, was hier passierte. In der einen Sekunde sah ich Shaw noch in die Augen, in der nächsten verschwand er wieder durch das Portal und ich hatte einen der blau markierten Bolzen eingespannt.

Sunnivas Aufmerksamkeit lag sofort wieder auf mir.

Ich lächelte langsam. »Kann sein, dass ich noch ein paar Tricks auf Lager habe.«

Innerlich dankte ich Pandora und Matej für ihren Einfallsreichtum und ihre Erfindung. Dann feuerte ich den ersten Bolzen auf meine Angreiferin und schleuderte sie mit der darin enthaltenen Magie quer durch die Bibliothek.

34. KAPITEL

Shaw

Meine Haut summte, mein Puls raste und mein Magen zog sich krampfhaft zusammen, als ich auf der anderen Seite aus dem Portal stolperte. Vor mir breitete sich die Ebene aus, auf der die Schlacht eigentlich hätte stattfinden sollen. Eine weite grüne Wiese, auf der das verlassene Camber Castle mit seinen fünf runden Türmen thronte. Unzählige Hunter und Huntresses hatten sich hier bereits versammelt. Finn saß mit Birdie, Mara und deren Eltern zusammen. Sie alle sprangen auf, als sie mich bemerkten. Ripley und Dinah standen bei Lillian und Jackson und drehten sich im selben Moment zu mir um. Ein paar Magic Hunter und Huntresses, die ich nicht persönlich kannte, hoben kampfbereit die Hände, als rechneten sie mit einem Angriff. Mein Blick zuckte über die vielen angespannten Mienen auf der Suche nach …

»Shaw?«, rief Nala und kam in großen Schritten auf mich zu. Sie war bis an die Zähne bewaffnet. »Warum bist du …«

»Baldur ist im Quartier!«, rief ich. »Zusammen mit zwei seiner stärksten Hexenmeister. Roxy hält die Stellung, aber wir müssen sofort zurück.« Noch während ich die Worte aussprach, hob ich die Hände, um ein neues Portal zu erschaffen, das von hier aus direkt ins Londoner Quartier führen würde. Die Zeit, meine Spuren zu verwischen und unter dem Radar zu bleiben, war vorbei.

Nala schien etwas sagen zu wollen, schnappte plötzlich aber nur nach Luft. Bevor sie auch nur ein Wort der Warnung hervorbringen konnte, spürte ich das Summen von Magie hinter mir. Ich wirbelte herum und versuchte auszuweichen, aber es war zu spät. Knisternde Magie raste in Form von blauen Blitzen durch die Luft und geradewegs auf mich zu. In der einen Sekunde stand ich noch mitten auf dem Schlachtfeld, in der nächsten riss mich die Wucht der Attacke von den Beinen und schleuderte mich durch die Luft. Ich prallte auf den Boden, rollte durchs Gras und kam schließlich zu einem keuchenden Halt.

Mir blieb die Luft weg, doch als ich an mir hinunterschaute, entdeckte ich zwar ein angesengtes Shirt, aber kein Blut. Keine Verbrennungen. Keine tödliche Wunde. Das war nur ein Warnschuss gewesen. Und was für einer.

Tarquin trat nur wenige Meter entfernt aus einem Portal und lächelte kühl. »Hoppla.«

»Das wirst du bereuen«, knurrte ich und stand ächzend auf.

»Nein.« Sein Lächeln wurde breiter. »*Du* wirst gleich bereuen, dich auf die falsche Seite geschlagen zu haben.«

In diesem Moment erschienen mehrere Portale. Ich erfasste die Magie, noch bevor Baldurs Gefolge hindurchkam und uns angriff. *Fuck*. Baldur schien uns trennen zu wollen. Und so schnell wie der Kampf zwischen den Hexern und Huntern entbrannte, gelang ihm das auch perfekt.

Ich ballte die Hände zu Fäusten. Verdammt. Ich musste ins Quartier zurück. Roxy würde Sunniva und Baldur nicht ewig standhalten können. Ich musste die anderen einsammeln und mit Verstärkung zurückkeh–

Blaue Energieblitze sausten haarscharf an meinem linken Ohr vorbei. Die Antwort darauf kam von Jackson in Form eines royalblauen Strahls aus Amulettmagie. Auf der anderen Seite bot sich das gleiche Bild, entweder bekämpften sich die

Hunter und Hexen mit Magie oder, wie im Fall von Finn und Lillian, mit Schusswaffen und Dolchen. Innerhalb von Sekunden war um mich herum die Hölle ausgebrochen.

Fuck. Ich konnte nicht länger warten. Ich hob die Hand, um ein Portal zu erschaffen, hielt jedoch mitten in der Bewegung inne, als ich jemanden hinter mir spürte.

»Du willst uns doch nicht schon verlassen, oder?« Tarquin grinste herablassend. »Du solltest wissen, dass ich das nicht zulassen kann, alter Freund.«

»Und du solltest wissen, dass sich das mit der Freundschaft inzwischen erledigt hat.« In meinen Händen erschienen blaue Blitze, die ich sofort auf den Hexenmeister abfeuerte. Kein Warnschuss. Das hier war bitterer Ernst.

Tarquin versuchte nicht mal, sich in Sicherheit zu bringen. Er bohrte die Fersen in den Boden und hob schützend die Arme. Immer wieder attackierte ich ihn, doch meine Angriffe schoben ihn nur weiter zurück.

Schließlich hatte ich ihn fast bis zur Schlossmauer gedrängt. Keuchend standen wir uns gegenüber, doch als er den Kopf hob, lächelte er, während er sich etwas Blut aus dem Mundwinkel wischte. »Das ist kein Training mehr.«

»Was du nicht sagst.«

Fast schon gelassen schlenderte er auf mich zu, während um uns herum eine blutige Schlacht tobte. »Du kannst mich nicht besiegen. Ich kenne all deine Tricks, all deine Manöver. Und du erinnerst dich an keine von meinen mehr.«

Ich konzentrierte mich auf die Magie tief in meinem Inneren, kanalisierte sie, ließ sie aber nicht los. »Ich muss mich nicht erinnern, um dich zu besiegen.«

Damit stürzte ich mich auf ihn und riss ihn mit mir zu Boden. Im ersten Moment schien Tarquin tatsächlich überrumpelt zu sein – mit so einem offensiven Frontalangriff ganz ohne

Hexerei hatte er offensichtlich nicht gerechnet –, aber er fing sich schnell wieder. Er steckte zwei Schläge ins Gesicht ein, dann schaffte er es, mich von sich zu stoßen. Ich sprang sofort auf die Beine, bereit, wieder anzugreifen, aber der Mistkerl brachte einen Sicherheitsabstand zwischen uns. Als er sich diesmal über die blutige Lippe wischte, lächelte er nicht mehr.

Um uns herum erschienen immer neue Weltenrisse und weitere Hexen und Hexer kamen hindurch. Mehr und mehr, bis die Wiese rund um Camber Castle geradezu überschwemmt schien.

»Es sind zu viele!«, brüllte Nala.

Tarquin schnaubte. »Ihr hättet euch niemals mit unserem König anlegen sollen.«

»Euer König hat sich *mit uns* angelegt!«

Und zwar durch alles, was Baldur getan hatte. Durch seinen Deal mit der Geisterkönigin, um ihr Hunter und Menschen mit einem der vier Blicke zu beschaffen. Durch die Zusammenarbeit mit Amelia und Nialls Entführung. Durch die Quartiere, die er dem Erdboden gleichgemacht und all die Leute, die er getötet hatte. Und auch dadurch, dass er meine Seele zurück in meinen alten Körper schicken wollte, um einen seiner skrupellosesten Hexenmeister zurückzubekommen. An seinen Händen klebte so viel Blut, dass er nichts anderes verdient hatte, als bis in alle Ewigkeit in einem Fläschchen eingesperrt zu sein, genauso wie Marjorie. Doch dafür mussten wir den Kampf erst mal wieder zurück nach London verlegen.

Ich konnte nicht mehr warten. Je länger ich fort war, desto länger musste sich Roxy gegen Sunniva und den König der Hexen persönlich behaupten. Das schaffte niemand allein. Ich musste ihr helfen.

»Wir müssen zurück!«, brüllte ich, doch noch im selben Moment schlugen Tarquins Blitze neben mir ein.

Fluchend hechtete ich zur Seite und entging so nur knapp der Attacke. Als ich mich wieder aufraffte, nahm ich mein Umfeld zum ersten Mal wieder ganz konkret wahr.

Nala hielt sich drei Hexer nur mit Mühe vom Leib. Schüsse ertönten. Sie tastete nach Munition und musste gleichzeitig den Attacken ausweichen.

Cains Mutter und ihr Kampfpartner Jackson standen Rücken an Rücken, umringt von einem halben Dutzend Hexen. Beide bluteten bereits aus mehreren Wunden, aber es war Jackson, der die Angreifer mit Amulettmagie zurückhielt. Zumindest bis eine silberne Klinge aufblitzte. Ich konnte nicht mal Luft holen, um ihn zu warnen, so schnell glitt das Metall durch seine Haut und durchbohrte seine Brust.

»Geh schon!«, rief Birdie und schleuderte ihre Amulettmagie auf den Hexer vor sich. »Wir halten hier die Stellung.« Ihr Blick traf den von Mara und ihren Eltern, die alle nickten.

Auch Mara und Tereza nutzen alles an Amulettmagie, um die Gegner in Schach zu halten. Genau wie Finn, Dinah, Ripley und all die anderen Hunter und Huntresses, die sich hier für die finale Schlacht gegen Baldur versammelt hatten. Nur dass leider absolut nichts mehr nach Plan lief.

Wieder sausten Blitze durch die Luft und ich konnte ihnen nur in letzter Sekunde ausweichen.

Tarquin kam mit schnellen Schritten auf mich zu. »Gib auf. Du kannst nicht davor wegrennen.«

Ich kniff die Augen zusammen. »Wer hat etwas von wegrennen gesagt?«

Obwohl ich die Hände zum Kampf hob, rasten meine Gedanken. Ich musste ein Portal erschaffen und Roxy die Verstärkung bringen, die sie brauchte. Verdammt, wenn ich nicht endlich von hier wegkam, würden unzählige unschuldige Menschen ihr Leben verlieren.

Statt Tarquin anzugreifen, erschuf ich ein neues Portal – und stürmte hindurch. Zurück nach London. Zurück ins Quartier.

Zurück zu Roxy.

35. KAPITEL

Roxy

Ich hatte keine Ahnung, wie viel Zeit vergangen war, seit Shaw durch das Portal gegangen war. Wenige Minuten? Nur ein paar Sekunden? Was ich jedoch ganz genau wusste, war, dass es nicht gut für mich aussah. Tarquin mochte Shaw gefolgt sein und Baldur suchte die anderen Stockwerke zusammen mit seinen Leuten nach Marjorie ab, aber ich hatte es noch immer mit dieser Hexenmeisterin zu tun. Selbst mit einem Amulett der höchsten Stufe standen meine Chancen nicht gut. Und wenn erst Baldur zurückkehrte, sobald er realisierte, dass Marjorie nicht hier war …

Verdammt.

Gab ich deswegen auf? Nein. Ich musste nur durchhalten, bis die anderen zusammen mit Shaw zurückkamen. Und dann hätten wir eine echte Chance. Es wäre nicht die Schlacht an dem Ort, den wir uns gewünscht und den wir vorbereitet hatten, aber als ich vor der x-ten Magiewelle hinter einer Säule in Deckung hechtete, war ich wirklich nicht mehr wählerisch.

Mein Puls raste. In meiner Brust hämmerte es wild und in meinen Ohren rauschte es. Der Gestank von Verbranntem hing in der Luft. Ein- oder zweimal hatte ich Sunniva mit meinen Bolzen erwischt, genauer gesagt mit der Magie und der Sprengkraft darin, aber auch meine Kleidung war angesengt.

Meine Muskeln zitterten, als ich mich gegen die kühle Säule presste und wieder zu Atem zu kommen versuchte. Hektisch irrte mein Blick durch die Bibliothek auf der Suche nach einer Lösung, nach etwas, womit ich meine Gegner wenn nicht schon besiegen, dann wenigstens austricksen konnte.

Unvermittelt entdeckte ich ein vertrautes Paar grüner Augen. Niall kauerte am anderen Ende des Raums mit Linnea, Weston und Donatius neben den Schreibtischen und sah so aus, als wäre er kurz davor, sich in den Kampf einzumischen. Ich schüttelte den Kopf und versuchte ihm allein mit meinen Blicken deutlich zu machen, was für eine bescheuerte, um nicht zu sagen lebensgefährliche Idee das wäre.

»Verschwindet!«, formte ich tonlos mit den Lippen und betete innerlich, dass Niall es verstand.

Mein Bruder war kein Hunter. Er hatte die Hälfte seines Lebens in der Geisterwelt verbracht und dort zwar einiges über unsere Welt von den anderen Gefangenen erfahren, aber er konnte nicht kämpfen. Er hatte keine Ahnung, wie man Amulettmagie einsetzte. Genauso wenig wie Linnea und die anderen Archivare. Das Letzte, was ich wollte, war, sie in einen Kampf gegen den Hexenkönig und seine stärksten Hexenmeister zu verwickeln.

Niall zögerte – und ein Teil von mir wusste auch, warum. Weil ich dasselbe getan hätte, wären unsere Rollen vertauscht gewesen. Ich hätte ihn auch niemals allein lassen wollen. Doch als ein fehlgeleiteter Energieblitz in die Wand neben ihnen krachte, schien er den Ernst der Lage zu begreifen.

»Na, sieh mal einer an.« Die Hexenmeisterin trat in mein Sichtfeld, ein blaues Leuchten in der Hand. Doch ihre Aufmerksamkeit galt nicht mir, sondern Niall, Weston, Linnea und Donatius. Ein grausames Lächeln umspielte Sunnivas Lippen. »Euch braucht keiner mehr, oder?«

Auf einmal passierte alles gleichzeitig. Sunniva holte zum Angriff aus – und ich stürzte nach vorn.

Zu langsam. Zu weit weg.

Die Blitze schossen aus ihren Händen geradewegs auf meinen Bruder und die Archivare zu.

»Nein!« Der Schrei erstarb auf meinen Lippen, denn die Attacke kam nie an. Linnea, Donatius und Niall blieben unversehrt.

Dafür starrte ich jetzt in Westons bleiches Gesicht. Er hatte sich vor die anderen geworfen und die volle Wucht des Angriffs abgekriegt. Eine riesige Wunde klaffte in seiner Brust. Eine Wunde, die er unmöglich überleben konnte.

Seine Lippen bebten. Sein Blick irrte ziellos durch die Bibliothek. Dann gaben seine Beine unter ihm nach und er fiel zu Boden.

Weston …

Mühsam riss ich den Blick von seinem reglosen Körper los und richtete ihn auf Niall und die anderen. In ihren Gesichtern las ich dasselbe Entsetzen, dieselbe Fassungslosigkeit, die ich selbst verspürte.

Ein blaues Aufleuchten lenkte meine Aufmerksamkeit sofort wieder auf Sunniva. Die Hexenmeisterin zeigte nicht die geringste Reue. Im Gegenteil. Sie *lächelte*, als würde sie das hier genießen.

Ich bohrte die Fingernägel in meine Handflächen. Wut peitschte so heftig durch mich hindurch, dass ich am ganzen Körper zitterte.

»Hey!«, rief ich, um Sunnivas Aufmerksamkeit wieder auf mich zu lenken. Obwohl alles in mir darauf drängte, meine geballte Amulettmagie auf sie loszulassen für das, was sie soeben getan hatte, hielt ich mich zurück. Stattdessen ging ich langsam rückwärts, um sie von den anderen wegzulocken. Ich musste ihnen helfen. Weston durfte nicht umsonst gestorben sein.

Zum Glück schien die Hexenmeisterin mehr Interesse daran zu haben, sich mit mir anzulegen, als weiter wehrlose Leute zu töten. Das Lächeln auf ihren Lippen wurde breiter, als sie sich in Bewegung setzte und mir folgte.

Mit heftig hämmerndem Herzen und ohne sie aus den Augen zu lassen lief ich weiter Richtung Tür. Keine Zeit zum Durchatmen. Ich musste sie ablenken, damit die anderen wenigstens den Hauch einer Chance hatten, von hier zu fliehen oder sich in den Rechercheräumen auf der anderen Seite der Bibliothek zu verstecken. Meine Finger zitterten noch immer, als ich einen gelb markierten Gift-Bolzen aus meinem Köcher zog und ihn einlegte. Gleichzeitig formte sich in meinem Kopf ein Plan. Ein lebensmüder Plan, aber immerhin ein Plan. Ich wartete, bis Sunniva zur nächsten Attacke ausholte, dann richtete ich blitzschnell die Pistolenarmbrust auf meine Gegnerin – und schoss.

Der Bolzen raste durch die Luft, geradewegs auf Sunniva zu. Sie wich aus, dennoch streifte die Spitze sie am Arm. Das genügte.

Sofort ging ich zwischen den Regalreihen in Deckung und spannte den nächsten Bolzen in meine Armbrust.

»Du kannst dich nicht vor mir verstecken, kleine Huntress!«, rief sie.

Ihre Stimme klang jetzt näher als zuvor. Gut. Dann war sie weit genug entfernt von Niall, Donatius und Linnea.

»Das habe ich auch nicht vor.« Ich trat in den Gang zwischen den Büchern hinaus, zielte und schoss.

Diesmal versuchte die Hexenmeisterin der Attacke nicht einmal auszuweichen, sondern hob die Hand und setzte ihre Magie ein. Der Bolzen erstarrte mitten in der Luft. Sie schleuderte ihn zur Seite, wo er in zwei der Säulen krachte, die die Galerie trugen. Die Explosion brachte mich ins Straucheln. Nur einen Moment. Einen Wimpernschlag. Aber das war zu lang.

Eine neue Energiewelle streifte mich und riss meinen Arm zurück. Meine Pistolenarmbrust mit dem schussbereiten Bolzen glitt mir aus der Hand und landete scheppernd auf dem Boden. Die übrigen Bolzen befanden sich noch im Köcher an meinem Gürtel, doch ohne die dazugehörige Waffe, um sie abzufeuern, waren sie mehr oder weniger nutzlos.

»Das war's dann wohl.« Sunniva lächelte und holte zum finalen Schlag aus. Blaue Blitze sprangen zwischen ihren Fingern hin und her. Doch dann erstarrte sie. Ihre Augen weiteten sich und die Blitze schienen kleiner zu werden.

»Da wäre ich mir nicht so sicher.« Magie pulsierte in meinem Amulett, schneller, immer schneller, genauso wie mein rasender Herzschlag. »Auch eine Hexenmeisterin ist nicht gegen Gift immun, oder?«

Ich wartete nicht auf ihre Antwort, sondern stieß die Hände nach vorn. Im selben Moment schoss die tiefblaue Magie mit dem goldenen Funkeln nach vorn und krachte in Sunnivas Blitze. Die Wucht riss uns beide von den Füßen.

Hart knallte ich gegen die Wand neben der Tür. Kurzzeitig wurde mir schwarz vor Augen. Ich atmete erstickt ein und rappelte mich zitternd auf. Die Wände vibrierten noch immer von der gewaltigen Magie. Bücher lagen auf dem Boden. Tische, Stühle und Lesesessel waren umgestürzt. Ein Rumoren ging durch die Galerie und die Regale dort oben zitterten bedenklich.

Ich holte erneut aus und schleuderte eine weitere Attacke auf die Hexenmeisterin. Sie wurde davon erfasst und krachte gegen die Säule hinter ihr, die unter der Wucht nachgab. Stein und Holz zersplitterten mit einem ohrenbetäubenden Tosen, während Sunniva unter der Galerie mit den ganzen Regalen begraben wurde.

Heilige Scheiße.

Bevor mir überhaupt klar werden konnte, was gerade geschehen war, packte mich eine Hand am Hals und riss mich in die Höhe. Lange Finger schlossen sich um meine Kehle und drückten zu.

Ich strampelte und versuchte nach Luft zu schnappen, doch nichts davon drang in meine Lunge. Das Einzige, was ich wahrnahm, waren Baldurs strahlend grüne Augen und seine wutverzerrte Miene.

»Genug gespielt«, knurrte er. »Wo ist sie? Wo ist Marjorie?«

Ich lächelte. Es war ein bitteres Lächeln, das weder meine Augen noch mein Herz erreichte. »Wenn du wirklich … glaubst, dass ich … dir … das verrate, nach dem, was … was du … meinen Freunden … angetan hast«, keuchte ich. »Dann … kennst du mich … aber schlecht.«

Baldur drückte noch fester zu. »Du wirst es mir sagen. Oder du wirst sterben.«

Mein Herz hämmerte wie verrückt. Blanke Panik begann sich in mir auszubreiten. Ich versuchte mich auf mein Amulett zu konzentrieren, versuchte meine Magie zu rufen, aber ich schaffte es nicht. Vielleicht hatte ich schon zu viel davon eingesetzt, vielleicht verhinderte auch meine Angst, dass ich etwas tun konnte. Denn wenn ich eine Sache in diesem Moment mit absoluter Sicherheit wusste, dann, dass Baldur die Wahrheit sagte. Er würde mich töten.

Ich packte sein Handgelenk, versuchte mich zu befreien und um mich zu schlagen, aber es war vergeblich. Meine Sicht begann zu verschwimmen, dennoch nahm ich eine Bewegung aus dem Augenwinkel wahr.

In der einen Sekunde hielt mich der Hexenkönig noch an der Wand fest, in der nächsten ließ er mich los und wirbelte herum. Ich fiel auf die Knie und schnappte keuchend nach Luft. Mein Hals brannte wie Feuer. Adrenalin raste durch meine Adern. Ich sah zu meinem Retter – und erstarrte.

»Nein …«, flüsterte ich, als ich Niall dort stehen sah, meine Pistolenarmbrust in der Hand und auf Baldur gerichtet. Den dazugehörigen Bolzen hatte er abgefeuert, doch dieser hatte sein Ziel nie erreicht. Baldur hatte ihn aus der Luft heraus abgefangen und zerbrach den Bolzen jetzt in zwei Teile.

Mein Herz setzte einen Schlag lang aus. Ich wusste, was passieren würde. Ich wusste es einfach und konnte dennoch nicht eingreifen.

Blitzschnell stand Baldur vor meinem Zwillingsbruder und schleuderte ihn mit einem Schwall an Magie durch die ganze Bibliothek. Als er gegen die Wand mit den Monitoren knallte, erzitterte das ganze Stockwerk.

»Nein!« Mein Schrei hallte von den Wänden wider – und erstarb dann.

Niall lag nicht weit von Weston entfernt auf dem Boden und rührte sich nicht mehr. Oh Gott, atmete er noch? War er noch am Leben? Ich sprang auf, wollte auf ihn zu rennen, doch dann bemerkte ich die immer größer werdende Blutlache, die sich um ihn herum bildete.

Mit einem Mal stand Baldur wieder vor mir und riss mich erneut von den Füßen. »Wo waren wir? Ach ja. Das ist deine letzte Chance.«

Am Rand meines Sichtfelds nahm ich eine weitere Bewegung wahr. Donatius beugte sich über Niall, prüfte seinen Puls und richtete sich langsam wieder auf. Ich sah absichtlich nicht hin. Baldur sollte sich voll und ganz auf mich konzentrieren.

»Wo ist sie?«, fuhr er mich an und seine grünen Augen

leuchteten bedrohlich auf. »Wo ist Marjorie? Wenn du leben willst, sagst du mir sofort, wo ihr sie gefangen haltet!«

Inzwischen kämpfte ich nicht länger gegen ihn an. Die Panik in meinem Inneren war verstummt. Mein Herzschlag beruhigte sich. Meine Konzentration kehrte zurück. »Fahr zur Hölle.«

Mein Amulett leuchtete auf und tauchte uns für einen Moment in die Farben eines sternenklaren Nachthimmels. Die Energie sammelte sich in meinen Händen und ich –

Mit der freien Hand packte Baldur das Amulett an meiner Halskette, schloss seine geradezu lächerlich schmalen Finger darum und drückte zu. Sofort begann die Magie zu versiegen.

»Was …?«, krächzte ich und spürte plötzlich einen viel zu vertrauten Stich in der Brust.

Eisige Kälte breitete sich in mir aus. Das konnte nicht sein. Das war nicht möglich.

Die Magie in meinen Händen erlosch. Staub und Splitter rieselten zu Boden. Mein Amulett, ein Stein mit der stärksten Magie, war zerstört. Baldur hatte es mit nur einer Hand vernichtet, während er mir mit der anderen die Kehle zudrückte, bis dunkle Punkte vor meinen Augen auftauchten.

Das war's.

Vielleicht hatte Kevins Countdown doch gestimmt … nur nicht auf die Minute genau. Denn es bestand kein Zweifel daran, dass der Hexenkönig mich töten würde. Und dass ich nicht das Geringste dagegen tun konnte. Ohne Amulett war ich machtlos.

Ich sah zu Niall. Tränen verschleierten mein Sichtfeld, aber da war so viel Blut … Er konnte das unmöglich überlebt haben. Und wenn doch, brauchte er Hilfe. Sofort. Ich musste ihm helfen, musste ihn retten, sonst würde ich ihn wieder verlieren. Diesmal für immer. Ich würde auch Shaw, Finn und alle anderen verlieren. Und das, obwohl ich mein Leben gerade erst zurückbekommen hatte.

Nein, verdammt. Weston war nicht gestorben, damit ich jetzt kampflos aufgab. Niall hatte nicht sein Leben dafür riskiert, damit ich einfach nur auf den Tod wartete. Und ich wusste genau, dass Shaw und Finn mir in den Hintern treten würden, wenn sie wüssten, dass ich einfach aufgab. Das war nicht fair von mir. Nicht fair ihnen gegenüber und auch nicht Niall gegenüber. Er hatte alles aufs Spiel gesetzt, damit ich leben konnte. Das Mindeste, was ich tun konnte, war bis zum letzten Atemzug zu kämpfen – und Baldur bis dahin das Leben zur Hölle zu machen.

Meine Finger zitterten, als ich in mein Cape fasste. Obwohl ich keine Luft mehr bekam und nackter Schmerz in meiner Brust explodierte, wanderten meine Mundwinkel nach oben, als ich die Finger in meiner Tasche um das Amulett schloss, das ich aus Amelias Haus in Irland mitgenommen hatte. Das Amulett, das ich vor dieser ganzen Reise dort versteckt und das sie nicht mitgenommen hatte. Das Amulett, das mir jetzt verdammt noch mal das Leben retten würde.

Der Stein erwärmte sich in meiner Hand, als ich ihn hervorzog. Tiefblaues Licht flackerte über die Wände und tauchte die Verwüstung um uns herum in ein unwirkliches Licht.

Baldur riss die Augen auf. Nicht ängstlich, sondern überrascht.

Ich ließ ihm keine Zeit zu reagieren. Ich legte alles an Entschlossenheit, Wut und Verzweiflung in dieses Amulett und verband sie mit der Magie darin. Schmerz zuckte durch meinen ganzen Körper, aber ich blendete ihn aus. Ich würde nicht aufgeben. *Niemals.*

Die Magie im Stein explodierte und schleuderte Baldur von mir fort. Ich krachte gegen die Wand in meinem Rücken und rutschte daran hinunter. Hustend. Keuchend. Mit einem brennenden Schmerz in meinem Hals und meiner Brust, aber ich ließ das Amulett keine Sekunde los. Wenn es sein musste, würde ich alle Magie daraus einsetzen, bis kein Funke mehr davon übrig war. Also hob ich die Hand und richtete sie auf den Hexenkönig.

36. KAPITEL

Shaw

Ich stürzte durch das Portal und kam schlitternd mitten in der Bibliothek des Quartiers zum Stehen. In der einen Sekunde sah ich noch, wie Baldur dabei war, Roxy anzugreifen, in der nächsten holte ich selbst aus und schleuderte so viel von der Magie in mir auf den Hexenkönig, wie ich nur konnte, während ich gleichzeitig das Portal hinter mir für die anderen offen hielt.

Das dunkelblaue Leuchten von Roxys Amulett gesellte sich dazu und attackierte Baldur von der anderen Seite – und für den Moment schien es zu funktionieren. Baldur hielt mit seiner eigenen Magie dagegen, wich aber Stück für Stück zurück, bis er mit dem Rücken zu den zersprungenen Fenstern stand. Ich nahm nicht einmal wahr, wie er ein Portal erschuf, registrierte nur das plötzliche Flimmern in der Luft, schon war er durch den Weltenriss verschwunden.

»Roxy.« Mit wenigen Schritten war ich bei ihr.

Sie sah furchtbar aus. Blut sickerte aus einer Wunde an ihrer Schläfe oder ihrer Augenbraue, so genau konnte ich das auf die Schnelle nicht erkennen. Genauso wenig sah ich die Verletzungen, die sicherlich unter ihrer Kleidung verborgen waren. Dafür bemerkte ich die roten Male an ihrem Hals nur zu deutlich, genauso wie das Entsetzen in ihren Augen. Die blanke Panik.

Kurz blieb mir das Herz stehen, dann folgte ich ihrem Blick – und entdeckte Weston und Niall am anderen Ende des Ganges. Weston lag auf der Seite, die Gliedmaßen in einem seltsamen Winkel verdreht, die Augen weit aufgerissen. Roxys Zwillingsbruder lag ein Stück weiter ausgestreckt daneben, ihre Pistolenarmbrust noch in der Hand, aber völlig reglos. In diesem Moment packte Donatius ihn unter den Achseln und zog ihn durch eine Tür, um ihn in Sicherheit zu bringen. Also war zumindest Niall noch am Leben, oder? Shit. Er musste am Leben sein.

Ein kaltes Prickeln raste über meine Haut.

»Komm. Steh auf«, drängte ich Roxy und legte den Arm um ihre Schultern, um sie zu stützen. Gleichzeitig sah ich mich hektisch um. Dieses Prickeln auf meiner Haut war mir nur zu vertraut – und es hatte nur eines zu bedeuten: Der Kampf war noch nicht vorbei.

Mit einem Mal spürte ich Baldurs Gegenwart so deutlich, als würde er hinter mir stehen. Roxys Augen weiteten sich.

»Shaw!«, schrie sie und holte bereits aus, um ihre Amulettmagie gegen den Angreifer direkt hinter mir einzusetzen.

Im letzten Moment fing ich ihren Arm ab und schüttelte den Kopf. »Nicht. Das ist nicht Baldur.«

»Aber … er steht da!«

»Das ist eine Illusion.« Ich ließ sie los und drehte mich langsam im Kreis. Natürlich nutzte der Mistkerl Illusionen. Er konnte vielleicht ein Abbild seiner selbst herbeizaubern und sich durch eine weitere Illusion tarnen, sodass ihn niemand sehen konnte, aber seine Macht konnte er nicht verbergen. Nicht vor einem Hexenmeister, dessen Seele dieselbe Magie anhaftete wie Baldurs eigener.

Neben der ersten Illusion tauchte eine zweite auf. Dann noch eine und wieder eine, bis wir von sechs identisch aussehenden Hexenkönigen umgeben waren und Rücken an Rücken standen.

»Noch nicht«, warnte ich Roxy, auch wenn alle Abbilder jetzt die Hände hoben und pure Magie zwischen ihren Fingern aufblitzte.

»Shaw …«

»Vertrau mir.«

»Das tue ich. Aber wenn wir gleich sterben, trete ich dir so was von in den Hintern.«

Meine Mundwinkel zuckten, aber ich antwortete nicht darauf. Ich konzentrierte mich auf das kalte Prickeln, das mir eine Gänsehaut bescherte. Die Luft um uns herum vibrierte nur so vor Magie. Nicht nur von den Illusionen des Hexenkönigs, sondern auch von meinem Portal, das zumindest einen kleinen Teil meiner Aufmerksamkeit benötigte, um weiterhin offen zu bleiben.

Ich stieß Roxy zur Seite, als Baldur seine Attacke auf uns losließ, und brachte mich hinter einem Regal in Sicherheit. Erst jetzt realisierte ich, dass die Galerie eingestürzt war und dabei ein Loch in die Hausmauer gerissen hatte. Der Wind pfiff um das Hochhaus und zerrte an mir, als wollte er mich in die Tiefe ziehen. Ich stemmte mich dagegen und sprang auf.

»Braucht ihr zufällig Hilfe?«, ertönte plötzlich Dinahs Stimme. Doch der Anblick der ganzen Baldur-Illusionen wischte den lässigen Ausdruck ganz schnell von ihrem Gesicht. »Was zum …?«

Sie stolperte, als Ripley hinter ihr durch das Portal kam und praktisch in sie hineinrannte. Der Ring mit dem royalblauen Stein an seinem Zeigefinger leuchtete kampfbereit auf.

Finn und Nala folgten den beiden als Nächstes durch das Portal, dann kamen immer mehr Hunter und Huntresses hindurch. Um die zwanzig Magic Hunter und Huntresses, dazu noch mindestens fünfzehn weitere Jäger und Jägerinnen mit Amuletten der Stufen vier bis sechs standen schließlich in den Überresten der Bibliothek. Allerdings waren wir nicht auf einen Kampf auf so engem Raum mitten im Quartier ausgelegt.

Baldurs Illusionen schleuderten Blitze auf alle Neuankömmlinge und für einen Moment brach Chaos aus, als sich alle in Sicherheit brachten oder die Angriffe erwiderten.

Mit einem Mal spürte ich ihn ganz genau, spürte die geballte Macht, die wie in Wellen von ihm ausging – von ihm, dem echten Baldur, keiner seiner Illusionen. Im gleichen Moment richtete sich Ripleys Blick auf dieselbe Stelle in einer Ecke der Bibliothek.

»Roxy!« Ich wirbelte herum und feuerte die blauen Blitze auf die vermeintlich leere Stelle am anderen Ende der Regalreihe. Erst als meine Blitze und einen Herzschlag später Roxys Magiestrahl ihr Ziel trafen, lösten sich alle Illusionen auf und Baldur stolperte zurück.

Aus dem Augenwinkel nahm ich eine Bewegung wahr. Weitere Portale öffneten sich. Hexen und Hexer stürmten das Londoner Quartier und kamen ihrem König zu Hilfe. Baldur verschwand erneut aus meinem Blickfeld und ich fluchte unterdrückt. Verdammt. Es waren zu viele, sie waren überall, sogar in den Etagen über uns, wenn ich die schweren Schritte richtig deutete. Und an vorderster Front stand – wie könnte es auch anders sein – Tarquin. Natürlich.

Instinktiv tastete ich nach Roxys Hand. Keiner von uns wollte aufgeben, aber wir standen einer Übermacht gegenüber, die wir nicht besiegen konnten. Der Kampf von Camber Castle fand plötzlich mitten im Quartier statt, mit dem einzigen Unterschied, dass die Hunter durch mein einzelnes Portal nicht so schnell nachrücken konnten wie unsere Gegner durch ihre Vielzahl an Portalen. Ein weiterer verdammter Nachteil.

»Wir müssen Baldur finden!«, rief Roxy und erinnerte mich damit wieder an den eigentlichen Plan.

Nala schien sie gehört zu haben. Sie rammte einem Hexer ein Kurzschwert in die Brust, noch bevor er ganz das Portal verlassen hatte, und nickte uns zu. Als Tarquin uns den Weg versperren wollte, trat Ripley vor und pfefferte ihn mit einem Magiestrahl gegen die Wand.

Wir rannten los, an den Kämpfenden vorbei, wobei wir immer wieder Attacken ausweichen mussten, was in der Enge und dem Chaos der zerstörten Bibliothek gar nicht so leicht war. Blaue Blitze rasten durch die Luft geradewegs auf uns zu. Roxy und ich wurden getrennt und ich fluchte innerlich. Als ein Hexer Birdie durch das Loch in der Hauswand in die Tiefe schleudern wollte, ging ich dazwischen. Ich hechtete auf die beiden zu, riss den Dolch des Hexers aus seiner Halterung und rammte ihm die Klinge in den Hals. Im nächsten Moment packte ich Birdie und zog sie von der Kante zurück.

»Danke«, keuchte sie. »Achtung!«

Reflexartig zogen wir beide die Köpfe ein und gingen in die Hocke.

»Das ist schlimmer als in Prag«, stieß sie hervor. Sie war blass und zitterte vor Anstrengung. »Das werden wir niemals schaffen.«

»Wir müssen.«

Ein plötzlicher Aufschrei ließ mich aufspringen. Eine Hexe musste Giselle in einem der Rechercheräume gefunden haben und zerrte sie jetzt in den Kampf hinein. Aber es war nicht Giselle, die geschrien hatte – sondern die Hexe. Sie musste sie berührt und ihren eigenen Tod vorhergesehen haben, genau wie Giselle. Die trat nun im perfekten Moment zur Seite, um

Finn die Gelegenheit zu geben, die Hexe mit seinen Dolchen zu durchbohren.

Ich sah zu Birdie zurück. »Bist du okay?«

Sie nickte nicht sofort, aber dann sah sie mich entschlossen an. »Ich gebe nicht auf.«

»Gut.« Ich ließ sie stehen und drängte mich an den anderen Kämpfenden vorbei.

Roxy hatte ich noch immer aus den Augen verloren und konnte sie auf die Schnelle nicht finden, aber ich spürte Baldurs Magie und folgte ihr bis ans andere Ende der Bibliothek, bis dorthin, wo Niall gegen die Wand gekracht sein musste und wo sein Blut noch immer den Boden tränkte. Vom Heiligtum der Archivare, den ganzen Tischen mit den Rechnern und Monitoren, war nichts mehr übrig.

»Zeig dich, du Feigling!«

»Du hättest dich mir anschließen sollen.«

Ich wirbelte zu Baldur herum. Er stand nur zwei Schritte von mir entfernt und betrachtete mich mit einem eigenartigen Gesichtsausdruck. War das … Wehmut, die ich in seinen Augen sah?

»Ich habe dir eine Chance gegeben und du hast sie nicht genutzt, Kane.«

Ich verdrehte die Augen. »Wie oft muss ich es eigentlich noch sagen, dass mein Name *nicht* Kane ist?« Blau leuchtende Blitze erschienen in meinen Händen. »Ich heiße Shaw.« Mit diesen Worten schleuderte ich alles an Magie auf den Hexenkönig, was ich besaß.

Baldur konterte mit seiner eigenen Macht, die meine weit übertraf. Und zu meinem großen Entsetzen wurden meine Blitze immer schwächer, ganz egal, wie sehr ich mich anstrengte. Doch auf einmal schoss ein weiterer Energiestrahl an mir vorbei und fand sein Ziel. Eine nachtblaue Magie mit goldenem Schimmer. Roxy. Sie schrie etwas, das ich nicht verstand, doch dann richteten noch mehr Hunter und Huntresses ihre Schusswaffen und ihre Amulettmagie auf Baldur. Wieder und wieder, bis der Hexenkönig uns nicht mehr länger alle in Schach halten konnte.

Eine Explosion raste durch das Londoner Quartier und riss uns alle von den Füßen. Ich ignorierte jeden Schmerz und rappelte mich sofort wieder hoch, um erneut anzugreifen, aber Baldur … Baldur lag am Boden. Ein tiefer Schnitt teilte seine Brust und auch sein Gesicht war blutüberströmt.

Hatten wir es geschafft? Hatten wir den Hexenkönig wirklich besiegt?

Ehe ich michs versah, hielt ich eine allzu vertraute Klinge in der Hand und beugte mich damit über den Hexenkönig. Im nächsten Moment rammte ich ihm den Hexerdolch ins Herz.

Seine Augen weiteten sich und er starrte mich an, bis jedes bisschen Leben daraus gewichen war.

Tarquin warf einen Blick auf seinen König und wandte sich dann zu mir um. Er musste irgendetwas in meinem Gesicht gesehen haben, denn in der nächsten Sekunde erschuf er ein Portal und verschwand darin. Alle andere Hexen und Hexer folgten ihm. Innerhalb von Sekunden wurde es absolut still im Raum.

»Das Fläschchen!«, befahl Nala. »Wir müssen seine Seele einsperren! Sofort!«

Finn eilte mit einem bronzefarbenen Gefäß herbei, das genauso aussah wie das, das ich zusammen mit Dinah und Ripley aus der Höhle in Kreta geborgen hatte. Allerdings war dieses Fläschchen leer und wartete nur darauf, die Seele des Hexenkönigs einzufangen und bis in alle Ewigkeit einzusperren.

Baldur rührte sich nicht mehr. Er war eindeutig tot, auch wenn noch immer enorm viel Macht von ihm ausging. Dennoch überkam mich eine ungute Vorahnung, als Finn sich ihm näherte. Der Kampf war brutal gewesen, keine Frage. Und dennoch … zu einfach. Zu schnell. Die meisten Magic Huntresses und freien Hunter mit Amulettmagie waren noch beim Camber Castle. Nur die wenigsten hatten es hierher geschafft, dafür umso mehr von Baldurs Leuten. Roxy mochte mit dem Amulett der Stufe 6 zwar verdammt stark sein und meine Kräfte als Hexenmeister waren auch nicht ohne, dennoch wurde ich das Gefühl nicht los, dass irgendetwas nicht stimmte.

»Warte!«, rief ich, doch Finn hatte Baldur bereits erreicht. Entschlossen presste er das geöffnete Bronzefläschchen gegen die Stirn des Hexenkönigs, um seine Seele darin einzusperren.

Ich hielt Atem an. Wartete. Doch nichts geschah.

Finn runzelte die Stirn. »Warum funktioniert das ni–« Er ließ das Bronzefläschchen fallen.

Ein kaum merkliches Zucken ging durch seinen Körper und er wurde schlagartig leichenblass. Seine Augen weiteten sich vor Schock und ich rechnete damit, dass er jeden Moment umkippen würde. Aber das tat er nicht. Er blieb wie angewurzelt stehen und dann … dann kehrte die Farbe in seine Wangen zurück und ein langsames Lächeln breitete sich auf seinem Gesicht aus. Ein Lächeln der unheimlichen Sorte, das ich nie zuvor bei Finn gesehen hatte und das mir einen eiskalten Schauder den Rücken hinunterjagte. Und seine Augen … seine Augen waren von einem unnatürlich leuchtenden Grün erfüllt. Einem Grün, das ich nur bei einer einzigen Person jemals zuvor gesehen hatte.

»Oh fuck …« Ich wich instinktiv ein paar Schritte zurück.

»Was ist?« Roxy sah zwischen ihrem Kampfpartner und mir hin und her und ich hörte, wie sie scharf einatmete.

»Finn?« Giselle machte einen zögerlichen Schritt auf ihn zu.

»Nicht!« Warnend streckte ich den Arm aus und hielt sie zurück. »Das ist nicht Finn.«

»Was?!« Giselle starrte mich an.

Genau wie alle anderen. Nala sah von mir zu dem Grim Hunter, der sich nicht von der Stelle gerührt hatte, und wieder zurück. »Woher weißt du das?«

Ich deutete auf ihn. »Schau dir seine Augen an. Das ist nicht mehr Finn.«

Er war jetzt Baldur. Der Hexenkönig hatte seinen Körper übernommen.

37. KAPITEL

Roxy

»Das ist nicht mehr Finn.«

Nein. Das konnte nicht wirklich passieren. Wir hatten gewonnen. Wir hatten Baldur besiegt … Oder etwa nicht?

Ich starrte in das Gesicht des Mannes, der über ein Jahr lang als mein Kampfpartner an meiner Seite gewesen war. Obwohl seine Züge dieselben waren, erkannte ich ihn nicht wieder. Seine Augen waren die eines anderen und sein Lächeln strahlte eine Kälte aus, die mich frösteln ließ. Selbst wenn Shaw nichts gesagt hätte, hätte ich spätestens jetzt gemerkt, dass das nicht mehr Finn war.

Wir hatten den Hexenkönig unterschätzt. Wir hatten mit seiner Magie gerechnet, mit seiner Macht, Blitze, Portale und Illusionen zu erschaffen. Wir hatten mit den Mitgliedern des inneren Zirkels, mit den mächtigsten Hexenmeistern und -meisterinnen und sogar mit seinem Heer aus Hexern und Hexen gerechnet. Aber keiner von uns hatte daran gedacht, dass seine Seele den Körper wechseln konnte. Dass er all die Jahrhunderte, wenn nicht Jahrtausende überlebt hatte, weil er dazu imstande war, sich eine neue Hülle zu suchen. Und jetzt hatte er von Finn Besitz ergriffen.

Ich ballte die Hände zu Fäusten und bohrte die Fingernägel fest in meine Handflächen. Der Schmerz hielt meine Wut nicht im Zaum. Baldur hatte mir womöglich meinen Zwillingsbruder genommen, meine andere Hälfte, nach der ich mein halbes Leben lang gesucht hatte. Er hatte Krall, Matej, Trent, Pandora und Weston getötet. Und jetzt wollte er sich auch noch Finn schnappen?

Oh nein. Nicht mit mir.

Mein Amulett leuchtete ohne mein Zutun auf.

Sofort richtete sich der Blick aus diesen unnatürlich grünen Augen auf mich, genau wie die Aufmerksamkeit aller anderen.

»Na, na, na.« Tadelnd hob Baldur den Zeigefinger. »Du willst deinem guten Freund und Hunterkollegen doch nicht wehtun, oder?«

Verdammt. Sogar seine Stimme klang noch wie die von Finn. Mir drehte sich der Magen um.

Ich musste handeln. Selbst wenn das bedeutete, Finn damit zu verletzen. Zwei Seelen konnten nicht in ein und demselben Körper existieren. Das ging nur eine begrenzte Zeit gut, zehrte die sterbliche Hülle jedoch völlig aus. Shaw war das beste Beispiel dafür. Der Körper, den er besetzt hatte, war total am Ende gewesen, als ich ihn getroffen hatte. Und genau wie damals wusste ich auch heute, was ich zu tun hatte.

»Nicht doch.« Baldur lächelte herablassend. »Ich weiß genau, dass du ihm nichts tun wirst.«

»Bist du sicher?« Meine Stimme brach und meine Augen brannten, aber ich würde es tun. Ich würde Finn von diesem Monster, von diesem … Parasiten befreien.

»Roxy …« Giselles Stimme drang zu mir durch. Sie klang ängstlich. »Bitte …«

Ich wusste nicht, worum sie mich bat, aber es spielte auch keine Rolle. Ich hatte lange genug gezögert. Kurz trafen sich Shaws und meine Blicke und er nickte mir zu, dann ließ ich die Magie durch meine Finger fließen und sammelte sie zwischen meinen Händen.

»Was haben wir denn hier?« Baldur zeigte sich völlig unbeeindruckt. Wie selbstverständlich zog er den Dolch mit der langen Klinge aus seinem alten Körper heraus. Einer Klinge, die mir viel zu bekannt vorkam. Selbst jetzt noch, Monate später, erinnerte ich mich genau daran, wie es sich angefühlt hatte, als eine Klinge wie diese durch mich hindurchgeglitten war. Als sie mich getötet hatte.

Ehe auch nur einer von uns reagieren konnte, hielt Baldur Finn den Dolch an die Kehle. »Wenn es einer von euch auch nur wagt, zu atmen, klebt sein Blut an euren Händen.« Noch während er sprach, ritzte die Klinge die Haut und ein dünnes rotes Rinnsal lief an seinem Hals hinab.

Ich erstarrte. Wenn ich nichts tat, war Finn verloren. Aber wenn ich eingriff, wenn ich meine Magie auf ihn losließ, würde Baldur Finn töten. Ich war mir absolut sicher, dass der Hexenkönig keine Sekunde lang zögern würde. Für ihn war das nur ein weiterer Körper, nur eine weitere Hülle. Vergänglich und austauschbar.

Ganz egal, was ich tat, ich wäre niemals schnell genug damit, Baldurs Seele aus Finns Körper zu exorzieren. Bis ich das geschafft hätte, wäre Finn bereits tot. Und Baldurs Seele hätte einen neuen Körper eingenommen.

Übelkeit begann sich in mir auszubreiten. Ich sah zu Shaw hinüber. Panisch. Hoffend. Flehend. Aber er schüttelte unmerklich den Kopf. Der schmerzliche Ausdruck in seiner Miene gab mir den Rest. Er kannte auch keinen Ausweg.

»Keiner von euch wird mir folgen.« Hinter Baldur öffnete sich ein Portal. »Das gilt besonders für dich, Kane.«

Diesmal kam keine Erwiderung von Shaw. Kein lässiger Spruch. Und das war schlimmer als alles andere, weil es mir klarmachte, dass wir verloren hatten. Baldur hatte uns alle hinters Licht geführt. Die Gefahr war nicht gebannt, als wir seinen alten Körper tödlich verletzt hatten. Im Gegenteil. Sie war größer als jemals zuvor und ich hatte keine Ahnung, wie wir sie abwenden sollten.

Als würde er etwas von meinen Gedanken ahnen, lächelte Baldur – und verschwand in Finns Körper durch das Portal.

DANKSAGUNG

Ist es zu fassen, dass Roxys und Shaws Geschichte schon zu Ende ist? Ich kann mich noch genau daran erinnern, wie ich vor einigen Jahren Laura Kneidl besucht und ihr von dieser neuen Idee erzählt habe. Damals wusste ich noch kaum etwas darüber, hatte nur Roxy und Shaw als Charaktere im Kopf und wusste, dass sie *etwas* jagen. Mehr nicht. Und jetzt haben wir schon fünf Bände dieser gemeinsamen Reihe geschrieben! Aber keine Angst, natürlich sind Roxy und Shaw auch im großen Finale wieder mit dabei! Ihre Liebesgeschichte ist jedoch zu einem Abschluss gekommen, und für mich ist es ein bittersüßer, aber auch wunderschöner Abschied.

Doch jetzt zur eigentlichen Danksagung: An einem Buch und vor allem an einer Reihe wie den *Midnight Chronicles* arbeiten so viele Menschen, die ihre Zeit, Energie, Liebe und ihr Herzblut hineinstecken.

Als Allererstes möchte ich mich bei meiner wunderbaren Co-Autorin Laura Kneidl für die tolle Zusammenarbeit bedanken. Danke für die vielen Sprachnachrichten und Plotting-Sessions, für die spontanen Ideen, Waldspaziergänge und langen Gespräche. Diese Reihe könnte ich mit niemand anderem schreiben als mit dir. Danke für alles.

Und an alle, die sich das fragen: Nein, wir haben uns immer noch nicht gestritten. :)

Von uns beiden geht ein großes Dankeschön an unsere LYX-Lektorin Stephanie Bubley, die vom ersten Moment an ebenso Feuer und Flamme für die *Midnight Chronicles* war wie wir. Zusätzlich möchten wir auch Ruza Kelava, Simone Belack, Sina Braunert, Momke Zamhöfer, Simon Decot, Barbara Fischer, Sandra Krings, Teresa Krull sowie all den anderen Mitarbeiter:innen von LYX und Bastei Lübbe danken, die dabei helfen, aus unseren Geschichten Bücher zu machen.

Wir bedanken uns ebenfalls bei unseren wundervollen Agent:innen Gesa Weiß und Kristina Langenbuch Gerez von der Literaturagentur Langenbuch & Weiß und bei Markus Michalek und der AVA international GmbH. Vielen Dank, dass ihr uns bei diesem umfangreichen Projekt begleitet und uns stets mit Rat und Tat zur Seite steht. Ein ganz besonders großes Dankeschön geht hierbei an Kristina Langenbuch Gerez. Danke für deine Unterstützung, für dein Verständnis und dass du es jedes Mal aufs Neue schaffst, im Lektorat alles aus meinen Geschichten herauszukitzeln.

Außerdem möchten wir uns noch bei unseren fabelhaften Beta- und Testleserinnen bedanken: Mandy, Beate und Saskia. Danke, dass ihr schon so lange dabei seid. Eure Meinung bedeutet uns viel.

Vielen lieben Dank an Lorena Lammer für die wunderschönen Illustrationen und an Alexander Kopainski für die perfekten Hunter-Symbole.

Danke an die PJS. Für alles. Vor allem danke ich Nicole Böhm für die vielen gemeinsamen morgendlichen Arbeitssessions und Anabelle Stehl für ihre Co-Working-Livestreams.

Danke an unsere Freund:innen und unsere Familien, die uns in allem unterstützen, was wir tun, selbst wenn sie nicht immer verstehen, was gerade in unseren Köpfen vor sich geht (wir kommen ja selbst kaum hinterher).

Zum Schluss möchten wir uns natürlich noch bei euch bedanken – unseren wundervollen Leser:innen. Danke, dass ihr die *Midnight Chronicles* mit so viel Begeisterung aufgenommen und *Schattenblick*, *Blutmagie*, *Dunkelsplitter* und *Seelenband* sogar auf die *Spiegel*-Bestseller-Liste befördert habt! Danke für eure zahlreichen Fotos, Nachrichten und Rezensionen. Wir freuen uns so sehr, dass ihr mit dabei seid, und können es kaum erwarten, euch zu erzählen, wie die Geschichte der Hunter und Huntresses und insbesondere von Harper und Jules in *Nachtschwur*, dem finalen Band der *Midnight Chronicles*, weitergeht. Bis zum nächsten Mal!

Die *Midnight Chronicles* gehen weiter!

Nachtschwur erscheint am 24.08.2022!

MIDNIGHT CHRONICLES

GLOSSAR & PERSONENVERZEICHNIS

BLOOD HUNTER

Blood Hunter werden umgangssprachlich auch als Vampirjäger bezeichnet, ganz konkret jagen sie jedoch Blutwesen. Dazu zählen alle Kreaturen, die Blut konsumieren, um zu leben. Das können klassische Vampire sein oder auch Strigois, Ghule, Aswang und eine Vielzahl anderer Wesen. Blood Hunter werden mit der Gabe geboren, Blutwesen zu riechen, wodurch sich diese nicht vor ihnen verstecken können. Zudem sind Blood Hunter immun gegen Vampirbisse und können nicht verwandelt werden. Außerdem heilen sie schneller als alle anderen Hunter und können sich so effizienter von Verletzungen erholen.

Cain Blackwood
Alter: 19 Jahre
Waffe(n): Dolche
Amulett: Stufe 1
Blick: –

Warden Prinslo
Alter: 21 Jahre
Waffe(n): alle!
Amulett: Stufe 1
Blick: –

WEITERE BLOOD HUNTER:
Emma Prinslo (47 Jahre) – Wardens Mutter
Grant Livingston (67 Jahre) – Leiter des Quartiers in Edinburgh
Lillian Blackwood (50 Jahre) – Cains Mutter
Mikhail Zharkov (40 Jahre) – Reisender Hunter aus Russland
Nala Madaki (40 Jahre) – Waffenexpertin, neue Leiterin im Londoner Quartier
Olivia Marlowe (47 Jahre) – Jules' Mutter
Safiyah Al-Abadi (32 Jahre) – Reisende Huntress
Sebastién Mercier (25 Jahre) – Leiter des Quartiers in Paris
Trent Zhou (22 Jahre) – Hunter in Prag

GRIM HUNTER

Grim Hunter sind neben Blood Huntern die am häufigsten vertretene Hunter-Art. Sie machen Jagd auf Werwölfe, Drachen, Höllenhunde, Gremlins, Wendigos etc. Generell kümmern sie sich um alle Wesen, die nicht ins Einsatzgebiet der Blood, Soul oder Magic Hunter fallen, wofür sie auch prädestiniert sind. Denn Grim Hunter sind meist sehr kräftig und besitzen einen stämmigen, muskulösen Körperbau, der ihnen im Kampf einen deutlichen Vorteil verschafft.

Jules Marlow
Alter: 21 Jahre
Waffe(n): Pistolen und Messer
Amulett: Stufe 1
Blick: –

WEITERE GRIM HUNTER:
Andrew Blackwood (49 Jahre) – Cains Vater
Charles Marlowe (48 Jahre) – Jules' Vater
Cosimo Gambino (33 Jahre) – Hunter in Florenz
Dinah King (25 Jahre) – Ripleys Kampfpartnerin
Finn MacLeod (21 Jahre) – Roxys Kampfpartner
Konstantin Krall (48 Jahre) – Leiter des Quartiers in Prag
Matej Navrátil (30 Jahre) – Hunter in Prag
Owen Boyd (23 Jahre) – Ellas Kampfpartner
Pandora Svobodová (25 Jahre) – Huntress in Prag

SOUL HUNTER

Soul Hunter machen Jagd auf verlorene Seelen – Geister, wenn man so will. Alle Soul Hunter verfügen über den sogenannten Seelenblick, der es ihnen erlaubt, die Seele eines Menschen oder eines Wesens, ähnlich einer Aura, zu sehen. Egal, ob sich diese in einem Körper befindet oder sich von der sterblichen Hülle getrennt hat. Somit erkennen sie auch, wenn jemand von einem Geist besessen ist, da sich zwei Seelen in dessen Körper befinden. Zudem besitzen sie die Gabe, körperlose Seelen mit einer Berührung zu materialisieren und zu vernichten. Soul Hunter sind sehr selten und man erkennt sie auf den ersten Blick, denn ihre Augen haben eine graue, fast weiße Iris.

Mariella »Ella« Matthew
Alter: 19 Jahre
Waffe(n): –
Amulett: Stufe 4
Blick: Seelenblick

Wayne McKinley
Alter: 25 Jahre
Waffe(n): Doppelspeer
Amulett: Stufe 2
Blick: Seelenblick

WEITERE SOUL HUNTER:
Louis Matthew (46 Jahre) – Ellas Vater

MAGIC HUNTER

Magic Hunter sind das genaue Gegenteil der Grim Hunter, sie sind von Natur aus sehr grazil, geradezu feenhaft und von einer besonderen Schönheit, was ihnen als eine Art Tarnung dienen kann. Denn auch die Wesen, die sie jagen (Elfen, Feen, Sirenen, Meerjungfrauen, Hexen etc.) sind meist besonders attraktiv, um mit ihrem Aussehen ihre Beute zu bezirzen. Magic Hunter besitzen selbst keine Magie, sind aber sehr geschickt im Umgang mit magischen Amuletten und immun gegen Flüche und Illusionen.

Harper Iwanow
Alter: 20 Jahre
Waffe(n): Katana
Amulett: Stufe 1
Blick: –

WEITERE MAGIC HUNTER:
Amelia Dupont (49 Jahre) – Roxys Mentorin; verstorben
Dominique Delacroix (20 Jahre) – Huntress in Paris
Gertrude »Birdie« Salzmann (19 Jahre) – Huntress in Prag
Holden Iwanow (20 Jahre) – Harpers Zwillingsbruder
Jackson Lothian (39 Jahre) – Kampfpartner von Lillian Blackwood
Mara Li/Krall (21 Jahre) – Huntress in Prag
Maxwell Cavendish (72 Jahre) – ehemaliger Leiter des Quartiers in London
Ripley York (23 Jahre) – Kampfpartner von Dinah
Tereza Li (45 Jahre) – Huntress in Prag, Mutter von Mara

FREIE HUNTER

Freie Hunter sind Menschen, die nicht als Blood, Soul, Grim oder Magic Hunter geboren wurden, sich aber dennoch der Jagd nach übernatürlichen Wesen angeschlossen haben.

Roxana »Roxy« Blake
Alter: 21 Jahre
Waffe(n): Pistolenarmbrust
Amulett: Stufe 6
Blick: Schattenblick

Shaw
Alter: ca. 24 Jahre
Waffe(n): Schrotflinte, Pistolen
Amulett: –
Blick: –

WEITERE FREIE HUNTER:
Li Jun (46 Jahre) – freier Hunter in Prag, Vater von Mara

ARCHIVARE, MENSCHEN UND SONSTIGE CHARAKTERE

Alessandra Petrostelli (29 Jahre) – Assistentin von Grant Livingston
Elspeth »Beth« Matthew (44 Jahre) – Ellas Mutter
Donatius Burton (70 Jahre) – Archivar im Londoner Quartier
Giselle Beauvais (19 Jahre) – hat den Todesblick
Ingrid Abrahamsson (60 Jahre) – Oberärztin im Londoner Quartier
Jacques Mathieu (24 Jahre) – Archivar im Pariser Quartier
James Prinslo (38 Jahre) – Wardens Vater, verstorben
Linnea Abrahamsson (16 Jahre) – Tochter von Ingrid, Archivarin in Ausbildung
Niall Blake (21 Jahre) – Roxys verschollener Zwillingsbruder
Pavel Kadlec (31 Jahre) – Archivar im Prager Quartier
Weston Cavendish (21 Jahre) – Archivar im Londoner Quartier, Maxwells Großneffe

KREATUREN UND IHRE KÖNIGE

Baldur – König der Hexer
Isaac – König der Vampire
Kevin – Todesbote
Marjorie – Königin der Geisterwelt
Sunniva – Hexenmeisterin, Mitglied von Baldurs Innerem Zirkel
Tarquin – Hexenmeister, Mitglied von Baldurs Innerem Zirkel
Ulysses – König der Unterwelt

Manchmal genügt ein einziger Blick ...

Bianca Iosivoni
DER LETZTE
ERSTE BLICK
464 Seiten
ISBN 978-3-7363-0412-3

Endlich frei! Emery Lance kann es nicht erwarten, ihr Studium in West Virginia zu beginnen. Niemand kennt hier ihre Geschichte. Niemand weiß, was zu Hause geschehen ist. Dafür ist sie auch bereit, in Kauf zu nehmen, dass die Situation im Wohnheim alles andere als ideal ist. Nicht nur treibt ihr Mitbewohner sie regelmäßig in den Wahnsinn – sein bester Freund Dylan Westbrook bringt ihr Herz mit einem einzigen Blick zum Rasen ...

»Frech, humorvoll, sexy: eine Geschichte zum Verlieben!« Mona Kasten

LYX